Für meinen Vater

»Mein Vater! Siehe, hier ist Feuer und Holz; wo ist aber das Schaf zum Brandopfer?«

1. Buch Mose, Kapitel 22, Vers 7

Frank Friedrichs

Waldsterben in Vertikow

www.vertikow.de

Umschlaggestaltung: Frank Friedrichs
Bildquellen:
www.depositphotos.com – chat_a4, Givaga, portokalis;
www.shutterstock.com – Eric Isselee

Verlag: DichtFest GbR, Seeweg 3, 19243 Wittendörp – www.dichtfest.de

Druck: BooksFactory, PRINT GROUP Sp. z.o.o., Szczecin, Polen

ISBN: 978-3-946937-21-0

Bibliografische Information der Deutschen Nationalbibliothek:

Die Deutsche Nationalbibliothek verzeichnet diese Publikation in der Deutschen Nationalbibliografie; detaillierte bibliografische Daten sind im Internet über http://dnb.d-nb.de abrufbar.

Waldsterben in Vertikow

Ein Krimi
von
Frank Friedrichs

19. November 2014

19:20 Uhr

»So macht ihr euch echt keine Freunde! Wenn eure Scheiß-Lkws weiter durch Wakenstädt brettern, ist unsere Straße bald hin! Baut ihr uns dann 'ne neue?«

»Wer wir?«

»Eure blöde Firma, die das ganze Holz durch unser Dorf karrn muss. Is ja auch viel dichter als über Pokrent!« Hohn mischte sich in die Männerstimme. Peer reckte den Hals, um im Spiegel bei der Garderobe einen Blick auf die beiden Männer zu erhaschen, die hinter ihm diskutierten.

»Ich weiß von keinem Holz.«

»Na, dann frag mal die Wakenstädter! Die ha'm alle so'n Hals!«

Seit er wieder die »Alte Eiche« besuchte, machte Peer sich einen Spaß daraus, anderer Leute Gespräche zu belauschen – natürlich nur, um seine detektivischen Fähigkeiten weiter auszubilden, wie er Eilien jedes Mal hoch und heilig schwor, wenn sie ihn dabei erwischte.

Die Wirtin der »Alten Eiche« hatte ihr Einverständnis gegeben; zumindest, solange Peer ihre Gäste nicht belästigte. »Sonst kannste det mit der Hoftür verjessen!«, hatte sie gedroht. Da Peer die Stufen am Vordereingang des Gasthauses wegen seines Rollstuhls nicht mehr bewältigen konnte, ließ Eilien ihn durch die Hintertür ein, die er bequem vom Hof der Vertikower Feuerwehr aus erreichen konnte. Und das wollte er sich natürlich nicht verscherzen. Also blieb es in der Regel beim Belauschen, auch wenn Peer hin und wieder gern ein paar weitere Fragen gestellt hätte – so wie jetzt.

Er kannte keinen der beiden Männer, die im Spiegel wild gestikulierten. Bei dem, der von keinem Holz wusste, war er sich nicht sicher, ob er ihn schon mal auf einem der Traktoren der RWG gesehen hatte, jener Firma, die unter Führung der Familie von Radenow-Werthenbach den größten Teil der Ländereien im Umkreis bewirtschaftete. Der Bewohner des Nachbardorfs Wakenstädt stand auf und steuerte leicht schwankend den Durchgang zur Toilette an. Das wäre tatsächlich eine Gelegenheit, dem anderen ganz diskret ein paar gezielte Fragen zu ...

Die Tür flog auf und Horst Hoffmann stürmte herein. Von dem wusste Peer bestimmt, dass er bei der RWG arbeitete – irgendetwas mit Holz.

Keuchend blieb er vor Peer stehen, das Gesicht knallrot, Schweiß auf der Stirn. »Peer, Mann, hier bist du!«

»Hier bin ich. Moin, Horst. Was ist denn los?«

»Ich hab … echt Ärger am Hals ... Kannst du … mir helfen?«

»Setz dich doch erst mal. Eilien, machst du uns noch zwei Pils?« Er wartete, bis Horst Platz genommen und sein Atem sich etwas beruhigt hatte. »So, was gibt's denn?«

»Es geht um den Wald, weißt.«

»Welchen Wald?«

»Na, unsern Wald. Von der RWG.«

»Aha.« Peer hob sein Glas und trank den letzten Schluck aus. »Was ist mit dem?«

»Der ist weg!«

»Wie weg?«

»Keine Ahnung, einfach weg. Während ich in Urlaub war, haben sie fast acht Hektar Eichenmischwald geschlagen und geklaut, weißt.«

»Wer?«

»Keine Ahnung! Irgendwer.«

»Horst, was soll das heißen? So ein Wald kann doch nicht einfach so verschwinden.«

»Darum bin ich hier. Ein ganzes Waldstück gerodet. Und auch noch 'ne Neupflanzung total zerstört. Katastrophe!« Er ließ den Kopf auf die verschränkten Arme sinken.

Peer leckte sich die Lippen. Das klang fast nach einem neuen Fall. Acht Hektar Wald – offenbar war das viel, auch wenn er nicht ermessen konnte, welche Menge an Bäumen das bedeutete. Aber warum das gleich eine Katastrophe sein sollte, wusste er nicht. »Entschuldige, Horst, aber wieso geht davon die Welt unter? Eure Firma ist doch bestimmt versichert.«

Horst seufzte. »Darum geht es nicht. Ich bin für den Wald verantwortlich. Und plötzlich ist er weg.«

»Während deines Urlaubs.«

»Pah, das interessiert da keinen. Mein Chef ist froh, wenn er mir einen reinwürgen kann. Womöglich denkt der, dass ich das noch vorm Urlaub selbst gemacht hab. Oder dass ich gar nicht wirklich weg war, weißt.«

»Echt? Kann ich mir nicht vorstellen. Aber selbst wenn – was kann ich dabei tun?«

»Na, aufklären, wer das gemacht hat. Wenn wir den Schuldigen finden und das Holz, dann können wir ihm nachweisen, dass er die Bäume gefällt hat, und ich bin aus dem Schneider, weißt.«

Peer fuhr sich mit der Hand übers Gesicht. Das klang zu schön, um wahr zu sein. Kein Mord, Gott sei Dank, aber ein durchaus brauchbares Verbrechen. Andererseits ... »Tut mir leid, Horst, aber das ist was für die Polizei.«

»Was?«

»Begreifst du nicht? Das ist ein Riesending. Wie viel ist das Holz wert, was da gestohlen wurde?«

»Keine Ahnung. Ein paar Zigtausende, mindestens.«

»Siehst du. Und ohne Polizei keine Versicherung. Wenn ich den Dieb nicht finde, sitzt ihr mit nichts da.«

»Aber du wirst ihn finden. Du bist doch Detektiv, oder?«

»Schon.« Erstaunlich, wie selbstsicher dieses Wort klang. »Aber das ist eine ganz große Nummer. Überleg mal: Wie das Ganze allein logistisch abgelaufen sein muss ...«

»Was?«

»Wie sie das alles geplant haben. Die Fällarbeiten, den Transport, die Lagerung.« Instinktiv schaute Peer zum Nachbartisch. Der Wakenstädter hatte etwas von Holztransporten gesagt. Ob er doch mal bei dem nachhaken sollte? Verdammt, die beiden Männer waren verschwunden. Er seufzte. »Horst, das Holz kann inzwischen Hunderte Kilometer weit weg sein, die Arbeiterkolonne ... was weiß ich, zurück in Polen. Dafür braucht man ein breit aufgestelltes Fahndungsnetz. Mal ganz abgesehen davon, dass es mit einem Rollstuhl äußerst schwierig wird, über abgeholzte Äste zu steigen, um nach Spuren zu suchen.«

»Und was heißt das jetzt?«, fragte Horst und kratzte sich am Kopf. »Nimmst du den Fall an?«

Peer schloss die Augen. »Nein, Horst. Das heißt, dass du zu deinem Chef gehst, oder meinetwegen zur Baronin selbst, und ihr den Fall der Polizei übergebt.«

Horst sank in sich zusammen. »Wenn du meinst. Du warst meine letzte Hoffnung, weißt. Ich dachte, wenn jemand das kann, dann du.«

»Vielen Dank. Ich würde dir auch gern helfen, Horst, wirklich.« Er legte ihm die Hand auf die Schulter. »Aber da hätte ich echt schlechte Aussichten. Und ich will nicht dafür verantwortlich sein, dass eure Firma den Bach runtergeht.«

»Und ich dachte, du bist Detektiv.«

Ja, das dachte Peer auch. Umso mehr wurmte es ihn, diesen Fall abzulehnen. Aber vielleicht stand es einem Detektiv ganz gut zu Gesicht, auch mal vernünftig zu sein.

24. November 2014

9:55 Uhr

Die Fahrt über das Kopfsteinpflaster der Schlossallee schüttelte ihn ordentlich durch; da nützte auch die Federung seines elektrischen Rollstuhls nichts. Aber vielleicht war es gut dafür, einmal den Kopf freigerüttelt zu bekommen, all die trüben Gedanken der letzten Wochen loszuwerden. Wer hätte gedacht, dass ein Leben ohne Orgel so leer wäre? Das Klavier bot nur einen mageren Ersatz. Zum einen war Peers Anschlag miserabel, er konnte keinem Ton den richtigen Ausdruck geben. Zum anderen brauchte man eben auch beim Klavier hin und wieder das Pedal, um einen Ton klingen zu lassen. Vor allem aber klang ein Klavier immer gleich. Egal, *was* man spielte, egal, *wie* man spielte: immer Klavier.

Peggy Duwe, die Frau des Pastors, war zwischendurch vorbeigekommen, hatte ihm gut zugeredet und eine Handvoll Hobbys aufgezählt, denen Peer sich widmen könnte: Malen, Modellbau, Schreiben, sogar Stricken hatte sie genannt. Das Einzige, was Peer gefallen hatte, das Komponieren, hatte sich zugleich als unerwartet schwierig erwiesen: Am Klavier zu sitzen und immer wieder zu einem Notenblatt zu greifen, war irgendwie … anstrengend. Wie mochten die alten Meister das gelöst haben? Also hatte Peer sich dazu durchgerungen, ein paar erste Takte in sein Notensatzprogramm am PC zu tippen – auch wenn die Orgelstimme aus den Lautsprechern erschreckend künstlich klang.

Und den Rest der Zeit? Kreuzworträtsel? Er hatte sich beim rollenden Kaufmann tatsächlich eines dieser bunten Hefte ins Einkaufsnetz stecken lassen, wobei ihm die mitleidigen Blicke der Hausfrauen nicht entgangen waren.

Nur die alte Treskow, seine Nachbarin, hatte keine Miene verzogen und bloß gebrummt: »Dann machen Sie wenigstens keinen Blödsinn.«

Da war ihm Horsts Aufforderung wie ein Rettungsanker vorgekommen – auch wenn er nicht gedacht hatte, dass daraus jemals ein Fall würde. Umso erfreuter war Peer gewesen, als er am Samstag den Anruf aus dem Schloss erhalten hatte: Man erwarte ihn am Montag um zehn Uhr, weil man seiner Dienste bedürfe. Mit anderen Worten: endlich ein neuer Fall!

An der linken Seite der Treppe zum Schloss lag eine Rampe auf den Stufen, wie für ihn gemacht. Peer rollte hinauf und betrachtete sich noch einmal in den Glasscheiben der Tür. Im Grunde sah er fast aus wie früher; wenn man von diesem ekelhaft leidenden Zug um die Mundwinkel absah. Trug er den immer? Das war ja furchtbar! Womöglich hatte Sascha sich deswegen am Freitag früher als sonst in ihr Homeoffice zurückgezogen. Jenem Zimmer im ersten Stock, in dem sie einmal die Woche saß und über die schlechte Internetverbindung fluchte. Dort war sie sicher vor seinem Trübsinn, Peer konnte sie nicht bis dahin verfolgen – vor allem nicht, wenn sie ihr Handy ausschaltete.

Also reiß dich zusammen, Peer! Du bist Detektiv, endlich wieder. Er fuhr sich noch einmal durchs Haar und streckte den Oberkörper, ehe er den Klingelknopf drückte. Sein Blick glitt über die Fassade. An einem hellen Herbsttag wirkte das Schloss wie ein Juwel, unregelmäßig geschliffen, golden strahlend, mit funkelnden Reflexen in den Dachfenstern.

Endlich knirschte ein Schlüssel, die Tür öffnete sich. Eine junge Frau mit braunem Pagenkopf in einem hellgrauen Kostüm sah ihn fragend an. »Guten Tag. Kann ich Ihnen helfen?« Sie musterte den Rollstuhl.

»Nein, eher anders rum: Ich will Ihnen helfen. Peer Wesendonk, ich hab einen Termin bei der Baronin.«

Die Frau legte die Stirn in Falten. »Sie sind Peer Wesendonk?« Die Gesichtszüge entglitten ihr kurz, dann fasste sie sich wieder. »Entschuldigung. Ich hatte nicht erwartet …«

»Schon gut. Hatte ich vor einem halben Jahr auch nicht.« Er wies auf die Rampe an der Freitreppe. »Haben Sie die meinetwegen aufgebaut?«

»Nein«, lachte sie. »Nach ihrem Sturz im August hat Frau von Radenow-Werthenbach auch zeitweise einen Rollstuhl gebraucht. Sie können froh sein, dass die Rampe noch nicht weggeräumt ist.« Ein leichter Akzent lag über ihren Worten, ein gerolltes r, das e klang fast wie ein ä. Vielleicht eine Polin. Oder eine Tschechin. Sie trat beiseite und wies nach innen. »Kommen Sie herein. Die Frau Baronin wird sich freuen, Sie zu sehen.«

Peer folgte ihr durch die Vorhalle in einen Flur, der in beide Richtungen nach wenigen Metern abbog, sodass man die Enden nicht sehen konnte. Noch nie zuvor war er im Schloss gewesen, er kannte nur den Hof und die Wirtschaftsgebäude, in denen die Baronin jedes Jahr den Reformationsball ausrichtete. Das Haus war innen erstaunlich modern eingerichtet, hatte nichts vom überladenen Gutsherrenstil vieler anderer Herrenhäuser in Mecklenburg, die er mit Sascha an den Tagen des offenen Denkmals hatte besuchen müssen. Ein altes Sideboard aus Nussbaum stand an einer etwas längeren Wand, zwei halbrunde Ledersessel füllten eine Ecke. Jedem Fenster gegenüber hing ein modernes Landschaftsgemälde, vielleicht sogar von Raffael, dem Künstler aus Vertikow, der Peer bei seinem ersten Fall unterstützt hatte.

Am Ende des Flurs lag der Salon, ein heller Raum mit großen Fenstern an drei Seiten, einem herrlichen Blick auf den Park und den Teich. Sandfarbene Tapeten reflektierten das Licht, der weinrote Teppichboden bildete dazu einen angenehmen Kontrast. In einem Ohrensessel thronte die Baronin, Johanna Augusta Therese von Radenow-Werthenbach. Für einen Moment fühlte Peer sich wie ein kleiner Leibeigener, der das erste Mal bei Hofe vorgelassen wurde und »Ihre Majestät« persönlich sehen durfte. Seine Hände wurden feucht, als der Blick der alten Dame ihn traf. Doch ihr Lächeln ließ ihn diese Gedanken vergessen.

»Herr Wesendonk, wie schön, dass Sie da sind. Kommen Sie zu mir!«

Er rollte heran und reichte ihr die Hand. »Freut mich, … Frau Baronin?« Es hatte ihn nie interessiert, wie man eine Adlige ansprach. Hoheit? Durchlaucht? Verdammt, warum fielen ihm solche Fragen nicht rechtzeitig vorher ein? Doch die Reaktion der Baronin deutete darauf hin, dass sie mit dieser Anrede zufrieden war. Er atmete auf.

»Ich wollte Sie schon so lange einmal auf einen Tee einladen. Sie spielen, Verzeihung, Sie haben immer so schön Orgel gespielt und unsere Gottesdienste damit bereichert. Unser Dorf kann sich glücklich schätzen. In vielen Kirchen gibt es gar keine Organisten mehr.«

»Ich danke Ihnen vielmals. Aber Vertikow hat jetzt ja wohl auch keinen Organisten mehr.« Bemerkenswert, wie leicht ihm dieser Satz über die Lippen kam, auch wenn er einen bitteren Geschmack hinterließ.

»Ich dachte, Mandy Bleibtreu aus Wakenstädt will Ihre Nachfolgerin werden.«

Peer hielt die Luft an. »Sie sind erstaunlich gut informiert. Na, bis jetzt hat sie ja erst ein Mal gespielt. Mal sehen, was daraus wird.«

»Sie werden schon dafür sorgen, dass das Mädchen eine anständige Musikerin wird.«

Peer musste grinsen. »Gibt es das? Anständige Musiker?«

Die Baronin hob die Hand vor den Mund, schaffte es aber nicht ganz, ihr Kichern zu unterdrücken. »Das können Sie besser beurteilen.« Auf ein Räuspern von der Tür her schaute sie auf. »Aber richtig, wir haben andere Dinge zu besprechen. Verena, kommen Sie doch bitte.«

Die Frau, die ihn hergeführt hatte, trat an den Sessel. Sie schaute ihn aus braunen Augen an, ein zaghaftes Lächeln auf den Lippen.

»Das ist meine Assistentin, Verena Czyczek. Das heißt: Eigentlich ist sie Assistentin der Geschäftsführung der Radenow-Werthenbach Produktionsgesellschaft. Aber mein Sohn hat mir dankenswerterweise erlaubt, sie auch für meine privaten und persönlichen Belange in Anspruch zu nehmen.« Sie lächelte. »Einer der Vorteile, die man als Noch-Eigentümerin wohl haben darf.«

Die Assistentin beugte sich zu Peer und sagte leise: »Mein Name spricht sich Tschitschek, zweimal ›tsch‹. Aber Sie dürfen auch gern Verena sagen.«

Peer nickte lächelnd. »Wenn Sie mich Peer nennen.«

»Kinder«, seufzte die Baronin, »könnt ihr damit nicht warten, bis die alten Leute aus dem Raum sind?« Sie schnalzte mit der Zunge und stand auf. »Und wir haben weiß Gott Wichtigeres zu bereden als solche Tändeleien. Ich weiß nicht, ob man Sie schon informiert hat, Herr Wesendonk, aber wir befinden uns derzeit in einer äußerst misslichen Lage.«

Vorsicht, Peer! Aller Wahrscheinlichkeit nach ging es dabei um das gestohlene Holz. Hatte Horst doch den Mut gefunden, den Vorfall zu melden? Warum sonst hätte man einen Detektiv ins Schloss bestellt? Andererseits hatte man ihm auf dem Reformationsball schon mitgeteilt, dass die Baronin einen Auftrag für ihn hätte, wovon er freilich in den letzten drei Wochen nichts gehört hatte. Besser so tun, als wüsste er noch von nichts. So neutral wie möglich fragte er: »Geht es dabei ... um Diebstahl?«

Die alte Dame lächelte. »Ich sehe, Horst war bereits bei Ihnen. Wahrscheinlich sogar, ehe er damit zu mir gekommen ist.« Ihr Blick ging kurz zu Verena.

»Vielleicht wollte er zunächst mal meine fachliche Meinung als Detektiv hören.«

»Nehmen Sie es mir nicht übel, Herr Wesendonk. Aber einmal durch Zufall einen Fall zu lösen, macht Sie noch nicht zum Detektiv.«

Peer schluckte. »Ja ... dann sollten Sie sich vielleicht besser an die Polizei wenden. Das habe ich Horst auch geraten.«

»Wenn es nach mir ginge, hätten wir das längst getan.« Ächzend ließ sie sich wieder in den Sessel fallen. »Aber unser Geschäftsführer, Herr Kramm, meinte, das sei aufgrund irgendwelcher prekären Verhältnisse nicht opportun.« Sie hob die Schultern. »Verena, seien Sie so gut und holen Sie Arndt. Er kann das besser erklären.«

Ihre Assistentin nickte und verließ den Raum.

Fast fünf Minuten plauderte die Baronin über die Vertikower Kirche, die Orgel, Pastor Duwes Predigten (von denen Peer selten etwas mitbekommen hatte) und das Leben im Dorf allgemein, ehe er endlich einen Punkt fand, an dem er einhaken konnte. »Wo Sie gerade vom Reformationsball sprachen, der dieses Jahr übrigens wieder ganz wundervoll war – man hatte mir an dem Abend erzählt, Sie hätten eventuell einen neuen Fall für mich?«

Der Mund der Baronin blieb für einen kurzen Moment offen stehen. »Wer hat das gesagt?«

»Das weiß ich nicht mehr genau, vielleicht ...«

»Es war Dr. Martensen, oder?«

»Ach, an dem Abend hab ich mit so vielen gesprochen.«

Die alte Dame nickte, schaute auf ihren Schoß und war einen Moment lang äußerst bemüht, eine nicht vorhandene Falte in ihrem Wollkleid glatt zu streichen. Endlich sah sie wieder auf. »Nun ja, da war tatsächlich etwas. Ich habe ein Schmuckstück vermisst, ein Collier mit Brillanten und Rubinen, das meine Urgroßmutter von Kaiser Wilhelm I. persönlich überreicht bekommen hatte.«

Peer horchte auf. »Das klingt unheimlich wertvoll.«

»Ja, das klingt so, aber für Kaiser Wilhelm zahlt heute niemand mehr etwas.« Sie zuckte mit den Schultern.

»Zahlt? Wollten Sie es verkaufen?«

In diesem Moment näherten sich Schritte, hinter der Tür ertönte eine Männerstimme. Die Baronin strich noch einmal ihr Kleid glatt und sagte bestimmt: »Wie auch immer, es ist wieder da. Und nun genug davon.«

Die Tür öffnete sich und der Geschäftsführer trat ein, gefolgt von Verena.

Peer musterte das markante, braun gebrannte Gesicht, die kurzen blonden Haare, durch die sich schon ein paar graue Strähnen zogen, die stahlblauen Augen und das dezent gestreifte Designer-Hemd, unter dem sich beneidenswerte Muskeln abzeichneten. Dieser Mann könnte jede Frau für sich gewinnen – wenn nicht mit seinem Aussehen, dann mit seinem Charme. Er schenkte der Baronin ein strahlendes Lächeln und begrüßte sie herzlich, aber mit allem gebührlichen Respekt. Dann wandte er sich Peer zu. »Sie müssen Herr Wesendonk sein. Arndt Kramm. Freut mich sehr, Sie kennenzulernen.«

»Danke, ebenso.« Peer ergriff die hingestreckte Hand. Kramms charmantes Lächeln strahlte so viel Herzlichkeit und Wärme aus, dass man unweigerlich mit diesem Mann befreundet sein wollte. Mehr noch: Obwohl Peer ihn nie zuvor gesehen hatte, hatte er das Gefühl, er wäre schon seit Jahren mit ihm befreundet.

»Arndt, mein Lieber«, sagte die Baronin, »erklären Sie doch bitte Herrn Wesendonk, warum wir Ihrer Meinung nach darauf verzichten sollten, die Polizei einzuschalten, um den Holzraub aufzuklären.«

Das Gesicht des Geschäftsführers wurde ernst, sein »Gern« klang nicht überzeugt. »Ich weiß nicht, wie gut Sie sich in der Wirtschaft auskennen. Überall wird mit harten Bandagen gekämpft; wer nicht gewinnt, geht unter. Da muss man entweder der Stärkere oder der Schlauere sein.«

»Das kann ich mir denken. Aber was hat das mit diesem Fall zu tun?«

Kramm räusperte sich. »Nun ja, ich habe versucht, der Schlauere zu sein. Und wenn wir jetzt nicht aufpassen, zwingt uns vielleicht ein Stärkerer in die Knie.«

»Schlauer, stärker. Was meinen Sie damit?«

»Einen Deal mit dem Landwirtschaftsministerium«, schaltete Verena sich ein. »Arndt hat sich auf ein riskantes Spiel eingelassen.«

»Ich habe lediglich versucht, der Firma Vorteile zu verschaffen, indem ich eine möglichst lukrative Fördermittelregelung für die RWG erziele.« Es war Kramm anzumerken, wie sehr er um eine ruhige Stimme bemüht war. »Sehen Sie, Herr Wesendonk, unsere Firma ist, wie jeder landwirtschaftliche Betrieb, von Bundes- und Landesfördermitteln abhängig. Viele der Förderungen greifen aber für ein Unternehmen wie die RWG nicht. Und vor allem bringen sie nicht genug.« Er atmete tief durch. »Deshalb habe ich auf Basis einer Förderrichtlinie, die vom Baumbestand der Waldflächen abhängig ist, eine etwas großzügigere Ausnahmeregelung ausgehandelt.«

»Und was ist daran schlimm?«, hakte Peer nach.

Verena knetete ihre Finger. »Voraussetzung dafür war, dass ein Gutachter beurteilt, ob wir die Anforderungen an den Laubbaumbestand auch erfüllen.«

»Lassen Sie mich raten: Den erfüllen Sie jetzt nicht mehr.«

Kramm nickte. »Ich habe mir die Fläche angesehen. Die gefällten Bäume waren überwiegend Eichen, Buchen und Ahorn. Das reicht, um uns gerade unter die erforderliche Prozentgrenze rutschen zu lassen. Und das darf auf keinen Fall publik werden. Dafür habe ich zu viel investiert.«

»Publik werden ist ja die eine Sache«, warf Peer ein, »aber es muss doch zumindest von der Polizei untersucht werden. Nur dann haben Sie doch gegenüber dem Land und der Versicherung ...«

»Verstehen Sie denn nicht?« Verena trat direkt vor Peer. »Er hat *investiert*! In den Referenten im Ministerium!«

»Bestechung?«, fragte die Baronin mit einem Anflug von Abscheu in der Stimme.

Kramm rollte mit den Augen. »Danke, Verena. Frau Baronin, ganz so drastisch würde ich es nicht nennen. Sie wissen doch, eine Hand wäscht die andere.« Er wandte sich zu seiner Assistentin. »Und was die Versicherung betrifft – die können wir vergessen. Da hat offenbar jemand versäumt, die Beiträge zu überweisen.«

Verena starrte ihn mit großen Augen an. »Was? Das ist nicht wahr. Wie kommst du darauf?«

»Ich habe mich sofort erkundigt und man sagte mir in der Zentrale, dass seit Januar 2013 keine Beiträge mehr bezahlt worden seien. Was bedeutet, dass der Waldbestand der RWG nicht versichert ist.«

»O mein Gott«, rief die Baronin, »nicht versichert? Aber dann ... Wie kann das sein? Und ich dachte, wir ....« Sie schlug die Hände vors Gesicht.

Verena war blass geworden. »Das kann nicht sein«, wisperte sie. »Ich habe doch ... ich weiß ganz genau ...«

»Was auch immer du hast«, unterbrach sie Kramm, »es gibt kein Geld von der Versicherung, und wenn wir Pech haben, auch nicht vom Land. Zusätzlich geht der RWG der Gewinn vom Holzverkauf durch die Lappen und ich habe keine Ahnung, wie wir die Finanzierung für das nächste Jahr stemmen sollen.« Mit kaltem Lächeln wandte er sich Peer zu. »Sie sehen, Sie haben nichts weiter zu tun, als unsere Firma zu retten.«

11:10 Uhr

In einem Nebengebäude des Schlosses, dem früheren Marstall, war ein langweiliger Bürotrakt eingerichtet, wie man ihn in jeder anderen Firma hätte finden können. Ein wenig enttäuscht rollte Peer Verena hinterher, die ihm die einzelnen Büros zeigte und ihm die Mitarbeiter und Mitarbeiterinnen vorstellte. Bei der Unterredung im Schloss war man zum Schluss gekommen, dass Peer sich zunächst einmal ein Bild von der RWG machen sollte, in der Hoffnung, er könnte auf diese Weise schon erste Spuren finden. Eine Hoffnung, die Peer inzwischen nicht mehr teilte.

Das Einzige, was diese Büros besonders machte, war ... Verenas Kater. Vaclav schien eine Art Büro-Maskottchen zu sein. Er hatte hinter der Glastür gesessen und hinausgeschaut, als hätte er gewusst, dass seine Besitzerin mit Besuch käme. Und kaum hatte Verena die Tür geöffnet, war er miauend einmal um den Rollstuhl herumgestrichen und dann auf Peers Schoß gesprungen. Peer hatte ihn sofort ins Herz geschlossen: Mit dem flaumweichen, hell- und dunkelbraun gestreiften Fell, der weißen Brust, den kleinen rundlichen Ohren und den kupferbraunen Augen musste man ihn einfach lieben. Er streichelte und liebkoste Vaclav, bis der Kater sich schnurrend auf seinem Schoß zusammenrollte. Und offenbar beschloss, den Rollstuhl während der gesamten Führung nicht mehr zu verlassen. Wann hätte er schließlich wieder Gelegenheit, die vertrauten Räume aus einer neuen Perspektive zu erleben?

Egal, in welches Büro Peer kam – jeder begrüßte zuerst Vaclav und dann ihn. Einige der Angestellten hatte er schon im Dorf getroffen, andere kannte er vom Sehen. Ein paar waren ihm völlig unbekannt. Verena stellte ihn vor und beschrieb in knappen Worten, wer für was zuständig war, welche Aufgaben und Projekte wo bearbeitet wurden und welche Sparten das Unternehmen überhaupt belegte. Und da gab es durchaus Überraschungen. Peer hatte gedacht, das Hauptbetätigungsfeld der RWG bestünde im Anbau von Mais. Doch Viehzucht und Kartoffelanbau waren fast genauso stark vertreten. Hinzu kamen Getreide und andere Feldfrüchte. Ihm brummte der Kopf, als sie endlich am Fahrstuhl standen, den das Gebäude zum Glück besaß.

»Eine der Bauvorschriften, als der Marstall modernisiert wurde«, erklärte Verena, während Peer in die Kabine rollte.

»Und was kommt jetzt noch?« Es gab nur einen ersten Stock, wie Peer an der Anzeige erkennen konnte.

»Das Allerheiligste.« Verena lächelte verschwörerisch. »Hier residieren der Chef, Arndt und ich. Gut, und die Forstwirtschaft natürlich auch noch.«

Peer nickte. Der Chef, Arndt und sie. Wo war der Chef eigentlich? Schließlich ging es hier um seine Firma. Jetzt, da er darüber nachdachte, fiel ihm zum ersten Mal auf, dass er den Sohn der Baronin noch nie gesehen hatte. Egal, ob es sich um Veranstaltungen im Dorf oder auf dem Schlossgelände handelte – der junge Baron ließ sich nicht blicken. Womöglich war auch sein Interesse an der Firma nicht übermäßig groß.

»Darf ich präsentieren: die Forstwirtschaft, das einträglichste Standbein der RWG.« Verena stieß eine Tür auf und schaute enttäuscht hinein. »Nanu? Niemand da? Ich dachte, Horst wäre hier.«

»Horst? Horst Hoffmann, der Förster, der den Holzraub entdeckt hat?«

»Fast, nur ist Horst kein Förster, sondern Forsttechniker und Revier*leiter* unseres Unternehmens. Ein großer Unterschied. Horst arbeitet für unsere Firma; der Revierförster für das Land. Und leider eher gegen uns – zumindest, wenn wir tatsächlich machen würden, was wir wollten.«

»Wer wettert hier gegen den Revierförster?« Die angenehme, volle Stimme Arndt Kramms tönte aus der nächsten Tür. Wenig später trat der Geschäftsführer der Radenow-Werthenbach Produktionsgesellschaft in den Türrahmen. »Du hast Glück, dass du jetzt erst kommst, Verena. Vor zehn Minuten war er noch hier.«Er beugte sich zu dem Kater, der sich sofort aufrichtete und seinen Kopf in Arndts Hand schmiegte. »Na, mein Kleiner, du warst heute noch gar nicht bei mir. Hast du keinen Hunger?«

Der Kater maunzte, leckte einmal über die Hand und rollte sich dann wieder zusammen.

Kramm sah auf. »Ich habe bei mir im Büro zwei Näpfe stehen und bringe ihm morgens immer frisches Futter runter.«

»Runter?«

»Ich wohne im Dachgeschoss.«

Peers Blick ging zur Decke. »Und wie kommen Sie da hoch? Der Fahrstuhl geht doch nur bis hier.«

»Ja, ich muss die Treppe nehmen, im Dach wird der Platz für die Fahrstuhltechnik gebraucht, da passte kein Ausstieg mehr hinein.« Er lachte. »Dafür habe ich die ganze Firma unter mir.«

Aus dem Treppenhaus näherten sich schwere Schritte und die Stimmen zweier Männer.

»Das wird Horst sein«, sagte Verena in etwas höherer Tonlage, ihre Augen weiteten sich. Sie zupfte an den Schößen ihrer Kostümjacke und warf die Haare zurück.

»Wird auch Zeit«, brummte Kramm.

Die beiden Männer auf der Treppe schienen nicht einer Meinung zu sein. Peer konnte hören, wie Horst aufgebracht und mit immer wieder stockender Stimme auf den anderen einredete, der nur abwehrend zurückbrummte. Wenig später schlurfte eine Gestalt die Stufen herauf, die auf den ersten Blick wirkte wie der Vater der Baronin: ein graues, von Furchen durchzogenes Gesicht, dünne, weißblonde Haare, dunkle Ringe um die blutunterlaufenen Augen. Als Peer jedoch genauer hinsah, merkte er, dass er sich täuschte. Wahrscheinlich war der abgewrackte Kerl im Blaumann, der einen Werkzeugkasten mit sich schleppte, gerade Anfang sechzig.

»Spiel dich nich so auf. Hab auch nur zwei Hände«, nuschelte der Mann, da zwischen seinen Lippen eine Zigarette klemmte. Als er Arndt und Verena bemerkte, riss er die Zigarette aus dem Mund. »Morg'nschön«, sagte er tonlos und tippte an seine Baseballmütze. Er war noch gute zwei Meter entfernt, trotzdem stieg Peer ein leichter Kneipengeruch in die Nase, jene unangenehme Mischung aus abgestandenem Bier und kaltem Rauch.

Endlich erschien auch Horst in seiner dunkelgrünen Montur, den Helm vor den Bauch gepresst, das rundliche Gesicht leicht gerötet, sodass seine flaschengrünen Augen geradezu herausstachen. Sein Blick fiel auf Verena, sofort entspannten sich seine Züge. Rasch fuhr er mit der Hand über seinen Igelhaarschnitt, die Augen begannen zu leuchten, ein Lächeln breitete sich auf seinem Gesicht aus; die Röte aber blieb. »Moin«, sagte er zaghaft. Erst jetzt schien er Peers Rollstuhl zu bemerken, obwohl der den halben Flur ausfüllte. »Moin, Peer! Was machst du denn hier?«

»Verena führt ihn durch den Betrieb«, antwortete Kramm. »Herr Wesendonk war im Schloss wegen ... du weißt schon, welcher Sache.«

»Das weiß doch der ganze Laden«, warf der graugesichtige Handwerker spöttisch ein. »Warum sagen Sie nich einfach, dass uns das Holz geklaut wurde?«

Kramms Augen weiteten sich, er fixierte Horst mit einem mahnenden Blick.

»Ich hab nichts gesagt«, rief der, »ehrlich.«

Verena stellte sich vor Horst. »Sonst weiß es auch niemand. Zumindest hat mich kein Mensch darauf angesprochen.«

»So so.« Die Augen noch immer auf Horst geheftet, brummte der Geschäftsführer: »Jedenfalls hat man dich schon vermisst.« Wie zufällig ließ er den Blick über seine Armbanduhr gleiten.

Horsts Züge erstarrten. »Ich war schon mal hier. Aber die letzte halbe Stunde hab ich nach Walter gesucht.« Er wies auf den graugesichtigen Biertrinker. »Früher hätte ich einfach selbst die Jalousie wieder angeschraubt, weißt. Aber jetzt muss das ja unser Facility Manager machen. Mir hätte schon ein Hausmeister gereicht, der könnte so was auch. Wenn man ihn denn findet.«

»Entschuldige mal. Hab ich vielleicht auch noch was anderes zu tun?«, blaffte der Hausmeister.

»Seit zwei Wochen? Ich hab dir schon vor meinem Urlaub gesagt, dass die Jalousie schief hängt. Und jetzt, wo die Sonne so tief steht, seh ich nix auf dem Bildschirm. So kann ich nich arbeiten!«

»Stell dich nich so an. Früher konntste sogar ganz ohne Bildschirm arbeiten.«

»Mann, red nich, Walter. Mach einfach das Ding wieder dranne!«

Arndt Kramm stöhnte. »Schön, dass ihr eure Zeit mit Plauderei verbringen könnt; ich habe zu tun. Horst, kommst du gleich in mein Büro, wenn du hier fertig bist? Der Revierförster war vorhin da.« Er nickte in die Runde, machte kehrt und schloss die Tür hinter sich.

Der Facility Manager steckte die Zigarette zurück in den Mund und stieß zwischen den Zähnen etwas hervor, das wie »Fatzke!« klang. Dann sah er Horst an. »Was is denn nu? Jalousie oder nich?«

Horst sah mit gesenkten Augenbrauen auf die Tür, hinter der Kramm verschwunden war, dann ging sein Blick zu Verena. Die Augenbrauen hoben sich, er seufzte. »Ja, ich komm ja. Wenn du das nich allein schaffst.« Er tätschelte dem Kater den Kopf. »Du hast das gut, Vaclav. Musst dir kein' Kopf um kaputte Jalousien und bürokratische Revierförster machen. Und heut nich mal selbst laufen.«

»Horst! Lass das blöde Katzenvieh und komm endli...!« Das Schreien des Hausmeisters wurde von einem Hustenanfall erstickt. Röchelnd schlurfte er in Horsts Büro.

»Lass dich von dem nich ärgern, Vaclav. Das is eigentlich ein feiner Kerl. Hat bloß viel Scheiß durchgemacht, weißt.« Horst lächelte Verena an und ging ihm nach.

»Wer war denn der freundliche Zeitgenosse?«, fragte Peer und nickte zu Horsts Büro, aus dem erneut röchelnder Husten tönte.

Verena kräuselte die Stirn. »Walter Grenzin. Der soll früher, bevor ich herkam, einen besseren Posten gehabt haben. Ehe er ...«, sie hob ein imaginäres Glas zum Mund.

»Und woher weiß er von dem Holzdiebstahl? Wenn das sonst noch nicht in der Firma rum ist.«

Schulterzuckend ging Verena weiter. »Vielleicht auch eines der Dinge, die Sie herausfinden müssen.«

11:45 Uhr

Nachdem Peer sich ein erstes Bild vom Unternehmen gemacht hatte, geleitete Verena ihn hinunter. Sie hatte inzwischen Nachricht von der Baronin erhalten, dass er sich noch einmal bei ihr melden sollte. Auf dem Hof nahm sie den Kater auf den Arm, der die ganze Zeit auf Peers Schoß ausgehalten hatte. »Tut mir leid, aber ins Schloss darf er nicht. Ina hat eine Katzenhaarallergie.«

»Ina?«

»Die Krankenschwester der Frau Baronin.« Verenas Lippen zuckten. »Lassen Sie sich überraschen.«

Was mochte das heißen? Da aus Verena nicht mehr herauszubringen war, verabschiedete Peer sich von ihr und Vaclav und rollte zurück zum Schloss. Auf seinem Schoß war noch immer die Mulde zu erkennen, wo der Kater auf der Decke gelegen hatte. Wahrscheinlich war die Stelle wohlig warm und kühlte jetzt langsam aus. Verdammt, es war so viel mehr als nicht mehr laufen zu können, das einem plötzlich fehlte. Und er war gerade erst am Anfang. Wie viele Dinge würde er noch entdecken, die ihm heute fremd wären, weil er sie nicht mehr so wahrnehmen konnte wie früher?

Er rollte die Rampe hinauf. Diesmal öffnete eine junge Frau in Jeans und weißer Bluse. Sie hatte ein freundliches Gesicht und trug ihr blondes Haar in einem akkuraten

Seitenscheitel. Ob das Schwester Ina war? Das wäre eine nette Überraschung! Nein, sie stellte sich als die Haushälterin vor und führte ihn erneut in den Salon.

»Lieber Herr Wesendonk«, rief die Baronin mit strahlendem Lächeln. Wieder thronte sie in dem imposanten Ohrensessel. »Ich habe eine fabelhafte Idee gehabt, während Sie unterwegs waren.« Sie griff nach ihrem Handy und drückte eine Taste. »Ina, haben Sie kurz Zeit?« Bewundernd blickte sie das Telefon an. »Ist es nicht toll, was diese kleinen Dinger können? Ich habe die Vorstellung immer gehasst, das Schloss wieder mit einem Klingelsystem auszustatten wie früher.« Ihr Blick ging in eine Nische neben dem Kamin. »Obwohl ich zugeben muss: Damals fand ich es toll, einfach irgendwo zu ziehen und wie aus dem Nichts tauchte ein dienstbarer Geist auf. Als Kind hielt ich es für Zauberei.« Für einen Moment blitzte der Schalk einer Fünfjährigen in ihren Augen auf, dann wurde sie wieder ernst. »Und – hat die Besichtigung der Firma schon irgendwelche Anhaltspunkte ergeben?«

»Ich fürchte nicht«, gab Peer zu. »Bisher ist mir nichts Verdächtiges aufgefallen. Gut, Ihr Hausmeister schien mir ein wenig ... sagen wir mal: unpassend.«

»Walter Grenzin?« Die Baronin schaute durchs Fenster zum Marstall. »Ja. Der gehört eigentlich nicht auf diesen Posten. Aber manchmal spielt einem das Leben ...«

Die Tür öffnete sich und eine Frau trat ein. Natürlich: Das war die Krankenschwester. Nicht allein wegen des weißen Kittels unter ihrer grünen Strickjacke; die Haltung des kräftigen Körpers, der Gesichtsausdruck, die Bewegung der Hände: Alles wirkte wie eine Mischung aus Herbergsmutter und Feldwebel. »Was gibt es denn, gnä' Frau? Alles in Ordnung?« Ihr Blick ging zu Peer. »Ach, ist er das?«

»Das ist er. Herr Wesendonk«, sie wies auf Peer, »ist seit Kurzem querschnittsgelähmt.«

»Ja, davon hab ich gehört.«

Peers Augen weiteten sich. Ihm schwante, was da lief.

»Und Sie haben doch diese besondere Zusatzausbildung gemacht. Wie hieß das noch gleich?«

»Fachkrankenschwester Neurologie, Schwerpunkt Stroke- und Paraplegie-Versorgung.« Sie sah Peer an, ihre Mundwinkel zogen sich nach oben. Bestimmt war es als freundliches Grinsen gedacht, doch es hatte etwas Diabolisches.

»Wunderbar. Herr Wesendonk, was halten Sie davon, wenn wir uns Ina teilen? Sie könnte sich morgens und abends um Sie kümmern.«

Peer zog die Augenbrauen zusammen. »Eigentlich habe ich einen Pflegedienst.«

»Schon, aber ich habe gehört, mit dem seien Sie nicht so richtig zufrieden.«

»Ach, wo haben Sie das gehört?«

»Und ich schwöre Ihnen: Wenn Sie sich erst einmal an Ina gewöhnt haben, werden Sie niemand anderen mehr an sich heranlassen wollen.«

»Frau Baronin«, stammelte Peer, »ich weiß nicht … Das ist bestimmt eine gute Idee, aber ich glaube nicht, dass wir uns das leisten können. Meine Rente wird …«

»Papperlapapp«, winkte die alte Dame ab. »Sie müssen doch nichts dafür bezahlen. Ina ist ohnehin den ganzen Tag hier und hat oft nichts Besseres zu tun, als dem übrigen Personal die Zeit zu stehlen. Sie wird sich freuen, wenn Sie sich nützlich machen kann. Nicht wahr, Ina?«

»Wenn Sie meinen, gnä' Frau.« Die Schwester schob ihre Ärmel ein Stück nach oben und stemmte die Hände in die Hüften. »Soll ich den jungen Mann nach Hause tragen?«

Ungehalten schnalzte die Baronin mit der Zunge. »Zunächst einmal würde es mir völlig reichen, wenn Sie auf Ihre albernen Scherze verzichten. Der arme Herr Wesendonk ist schon ganz blass. Seien Sie bitte behutsam und zuvorkommend, der Arme ist Künstler.«

»Ich *war* Künstler«, brummte Peer.

»Irrtum, mein Lieber. Sie mögen nicht mehr Orgel spielen können. Aber mein Großcousin – ein fantastischer Tänzer, hat es bis zur Met geschafft –, hat immer gesagt: Ein Künstler hört erst auf, Künstler zu sein, wenn er stirbt.«

Peer nickte. Er sah zu, wie Schwester Ina die Ärmel wieder herunterzerrte. Als sie seinen Blick bemerkte, lächelte sie schief und machte einen Knicks; oder zumindest eine Bewegung, die einem Knicks recht nahekam.

Peer schluckte. Spielte sie sich nur vor der Baronin so auf oder war sie immer so? Das konnte ja lustig werden! Moment, er tat ja, als wäre die Sache schon abgemacht. Aber ... »Wirklich, Frau Baronin, das ist ein äußerst großzügiges Angebot, aber das kann ich nicht annehmen. Und auch meiner Frau wäre das sicher nicht recht.« Zumindest war Sascha nicht da, um das Gegenteil zu behaupten.

»Ich bestehe darauf, mein Lieber! Es ist mir sehr wichtig, dass ...«, sie zögerte kurz, als müsste sie nach Worten suchen, »dass Sie erkennen, wie wertvoll Ihre Hilfe mir ist. Und da biete ich Ihnen natürlich gern meine Hilfe an.« Ihr Lächeln wirkte weit weniger souverän als vorhin.

Peer warf einen Seitenblick auf die Schwester. Sie wusste sicher eine Menge über das Leben im Schloss. Warum der Sohn der Baronin sich nie blicken ließ, wohin das Collier des Kaisers verschwunden war und wieso es plötzlich wieder auftauchte, vielleicht sogar, was sich in der RWG alles abspielte. Es konnte durchaus eine gute Idee sein, sie zweimal am Tag bei sich zu haben. Vielleicht ergab sich die Möglichkeit, sie diskret auszuhorchen.

Bei seinen Gedankenspielen hatte er gar nicht bemerkt, dass die Schwester neben ihn getreten war. Umso mehr erschrak er, als sie ihm auf die Schulter klopfte. »Ach, wir raufen uns schon zusammen, was, Herr Wiesendank?«

»Wesendonk«, murmelte Peer und fragte sich, wie wörtlich sie das mit dem Raufen wohl meinen mochte.

12:10 Uhr

Mit gemischten Gefühlen stand er einen Moment auf dem Treppenabsatz, ehe er vorsichtig die Rampe hinunterrollte.

Arndt Kramm kam aus dem Bürotrakt. Er war mit einem edlen, knielangen Wollmantel bekleidet und trug das Jackett über dem linken Arm. In der rechten Hand hielt er einen Lederkoffer. »Na, hat die alte Dame Sie endlich aus ihren Fängen entlassen?«

»Ja.« Er deutete auf den Koffer. »Termin?«

»Leider. Ich muss zum Ministerium. Wie es aussieht, kommt der Gutachter noch in diesem Jahr vorbei. Das könnte uns das Genick brechen! Mal sehen, ob ich das abwenden kann. Und Sie halten sich besser ran!« Er trat zu einem silbergrauen BMW X5 und öffnete den Kofferraum mit einem Druck auf den Schlüssel in seiner Hand.

Neidisch ließ Peer den Blick über das Auto gleiten. Im Kofferraum könnte man locker einen Rollstuhl unterbringen. Aber man musste wohl Geschäftsführer eines land- und forstwirtschaftlichen Unternehmens sein, um sich so einen SUV leisten zu können. Einen überaus komfortablen und edlen SUV.

Als Kramm den Kofferraum wieder zugleiten ließ, bemerkte er Peers Blick. Mit einer Mischung aus Stolz und Bedauern sagte er: »Ich würde Sie ja gern ein Stück mitnehmen, aber …« Er schaute auf den Rollstuhl und hob die Augenbrauen.

»... ich will ja nicht nach Schwerin«, vervollständigte Peer.

»Genau.« Ein erleichtertes Lächeln erschien auf Kramms Gesicht.

Das Kofferraumschloss klickte leise beim Verriegeln. Peer schaute aufs Kennzeichen. RZ. Herzogtum Lauenburg. »Sie sind aus dem Westen?«

»Ertappt. Zwei Wessis in der Einöde Mecklenburgs.« Natürlich wusste Kramm, dass Peer und Sascha aus Hamburg stammten. Jeder hier wusste das. Sein Lächeln hatte etwas Gewinnendes. »Aber sollten diese Kategorien nicht langsam überholt sein? Ich betrachte mich eher als Nachbarn.« Er wies auf den rechteckigen gelben Aufkleber. »Gudow ist gerade mal fünfunddreißig Kilometer entfernt. Vierzig Minuten Fahrzeit. Müsste ich nicht um den Schaalsee rum und über die Dörfer, würde ich es sogar in zwanzig Minuten schaffen.« Er lachte.

Auch Peer lächelte. Dieser Aufkleber auf einem so schönen Auto ...

»Ich weiß«, verteidigte sich Kramm, als könnte er Peers Gedanken lesen, »so ein Auto mit einem Aufkleber zu verschandeln, ist ein Frevel. Aber mein alter Herr hat sich zur Hälfte an den Kosten beteiligt. Unter der Voraussetzung, dass ich ein bisschen Patriotismus zeige. Und mal ehrlich«, er beugte sich zu Peer hinunter und senkte die Stimme, »lieber einen beklebten X5 als gar keinen X5, oder?«

Dem konnte Peer nicht widersprechen. Ihm hatte sich diese Frage ohnehin nie gestellt. Und würde es auch nicht.

»Ich muss. Die Schweriner warten. Hat mich gefreut, Sie kennenzulernen.« Kramm zog den Mantel aus und warf ihn auf die Rückbank.

»Mich auch.«

Peer sah zu, wie der Manager in den Wagen stieg, lauschte dem Klang beim Anlassen, dem leisen Röhren, während der BMW über die Allee preschte. Manche Menschen hatten alles: gutes Aussehen, einen tollen Job, ein schickes Auto. Andere hatten nicht einmal brauchbare Beine.

Und nun? Wo sollte er anfangen mit den Ermittlungen? Seit dem ersten Fall hatte er immer wieder in seinem Kriminalhandbuch gelesen und wusste, welche Fragen er klären musste. Um herauszufinden, wer das Holz gestohlen hatte, war es wichtig, nach dem Grund für den Diebstahl zu suchen – und natürlich nach dem Holz an sich. Wo könnte man so viele Baumstämme deponieren? Das Gespräch in der »Alten Eiche« kam ihm in den Sinn. Wenn in einer Tour Holztransporter durch Wakenstädt gedonnert waren, hatte man sie vielleicht auch am Ortsausgang von Vertikow hören können. Und am dichtesten an Wakenstädt lag der Hof von Erich Schlüter. Wenn er schon mal hier am Schloss war, könnte er einen Abstecher zum Hofladen unternehmen, dann bräuchte Sascha am Freitag nicht hin. Er griff hinter sich – gut, das Netz hing an der Rückenlehne, Platz genug für drei Gläser Leberwurst und ein Brot.

Zum ersten Mal seit seinem Unfall fuhr Peer wieder zum Hofladen. Und zum ersten Mal fiel ihm auf, wie unterschiedlich die paar Straßen im kleinen Vertikow waren. Kaum hatte er das Kopfsteinpflaster der Schlossallee hinter sich und konnte endlich sanft über den Gehweg rollen, vorbei an der alten Schule und am Pfarrhaus, da endete am Slawenweg der Bürgersteig schon wieder und Peer musste auf die Straße. Die war zwar auch eben und gut zu befahren, aber mit einer Kurve im Dorf und einer zweiten in Richtung Wakenstädt war diese Stelle schwer einzusehen. Auf der Fahrbahn zu rollen, wäre zu gefährlich, also wich Peer auf den Seitenstreifen aus und holperte durch Pfützen, über Grasbüschel und McDonalds-Tüten weiter – vorbei an Leos rotem Holzhaus auf der linken Seite und dem kleinen, liebevoll restaurierten Fachwerkbau von Raffael auf der rechten, gleich hinter dem Friedhof.

Peer schaute sich um: Ja, er hatte tatsächlich den Friedhof hinter sich gelassen, jenen Ort, der das Dorf prägte wie kein anderer. Von der Kirche kurz hinter dem Dorfeingang bis hierhin zog sich die Dorfstraße in einem langen Bogen um das riesige Areal, auf dem die Toten aus über vierhundert Jahren lagen. Was hatte Sascha und ihn damals bloß bewogen, ausgerechnet in das einzige Dorf zu ziehen, in dem seit Jahrhunderten noch nie ein Grab aufgelöst worden war? Als Sascha ihren Eltern davon erzählt hatte, hatten die entsetzt gefragt, ob das nicht »etwas morbide« sei. Morbide oder nicht, wenn man davon absah, was unter der Erde lag, hatte Vertikow einen großen Park mit alten Bäumen, die jetzt im Herbst rot und golden strahlten. Zumindest bis vor ein paar Tagen. Seit Mitte November fielen die Blätter in Scharen von den Zweigen.

Hinter Raffaels Künstlerkate bog Peer nach rechts ab in den Mühlenredder. Zögernd musterte er den Weg: Früher mochte auch dies mal eine Straße mit Kopfsteinpflaster gewesen sein, jetzt war es kaum mehr als ein Feldweg, der schon einen Grünstreifen in der Mitte bildete und nur noch hin und wieder von einzelnen Steinen durchsetzt war. Klamotten. Es hatte damals eine Zeit gedauert, bis Peer begriffen hatte, dass damit die Felsbrocken gemeint waren. Und jetzt würde es eine Zeit dauern, bis er diesen Weg hinter sich gebracht hätte.

12:35 Uhr

»Ja, natürlich hab ich den selber gemacht. Die Kinder sind extra ein Wochenende gekommen und haben mitgeholfen beim Pflücken und Abstrippen. Oh, hallo Peer!« Daniela Schlüter, Erichs Frau, lächelte ihn an und wandte sich dann wieder ihrer Kundin zu. »Ich sag dir, nichts schützt dich besser vor Erkältung. Jeden Tag ein Schnapsglas voll in den Becher, mit heißem Wasser auffüllen und einen Löffel Honig dazu. Guck mich an!«

Die Frau vor dem Tresen musterte Daniela, schaute dann prüfend auf das Etikett. Schließlich sagte sie mit immer noch skeptischem Unterton: »Gut, ich nehm mal eine. Aber drei fuffzich is schon ganz schön teuer.«

»Kriegst du nirgends billiger. Auf dem Markt nehmen sie fünf Euro pro Flasche! Und ob da nur Fliederbeeren drin sind, weißt du auch nicht. Hier hast du meine Garantie.«

Die Kundin nickte, zahlte und packte die Flasche in ihren Korb. Als sie sich umwandte und den Rollstuhl sah, wurden ihre Augen groß. Sie musste Peers Blick bemerkt haben, denn auf einmal senkte sie die Augen und ging rasch zur Tür.

Daniela gluckste. »Carola Witting aus Wakenstädt. Die war schon in der Schule so komisch. Hast Glück, dass ich noch da bin, eigentlich ist schon Mittag. Was verschlägt dich überhaupt hierher? Seit du im Rollstuhl sitzt, habe ich dich hier nicht mehr gesehen.«

Es tat gut, jemanden zu treffen, der direkt und unkompliziert mit dem Thema umging, der nicht – wie viele andere im Dorf – vor sich hindruckste aus Furcht, etwas Falsches zu sagen. »Das wundert dich? Dann guck dir mal den Mühlenredder an! Eine Crossstrecke ist nichts dagegen.«

Die Bäuerin zuckte mit den Schultern. »Was sollen wir machen? Mal eben 'ne Ladung Asphalt drüberkippen?«

»Wär ein Anfang.« Er rollte an den Tresen. »Wir brauchen Nachschub. Dreimal Leberwurst. Oder nee!« Sein Blick fiel auf die Gläserpyramide in der Ecke. »Zweimal Leberwurst und ein Glas Rotwurst.«

»Klar. Aber wieso kommst *du* vorbei? Sonst kauft doch Sascha am Freitag immer alles.«

»Ich war gerade beim Schloss und dachte, wo ich eh schon fast hier bin ... Da hatte ich nicht mehr im Kopf, was für eine Abenteuerstrecke ihr habt.«

Daniela runzelte die Stirn. »Was machst du im Schloss?«

»Geheime Ermittlungssache.«

»Wegen dem Holzraub?«

Enttäuscht und auch ein wenig argwöhnisch fragte Peer: »Wieso weißt *du* davon? Ich dachte, die halten das unter Verschluss.«

»Hätten sie gern. Aber da ein Teil von dem gerodeten Wald Gertrud Kuhn gehört hat und Erich der neue Eigentümer ist, mussten sie ihn natürlich informieren.«

»Ach, das gehörte gar nicht alles der RWG?«

»Der größte Teil ja, aber sie pachten eben auch andere Flächen dazu.«

»Weiß das Ministerium das?«

»Keine Ahnung«, meinte Daniela achselzuckend. »Was du aber auch immer für Fragen stellst.«

»Hier kommt noch eine: Habt ihr irgendwann in den letzten Wochen mal was mitbekommen von dem ganzen LKW-Lärm und den Sägen?«

»Mein Gott, Peer! Weißt du, wie weit das ist? Erst kurz vor Wakenstädt fährst du rechts rein. Wie sollen wir das hier hören?«

Das hatte Peer sich anders vorgestellt. Er müsste sich unbedingt selbst mal ein Bild von der Waldfläche machen. Schließlich hatte er noch immer keine Vorstellung davon, wie viele Bäume das gewesen sein mochten.

Inzwischen hatte Daniela die Wurstgläser zusammengesucht. »Wo sollen sie hin? In die Kuhle auf deinem Schoß?«

»Nee, hinten ins Netz. Die Kuhle ist von Vaclav.«

»Verenas Kater?«

»Ja. Du kennst aber auch alle und jeden, was?«

»Leider nicht persönlich.« Daniela grinste. »Aber Verena hat mir mal Bilder von ihm gezeigt. Sie kommt regelmäßig vorbei und kauft hier ein.«

Peer nickte. »Sag mal, diese Verena – läuft da was zwischen ihr und Horst?«

»Da fragst du was! Es könnte längst was laufen. Er will, sie will, aber sie trauen sich einfach nicht.«

»Wieso?«

Daniela warf die Hände in die Luft. »Woher soll ich das wissen? Horst meint, er sei nicht gut genug für sie. Was sie für ein Problem hat, weiß ich nicht. Versteh einer die Leute!«

»Vielleicht liegt es an diesem Arndt Kramm. Sie zofft sich zwar mit ihm, aber das muss ja nicht heißen, dass nichts zwischen ihnen läuft.«

»Dieser bornierte Kerl? Von dem soll sie die Finger lassen!«

»Ich fand ihn ganz nett, so auf den ersten Blick.«

»Nett? Nett ist auch 'ne Rüschenbluse. Stell dir vor, der ist tatsächlich mal hier gewesen und hat gefragt, ob wir auch Leberwurst ohne Gewürze haben. Für den Kater.« Sie rollte mit den Augen. »Hast du so was schon gehört?«

»Tiere sollen ja nicht so viel Salz und Gewürze fressen.«

»Dann soll er Mäuse fangen wie jede vernünftige Katze. Oder er kriegt halt Katzenfutter. Der REWE in Gadebusch hat mindestens zwanzig verschiedene Sorten.« Sie schüttelte den Kopf. »Leberwurst ohne Gewürze! Demnächst noch Käse ohne Milch, oder was? Diese spinnerten Wessis kommen auf Ideen.«

»Vorsicht, vergraul deine Kunden nicht! Ich bin auch einer der spinnerten Wessis.«

»Spinnert mag sein, aber Wessi? Du bist doch längst assimiliert. Du bist einer von uns und gehörst nach Vertikow.«

Eine Gänsehaut lief Peer über die Arme, Wärme durchströmte ihn. »Danke. Aber ganz stimmt das nicht. Ich sag immer noch ›Plastik‹ statt ›Plaste‹ und ›Viertel nach neun‹ statt ›viertel zehn‹.«

Daniela schnalzte mit der Zunge. »Sei nich so kleinlich! Dann bist du eben ein halber Ossi. Ein Wossi.«

»Wossi?« Peer lachte auf. »Damit kann ich leben.«

Die Tür hinter Daniela ging auf, Erich trat ein. »Peer! Ich hab doch gedacht, die Stimme kenn ich. Tachschön. Was machst 'n du hier?«

»Leberwurst kaufen. Und über die Schlossbewohner tratschen. Und deine Frau von der Mittagspause abhalten.«

»Ich hab ihm grad von diesem Kramm erzählt«, fügte Daniela hinzu und knuffte ihren Mann in die Rippen. »Wie er Leberwurst für den Kater kaufen wollte.«

Erich Schlüter lachte. »Lass mal, der is 'n büschen versnobt, aber ganz in Ordnung. Ich kann mit ihm besser als mit dem Baron.«

»Ah, ah, ah!« Daniela hob den Zeigefinger. »Noch ist er nicht Baron. Auch wenn er sich so aufführt. Aber ich sehe schon, ihr Männer steckt unter einer Decke. Peer meinte auch, dass dieser Kramm ein Netter ist.« Sie schürzte die Lippen. »Ich kann das nicht finden.«

»Was hast du gegen ihn?«, fragte ihr Mann.

»Das ist doch offensichtlich: Er stellt die halbe Welt auf den Kopf für diesen Kater, weil er an Verena ran will.«

»Und? Wenn Verena ihn auch will, is doch alles gut.«

»Die will ihn ja gar nicht, die will Horst! Und sie soll auch Horst bekommen und nicht diesen … Lackaffen.«

»Ist ja gut«, meinte Peer grinsend. »Aber darf ich vielleicht noch meine Wurst bezahlen, bevor Verena ihren Horst bekommt?«

Daniela sah ihn mit zusammengekniffenen Augen an. »Du Wossi«, zischte sie und kicherte leise.

25. November 2014

10:10 Uhr

»Mann, wo bleibst du denn?«, blaffte Horst, als Peer aus dem Fahrstuhl der RWG rollte.

»Dir auch einen guten Morgen. Was ist denn so brisant?«

Der Forsttechniker winkte ihn in sein Büro, schaute noch einmal hinaus auf den Gang und lehnte die Tür an. »Peer, die Kacke ist echt am Dampfen!«

»Ich weiß, das hast du schon gesagt.«

»Wann?«

»Vorhin am Telefon.«

»Ach ja.«

»Willst du die Tür nicht lieber ganz zumachen? Nicht, dass die Kacke noch auf den Flur dampft.«

»Geht nicht, die klemmt, weißt.« Horst schob ihm eine Mappe über den Schreibtisch.

»Was ist das?«

»Meine Gehaltsabrechnungen der letzten sieben Jahre. Sieh sie dir an.«

Zögernd griff Peer nach der Mappe und öffnete sie. Horsts Einstiegsgehalt war nicht üppig gewesen, aber angemessen. Dafür stieg es schon im dritten Jahr deutlich an, im fünften ebenfalls. Das konnte doch nicht sein: Auf jeder zweiten Jahresabrechnung stieg die Gesamtsumme regelmäßig um gute zehn Prozent. »Wow, da muss die Baronin aber sehr zufrieden mit dir gewesen sein.«

Horst schüttelte den Kopf. »Das war nicht die Baronin, sondern ihr Sohn.« Ein Lächeln umspielte seine Lippen. »Die Baronin, die hat mir das Studium finanziert, weißt.«

»Was hat sie? Wieso?«

»Lange Geschichte«, brummte Horst, sein Gesicht rötete sich. »Lies weiter.«

Es folgte der Mietvertrag für das Forsthaus. Darin waren ebenfalls zweijährliche Mietanpassungen vorgesehen. Peer schaute sich die Monatsmieten auf den beiliegenden Kontoauszügen an, überschlug rasch die jährliche Summe. Seine Augenbrauen hoben sich, er pfiff leise. »Das stimmt fast überein.«

»Das hab ich auch gemerkt.« Horst beugte sich vor. »Ganz schöne Scheiße!«

Peer runzelte die Stirn. »Ich weiß immer noch nicht … ich meine, klar ist das ärgerlich, wenn die ganze Lohnerhöhung für die Miete draufgeht. Aber es war für dich ja insgesamt nicht zum Nachteil. Wieso habt ihr das überhaupt so geregelt?«

Statt zu antworten, schob Horst ihm ein einzelnes Blatt hin, laut Kopfzeile Teil eines amtlichen Briefes über die »Ausgestaltung der Inhalte des Merkblattes FWZ – Professionalisierung – zur ForstGAKFöRL M-V«. Leise las er: »Die Höhe der Zuwendung nach Nummer soundso beträgt a) in den ersten zwei Jahren 90 Prozent, b) im dritten und vierten Jahr 80 Prozent, c) im fünften und sechsten Jahr 70 …, im siebten …, ab dem neunten Jahr 50 Prozent der nachgewiesenen Gehaltskosten, die laut Arbeitsvertrag an eine forstfachlich ausgebildete Fachkraft ausgezahlt werden.« Alle zwei Jahre zehn Prozent!

Peers Puls beschleunigte sich. Er schaute die forstfachlich ausgebildete Fachkraft auf der anderen Seite des Schreibtischs an. Die biss sich auf die Lippen und knetete die Finger. Kopfschüttelnd schleuderte Peer ihm den Zettel entgegen. »Und bei so was machst du mit?«

Horst öffnete und schloss ein paarmal den Mund. »Ich … ich hab das doch nicht gewusst.«

»Wie bitte? Hör mal, du unterschreibst einen Vertrag, der regelmäßige Lohnerhöhungen vorsieht, und einen anderen, der regelmäßige Mieterhöhungen vorsieht, und du wirst nicht stutzig?«

»Ach, Peer«, Horst wand sich in seinem Stuhl, »ich hab das nicht so mit Zahlen, weißt. Das war mir nicht aufgefallen. Und der Chef hat auch gemeint, das Forsthaus muss ja instand gehalten werden. Das wird jedes Jahr teurer.«

»Und wurde jedes Jahr was instand gehalten?«

»Nee.«

»Und du hast nicht nachgefragt, wie das sein kann?«

»Da hab ich doch nicht mehr dran gedacht«, murmelte Horst kleinlaut. »Erst jetzt, als diese Sache mit dem Ministerium aufkam und Arndt meinte, die sollen hier bloß nicht rumschnüffeln, hab ich mich gefragt, was er wohl zu verbergen hat.«

Ein keuchendes Husten ertönte vom Gang. Peer wandte sich um und machte durch den schmalen Türspalt eine Bewegung aus. So schnell es ging, wendete er den Rollstuhl und rollte zur Tür. Zwischen den Treppenstreben erkannte er gerade noch das graue Gesicht des Hausmeisters.

Inzwischen war Horst herangekommen und schaute über ihn hinweg. »Und? Jemand da?«

»Nicht mehr. Aber ich fürchte, euer Facility Manager hat uns belauscht.«

»Walter? Meinst du, er hat was mitbekommen?«

»Da deine Tür sich nur anlehnen lässt, kann das durchaus sein. Zumindest ist das wohl seine Absicht gewesen.« Peer schaute in Horsts bleiches Gesicht hinauf. »Wäre das ein Problem?«

Der Forsttechniker zuckte mit den Schultern und ging zurück an den Schreibtisch. »Bei Walter weiß ich nich so genau. Ich bin in solchen Dingen nicht so erfahren wie du, aber manchmal denke ich, er ist nicht gut auf die Firma zu sprechen, weißt.«

Nach den zwei Malen, die Peer ihn getroffen hatte, hatte er den Eindruck, dass dieser Walter Grenzin auf niemanden gut zu sprechen war, aber das behielt er für sich. »Warum?«

»Seine Frau hat wohl früher auch hier gearbeitet. Soll die Stelle gehabt haben, die jetzt Verena hat.« Als er den Namen erwähnte, leuchteten seine Augen kurz. »Angeblich hat sie sich was zuschulden kommen lassen, keine Ahnung, was. Auf jeden Fall ist sie rausgeflogen.«

»Und der Grenzin war schon immer Hausmeister?«

»Nee, war wohl mal Chef der Produktionsplanung, später hat er dann im Lager gearbeitet. Aber auch da …«

Es klopfte, die Tür öffnete sich. Arndt Kramm schaute herein. »Herr Wesendonk!« Strahlend stieß er die Tür auf. »Mir war doch so, als hätte ich eine fremde Stimme gehört.« Er schaute auf den Schreibtisch, fächerte die Dokumente auf, sah dann mit eisigem Blick zu Horst. »Das ist nicht wahr, oder? Du veröffentlichst Betriebsinterna?«

»Wie? Was … was heißt veröffentlichen?«, stammelte Horst. »Ich … ich hab Peer nur klar machen wollen, wieso er sich um das geklaute Holz kümmern muss.«

»Aber doch nicht so!« Kramms Gesicht wurde rot. »Sag mal, hast du überhaupt eine Ahnung, wie dicht du …« Er fasste sich und sah zu Peer. »Herr Wesendonk, sicher verstehen Sie, dass weder der Holzdiebstahl noch dieses ›Arrangement‹ an die Öffentlichkeit gelangen darf. Ich war entsetzt, als ich von Herrn Radenow-Werthenbachs Plan erfuhr, so ein Deal geht natürlich gar nicht.« Er schüttelte den Kopf. »Aber jetzt ist es nun mal geschehen. Mein Gott, wenn das rauskommt, das eine wie das andere, kann es das Ende der RWG bedeuten.« Wieder heftete er den Blick auf Horst. »Auf jeden Fall dein Ende bei der RWG.«

Der Forsttechniker sank auf seinen Stuhl. »Aber wieso? Ich hab doch immer gemacht, was verlangt wurde. Und wenn ich im Urlaub bin, kann ich doch nicht auf den Wald aufpassen, weißt.« Seine Stimme zitterte leicht.

Peer schaltete sich ein. »Nun wart mal ab, Horst. Klar, wenn irgend möglich, rollen immer zuerst die Köpfe der Angestellten, das kennt man ja. Aber wenn wir diesen Fall mit dem Holzraub aufklären und den Behörden mit hieb- und stichfesten Beweisen den Täter präsentieren können, müssten die Chancen ganz gut stehen, dass hier nicht unnötig herumgeschnüffelt wird.« Er zuckte mit den Schultern. »Das ist die einzige Möglichkeit, die ich sehe.«

Zögernd nickte Kramm, während er seine Unterlippe knetete. »Dann versuchen wir, alles so lange wie möglich unter Verschluss zu halten. Können Sie uns denn zusagen, die Sache aufzuklären, Herr Wesendonk?«

»Ich weiß nicht«, murmelte Peer. »Ich gebe mein Bestes.«

»Natürlich.« Kramm verzog das Gesicht zu etwas, das als aufmunterndes Lächeln gedacht sein mochte, wurde aber sofort wieder ernst. »Und was den Zugriff auf Unterlagen angeht: Ich bitte Sie um Verständnis, dass ich vorher informiert werden möchte. Es gibt in jeder Firma«, er holte tief Atem, »sagen wir: ganz interne Interna.« Mit einem Augenzwinkern wandte er sich zur Tür und ging. »Viel Erfolg!«

Peer schaute Horst an. »Mach dir mal keine Sorgen, das kriegen wir schon hin. Wie hast du überhaupt von dem Holzraub erfahren? Hast du das selbst entdeckt?«

»Nee. Da wäre ich erst heute zur Kontrolle vorbeigekommen. Hat Jonas mir erzählt.«

»Jonas? Wer ist das?«

Es knarrte scharf, als die verklemmte Tür wieder aufflog, der Geschäftsführer rauschte herein, die Augen weit aufgerissen. »Jonas? Doch nicht Jonas Werner?«

»Genau der«, murmelte Horst.

Kramm schlug mit der Faust auf den Tisch. »Verflucht und zugenäht! Dann sind wir echt am … Ende!«

»Wer ist denn das?«, fragte Peer.

»Ach, ein verstrahlter Umweltaktivist, ein Baumschmuser, der gerade beim Biosphärenreservat sein FÖJ macht.«

»Sein … was?«

»Freiwilliges ökologisches Jahr. Der scheint uns gefressen zu haben; kaum eine Woche vergeht, ohne dass er mit irgendeiner Protestnote auf der Matte steht.« Kramm schnaubte. »Oder gleich eine seiner verrückten, geschäftsschädigenden und vermutlich illegalen Aktionen startet.«

»Nun lass mal«, versuchte Horst, ihn zu beruhigen, »der will die Natur schützen, das ist doch gut.«

»Pah, Naturschutz! Wir sorgen doch mit dem schonenden Anbau und der jahrelangen Pflege der Bäume dafür, dass der Wald erhalten bleibt. Wenn es nach dem Willen dieser Terroristen ginge, würde überall nur noch Totholz herumliegen und die jungen Bäume ersticken.«

Peer räusperte sich. »Ich will mich ja nicht einmischen, aber da stimmt was nicht: Wenn dieser Werner Jonas …«

»Jonas Werner.«

»Wenn dieser Jonas Werner tatsächlich so ein beherzter Naturschützer ist, würde er dann so viele Bäume umbringen? Wie viele standen denn auf den acht Hektar?«

Horst schob die Unterlippe vor. »Gute Frage. Ich schätze mal, rund 800, 900 Stück, davon vielleicht 300 Eichen und 200 Buchen.«

»Und würde der die alle leichtfertig fällen, nur um der RWG eins auszuwischen?« Peer sah Kramm an.

Der zuckte mit den Schultern. »Wer weiß schon, was in diesen Hitzköpfen vorgeht?«

»Sieht aus, als müsste ich mal mit dem Aktivisten reden.« Er ließ den Blick zwischen Horst und dessen Chef hin- und herschweifen. »Trotzdem stimmt da was nicht. Wenn dieser Jonas Werner der RWG schaden will – warum hat er dann den Einschlag nicht gleich publik gemacht? Wieso wartet er stillschweigend ab?«

»Erpressung?«, schlug Horst vor und warf einen scheelen Blick auf die Mappe mit seinen Gehaltsabrechnungen.

Kramm lachte bitter. »Nein. Weil er ein durchtriebenes Schlitzohr ist. Jetzt würden wir von der Presse zum armen Opfer stilisiert, das durch einen skrupellosen Dieb in den Ruin getrieben wird. Er wartet einfach ab, bis der Gutachter hier war und uns die Fördergelder streicht. Dann kann er sicher sein, dass die RWG als Naturausbeuter dargestellt wird, und das skrupellose Management ist schuld, dass die Firma an der eigenen Gier zugrunde geht.«

Auf dem Flur näherte sich das Stöckeln von Absätzen, Verena erschien in der Tür, die Schultern hochgezogen, ihre Lider flatterten. »Horst, ich muss dringend mit dir ...« Sie stockte. »Oh, Arndt, ... Herr ... guten Morgen.« Ein unbeholfenes Lächeln huschte über ihre Lippen. Ihr Blick blieb kurz an Kramm hängen, ehe sie sich auf Peer einlassen konnte. »Sie sind schon fleißig am Ermitteln?«

»Klar. Es steht ja viel auf dem Spiel.«

»Was wolltest du denn?«, fragte Kramm.

Verena schien zu überlegen, schüttelte schließlich den Kopf. »Ach, das hat Zeit. Aber für Sie habe ich etwas Interessantes gefunden, Peer.« Sie hob die linke Hand gegen Kramm, der bereits Atem holte. »Keine Sorge, Arndt, es sind keine vertraulichen Dokumente.«

Nachdem Peer sich von Horst verabschiedet hatte, folgte er Verena in ihr Büro. Sie schloss die Tür und setzte sich an ihren Monitor.

»Ich habe etwas herausgefunden«, sagte sie leise, »zu den Versicherungsbeiträgen.«

Peer rollte an den Schreibtisch. »Und was?«

»Natürlich sind die damals bei der Versicherung eingegangen. Das lief über Einzugsermächtigung, da musste niemand etwas überweisen.« Sie machte eine kurze Pause. »Und doch hat jemand etwas überwiesen.«

»Wie meinen Sie das?«

Sie zeigte auf den Monitor. »Die Abbuchung wurde storniert, drei Tage, nachdem das Geld von unserem Konto gegangen war. Und kaum war der Betrag zurückgebucht, hat jemand ihn weiterüberwiesen auf ein anderes Konto.«

»Welches? Wem gehört es?«

»Das ist das Seltsame. Als Name steht da ›Jonas Werner‹.«

Peer verschluckte sich fast. »Wie? Der Naturschützer? Wie kann das sein?«

»Ich habe keine Ahnung. Natürlich weiß ich nicht, ob der Name stimmt; elektronische Überweisungen richten sich meist nur nach den Kontonummern oder jetzt nach den IBANs.« Sie schaute Peer an. »Rein theoretisch könnte man für jedes Konto einen beliebigen Namen eintragen.« Das Ende des Satzes blieb in der Luft hängen.

»Aber?«

»Aber genauso theoretisch könnte sich Jonas Werner auch in den Firmenrechner einhacken und sich selbst das Geld aufs Konto schicken.«

»Und welche Theorie ist wahrscheinlicher?«, fragte Peer und schaute auf den Monitor. Falls Verena etwas antwortete, so bekam er es nicht mehr mit, denn eine Zahl fing seine Aufmerksamkeit: Neben der Angabe »Aktueller Kontostand am 25.11.2014« leuchtete in Rot »- 37.243,28 €«.

11:35 Uhr

Peer hatte überlegt, ob er Verena zu dem Minus auf dem Konto befragen sollte. Aber wieso? Was sollte sie antworten? Jede Firma konnte mal in einen finanziellen Engpass geraten. Und dass die RWG die Fördermittel dringend benötigte, hatte Kramm ja schon zugegeben. Umso bitterer wäre es natürlich, wenn Peer keine Spur von dem Holz fände.

Wie viel mochte die Baronin von alldem wissen? Kurzentschlossen war er zum Schloss gefahren und hatte geklingelt. Die Haushälterin hatte ihn tatsächlich eingelassen und nach kurzer Rücksprache gleich zur Baronin geführt, die auch heute wieder in ihrem Sessel thronte.

»Wir müssen ein bestimmtes Verhältnis von Laub- und Nadelbäumen erreichen. Das will natürlich niemand gern, weil Laubbäume langsamer wachsen, später reif werden und damit auch erst später Rendite bringen. Also fördert der Staat das.«

»Und war das Ihre einzige Fläche mit Laubbäumen?«

»Nein, natürlich nicht. Aber zusammen mit der Anzuchtfläche davor, die ja auch vollkommen vernichtet worden ist – ob nun durch die Rodungsarbeiten oder mit Absicht, lasse ich mal dahingestellt –, zusammen ist dies das Zünglein an der Waage. Jetzt sind wir rechnerisch unter dem Soll, um noch förderfähig zu sein.«

Peer nickte. »So ähnlich erzählte Herr Kramm das auch. Aber was ich noch nicht ganz verstehe: Die RWG macht doch viel mehr als nur Forstwirtschaft, Viehzucht, Rübenanbau … wie kommt es, dass ausgerechnet der Wald über den Fortbestand entscheiden soll?«

Die alte Dame setzte sich auf und atmete tief ein. »Das, mein Lieber, sind die Errungenschaften der modernen Wirtschaft, die die Wessis uns gebracht haben. Da wird nichts mehr breit verteilt, nichts zurückgelegt, nichts ausgeglichen. Heutzutage muss man knapp kalkulieren, um zu überleben. Das haben mein Sohn und Herr Kramm offenbar auch getan. Da sind die Fördermittel fest eingeplant. Bleiben die weg, gibt es harte Einschnitte, mindestens Entlassungen. Wenn es ganz schlimm kommt, muss sogar die Forstwirtschaft verkauft werden. Und ohne die ist das Unternehmen nicht überlebensfähig.«

»Sie meinen, das wäre das Ende der RWG?« Die rote Zahl auf Verenas Monitor kreiste in Peers Kopf.

»Das Ende des Guts«, murmelte die Baronin mit glasigen Augen, »das Ende des Dorfes.«

Peer schaute sie eine Weile still an. Für die Baronin wäre es das Ende von allem, was sie nach der Wende hier aufgebaut hatte – *wieder* aufgebaut hatte. Es war ihm nicht entgangen, dass sie von den Wessis gesprochen hatte, als gehörte sie nicht dazu, als wäre sie immer Vertikowerin geblieben. Ob sie wusste, dass die Menschen im Dorf das ganz und gar nicht so sahen? »Frau Baronin«, begann er behutsam, »woher wissen Sie so viel über den Wald? Sie sind ja eine richtige Forstexpertin.«

Ein Schmunzeln huschte über ihr Gesicht. »Ach, Sie Schmeichler. Aber Sie haben recht, der Wald war schon immer mein Steckenpferd. Mein Sohn interessiert sich eher für die schnellen Erfolge, wie mein Mann damals auch. Schweinemast, Rübenanbau und jetzt dieser furchtbare Energiemais!« Das letzte Wort sprach sie mit Abscheu aus. »Der Wald hingegen ist so viel mehr als nur Nutzfläche. Er gehört zur Landschaft dazu, zum Leben der Menschen. Die Bäume, die gefällt wurden, hat mein Vater gepflanzt, einige sogar mein Großvater. Sie waren Teil meiner Kindheit, ein Teil von mir.« Ihre Stimme brach, sie nestelte ein Taschentuch aus der Rocktasche und tupfte sich die Augen.

Für einen Moment fühlte Peer sich unbehaglich, wie ein Voyeur, der sich am Unglück anderer weidet. Aber nein, er war auf Wunsch der Baronin hier, er sollte ermitteln, da hatte er auch ein Recht, unangenehme Fragen zu stellen. »Das tut mir sehr leid«, sagte er leise.

Sie nickte stumm und richtete sich auf. »Entschuldigen Sie. Ich war einen Moment … Wie kann ich Ihnen denn noch helfen?«

»Verantwortlich für den Wald ist in Ihrer Firma Horst Hoffmann, oder? Wenn ich das richtig verstanden habe, wurden die Bäume genau während seines Urlaubs gefällt.«

»Zumindest wurde erst nach seinem Urlaub entdeckt, dass sie gefällt worden waren. Wieso?«

»Verstehen Sie mich nicht falsch, Frau Baronin, aber ich muss in alle Richtungen denken. Könnte es sein, dass Horst da irgendwie mit drinsteckt?«

Ihre Augen weiteten sich für einen Moment, dann runzelte sie die Stirn. »Das kann ich mir nicht vorstellen. Er ist ein überaus treuer und loyaler Mitarbeiter. Gut, er ist manchmal ein wenig langsamer und braucht eine Extra-Erklärung, aber das ist doch verständlich bei seiner Geschichte, oder?«

Peer horchte auf. »Welcher Geschichte?«

»Das wissen Sie nicht? Ich will nicht indiskret sein, fragen Sie ihn besser selbst. Aber ich darf wohl mit Fug und Recht behaupten, dass er mir einiges zu verdanken hat.«

Peer nickte. »Das heißt, er würde niemals auf die Idee kommen, Ihnen zu schaden? Oder Ihrer Firma?«

»Vermutlich nicht, nein. Obwohl es ja nicht mehr meine Firma ist. Und ich fürchte«, sie erhob die Stimme, »dass er bei der RWG nicht überall das vollste Vertrauen besitzt.«

»Sie sprechen von Herrn Kramm.«

»Tja, seine etwas … einfache Persönlichkeit und die … ›holprige‹ Biografie lassen bei dem einen oder anderen eben Zweifel keimen.«

»Apropos Zweifel: Kennen Sie einen Jonas Werner?«

Das Lächeln wich von ihrem Gesicht. »Allerdings. Ein impertinenter junger Mann. Ganz und gar keine Manieren. Seine armen Eltern!«

»Aber er liebt den Wald auch. So wie Sie.«

Sie schürzte die Lippen. »Nehmen Sie es mir nicht übel, Herr Wesendonk, aber die meisten jungen Leute lieben ihre Ideale nur um ihrer selbst willen.«

»Und Ihr Sohn?«

Die Augen der Baronin weiteten sich, für einen Moment wirkte sie, als wollte sie Peer anschreien. Dann schaute sie zu Boden. »Ich weiß nicht, ob mein Sohn Ideale hat«, murmelte sie.

»Frau Baronin?«

Die alte Dame fuhr zusammen, und auch Peer zuckte kurz, als eine Stimme von der Tür kam.

»Was ist denn?«

Die Haushälterin senkte den Kopf. »Entschuldigen Sie die Störung, aber Frau Zuschnitz ist …«

Die Tür flog auf und herein rauschte eine Unmenge schwarzer Samt mit Gold behangen. »Deine liebe Freundin Bärbel Zuschnitz wollte sich endlich mal wieder nach deinem Befinden erkundigen.« Peer kannte die Stimme nur zu gut, seine Nachbarin aus dem Lindenweg beugte sich vor und drückte ihre geschminkte Wange an das Gesicht der Baronin. »Augusta, meine Liebe, du siehst hervorragend aus! Keinen Tag älter als neunzig!«

»Bärbel, Kind.« Für Peers Geschmack lag in der Stimme der alten Dame weniger Freude als beabsichtigt, und auch ihr Lächeln wirkte starr. »Warst du angemeldet? Du weißt, wie ich Überraschungsbesuche hasse.«

»Ich weiß, meine Liebe, aber du kennst mich ja: immer spontan, immer dort, wo gerade Not am Mann ist. Oder an der Frau …« Die Zuschnitz wandte sich kichernd um. »Herr Wesendonk, Sie hier? Das freut mich, dass Sie inzwischen wieder so aktiv unterwegs sind. Ich wollte ja auch noch mal nach Ihnen schauen, aber Sie wissen ja, wie das ist – als Unternehmerin hat man nie Zeit!«

»Natürlich weiß ich, wie das ist«, brummte Peer.

»Na, ich hoffe, Sie belästigen die arme Augusta nicht mit irgendwelchen Problemen, die für ihr armes, altes Herz zu viel werden!« Sie zog sich einen Stuhl heran und setzte sich dicht neben den Ohrensessel.

»Ganz im Gegenteil, Frau Zuschnitz. Ich bin hier, um der Frau Baronin bei ihren Problemen beizustehen.«

Die Zuschnitz sog scharf die Luft ein. »Hach, das Holz!« Sie ergriff die Hand der alten Dame. »Meine Liebe, das tut mir ja so leid! Und dann ausgerechnet *das* Stück Wald. Das muss ein schwerer Schlag gewesen sein.«

»Das war es, ja. Danke für dein Mitgefühl.«

»Ist doch selbstverständlich, meine Liebe. Aber nun sag mal: Jetzt, so ohne Bäume drauf, ist das Land doch wertlos für euch, oder? Was haltet ihr davon, wenn ich es euch endlich abkaufe?«

»Was? Wie kommst du darauf?«

»Na, es wäre doch das Beste für uns alle. So, wie es aussieht, braucht ihr dringend neues Kapital. Und ich will schon ewig meine Fläche erweitern, um genügend Lagerplatz zu haben.« Sie rollte mit den Augen. »Diese Kies-, Erd- und Schotterberge nehmen ja sooo viel Platz weg.«

»Woher wissen Sie überhaupt von dem Holzraub, Frau Zuschnitz?«, schaltete Peer sich ein. »Das ist ja selbst hier in der Firma noch nicht rum.«

»Was?« Sie riss die Augen auf. »Ach so. Na ja … wir sind ja quasi Nachbarn, nicht wahr? Die Kiesgrube, also *meine* Kiesgrube, grenzt ja fast an den Wald, also das Stück, wo jetzt … na ja, da sieht man so was halt.«

»Haben Sie selbst das gesehen?«

»Wie?«

»Ob Sie selbst das gesehen haben. Laufen Sie regelmäßig die Grenzen Ihrer Kiesgrube ab und kontrollieren die Umgebung?«

»Natürlich nicht!«

»Wer dann?«

»Was?«

»Wer hat gesehen, dass die Bäume gefällt wurden?«

»Welch alberne Frage. Meine Mitarbeiter natürlich. Glauben Sie, ich würde ...« Sie stockte, biss sich auf die Lippen.

»Sie würden was?« Als keine Antwort kam, setzte er nach: »Und woher wissen Sie überhaupt, dass die RWG so dringend Kapital braucht. Auch von Ihren Mitarbeitern?«

Die Zuschnitz sprang auf. »Tut mir leid, aber für solche Spielchen habe ich keine Zeit. Ich bin Unternehmerin!« Sie legte eine Hand auf den Unterarm der Baronin. »Meine Liebe, überlegt es euch. Mein Angebot steht.« Ohne ein weiteres Wort rauschte sie hinaus.

Peer sah ihr nach. »Was war das?«

»Die Unternehmerin Bärbel Zuschnitz, wie sie leibt und lebt«, keuchte die Baronin. »So ist sie, seit ich sie kenne.«

»Und will sie Ihnen auch schon das Land abkaufen, seit Sie sie kennen?«

Die alte Dame runzelte die Stirn. »Sie spricht schon lange davon, dass sie ihre Kiesgrube vergrößern müsste. Aber ein Kaufangebot hat sie *mir* heute zum ersten Mal gemacht.«

»Und würden Sie es annehmen, bei der derzeitigen Lage Ihrer Firma?« Peers Puls beschleunigte sich. Kontostand: minus 37.000 Euro!

Die Baronin starrte ihn durchdringend an, ehe sie endlich sagte: »Die Lage meiner Firma geht Sie nichts an, Herr Wesendonk. Sie ermitteln im Holzfall, mehr nicht!«

13:10 Uhr

Nach einem kleinen Bier und einem Plausch mit Hermann Stellmacher in der »Alten Eiche« rollte Peer zurück nach Hause. Sein Handy hatte ihn vor Kurzem daran erinnert, dass er sich in einer halben Stunde katheterisieren müsste; er lag gut in der Zeit. Langsam gewöhnte er sich an die täglichen Verrichtungen und ihren Rhythmus. Auch wenn es ihn immer noch jedes Mal Überwindung kostete, den Katheter einzuführen. Ohne Gefühl da unten konnte man nie ganz sicher sein, dass alles richtig lief.

Ansonsten freute er sich auf einen ruhigen Nachmittag mit viel Zeit für die Recherche. Sein einziger Termin war die erste Orgelstunde mit Mandy Bleibtreu. Wenn die Musikstudentin tatsächlich seinen Organisten-Posten übernehmen sollte, läge noch eine Menge Arbeit vor ihnen. Aber auch das würde er überstehen, so schlecht spielte Mandy ja nicht; und danach hätte er seine Ruhe.

»Herr Wesendonk! Was ist schon wieder bei Ihnen los?«

Peer seufzte: Die alte Treskow hatte ihre Gartenpforte aufgerissen und stakste, so schnell ihre Beine und der Stock das zuließen, auf ihn zu. »Was soll dieser Krach?«

»Welcher Krach?«

»Mein Gott, sind Sie jetzt auch noch taub geworden?« Sie deutete mit ihrem Stock in den Lindenweg.

Peer horchte. Er hörte nichts. Fragend sah er die alte Treskow an.

»Jetzt ist es still. Aber die ganze Zeit eben … da!«

Lautes Hupen tönte von der Wesendonk'schen Auffahrt. Peer hob die Augenbrauen.

»Sehen Sie!«, rief die alte Treskow. »Das macht der schon die ganze Zeit. Sie sollten sich Ihre Besucher wirklich besser auswählen. Und vor allem zu Hause sein, wenn Sie Besuch erwarten!«

Ohne seine Antwort abzuwarten, drehte sie um und stapfte zurück zu ihrem Haus. »Unmöglich!«, hörte Peer noch, dann war sie verschwunden.

Er gab Gas und lenkte in den Lindenweg hinein. Ein roter Smart stand vor dem Haus, die Fahrertür war geöffnet und heraus schaute – Peer hielt den Atem an – die Krankenschwester der Baronin. »Was machen Sie denn da?«

Sie schrie auf und wandte den Kopf. »Mein Gott, erschrecken Sie mich doch nicht so! Wo kommen Sie denn her?«

»Ich wüsste nicht, was Sie das angeht. Wieso machen Sie so einen Krach?«

»Weil ich dachte, dass Sie womöglich schlafen.«

»Und Sie dachten auch, dass es das Beste wäre, mich dann zu wecken?«

»Sie wussten doch, dass ich heute komme.«

»Woher?«

Sie öffnete schon den Mund zu einer Erwiderung, schloss ihn aber wieder und atmete tief durch. »Sie hat es vergessen über diesem ganzen Gewese um das blöde Holz.« Endlich stieg sie aus dem Auto, trat zu ihm und hielt ihm die Hand hin. »Ina Donath, Ihre neue Pflegerin. Sagen Sie Ina.«

»Warum?« Unwillig schüttelte er ihre Hand.

»Machen alle.«

»Ich bin aber nicht ›alle‹.«

»Mein Gott, dann sagen Sie halt ›Schwester Ina‹ oder was auch immer Sie wollen.« Sie nickte zur Tür. »Und? Lassen Sie mich rein? Oder muss ich im Schloss Meldung machen, dass meine Belagerung vergeblich war?«

Peer verzog den Mund zu einem schiefen Grinsen. Auf jeden Fall konnte man sich mit dieser Walküre besser unterhalten als mit den Leuten vom Pflegedienst. Wenn man denn zu Wort kam. »Kommen Sie mit.« Er rollte zur Haustür und schloss auf.

»Danke«, sagte Ina und schob sich an ihm vorbei. Während er vom Elektro-Rolli in den Hand-Rollstuhl wechselte, wuselte sie durchs Haus und inspizierte die Räume. »Soll ich den alten Pflegedienst kündigen?«, rief sie aus der Küche. »Oder machen Sie das?«

Für den Moment war Peer sich nicht sicher, ob er ihm überhaupt kündigen wollte. Er rollte auf sie zu, doch sie war schon wieder aus der Küche heraus und rauschte ins Wohnzimmer. Hier schaffte er es endlich, sie einzuholen.

Sie sah sich um, wippte auf den Fußballen und stemmte die Hände in die Hüften. »Schön. Ab morgen kümmer ich mich auch um den Haushalt. Dann weht hier ein anderer Wind. Dann herrscht hier Ordnung!« Sie strahlte.

Peer folgte ihrem Blick. Die Fernsehzeitung lag auf dem Couchtisch, die Wolldecke war nicht ganz sauber zusammengelegt, ja. Aber war es deswegen unordentlich? »Was genau verstehen Sie denn bitte unter Ordnung? Das ist ein Wohnzimmer, kein OP-Saal. Und ich dachte, Sie sind Krankenschwester, keine Putzfrau.«

»*Fach*krankenschwester Neurologie«, prahlte Ina und lächelte ihn an. »Sehen Sie es als Serviceleistung für meine liebsten Kunden.«

14:45 Uhr

Nach Inas furiosem Auftritt hätte Peer die Orgelstunde gern ein wenig nach hinten verlegt. Oder besser gleich ganz ausfallen lassen. Er fühlte sich ausgelaugt. Wenigstens hatte die Walküre ihm ein spätes Mittagessen bereitet, eine »kleine Stärkung«. Wenn er ehrlich sein sollte, hätte er auch eine größere Stärkung vertragen, aber Ina hatte lächelnd zu ihm gemeint, er müsste auf seine Figur achten, weil »wir ja nicht mehr so viel Bewegung haben«. Schon war sie wieder aus dem Zimmer gerauscht. Zumindest der eine Teil von »wir« hatte so viel Bewegung, dass dem anderen Teil schwindlig zu werden drohte.

Pünktlich um Viertel vor drei klingelte es. Auf Peggy war Verlass. Die Frau des Pastors hatte schon am Sonntag nach dem Gottesdienst angeboten, mit zur Orgelstunde zu kommen, um eventuell auftretende Spannungen auszugleichen. Sie war auch damals bei der ersten Probe dabei gewesen, als Peer sich über Mandys Orgelspiel … nicht übermäßig wertschätzend geäußert hatte. Ja, gut, er hatte gestöhnt und gejammert, hatte etwas von »Frevel« gemurmelt. Und Peggy hatte ihm den Kopf zurechtgerückt.

Aber wenn er ehrlich war, musste er jetzt einräumen, dass es nicht allein an Mandys Spiel lag. Mein Gott, sie hatte das erste Mal an der Vertikower Orgel gesessen, da war es ganz natürlich, dass nicht alles klang, wie es sollte, dass sie sich an den Tastenwiderstand gewöhnen musste, an die Trägheit mancher Züge. Und bei ihr als Pianistin war von brauchbarer Fußtechnik noch nichts zu spüren, die Pedaltöne klapperten vor oder hinter den höheren Stimmen her. Doch das alles war es nicht gewesen. Was Peer am meisten quälte, wenn Mandy Orgel spielte, war, dass nicht *er* sie spielte. Das hatte auch Peggy irgendwann begriffen. Und so erfüllte sie heute zwei Funktionen: Sie war zum einen Puffer zwischen Schülerin und Lehrer, zum anderen Trösterin des ehemaligen Organisten.

»Hallo!«, flötete sie, als Ina die Tür öffnete. »Ich will Peer abholen.«

»Ich weiß. Kommen Sie rein. Schuhe abtreten!« Erst nachdem Peggy mehrfach ihre Schuhe auf der Fußmatte abgestreift hatte, ließ Ina sie ein. »Wir sind fast fertig.«

Peggy schaute Peer erschrocken an. Ihre Lippen formten ein unhörbares »Wir?«, die Stirnfalten setzten ein großes Fragezeichen dazu.

Schmunzelnd winkte Peer ab. »Hallo Peggy.«

»Hallo, mein Lieber. Bereit?«

»Klar.« Er stemmte sich aus dem Hand-Rollstuhl. »Wir sind schon fast fertig.«

Peggys Schreck wurde noch größer, als Ina mit ihnen das Haus verließ. Doch die Walküre trat zu ihrem Auto, schloss auf und wandte sich an Peer. »Dann bin ich heute Abend noch mal für 'ne Stunde da. Acht Uhr.«

Peer nickte. Und während der Smart vom Hof rollte, fragte er sich, warum eine solche Ankündigung, wenn sie von einer Frau in Weiß ausgesprochen wurde, immer ein wenig wie eine Drohung klang.

Ein eisiger Wind pfiff den Lindenweg entlang. Wo war die Sonne vom Vormittag? Peer klappte den Kragen seiner Softshell-Jacke hoch und schob den Schal vor den Mund. »Was hast du da alles in der Tasche?«, fragte er Peggy, während der Rollstuhl leise sirrend Fahrt aufnahm.

Grinsend öffnete sie die Frontklappe. »Seelentröster.«

»O mein Gott! Hast du wieder irgendwelche Kräuter von Britt anrühren lassen?«

»Keine Angst, das sind ganz normale Notfalltropfen. Bachblüten aus der Apotheke.«

»Super«, seufzte Peer. »Passt immerhin zu Kirchenmusik. Aber als du von Seelentröster gesprochen hast, hatte ich mir was anderes vorgestellt. Eher was Hochprozentiges, das ein bisschen durchwärmt.«

»Das dachte ich mir«, sagte Peggy und klopfte auf das größere Fach dahinter. »Der ist hier drin.«

»Peggy, du bist ein Engel.« Er stoppte den Rollstuhl. »Sag mal, wie sieht das eigentlich aus? Wir sind doch Partner – ermittelst du wieder mit?«

Die Pastorenfrau schürzte die Lippen. »Ich fürchte, ich hab keine Zeit. Es ist nur noch ein Monat bis Weihnachten, wir müssen anfangen, das Krippenspiel zu proben.«

»Was gibt's da zu proben? Ist doch jedes Jahr dasselbe.«

»Na, hör mal! Du musstest auch altbekannte Orgelstücke vor einem Gottesdienst neu üben. Und wir haben fast zwanzig Spieler, von denen rund ein Viertel jedes Jahr wechselt. Diesmal sind die Paulsens weg, Viktor studiert in Kiel und kann auch nicht mehr mitmachen. Und Hermann meinte neulich, er fühlt sich langsam zu alt für den Weisen.«

»Hä? Wieso das? Die Weisen aus dem Morgenland dürfen doch so alt sein, wie sie wollen.«

»Schon. Aber was du nicht mitbekommen hast, weil du gleich im Anschluss spielen musstest: Nachdem Hermann sich letztes Jahr vor die Krippe gekniet hatte, kam er nicht wieder hoch.« Sie kicherte. »Josef und die Hirten mussten ihm aufhelfen.«

Grinsend schüttelte Peer den Kopf. »Ist aber auch fies, ausgerechnet den Senior auf Knien kriechen zu lassen.«

»Guck mich nicht so vorwurfsvoll an! Ich hab Hermann gefragt, ob er nicht einen anderen Weisen spielen will. Aber stur, wie er ist, meinte er, er spielt immer den ersten Weisen, den Text kennt er auswendig, und wo kommen wir denn hin, wenn jetzt schon zu Weihnachten jeder macht, was er will.« Sie zuckte mit den Schultern. »Aber dieses Jahr lass ich mich nicht darauf ein. Hermann wird zweiter Weiser oder er fliegt ganz raus.«

»Und wo findest du die neuen Spieler?«

Peggy biss sich auf die Lippen. »Gute Frage. Weißt du, ich habe gedacht, da du ja nun nichts mehr zu tun hast, vielleicht könntest du …«

»Was? Einen Hirten auf Rädern mimen? König Rollo aus dem Morgenland?« Peer schnaubte. »Ach nee, warte mal; es heißt doch: ›Da die Engel von ihnen gen Himmel fuhren‹ – ja prima, ich mach den fahrenden Engel.« Er wandte sich ab. »Schlag dir das aus dem Kopf!«

»Es gibt ja noch den Evangelisten. Du kannst einfach irgendwo sitzen und die Erzähltexte vorlesen.«

»Vergiss es, Peggy. Ich stell mich nicht zur Schau. Verdammt, ich muss erst mal selbst damit fertig werden. Und ich glaube nicht, dass mir eine Kirche voller starrender Augen dabei behilflich sein kann.«

Sie nickte zögerlich. »Vielleicht nicht. Vielleicht geht es aber auch nicht immer nur um dich.«

»Außerdem hab ich genug zu tun. Bis jetzt hab ich noch keine Ahnung, wie ich diesen Holzdieb kriegen soll.«

Beide setzten sich wieder in Bewegung.

»Aber bleib bitte realistisch, Peer. Mach dir nichts vor, du bist weder ein Profi-Detektiv noch ein völlig gesunder Mensch: Du brauchst Hilfe für viele ganz normale Dinge.«

»Deswegen hatte ich ja auf dich gehofft. Ohne dich hätte ich es letztes Mal nicht geschafft.«

»Von wegen. Ich habe dich doch im Stich gelassen.«

»Hast du nicht. Du hast mich auf Schritt und Tritt verfolgt. Und du hast die Polizei gerufen, als es eng wurde.«

»Ja«, stieß Peggy hervor, »weil ihr Männer dabei wart, es ordentlich zu verbocken. Aber diesmal geht es wirklich nicht, Peer. Tut mir leid.«

Er nickte seufzend.

Nach diesem Gespräch musste er alle Kraft zusammennehmen, um Mandy halbwegs freundlich zu begrüßen. Sie stand schon an der Kirchentür und trat von einem Fuß auf den anderen, als sie ankamen.

»Hallo Mandy.« Er streckte ihr die Hand entgegen.

Sie zupfte ihren Handschuh ab und gab ihm die Hand. »Tachschön.«

Stirnrunzelnd schaute Peggy von ihm zu seiner Schülerin und wieder zurück, ehe sie die Kirchentür aufschloss. In der Kirche war es beinahe genauso kalt wie draußen, aber wenigstens blies einem der Wind nicht bis auf die Haut und zog den letzten Rest Wärme aus dem Körper. Ihr Atem bildete graue Wölkchen im Halbdunkel.

Mandy wollte schon die Treppe zur Orgelempors hinaufsteigen, doch Peer hielt sie zurück. »Warte mal. Wie wollen wir das Ganze eigentlich machen? Ich hab noch nie unterrichtet. Und vor allem kann ich nicht bei dir oben sitzen und dir auf die Finger schauen.«

Sie blies die Backen auf und zuckte mit den Schultern. Beide schauten zu Peggy.

»Was soll ich jetzt machen?«, fragte die erschrocken.

»Hast du nicht eine Idee?«

»Warum gerade ich, Peer? Ich find's ja toll, dass ihr es zusammen versuchen wollt, und ich wünsche euch viel Erfolg. Aber ich kann doch nicht für euch den Unterricht organisieren.« Sie verschränkte die Arme vor der Brust. »Eigentlich hatte ich gedacht, dass ihr euch über so was vorher Gedanken macht.«

Peer schaute Mandy an, die die Lippen aufeinanderpresste. »Wir bräuchten eine Kamera. Dann kann ich hier unten sitzen und sehen, ob alles richtig läuft.«

»Reicht es nicht, wenn du das hörst?« Peggy klopfte auf ihre Tasche. »Kamera und Monitor hab ich ausgerechnet heute nicht dabei.«

»Und Handy-Kamera?« Mandy holte ihr iPhone heraus.

»Tolle Idee. Aber ist das mit meinem Android-Handy kompatibel? Und kann man das überhaupt zeitgleich an ein anderes Telefon senden? Mit dem Vertikower Netz?«

Die beiden Frauen schwiegen.

Er sah Mandy an. »Was wolltest du denn spielen?«

Sie schaute auf ihre Umhängetasche. »Ich wusste ja nicht, ob Sie mir was vorschlagen.«

»Ich weiß doch nicht, wie weit du bist.«

»Kinder!«, rief Peggy. »Hat sich einer von euch mehr Gedanken gemacht, als einen Termin zu vereinbaren?«

Mandy sah auf. »Ich hab mal zwei andere Sachen angeübt. Mit meinem Bach waren Sie ja nicht zufrieden.«

»Moment«, warf Peer ein, »beim Gottesdienst war das schon halbwegs in Ordnung.«

»Na, danke auch.«

»Wirklich, Peer!«, fauchte Peggy.

»Was denn?«

»Ich bitte dich! ›Halbwegs in Ordnung‹, das ist, als stünde im Arbeitszeugnis ›war sehr bemüht‹.«

»Quatsch!« Er sah Mandy an. »Das war gut. Wirklich. Fürs erste Mal.«

Stöhnend schloss Mandy die Augen. »Vergessen Sie's einfach. Diesmal hab ich Mozart dabei. Eine seiner Kirchensonaten in einer Bearbeitung für Orgel solo. Und drei Choralvorspiele von Karras: ›Macht hoch die Tür‹, ›Vom Himmel hoch‹ und ›Wie schön leuchtet der Morgenstern‹. Ich dachte, das passt in die Adventszeit.«

Peer warf einen Seitenblick zu Peggy. Wie lange würde ihn das Thema Weihnachten heute noch verfolgen? »Dann versuch doch mal den Mozart. Welche Sonate denn?«

»Köchelverzeichnis 336.«

»Okay. Aber glaub nicht, dass es viel einfacher wird, nur weil Mozart draufsteht und nicht Bach.« Er versuchte, seinen Mund zu etwas zu verziehen, das er für ein aufmunterndes Lächeln hielt, aber Mandy machte keinen aufgemunterten Eindruck, während sie die Noten aus ihrer Tasche holte und zur Treppe ging.

»Kannst du nicht versuchen, sie ein bisschen mehr zu motivieren?«, flüsterte Peggy.

Peer runzelte die Stirn. »Hab ich doch.«

»Ich geb's auf.« Sie schüttelte den Kopf und klopfte ihm auf die Schulter. »Viel Spaß!«

»Moment, lässt du mir den Seelentröster da?«

Peggy grinste. »Euch beiden. Wahrscheinlich wird ihn Mandy eher benötigen als du.« Sie holte eine Flasche Obstbrand und zwei Gläser heraus. »So, ich muss. Tschüss, Peer.« Sie winkte und schlich durch den Gang davon.

Von der Empore rauschte es leise. Der Balg musste inzwischen mit Luft gefüllt sein, gleich würde Mandy beginnen. Peer lehnte sich zurück.

»Herr Wesendonk?« Ihr Kopf erschien über der Balustrade.

»Mandy?«

»Welches Register soll ich nehmen? Ich hab keine Ahnung, wie die unten klingen.«

Peer legte den Kopf schief. »Für Mozarts Orgelsonaten? Ganz klassisch, denke ich: Prinzipal 8 Fuß, Oktave 4 Fuß und die Hohlflöte dazu. Und den 8er Prinzipalbass.«

»Keine Streicher?«

»Mädel, entweder du musst welche engagieren oder du spielst allein. Die Orgel hat keine Streicher. Wir sind hier in Vertikow, nicht im Lübecker Dom.«

Sie stieß scharf die Luft aus und verschwand. Peer hörte, wie sie die Register zog. Noch wenige Augenblicke …

Die Tür öffnete sich, Hermann trat ein. Das konnte doch nicht sein, was wollte der alte Schmied hier? Woher wusste er überhaupt, dass sie hier waren? Er stakste auf Peer zu und wollte gerade zu einer Begrüßung anheben, als die ersten Töne der Orgel erklangen. Erschrocken blieb er stehen, winkte bloß und nahm in der erstbesten Kirchenbank Platz. Wunderbar, jetzt stand Peer unter Aufsicht.

Mozart lag Mandy eindeutig besser als Bach – kein Wunder, sie war ja Pianistin. Das ließ auch ihr Legato erkennen; die Töne verwischten fast ineinander. Aber was tun? War es besser, ihr das möglichst früh zu sagen? Oder sollte er sie erst einmal spielen lassen? Nein, je länger sie so spielte, umso schwerer würde es ihr fallen, sich das wieder abzugewöhnen. »Mandy!«

Hermann starrte ihn mit großen Augen an und drückte den Zeigefinger auf den Mund.

»Mandy, halt!«

Sie spielte weiter. Das hatte keinen Zweck. Peer legte die Hände wie einen Trichter um den Mund. »Maaandyyy!«

Die Orgel verstummte. Die weißblonden Haare erschienen, zwei zu Schlitzen zusammengezogene Augen. »Was?«

»Weniger legato!« Peer zögerte kurz. »Bitte.«

»Was?«

Er stöhnte. »Weniger legato!«, rief er. »Komm mal runter!« Er würde nicht den ganzen Tag durch die Kirche brüllen.

»Tachschön, Peer«, raunte Hermann, während es auf der Empore rumpelte. »Wieso störst du sie gleich wieder?«

»Hermann, Mandy hat hier Unterricht, sie gibt kein Konzert. Erst recht kein öffentliches Konzert.«

Der Alte schien den Hinweis nicht begriffen zu haben, oder er überging ihn absichtlich. »Klang aber gut.«

Peer fuhr dicht an ihn heran. »Willst *du* sie unterrichten?«

»Ich? Ach was, Unsinn!«

»Dann überlass es bitte mir, das zu beurteilen.« Er wandte sich seiner Schülerin zu, die gerade in den Gang trat, und atmete tief durch. »Mandy, pass auf: Für eine Pianistin war das richtig gut, aber der Orgelklang gibt das nicht her. Die Pfeifen reagieren einfach später als die Saiten, die Mechanik funktioniert anders. Wenn du Stücke so legato spielst wie auf dem Klavier, verschwimmen die Töne ineinander. Kannst du versuchen, sie mehr zu trennen?«

Sie schaute ihn fragend an. »Das glaube ich nicht. Ich bin froh, wenn ich einigermaßen heil durch das Stück komme. Jetzt soll ich auch noch auf kurze Töne achten?«

Peer hob die Hände. »Nein, um Himmels willen, nicht bei jedem Ton darüber nachdenken, wie du ihn spielen sollst, das klappt sowieso nicht. Aber behalte beim Üben einfach grundsätzlich im Kopf, dass die Töne getrennt werden. Dann läuft das irgendwann von allein. Sag dir immer wieder, dies ist nicht Mozarts C-Dur-Sonate für Klavier, sondern die für Orgel.« Er nickte und lächelte.

Und siehe da: Mandy erwiderte sein Lächeln. »Okay, werde ich versuchen. Noch mal?«

»Klar.« Während sie zurück nach oben ging, schloss Peer die Augen. Langsam entspannte sein Gesicht sich wieder. Motivieren war verdammt schwer. Aber es fühlte sich auch verdammt gut an.

Hermann saß in seiner Kirchenbank und schien vom Inhalt des Gesprächs nicht viel verstanden zu haben. Dennoch hob er anerkennend den Daumen und raunte: »Gut so, Jung. Du machst Fortschritte!« Wenn das nichts war – die fachkundige psychologische Meinung des ehemaligen Schmieds. Dann war dies wohl nicht der geeignete Zeitpunkt, Mandys Schwächen im Pedal anzusprechen ...

Eines konnte die gute Stimmung jedoch nicht verhindern: Nach einer halben Stunde bibberte Peer vor Kälte. Er rief Mandy nach unten und sah erschrocken, dass ihre Lippen bereits bläulich schimmerten. Höchste Zeit für einen Obstbrand zum Aufheizen. Doch so gut Peggy es gemeint haben mochte, der Schnaps wärmte nicht wirklich auf. Und Mandy, die noch nach Lübeck fahren musste, durfte nicht einmal mittrinken. Lediglich Hermann pries die wohltuende Wirkung des Obstbrands, er trank gleich drei Gläser, »für alle Fälle«.

Also brach Peer die Probe ab und schickte Mandy nach Hause. Die Flasche gab er Hermann mit. Ob die Gemeinde genügend Geld hatte, die Kirche für die Proben zu heizen? Sonst bliebe ihnen nur noch ein Weg: Sie müssten ihre Orgelstunden vor oder nach den Proben fürs Krippenspiel abhalten. Verdammt, das war das Letzte, worüber er im Moment mit Peggy sprechen wollte.

18:10 Uhr

Das musste man der Krankenschwester lassen: Sie konnte kochen. Nicht, dass Peer nicht auch selbst dazu in der Lage gewesen wäre. Aber gutes Essen zubereitet zu bekommen, war ein gewisser Luxus. Und nachdem Peers Internet-Recherche zu Bärbel Zuschnitz und ihrer Kiesgrube auch nach eineinhalb Stunden noch kein brauchbares Ergebnis geliefert hatte, hatte er sich erst einmal mit einer köstlichen Soljanka getröstet, die Ina am Mittag schon zubereitet hatte.

Anschließend hatte er sich auf Jonas Werner gestürzt. Und auch dort war die Recherche lange Zeit ins Leere gelaufen: Zwar gab es etliche Facebook-Profile mit dem Namen, dazu einen Fotografen, einen Fußballspieler, Geschäftsmänner und eine amerikanische Website, die unter diesem Label Luxushäuser verkaufte. Aber niemanden, der hier in der Nähe als Naturschützer auftrat. Die Seite des Biosphärenreservats enthielt auch keine Liste der FÖJler – dieser Jonas Werner schien im Web nicht zu existieren.

Immerhin hatte Horst angerufen und mit ihm einen Termin vereinbart: Morgen Mittag würden sie nach Wakenstädt fahren und Peer könnte endlich einen Blick auf das Waldstück werfen. Mehr noch: Horst hatte am letzten Mittwoch seinen Kollegen in der »Alten Eiche« gesehen und von ihm erfahren, mit welchem Wakenstädter er gesprochen hatte. Der hatte sich zu einem Treffen bereit erklärt, sodass sie morgen zwei Fliegen mit einer Klappe schlagen konnten. Vielleicht sogar drei: wenn sie auf dem Rückweg einen Umweg über die Kiesgrube machten. Sah aus, als würde Horst von manchen bei der RWG unterschätzt.

Nach dem Telefonat versuchte Peer auf anderem Weg, Spuren von Jonas Werner zu finden: Er gab Begriffe wie

»Waldschutz«, »Baumschutz«, »Waldsterben«, sogar Floskeln wie »Rettet die Bäume« ein. Und endlich fand er ein Forum von Gleichgesinnten, die sich über alle Arten von umweltschädigenden Verhaltensweisen und naturzerstörenden Organisationen ausließen, am liebsten über die »gierige Wirtschaft« und die »korrupte Politik«.

Einer der User war in den letzten Monaten besonders aktiv gewesen, ein »JoWe« aus »West-MV«. Volltreffer!

Peer las sich die Posts durch, in denen Jonas gegen die »großen Naturausbeuter« wetterte, zu Aktionen aufrief und besonders schwere Vergehen anprangerte. Zwar wurde die RWG nirgendwo namentlich erwähnt, doch Peer hatte keinen Zweifel, wer gemeint war mit »skrupellosen Firmenbossen, die in dreister Gutsherrenmanier wertvolle Wälder abholzen, um dort ihre Biogas-Anlagen hinzustellen, und den Rest der einst vielfältigen Kulturlandschaft mit Maisplantagen zupflastern«.

Seine Ansichten wurden zusehends radikaler: »Wer die Existenzberechtigung der Natur missachtet, hat auch selbst keine Existenzberechtigung!«, »Um die Natur an sich zu retten, müssen wir Opfer bringen!«, »Unser Hauptziel muss die Zerschlagung der naturmordenden Großkonzerne sein!«

Opfer? Hatte Jonas Werner acht Hektar Wald als Opfer dargebracht, um die naturmordende RWG zu zerschlagen? Im Grunde abwegig, die Firma war kein Großkonzern, eher ein kleiner Familienbetrieb, der vielleicht hundert Menschen im Dorf ernährte. Aber kümmerte das einen Radikalen?

Jetzt blieb nur die Frage, wie weit dieser Jonas Werner in der Realität gehen würde. Im Netz konnte man viel schreiben. Aber ein Einzelner hätte ja gar nicht die Möglichkeit, eine so riesige Fläche zu roden. Er wäre Monate, vielleicht Jahre damit beschäftigt. Dazu brauchte es mehrere Männer und schweres Gerät. Gerät, das die RWG besaß, nicht aber Jonas Werner. War er eine falsche Fährte?

Peer schaute noch einmal durch die Diskussionen im Forum. Ihm fiel auf, dass es drei andere Nutzer gab, die immer intensiver mit Jonas in Kontakt traten, seine Beiträge kommentierten, ihn schließlich sogar ganz konkret auf ihre eigenen Posts hinwiesen. Ihre Ansichten schienen noch radikaler, bei »NatureUnderdog« stand unter jedem Post das Motto: »Schlagt die kapitalistischen Naturschänder, wo ihr sie trefft!« Und »Bambis_Rache« schreckte in seinen Beiträgen nicht vor Begriffen wie »Denkzettel«, »sabotieren« und »abfackeln« zurück.

Nachdem Peer herausgefunden hatte, wie er die Beiträge einzelner Nutzer gesammelt darstellen konnte, fand er den entscheidenden Post: »TarzanOWL« fragte Jonas, ob er nicht Lust hätte, gemeinsam mit den beiden anderen an etwas wirklich Großem mitzuwirken. Das könnten sie dann natürlich nicht im Forum posten, man sollte nur noch über Mail kommunizieren.

Etwas wirklich Großes. Was mochte er meinen? So etwas Großes wie acht Hektar Wald?

19:55 Uhr

»Natürlich pass ich auf mich auf, Schatz. Mach ich immer.«

»Bis auf die Momente, wo du dich beinahe von blonden Frauen erschießen lässt«, gab Sascha trocken zurück.

»Hier geht's aber nicht um blonde Frauen, nur um ein paar Baumstämme.«

»Die können schon gefährlich genug sein. Willst du nicht lieber noch jemanden mitnehmen? Ich weiß nicht, allein mit Horst da draußen in der Wildnis ...«

»Es ist keine Wildnis, sondern ein Forst bei Wakenstädt. Ein abgeholzter Forst, völlig leer, ganz und gar unwild.«

»Eben, völlig leer. Zieh dich bloß warm genug an! Wir sollen morgen Ostwind bekommen.«

»Ja, Mami.« Peer nahm das Telefon ans andere Ohr und steckte die linke Hand unter die Decke. Der Gedanke an Ostwind jagte ihm Schauer über den Rücken. Noch immer spürte er die eisige Orgelprobe in den Knochen, obwohl er längst gemütlich am prasselnden Kaminfeuer saß.

Es klingelte, Peer fuhr zusammen. Wer kam jetzt noch vorbei? Um acht Uhr befand sich das Dorf schon im Nachtmodus, erst recht, wenn es um fünf dunkel wurde. Oder man saß vor der »Tagesschau« und durfte um keinen Preis gestört werden.

»Wart mal, da ist jemand an der Tür.« Er rollte in die Diele und erblickte im Licht der Gartenlampen eine große, weiße Gestalt. »Oje, die hatte ich völlig vergessen.«

»Wen?«

»Meine Schwester.«

»Seit wann hast du eine Schwester?«

»Sehr witzig. Ich hab dir doch erzählt, dass die Baronin mir angeboten hat, von ihrer Krankenschwester mit versorgt zu werden. Heute war sie das erste Mal da.«

»Und? Wie ist sie so?«

Peer öffnete die Tür. »Guten Abend, Frau Donath.«

»Mein Gott, sagen Sie Ina, alles andere hält nur auf.« Sie rauschte an ihm vorbei. »Ham Sie schon gegessen?«

»Ja, vielen Dank, es war sehr lecker.«

»Pah, lecker ... gesund muss es sein, lecker kann jeder. Ich hoffe, Sie haben nicht gleich beide Portionen verputzt.«

»Und wenn?«

»Dann würde ich die zweite ab sofort wegschließen. Wir wollen ja nicht, dass Sie fett werden, oder?« Ohne eine Antwort abzuwarten, lief sie in die Küche.

»Nein, wollen wir nicht«, knurrte er, »obwohl *wir* ja schon fast halbfett sind!« Er hob das Telefon wieder ans Ohr und hörte Sascha lachen.

»Oje, ich habe schon gehört, wie sie so ist. Aber bitte provozier sie nicht auch noch.«

»Wunderbar, Liebling, ich bin so froh, dass sie da ist«, sagte er mit erhobener Stimme und fügte dann flüsternd hinzu: »Ich bin gespannt, wie lange ich das aushalte.«

»Und wie lange sie das aushält. Aber nur Mut, Perlchen. Vielleicht tut dir so jemand mal ganz gut.«

»Was soll das denn heißen?«

»Sag mal«, Saschas Stimme glitt eine Terz höher, »war heute nicht deine erste Stunde mit Mandy?«

»Ja, und ich hab das Ablenkungsmanöver durchschaut!«

»Wie war's denn?«

»Das wird dauern, bis wir uns zusammengerauft haben. Sie muss noch eine Menge lernen. Wenn sie in voller Fahrt ist, kriegt sie nichts mit. Ich muss alles drei- oder viermal brüllen. Manchmal versteht sie gar nicht, was ich meine. Gut, sie ist ja auch …«

»Nur eine Krankenschwester!«

Peer fuhr zusammen, als er Inas Stimme hinter seinem Rücken hörte. »Belauschen Sie etwa meine Gespräche?«

»Nur, wenn es um mich geht.«

»Es geht aber nicht um Sie!«

Die Walküre stemmte die Hände in die Hüften. »Sie haben doch gerade gesagt, dass …«

»Ich unterhalte mich mit meiner Frau über meine erste Orgelstunde«, presste Peer hervor, sein Puls beschleunigte sich. »Und ich wäre Ihnen sehr verbunden, wenn Sie, statt mich zu belauschen und Dinge in den falschen Hals zu kriegen, einfach Ihre Arbeit machen würden!« Die letzten Wörter spie er ihr fast entgegen.

Inas Gesicht wurde bleich, sie senkte den Blick. »Ja, ist gut.« Rasch verschwand sie wieder in die Küche.

Peer hörte Saschas schallendes Gelächter schon von Weitem. Er nahm den Hörer ans Ohr und blaffte: »Ja ja, weide dich nur an meinem Unglück.«

»Ach, Perlchen, wunderbar. Bitte sag, dass sie am Freitag auch da ist. Ich muss ihr ein paar Dinge beibringen.«

»So weit kommt das noch«, brummte er, konnte sich aber selbst kaum das Lachen verkneifen. »Bevor du auf weitere dumme Gedanken kommst, machen wir lieber Schluss.«

»Dann ruf ich dich nachher im Bett noch mal an.«

»Na siehst du, das ist doch mal eine gute Idee, Saschenka. Bis nachher!« Er legte das Telefon beiseite.

Was sollte er mit dieser Pflegerin anfangen? Sie raubte ihm schon am ersten Tag den letzten Nerv. Wenn das so weiterginge, hätte er womöglich irgendwann den Fall »Mord an der Krankenschwester« zu bearbeiten, als Ermittler und Täter in einer Person. Er gluckste.

Andererseits könnte eine so ... interessierte Frau durchaus nützlich sein. Wenn er sie irgendwie dazu bringen könnte, ihre Ohren im Schloss genauso zu spitzen wie hier, wäre sie eine ideale Informationsquelle. Aber wie sollte er das anfangen?Er rollte in die Küche. »Ina?«

»Ja?« Sie saß vor dem Tablett mit seinen Medikamenten. »Herr Wesendonk, es tut mir leid, ich war ...«

»Was machen Sie da?«

»Ich stell Ihre Medizin für morgen.«

»Das kann ich auch. Ich bin unten behindert, nicht oben.«

»Ich weiß. Ich dachte, als Wiedergutmachung nehme ich Ihnen ein bisschen Arbeit ab.«

»Weil ich den ganzen Tag im Bergwerk schufte?«

Sie lachte artig über den Witz. »Sie haben doch den Fall und sind damit sicher sehr beschäftigt. Die alte Dame hält große Stücke auf Sie.«

»Tatsächlich?« Das war die Gelegenheit. »Und vertrauen Sie ihrem Urteil?«

»Wie?« Sie runzelte die Stirn. »Wie meinen Sie das?«

»Na ja, die Baronin ist über neunzig. So auf den ersten Blick wirkt sie ja sehr fit und wach. Aber ist sie das auch? Ich meine, in dem Alter lassen die geistigen Kräfte doch irgendwann nach, oder? Wenn ich das richtig verstanden habe, hat sie neulich ein wertvolles Collier verlegt.«

Ina stockte, zwei Pillen kullerten ihr aus der Hand. Sie kniff die Augen zu, schüttelte den Kopf und klaubte die Pillen zusammen, ehe sie sich brüsk erhob. »Und selbst wenn, dürfte ich nichts darüber sagen, das wissen Sie.«

»Aber über andere Dinge könnten Sie mir eventuell etwas sagen?«

»Glauben Sie etwa, ich würde im Leben anderer Leute herumschnüffeln?«

»Um Himmels willen, nein. Aber vielleicht schnappen Sie hin und wieder was auf.« Peer grinste. »Wenn Eheleute telefonieren zum Beispiel.«

Sie wurde rot und setzte sich wieder.

»Wie ist das Verhältnis zwischen Arndt Kramm und Verena? Können die sich wirklich nicht riechen oder ist es genau umgekehrt? Läuft da was?«

»Wozu müssen Sie das denn wissen? Das geht Sie doch gar nichts an.«

Seufzend gab Peer auf. »Sie sind echt ein harter Brocken. Was machen Sie bloß mit dem ganzen Wissen? Jeden Tag erfahren Sie so viel und teilen es mit niemandem?«

Ina zuckte mit den Schultern, ihre Augen rollten in Richtung Stirn. »Bleibt alles da drin.«

»Deshalb dieser Dickkopf.«

Sie musterte ihn scharf. »Da tun wir uns, glaub ich, nicht viel.«

26. November 2014

8:50 Uhr

Peer musste schmunzeln, als die Zufallsauswahl das nächste Musikstück auf seinem Notebook begann: Mozarts Kirchensonate in C-Dur, diesmal mit Orchester – und einen guten Schlag schneller als gestern. Wie immer bei CD-Aufnahmen klang alles erschreckend perfekt, es fehlte ... ja, es fehlte der Charme, den Mandys Interpretation gehabt hatte. Bei allen Fehlern, die ihr passiert waren, trotz Legato und klapperndem Pedal – gestern hatte das Stück gelebt, war Mozart dabei gewesen. Die Choralvorspiele hatte Mandy sogar durchaus annehmbar gespielt. Trotzdem war diese Probensituation alles andere als ideal gewesen.

Wie gut, dass Mandy auf Skype gekommen war. Sie wollte beim nächsten Mal ihre Notebook-Kamera so platzieren, dass Peer ihr Spiel verfolgen könnte. Und er würde unten vorm Notebook sitzen und könnte bei Bedarf über Mikrofon eingreifen. Das klang nach einer guten Idee.

Auch jetzt saß er mit dem Notebook auf dem Schoß, konnte sich aber in Ruhe in seinen Fall vertiefen. Wie beim letzten Mal hatte er eine Mindmap angelegt mit verschiedenen Kästen für alle, die im Holzraub eine Rolle spielten: die Baronin, ihren rätselhaften Sohn, Arndt Kramm, Verena, Horst – und natürlich Bärbel Zuschnitz und Jonas Werner. Die beiden waren momentan die verdächtigsten Personen, er müsste sie unbedingt näher befragen. Außerdem gab es einen Kasten für die übrigen Mitarbeiter, die er wohl oder übel alle befragen musste – nicht nur die im Büro, sondern vor allem die draußen auf dem Hof. Und der unangenehme Hausmeister, Walter Grenzin, der erhielt einen eigenen Kasten. Peer starrte auf den Bildschirm und überlegte. Gab es noch jemanden, der mit der

Sache in Verbindung stand? Vorsorglich legte er zwei weitere Kästen an, man konnte ja nie wissen.

Gerade wollte er die bisher ermittelten Fakten in die Felder eintragen, als das Telefon klingelte. Horst keuchte ohne Gruß: »Peer, wir müssen die Begehung verschieben! Um halb zwölf ist Krisensitzung bei uns, weißt!«

»Moin, Horst, muss das sein? Wenn ich richtig arbeiten will, muss ich wenigstens mal den Tatort gesehen haben.«

Schweigen am anderen Ende. »Gut, dann sofort.«

»Wie sofort? Ich hab noch nicht mal gefrühstückt.«

»Mann, Peer! Das eine oder das andere. Nachher geht nicht und heute Nachmittag hab ich auch keine Zeit.«

»Okay, dann das eine«, seufzte Peer. »Wann bist du da?«

»Viertelstunde. Muss noch den Wagen leer räumen.«

Peer sah zur Küche, nachdem er aufgelegt hatte. »Ina«, rief er, »ich muss weg, sofort. Frühstück fällt heute aus.«

»Was?«, kam ein Schrei zurück, fast im selben Moment stand Ina in der Tür. »Und das fällt Ihnen erst ein, wenn ich damit fertig bin, was? Wieso bestellen Sie Frühstück für viertel zehn und blasen dann holterdiepolter alles ab?«

Peer zuckte mit den Schultern. »Dringender Einsatz. Sie können mir ja ein Brötchen für den Weg schmieren.«

»Seh ich aus, als würde ich Brötchen schmieren? Sie frühstücken jetzt oder gar nicht! Und gar nicht …«

»Ich weiß«, seufzte Peer, »gar nicht geht nicht. *Wir* müssen regelmäßig was essen.«

Mit einem triumphierenden Lächeln wandte Ina sich zur Tür. »Dann schenk ich schon mal den Kaffee ein.«

9:30 Uhr

»Ham Sie Glück, dass ich Spätschicht hab.« Ja, das war der Mann, den Peer in der »Alten Eiche« gehört hatte. »Komm' Sie rein.«

»Wir wollen Sie nicht lang aufhalten«, sagte Peer. »Ich hab letzte Woche durch Zufall mitbekommen, dass Sie Lkw mit Holz hier in Wakenstädt beobachtet haben.«

»Und ob ich das hab. Hunderte!« Er zog die Haustür auf, sodass Peer in den Flur rollen konnte. »Bier?«

»Hab gerade erst gefrühstückt. Und Horst muss fahren.«

»Als wenn zwischen Wakenstädt und Vertikow 'ne Kontrolle stehen würde.«

»Herr Kaiser, wann haben Sie die Lkw gesehen?«

»Puh, was weiß ich! Kann manchmal schon so zwei Woch'n her sein.« Er öffnete eine Bierflasche und wollte sie gerade an den Mund setzen, hielt dann aber inne. »Nee, wart mal, die ersten sind ...«, er trat vor einen Drei-Monats-Kalender an der Wand, »genau: Am 10.11. ging's los. Weiß ich noch, weil am nächsten Tag Martinsumzug war und die blöden Brummis hier zwischen den Kindern mit ihr'n Latern' rumkurvten. Und da hat Fiete gesagt, dass er sie schon am Montag gesehn hat.«

»Und wie lange ...?«

»Ach, mindestens 'ne Woche! Ich sag doch, die sind ein paar hundert Mal gefahr'n.«

»Aber wohin wissen Sie nicht?«

»Bin ihnen ja nich' nachgefahr'n. Aber ich hab geseh'n: Oben an der Bundesstraße sind sie Richtung Lützow abgebogen. Wenn Sie mich fragen – die sind alle nach Polen!«

Peer runzelte die Stirn. »Wie kommen Sie darauf?«

»Wegen dem Kennzeichen. Ich glaub, das war Polen. Auf jeden Fall nicht Deutschland.«

»Könnte jemand anders mehr gesehen haben? Zum Beispiel, ob sie über Kaeselow Richtung A 20 weiter sind?«

»Das dürfen die gar nicht mit der Last.«

»Aber nach Polen hätten sie dann doch die 208 hinter Gadebusch genommen, wären also links abgebogen.«

Kaiser stutzte. »Was weiß ich. Vielleicht wollten sie Maut sparen. Das kennt man doch!«

10:50 Uhr

Deprimiert saß Peer im Kastenwagen der RWG. Der Ausflug war ein kompletter Fehlschlag gewesen. Kaisers Aussagen hatten kaum weitergeholfen. Zwar hatte Peer nicht erwartet, eine Liste mit Autokennzeichen in die Hand gedrückt zu bekommen, aber sichere Angaben zur Nationalität hatte er sich schon erhofft.

Noch erfolgloser war die Besichtigung des gerodeten Waldstücks verlaufen. Horst, mit gesunden Beinen in Gummistiefeln, hatte übersehen, dass der Boden um die Bäume durch die schweren Maschinen völlig zerfurcht war. Überall standen Pfützen, dazwischen dehnten sich Matschflächen aus. Also hatte Peer im Auto sitzen bleiben und von Horst an jene Stellen gefahren werden müssen, die der Kastenwagen noch erreichte. Handyfotos statt Tatortbegehung.

Immerhin hatte er jetzt einen Eindruck vom Schaden bekommen, den der Unbekannte angerichtet hatte. Es war ein Schock gewesen, hatte ihn ein wenig an Dokumentationen aus dem Regenwald mit riesigen kahlen Flächen erinnert. Immer mal wieder hatte er versucht, die Baumstümpfe zu zählen, um zumindest eine grobe Zahl schätzen zu können. Doch meist hatte er irgendwann aufgegeben, weil er durcheinandergekommen war oder weil Horst mit jammervoller Stimme erzählt hatte, wie alt diese oder jene Eiche schon gewesen sein musste. Eines wusste er jetzt auf jeden Fall aus eigener Anschauung: Es waren wirklich verdammt viele Bäume abgeholzt worden!

»Sieh es doch mal positiv: So ist wenigstens dein Rolli sauber geblieben«, rief Horst nach hinten. »Und wir sind rechtzeitig wieder zurück, weißt.«

Richtig, Horst hatte sein Meeting – und Peer den rollenden Kaufmann. Welch glamouröses Detektivleben.

»Warte mal«, rief Peer, als Horst den Kastenwagen gerade wieder auf den Feldweg in Richtung Wakenstädt lenken wollte. »Rechtzeitig, genau. Wir haben noch genügend Zeit für einen kleinen Abstecher.«

»Abstecher? Wohin?«

»Wenn du nicht abbiegst, sondern geradeaus weiterfährst, kommen wir zur alten Meierei, oder?«

»Jo.«

»Und danach?«

»Zur Kiesgrube.« Horst stoppte den Wagen und wandte sich zu Peer um. »Da willst du hin?«

Ja, da wollte Peer hin. Durch die paar Bäume, die am Rand der gerodeten Fläche noch standen, war ein Schaufelradbagger zu erkennen gewesen, und immer wieder mal war ein Radlader vorbeigefahren. Jetzt wollte Peer wissen, wie weit die Kiesgrube wirklich entfernt lag – und ob die Zuschnitz womöglich doch mehr wusste, als sie gestern gesagt hatte.

Horst brummte unwillig. »Aber soll ich dann nicht lieber über die 104 fahren und den offiziellen Weg nehmen?«

»Ach was. Es muss ja nicht immer offiziell sein.«

Schulterzuckend legte Horst den ersten Gang ein und lenkte den Wagen Richtung Kiesgrube. Tatsächlich hatte es Vorteile, den »Hintereingang« zu nutzen. Mit dem Umweg über die Bundesstraße wären sie zu spät gekommen, um zu sehen, wie jemand Frau Zuschnitz aus einem schmutzigen Fiat heraus eine Mappe gab. Und wie sie im Gegenzug einen Umschlag hineinreichte.

Rasch holte Peer sein Handy aus der Tasche und fotografierte den Wagen. Das Kennzeichen war klar zu erkennen, wunderbar. Allerdings wusste er nicht, wie er herausfinden könnte, wem das Auto gehörte. Polizeimeisterin Velten, die ihn bei seinem ersten Fall unterstützt hatte, wäre diesmal sicher nicht so hilfsbereit. Schließlich wusste sie noch gar nicht, dass Peer wieder ermittelte.

»Was war wohl in dem Umschlag?« Horst sah dem Fiat hinterher. »Meinst du, das war manchmal Geld?«

»Bestimmt. Aber viel interessanter finde ich die Frage, was Frau Zuschnitz bekommen hat. Informationen? Belastendes Material?«

»Erpressung meinst du?«

Peer blies die Backen auf. »Vielleicht.«

»Aber warum? Womit?«

»Wer weiß. Aber wenn ich zum Beispiel meinem Nachbarn acht Hektar Holz gestohlen hätte, würde ich sicher gern Geld bezahlen, damit das nicht rauskommt.«

»Bärbel Zuschnitz als Holzdiebin?« Horst runzelte die Stirn. »Kann ich mir nicht vorstellen.«

»Und das da?« Peer wies auf einen braunen Lieferwagen, dessen Hecktüren mit Werbung beklebt waren. »Ich sprech zwar kein Polnisch, aber ich erkenne einen Baum und eine Säge, wenn ich sie sehe.«

11.35 Uhr

Als sie den Kirchhof erreichten, stand der weiße Kaufmannswagen bereits dort, der jeden Mittwoch für gute zwanzig Minuten in Vertikow hielt und jene Einwohner versorgte, die nicht mehr regelmäßig nach Gadebusch fahren konnten. Und der all jene Einwohner versorgte, die über die Ereignisse im Dorf auf dem Laufenden gehalten werden wollten.

»Haben Sie endlich eine Spur?« Mit einer Mischung aus Enttäuschung und Ungeduld verfolgte die alte Treskow, wie Peer die Rampe aus dem Kastenwagen hinunterrollte.

»Was heißt endlich? Ich bin doch erst seit vorgestern ...«

Seine Nachbarin riss ihm den Einkaufszettel aus der Hand, noch ehe alle vier Räder auf dem Boden standen.

»Lassen Sie nur, das kann doch Peggy ...«

»Meinen Sie die arme Pfarrersfrau, die sich Tag und Nacht für die Gemeinde aufreibt, während Sie bloß Löcher in die Luft starren und nicht einmal bereit sind, einen winzigen Teil Ihrer Zeit für das Krippenspiel zu opfern?«

Das war also auch schon im Dorf herum. »Also, hören Sie mal! Ich ermittle in …«

»Herr Wesendonk, wenn Sie nach zwei Tagen keine Spur haben, muss ich annehmen, dass Sie *nicht* wirklich engagiert ermitteln.« Ohne eine Antwort abzuwarten, stieg sie ächzend die Stufen zu Martins Kaufmannswagen hinauf.

Das war ungerecht! Einfach zu verschwinden, bevor Peer eine passende Antwort parat hatte; das konnte sie doch nicht tun! Sie hätte ihm wenigstens die Zeit geben können, zu sagen, dass er längst einen Verdächtigen hatte. Zwei sogar, denen er schon längst auf den Zahn gefühlt hätte, wenn man ihn nicht mit tausend anderen Verpflichtungen überhäufen würde.

»Oh, hallo Peer!« Die arme Pfarrersfrau erschien in der Türöffnung.

»Peggy! Wie geht's?« Verdammt, falsche Frage.

»Ach!« Der jammervolle Ton klang gar nicht nach der gewohnten Peggy; eher nach der Ich-weiß-genau-wie-ich-Freunden-ein-schlechtes-Gewissen-machen-kann-Peggy. »Geht so. Wir haben immer noch nicht alle Rollen besetzt. Und es ist kein Monat mehr bis zum Heiligen Abend …«

»Peggy, ich …«

»Schon gut, Schätzchen, ich weiß ja. Und ich will dich nicht bedrängen.«

Zu spät. Wieso fühlte Peer sich nur jedes Mal schuldig, sobald eine Frau ihn nicht ausreden ließ?

»Lass nur, das kriegen wir schon hin … irgendwie …« Das letzte Wort wehte so hoffnungslos durch die Luft, dass Peer darüber kaum mitbekam, wie Peggy sich entfernte.

Ja, irgendwie hatte sie recht … irgendwie. Aber dieser komplizierte Fall und der Orgelunterricht, dazu seine Physio und jetzt auch noch zweimal täglich Ina Donath – da konnte wirklich niemand von ihm erwarten, dass er obendrein beim Krippenspiel mitwirkte.

Die Rohwedder kam die Stufen vom Kaufmannswagen herunter. Sie musterte Peer, nickte knapp und stolzierte davon. Seufzend sah er ihr nach. Hätte er gewusst, dass diese Frau so nachtragend war, hätte er damals vielleicht ein wenig länger überlegt und seine Worte ihr gegenüber behutsamer gewählt. Vielleicht.

Endlich erschien Martin mit einem vollen Einkaufskorb in der Tür. Er schob seinen massigen Körper quer hindurch, klemmte den Korb auf die linke Hüfte und streckte die Hand vor. »Tachschön, Peer. Remoulade is leider aus, dafür hab ich dir ein Glas Mayonnaise und eine Kräutermischung mit eingepackt. Wenn du das verrührst, schmeckt das genauso.«

Die alte Treskow hinter ihm schnalzte missbilligend mit der Zunge. »Also wirklich, Martin! Das ist ekelhaft. Gut, dass du Kaufmann geworden bist und nicht Koch.«

Sie stakste vorsichtig die Stufen herunter, strich sich den Rock glatt und trat dann hinter den Rollstuhl, um das Netz aufzuziehen, damit Martin die Einkäufe darin verstauen konnte. »Der Camembert muss weiter nach oben, sonst wird er doch ganz zerdrückt«, kommandierte sie.

»Jawoll, gnä' Frau!« Martin schlug die Hacken zusammen.

»Manche Männer werden nie erwachsen«, seufzte die alte Treskow und griff nach ihrem Korb.

Peer hob die Hand. »Ach, übrigens, Frau Treskow, nur dass Sie es wissen: Ich habe schon längst einen Verdächtigen.« Er hatte erwartet, dass jetzt zumindest ein kleines Wort der Anerkennung käme, doch er hatte sich getäuscht.

»Wen?«

»Wieso sollte ich Ihnen das sagen?«

»Und? Hat er ein Alibi? Ist seine Aussage glaubhaft?«

Verdammt! Peer schluckte. Nein, er würde nichts sagen.

Mit zusammengekniffenen Augen musterte die alte Treskow ihn. »Sie haben ihn noch gar nicht befragt. Und dann stehen Sie hier noch rum? Ab nach Hause, schließlich müssen Sie Ihre Einkäufe auch noch wegräumen.« Sie wandte sich zu ihrer Gartenpforte um. »Mayonnaise mit Trockenkräutern, abscheulich«, hörte man sie noch murmeln, während sie den Weg zur Haustür hinaufstakste.

Martin schaute Peer an und hob die Schultern.**16:10 Uhr**

Palupke verfolgte, wie Peer sich vom Hand-Rollstuhl in den elektrischen hievte. »Und zurück!« Seine linke Augenbraue zog sich immer höher, schließlich grunzte er missbilligend. »Das machen wir gleich noch mal. Mit mehr Power; gegen dich wirkt ein Faultier athletisch!«

»Wie bitte?« Ungläubig starrte Peer ihn an. »Ich bin froh, dass ich das einmal schaffe, du … Drill-Sergeant! Und das gleich hin und her!«

»Aber eben nur einmal. Das ist zu wenig.«

»Reicht mir.«

»Und wenn du einkaufen willst und erst im E-Rolli merkst, dass die Einkaufstaschen in der Küche liegen?«

»Gibt Plastiktüten. Außerdem hab ich ein Netz hinten.«

Palupke stöhnte. »Wenn du dein Handy nicht dabei hast und noch mal ins Wohnzimmer musst, um es zu holen?« Er schaute auf die Seitentasche des Elektro-Rollstuhls, in der Peer eben nach seinem Telefon gesucht hatte.

Nun stöhnte auch Peer. »Dann fahr ich ohne Handy, was weiß ich. Außerdem muss ich dann auch nur einmal die Stühle wechseln, nicht doppelt.«

»Aber wenn du es doppelt trainiert hast, fällt dir das eine Mal viel leichter. Und darauf kommt es an: dir das neue Leben so leicht wie möglich zu machen.«

»Das ist doch Schwachsinn, Heinz!«

»Palu.«

»Heinz! Neues Leben, ts … Ich brauch niemand, der mir vorgaukelt, wie viel toller mein Leben mit ein bisschen Krankengymnastik wird. Und ich brauch auch niemand, der mir unter die Nase reibt, wie scheiße mein Leben ohne Krankengymnastik ist!« Er verschränkte die Arme vor der Brust.

Grinsend setzte Palupke sich auf einen der Stühle am Dielentisch. »Du bist lustig. Ein ›bisschen‹ Krankengymnastik? Das klingt sonst immer ganz anders, wenn wir fertig sind. Und glaub mir, da kommt noch mehr.« Er wurde ernst. »Hör mal, das mit dem Faultier war daneben, sorry. Manchmal bin ich ein bisschen geradeheraus.«

»Manchmal?«

»Aber eins sag ich dir: Ich lass dich hier nicht so sitzen. Was dir passiert ist, ist Kacke, klar. Ich hab viele kennengelernt, die in dasselbe tiefe Loch gefallen sind.«

»Und du hast sie alle mit deinen starken Armen wieder rausgezogen, was?«

Palupke grinste wieder. »Bei manchen hätt ich gern. Nee, das kannst du nur selbst. Aber ich kann dabei helfen.« Er zog den Rollstuhl zu sich. »Früher hat alles gut funktioniert, oder? Du hast funktioniert, dein Leben hat funktioniert.«

Peer nickte.

»Ja, darauf kommt es Männern an: dass alles funktioniert.« Er legte seine warme Hand auf Peers Unterarm. »Pass auf: Klar versprech ich dir nicht, dass du wieder laufen wirst, das wär Bullshit! Aber ich versprech dir, dass du wieder funktionieren wirst. Anders als früher, logisch, aber so, dass du mit deinem Leben zurechtkommst. Dass du dich behaupten kannst. Okay?«

Wieder nickte Peer.

»Gut.« Palupke lächelte und dehnte seinen Oberkörper. Das weiße T-Shirt spannte sich straff über den voluminösen Oberarmen, aus dem linken Ärmel wand sich eine eintätowierte Schlange um die Muskelpakete bis kurz vors Handgelenk, wo sie drohend ihre Giftzähne zeigte. »Dann lass uns weitermachen. Wenn du fleißig den Wechsel zwischen deinen Rollstühlen trainierst, bist du bald auch fit genug, ins Auto einzusteigen.«

»Da hilft mir meine Frau.«

»Und wenn Sascha nicht da ist?«

Peer runzelte die Stirn. Für einen Moment kullerte eine verrückte Idee wie ein roter Fruchtbonbon durch seine Gedanken. »Du meinst nicht, dass ich allein Auto fahr?«

»Natürlich mein ich das. Ich hab grad davon gesprochen, dass dein Leben wieder funktioniert. Und das kann es nicht, wenn du hier nicht allein wegkommst, oder?«

20:05 Uhr

Peer hatte gar nicht gemerkt, dass Ina fünf Minuten später kam. Am frühen Abend, als er gerade die Handyfotos des Tages auswerten wollte, hatte er eine Mail erhalten, die seine Aufmerksamkeit noch immer fesselte. Erst als die Krankenschwester neben ihm am Schreibtisch stand, schreckte er auf. »Können Sie nicht klingeln?«

»Wozu? Sie haben mir doch einen Schlüssel gegeben. Und Sie werden schon keinen Schweinkram machen, wenn Sie sich unbeobachtet wähnen, oder?« Ihr Blick auf den Monitor war alles andere als verstohlen.

Peer klappte das Notebook zu. Bevor irgendjemand etwas davon erfuhr, musste er selbst erst einmal wissen, was er davon halten sollte. Offenbar verstand Verena eine Menge von Onlinerecherche; in ihrer Mail hatte sie ein gutes Dutzend Links zusammengestellt, die Aktivitäten einer bestimmten Person im Internet belegten. Und es deutete einiges darauf hin, dass diese Person Jonas Werner war. Wenn das stimmte, dann müsste er bereits ein stattliches Vorstrafenregister haben – zumindest, wenn auch kleinere Vergehen dort aufgeführt waren.

Gerade hatte er den Entschluss gefasst, Polizeimeisterin Velten anzurufen, die ihn bei seinem ersten Fall unterstützt hatte. Doch er bräuchte all seine Überzeugungskraft, um ihre Hilfe zu erhalten. Wenn sie ihm denn überhaupt einen Blick ins Vorstrafenregister gewährte – oder ein Autokennzeichen überprüfte. Auf jeden Fall würde er sich hüten, solche vertraulichen Gespräche zu führen, wenn Ina im Haus war. Für eine Krankenschwester war sie eindeutig zu neugierig; und falls sie dann noch alles in den falschen Hals bekam ...

»Warum machen Sie heute Abend nicht einfach frei?« Mit seinem unschuldigsten Unschuldsblick strahlte er Ina an. »Gegessen hab ich und duschen kann ich morgen früh.«

Sie blickte ihn argwöhnisch von der Seite an. »Was haben Sie vor?«

»Was geht Sie das an?«

Sie schwieg einen Moment, straffte dann den Oberkörper und schritt zur Tür. »Gut, wenn meine Anwesenheit so unerträglich für Sie ist.« Sie rauschte hinaus.

Na, wunderbar, der zweite Tag und er hatte schon die Vertraute der Baronin verprellt. Wenn das so weiterginge, hätte er das Vertrauen der alten Dame verspielt, ehe er überhaupt genug von ihr hätte erfahren können. Es half nichts, das Telefonat musste warten, Jonas' krumme Touren könnte er auch morgen noch überprüfen. Oder übermorgen, schließlich hatte die Zuschnitz momentan erste Priorität. Er setzte den Rolli zurück und manövrierte am Schreibtisch vorbei aus dem Musikzimmer.

Wieso war die Diele dunkel? Ina war doch gerade erst hier langgelaufen. Er bog auf den Flur zur Küche ein und sah im Schein der Deckenlampe über dem Esstisch, wie Ina den Stapel mit Saschas Post durchsah. Sein Puls beschleunigte sich. »Suchen Sie was?«

Die Krankenschwester fuhr zusammen und griff sich an die Brust. »Herr Wesendonk, muss das sein?«

»Das frag ich mich auch. Wieso durchsuchen Sie die Post meiner Frau?«

»Ach, Ihrer Frau?«, stammelte Ina. »Ich dachte ... ich suchte ... nach Ihrem Medikamentenzettel.«

Peer riss den Holzkorb, in dem seine Tabletten und Pillen lagen, vom Regal und knallte ihn auf den Tisch. »Der Zettel liegt obenauf, wie immer.«

»Ach ja, so was aber auch.« Sie schüttelte den Kopf. »Wie konnte ich den nur übersehen?«

»Das frag ich mich auch.« In Wahrheit fragte Peer sich, wieso er dieser Schnüfflerin gegenüber gerade eben noch ein schlechtes Gewissen gehabt hatte. Und was sie wirklich suchte ...

27. November 2014

9:10 Uhr

Als Ina gekommen war, hatte Peer angekleidet am PC gesessen und recherchiert. Sie hatte zwar gejammert, wozu sie überhaupt käme, sie wolle ihn versorgen, schließlich sei sie Krankenschwester. Peer hatte nur entgegnet, dass er nicht krank, sondern behindert sei, sie sich aber trotz aller Zusatzausbildungen nicht Behindertenschwester nenne. Daraufhin hatte Ina nur die Hände in die Hüften gestemmt und war in die Küche gerauscht, um Frühstück zu machen.

Zum Glück wusste sie nicht, wie Peer beim Waschen und Anziehen gelitten hatte. Wieder schmerzten alle Muskeln bei der kleinsten Bewegung; langsam verlor er den Glauben daran, dass er durch die Physiotherapie jemals reibungslos »funktionieren« würde. Aber er hatte sich durchgekämpft. So weit kam es noch, dass diese herumschnüffelnde Krankenschwester ihn wusch. Alles hatte seine Grenzen. Unter der Woche musste eine schnelle Dusche reichen; dann würde er halt eine halbe Stunde vor der Heizung sitzen, bis er wieder trocken war. Hauptsache, dieses neugierige Weib fummelte nicht an ihm herum. Auch wenn er jetzt kaum eine Taste ohne Schmerzen drücken konnte.

Als Erstes hatte er versucht, Polizeimeisterin Velten anzurufen, doch die war heute nicht im Dienst. Also musste der Blick in Jonas Werners Vorstrafenregister warten – wenn sie überhaupt mitspielen würde. Diesmal lag der Fall ja ein wenig anders: Die Polizistin hatte noch keine Ahnung von den Vorgängen in Vertikow.

Also hatte Peer beschlossen, direkt mit Jonas zu reden. Vielleicht könnte Sascha ihn am Freitag nach Zarrentin zum Biosphärenreservat fahren. Dann würde er den FÖJler vor Ort mit den Anschuldigungen konfrontieren.

Seine Handynummer hatte in Verenas Mail gestanden. Doch auch dort war Peer nicht erfolgreich gewesen. Also hatte er eine Nachricht auf der Mailbox hinterlassen, dass er Jonas sprechen müsste. Abwarten, ob der Kerl zurückrief. Momentan stand er ja ohnehin nur auf Platz 2 der Liste.

Inzwischen war Peer dabei, sich über die Forstwirtschaft in Mecklenburg-Vorpommern zu informieren. Er hatte mehrere PDFs geöffnet, Merkblätter über Fördermöglichkeiten für Waldbesitzer. Aber egal, was er ansah – Professionalisierung forstwirtschaftlicher Zusammenschlüsse, Waldpflegevertrag, Zusammenfassung und Koordinierung des Holzangebots oder Jungwuchs- und Jungbestandspflege –, die meisten Förderungen waren nicht lukrativ genug, ganz abgesehen davon, dass sie für größere Unternehmen oft ohnehin nicht infrage kamen. Was mochte Kramm für eine ominöse Förderung ausgehandelt haben, von der Wohl und Wehe der RWG abhing?

Gerade wollte er alle Fenster wieder schließen, als Ina mit dem Frühstück kam. Sie stellte das Tablett auf den Schreibtisch und warf erneut einen Blick auf den Monitor. Wortlos klappte Peer den Laptop zu. Auch, als sie ihm einen guten Appetit wünschte, antwortete er nicht. Schulterzuckend verließ Ina das Musikzimmer und schloss die Tür.

»Offen lassen!«, rief Peer.

»Ich will Sie nicht stören«, schrie sie hinter der Tür.

Stören – wobei? Kurz darauf beantwortete das Brummen des Staubsaugers Peers Frage. Was sollte das? Sie hatte gestern erst jeden Raum gesaugt. Diese Frau war nicht nur neugierig, sie hatte offenbar auch einen Putzfimmel.

Entnervt rollte Peer um den Schreibtisch herum und öffnete die Tür. Sein Schrei blieb ihm aber im Hals stecken. Der Staubsauger lag brummend vorm Couchtisch, während Ina die Kommode neben dem Flügel durchstöberte. Sie öffnete jede Schublade, schaute genau, welche Dinge wo lagen, hob einige sogar hoch.

Als Peer den Staubsauger ausschaltete, fuhr Ina erschrocken herum und starrte ihn an.

»Kann ich Ihnen helfen?«, fragte er eisig.

Einen Sekundenbruchteil zögerte die Krankenschwester. »Wo, zum Teufel, bewahrt Ihre Frau denn die Staubtücher auf? Hier findet man ja nichts, Herrgott!«

»Vielleicht versuchen Sie es mal im Hauswirtschaftsraum, wo der Schrank mit den Putzmitteln steht, aus dem Sie auch den Staubsauger geholt haben. Es soll Menschen geben, die packen ihre Staubtücher da rein.«

Sie schlug sich an die Stirn. »Klar! Wie dumm von mir.«

Kopfschüttelnd rauschte sie aus dem Wohnzimmer. Peer sah ihr nach. Was stimmte nicht mit der Frau?

10:40 Uhr

Ein scharfer Wind pfiff den Lindenweg und die Dorfstraße entlang; wie froh war Peer, dass er nur den Daumen am Steuerknüppel brauchte, um sich den Böen entgegenzustemmen. Er passierte die »Alte Eiche« und Hermanns Schmiede, nirgendwo ein Lebenszeichen. Es schien, als hätte sich das Dorf gegen den eisigen Wind verbarrikadiert wie einst gegen die Schweden.

Als er in die Schlossallee abbog, ließ der Wind nach; dafür war das Kopfsteinpflaster Gift für seinen Muskelkater, jeden Stein spürte er.

Ob Ina wirklich nach Staubtüchern gesucht hatte? Im Wohnzimmer? Oder schnüffelte sie in seinem Haus herum? Es war ihm von Anfang an suspekt gewesen, dass eine Krankenschwester putzen wollte.

»Sind Sie Herr Wesendonk?« Ein junger Mann in grünem Arbeitsoverall kam von einem der Traktoren auf ihn zu. »Tschuldigung, blöde Frage.« Er wies auf den Rollstuhl. »Ich wollt Ihnen sagen, dass ich was gesehen hab. Nee, gehört.«

Peer hob die Augenbrauen. Es war das erste Mal, dass einer der Arbeiter des Guts von sich aus an ihn herantrat. »Was denn? Und wann und wo?«

Der Mann kniff die Augen zusammen, seine Mundwinkel zuckten kurz. Dann schaute er Peer an. »Ich hab Horst gesehen in der ›Eiche‹, hab direkt am Tisch hinter ihm gesessen. Und ich hab gehört, wie er über die Holzsache gesprochen hat. Er hat gemeint, das würde unseren Chef ordentlich unter Druck setzen und ihn vielleicht sogar seinen Job kosten. Und er hat gesagt, das sei es ihm wert gewesen, dafür die Kolonne aus Groß Laasch zu engagieren, statt anständig in Urlaub zu fahren.«

»Sie meinen, er hat sich in aller Öffentlichkeit damit gebrüstet?« So dumm konnte nicht einmal Horst sein.

»Nicht in aller Öffentlichkeit. Er hat ja leise gesprochen. Ich saß halt hinter ihm und hab das mitbekommen.«

»Wann war das?«

Der Arbeiter nestelte einen Zettel aus der Tasche seines Overalls. »Hier, hab's aufgeschrieben, damit ich es nicht vergesse. Letzte Woche Dienstag um viertel neun.«

Zögernd griff Peer nach dem Zettel. »Und mit wem hat er gesprochen?«

»Wie?«

»Wenn Horst das erzählt hat, muss er es doch *jemandem* erzählt haben. Wer war das?«

Die Augenlider des jungen Mannes flatterten kurz. »Keine Ahnung. Kannte ich nicht.«

»Also ein Fremder, nicht aus dem Dorf?«

»Weiß nicht. Ich kann hier ja nicht jeden kennen.«

»Haben Sie ihn zumindest früher schon mal gesehen?«

Ein stummes Schulterzucken.

Peer nickte. »Danke sehr.« Der Arbeiter wollte sich schon zum Gehen wenden, da fiel Peer etwas ein. »Sagen Sie, haben Sie vielleicht auch mal was gehört, was Herr Grenzin gesagt hat?«

»Walter?« Grinsend steckte der Mann seine Hände in die Taschen. »Klar, der nimmt ja kein Blatt vor den Mund. Ist 'n ganz krummer Hund, wenn Sie mich fragen.«

»Inwiefern?«

»Der tönt immer groß, man müsste diesen aufgeblasenen Adligen mal einen Denkzettel verpassen und so. Und wo das Holz geklaut wurde, hat er gemeint, schade, dass ihm das nicht eingefallen ist.« Er legte den Kopf schief. »Wobei ich mein, gekonnt hätt' er ja sogar. Als Hausmeister kommt er ja leicht an die Geräte ran. Ich hab ihn sogar mal um den Harvester rumschleichen sehn.«

»Den was?«

»Unseren Hackschnitzelharvester. Damit ist ein Baum in Nullkommanichts entastet und entrindet. Mega-Teil. Und sauteuer.«

»Was macht Grenzin an dem Gerät? Und wieso erzählen Sie mir das überhaupt? Ich dachte, es war Horst?«

Der Arbeiter riss die Augen auf. »Klar ... war er ja auch«, stammelte er. »Ich meinte nur ... Walter *hätte* gekonnt.«

Peer sah dem Mann nach, wie er in einer der Hallen verschwand. Sonst trieb sich bei dem eisigen Wind niemand auf dem Hof herum, es schien fast, als hätte der Kerl auf ihn gewartet und wäre jetzt froh, wieder ins Warme zu kommen.

Arndt Kramm empfing ihn im Foyer des Bürogebäudes. »Tag Herr Wesendonk. Wie geht es Ihnen?«

»Hallo Herr Kramm. Danke, geht so. Und selbst?«

»Sind Sie schon weitergekommen?«

»Nun, ich hab zumindest eine erste Spur.«

Wie beiläufig sah der Geschäftsführer nach draußen, ehe er zum Fahrstuhl ging. »Sie haben eben mit Kevin gesprochen? Es ging um die Holzsache, oder? Er war schon bei mir. Und ich muss sagen, spätestens jetzt hege auch ich einen gewissen Verdacht gegen Horst.« Er drückte auf den Fahrstuhlknopf. »Und wen haben Sie im Auge?«

Peer zögerte. »Auf jeden Fall nicht Horst. Ich halte den Mann da draußen nicht für sehr glaubwürdig.«

Kramm hob beide Hände. »Sie sind der Detektiv.«

Langsam nervte dieser Satz. Peer atmete tief durch, ehe er antwortete: »Wie Sie sicher wissen, habe ich noch nicht allzu viel Erfahrung. Ich hoffe, Sie erwarten keine Wunder. Alles braucht seine Zeit.«

»Die haben wir nicht«, sagte Kramm kalt und drückte auf den Fahrstuhlknopf. Die Tür öffnete sich, er ließ Peer hineinfahren. »Heute Morgen habe ich mit dem Chef telefoniert«, sagte er, während die Tür sich schloss. »Ich habe versucht, den Ball so flach wie möglich zu halten, nur von kleinen Unregelmäßigkeiten erzählt, die wir im Griff haben. Herr Wesendonk, am achten Dezember ist Herr Radenow-Werthenbach wieder im Büro, dann kann ich nichts mehr verheimlichen. Bis dahin muss der Fall geklärt sein!«

»Sonst fliegt Horst, was?«

Die Fahrstuhltür öffnete sich, doch Kramm drückte auf den Schließknopf und beugte sich zu Peer herunter. »Sonst ist die gesamte Firma in Gefahr. Es gibt genügend Großkonzerne, die sich ein Sahnestück wie die RWG gern einverleiben. Und was Horst angeht … Er ist schon in Ordnung, verstehen Sie mich nicht falsch. Aber der Chef glaubt, er sei … nun ja, mental nicht in der Lage, sich mit all diesen komplexen Dingen zu befassen.« Leise fragte er: »Sie wissen von seiner Vergangenheit?«

Peer verengte seine Augen zu Schlitzen. »Was wissen Sie denn darüber??«

Noch einmal drückte Kramm den Schließknopf. »Oh, ich will nicht indiskret sein. Aber die Entscheidung der Baronin, ausgerechnet Horst als Forsttechniker einzustellen, stieß bei ihrem Sohn nicht auf überschäumende Freude. Im Grunde ist es nur eine Frage der Zeit, dass Horst seinen Job verliert. Und da kommt so ein Vorfall natürlich gerade recht.«

»Sie meinen, Ihr Chef hat aus seinem Urlaub heraus dafür gesorgt, dass sein halber Wald gefällt wird, nur um Horst loszuwerden?«

Einen Moment sagte Kramm nichts, zuckte fast unmerklich mit den Schultern. »Auf jeden Fall unternimmt Herr Radenow-Werthenbach, kaum nennenswerte Schritte zum Erhalt der Firma. Zum Leidwesen seiner Mutter. Und zu meinem.« Auf einmal sah er müde aus. »Können Sie sich vorstellen, wie schwierig es ist, ein Unternehmen am Leben zu halten, dem der Chef ständig Blut aussaugt?«

Peer schüttelte den Kopf. »Starten Sie deshalb all diese riskanten Manöver? Förderungen zu Konditionen, die Sie kaum einhalten können?«

Kramm ließ die Schultern sinken. »Mitunter bin ich selbst mit meinem Latein am Ende. Was wie gewiefte Geschäftsmanöver aussieht, ist oft nur noch ein verzweifeltes Strampeln.« Er schwieg einen Moment und biss sich auf die Lippen. Dann sah er Peer in die Augen. »Aber das bleibt unter uns, ja?«

»Natürlich. Aber wen verdächtigen Sie jetzt eigentlich, Horst oder den künftigen Baron?«

»Wenn ich das wüsste. Ja, vielleicht steckt wirklich Horst dahinter, um den Chef bei seiner Mutter in Misskredit zu bringen. Obwohl das gar nicht nötig ist, die Baronin kennt ihren Sohn. Und auch wenn er inzwischen die Firma leitet, hat die alte Dame noch immer die Anteilsmehrheit. Theoretisch könnte sie ihn entlassen.«

»Hat sie denn noch einen anderen Erben?«

Kramm richtete sich auf, nach ein paar Sekunden kehrte sein selbstsicheres Lächeln zurück, ehe er die Fahrstuhltür öffnete. »Solche Leute haben immer einen Erben.«

Es überraschte Peer nicht sehr, Horst mit einem Becher Kaffee in Verenas Büro zu finden. Da auch Kramm nichts dazu sagte, schien das keine Seltenheit zu sein. Überraschend war eher der verschwörerische Gesichtsausdruck, den die junge Tschechin aufsetzte. Sie hatte in ihrer Mail geschrieben, dass niemand von ihren Erkenntnissen über Jonas Werner wüsste; und das hatte sich offenbar noch nicht geändert. Warum sollten Horst und ihr Chef nichts davon erfahren?

Nach ein wenig Smalltalk kam Kramm direkt zur Sache und überfuhr damit sogar Peer. »Wir wissen seit eben, dass Horst mit in der Sache hängt. Und ich frage mich jetzt, wie viel du davon weißt, Verena?«

»Was?« Horst riss die Augen auf. »Ich? Wieso?«

Kramm wandte sich ihm mit einem Lächeln zu, das aussah, als könnte es sich nicht zwischen Mitleid und Genugtuung entscheiden. »Man hat dich in der ›Eiche‹ darüber sprechen hören – bevor du den Diebstahl gemeldet hast.«

»Blödsinn!«, rief Horst, sein Gesicht färbte sich rot. »Wer hat das behauptet? Und wann soll das gewesen sein?«

Peer holte den Zettel hervor, den der junge Arbeiter ihm gegeben hatte. »Ich weiß nicht, was davon zu halten ist, Horst, aber ein Zeuge meint, er hätte das am letzten Dienstag mitbekommen. Und mir hast du erst am Mittwoch davon erzählt.«

»Mir noch später!«, bestätigte Kramm.

»Was soll das heißen, Horst?«, wisperte Verena. »Das kann doch gar nicht sein.«

In einem Fall zu ermitteln, war eine Sache. Aber einen Freund als Verdächtigen zu verhören, darauf hätte Peer gern verzichtet. »Horst, wo warst du am letzten Dienstagabend?«

Horst starrte ihn mit leeren Augen an, sein Gesicht war nun weiß geworden. »Ich? Ja … letzten Dienstag? Ich weiß nicht … das ist ja schon über eine Woche …«

»Aber Horst«, sagte Verena, ihre Stimme klang nicht ganz so fest, wie sie es wohl gewollt hatte, »weißt du nicht mehr? Da warst du bei mir. Den ganzen Abend.«

»Was?«, riefen Kramm und Horst gleichzeitig.

Verena presste die Lippen aufeinander und schloss die Augen. »Natürlich«, sagte sie dann, »wir haben schon mal überlegt, welche Fichte wir als Weihnachtsbaum für das Schloss fällen wollen.«

Stirnrunzelnd nickte Horst. »War das Dienstag? Kann sein. Dann war ich bei dir. Ist ja schon ewig her.«

»Blödsinn!« Kramm trat zwischen die beiden. »Es gibt einen Zeugen, der ihn gesehen und gehört hat. Außerdem gibt es ja einige windige Dinge, in die Horst verwickelt ist.«

»Bei dir nicht?«, fragte Verena kühl.

Peer schüttelte den Kopf. »Herr Kramm, warum sollte Horst so was tun? Damit schadet er sich doch auch selbst.«

»Ich bitte Sie: Glauben Sie ernsthaft, dass jemand, der nicht mehr weiß, was er letzten Dienstagabend getan hat, so weit denkt?« Seine Augen blitzten, er fuchtelte mit den Händen durch die Luft. »Was weiß ich, warum er das tut! Vielleicht brauchte er Geld für Drogen.«

Jähes Schweigen füllte den Raum. Kramm senkte den Kopf. Peer hielt den Atem an. Drogen. Das war es also gewesen. Er sah, wie Horst die Fäuste ballte.

»Das ist nich wahr!«, zischte er. »Ich hab seit Jahren nichts mehr genommen! Das musst du mir glauben, Verena!« Ohne eine Antwort abzuwarten, stürmte er hinaus.

»Ich glaube dir«, flüsterte sie.

Kramm schnaubte verächtlich. »Ja, ihr scheint ja ohnehin unter einer Decke zu stecken.«

»Tut mir leid, Herr Kramm«, versuchte Peer zu schlichten, »im Moment steht es Aussage gegen Aussage. Und ich kann nicht beurteilen, welche glaubwürdiger ist.«

»Keine Sorge. Die Beweise werden sich schon finden.« Erstaunlich gefasst sah er Peer an. »Und wenn Sie dazu nicht in der Lage sind – ob nun aufgrund Ihrer Fähigkeiten oder aufgrund von Befangenheit –, dann werde ich dafür sorgen, dass die Wahrheit ans Licht kommt.« Er nickte knapp und verließ den Raum.

Peer sackte in seinen Stuhl. Was war das denn gewesen? »Und nun?«, fragte er zögernd.

Verena schloss die Tür. »Nun wenden wir uns erst mal den Fakten zu und warten, bis die beiden sich beruhigt haben.« Sie setzte sich an ihren Schreibtisch und winkte Peer zu sich. »Ich habe mir die Sache mit der Überweisung noch einmal angeschaut. Sie wissen ja, dass das Konto, auf dem das Geld gelandet ist, angeblich Jonas Werner gehört.«

»Ja. Und in den Links aus Ihrer Mail hat er eine Menge Geräte und Aktionen erwähnt, für die er Geld braucht. Aber hatte er die Möglichkeit, in Ihr System einzudringen und so eine Überweisung umzuleiten? Woher will er überhaupt davon gewusst haben?«

»Alles berechtigte Fragen«, sagte Verena schmunzelnd. »Sieht fast so aus, als sei er es nicht gewesen, was?«

Peer musterte sie mit zusammengekniffenen Augen. »Das denke ich auch. Mein Verdacht geht in eine andere Richtung. Aber Sie wissen, wer es war, oder?«

»Wenn sich niemand ins System gehackt und eine falsche Identität angenommen hat, ja.« Sie klickte ein Fenster im Hintergrund an, das sich auf der linken Bildschirmseite öffnete. »Laut Protokoll wurde das Geld verschickt von Hartmut Johannes von Radenow-Werthenbach.«

»Dem Sohn der Baronin?« Verwirrt schaute Peer auf den Monitor. »Aber warum? Jetzt mal ehrlich, das ist doch keine Summe, mit der man sich in die Karibik absetzen könnte. Das hat niemand aus Gier gemacht, sondern um dafür zu sorgen, dass die RWG nicht versichert ist.«

»So sehe ich das auch«, meinte Verena.

»Aber warum sollte Ihr Chef seine eigene Firma in Gefahr bringen wollen?«

»Auf jeden Fall tut er es. Darum muss Arndt ständig solche heiklen Verträge aushandeln. Entweder wegen der verschrobenen Ideen des Chefs oder weil er den Karren wieder aus dem Dreck ziehen muss.«

»Also gibt es noch mehr solcher heiklen Geschäfte?«

Ein leises Lachen war die einzige Antwort.

»Und weiß die Baronin davon?«

»Schön wär's. Ihr Sohn hält so was für Verrat von Betriebsgeheimnissen und hat uns mit Kündigung gedroht, wenn wir ihr etwas sagen.«

»Das kann er doch gar nicht so einfach.«

Verena seufzte. »Irgendein Kündigungsgrund findet sich immer, wenn man will.« Sie stand auf. »Kommen Sie mal mit. Die heiklen Akten stehen bei Arndt.« Sie ging zur Tür und hielt sie Peer auf.

Vor Kramms Tür hielt sie inne. »Vielleicht warten Sie besser hier.« Sie trat ein und ließ die Tür angelehnt.

Peer hörte, wie sie leise mit Kramm sprach, wie der entrüstet ein »Kommt gar nicht infrage« ausstieß und sich auch nach mehreren Versuchen nicht umstimmen ließ.

Also stieß Peer die Tür auf und rollte ins Büro. »Herr Kramm. Sie haben mich beauftragt, in Ihrer Firma zu ermitteln. Dazu brauch ich Zugang zu den Dokumenten.«

Kramm räusperte sich. »Herr Wesendonk, ich bezweifle, dass derart sensible Daten für Ihre Ermittlungen nötig sind. Halten Sie sich aus unseren Betriebsinterna raus. Wenn Sie Informationen brauchen, wenden Sie sich an mich. Ich bin Ihnen sehr dankbar für ihre Hilfe, aber auch verantwortlich für dieses Unternehmen. Und ich kann mir keine Fehler leisten.«

»Na gut«, sagte Verena spitz und wandte sich Peer zu. »Ich hab's Ihnen gleich gesagt.« Ohne ihn zu Wort kommen zu lassen, stöckelte sie hinaus.

Peer rollte ihr hinterher.

Sie drückte die Bürotür fest zu, ehe sie raunte: »Keine Sorge, heute Nachmittag ist er in Wismar, da suche ich Ihnen alles zusammen. Dann können Sie morgen in Ruhe die Akten durchstöbern.«

»Aber merkt er das nicht?«

»Nicht, wenn ich Ordner in die Regale stelle, die fast genauso aussehen.« Ihre gekräuselten Lippen konnten das spitzbübische Grinsen kaum verbergen.

»Prima. Ich hoffe, wir finden dann etwas, das uns in der Holzsache weiterhilft.«

»Das hoffe ich auch. Aber mit Jonas Werner sollten sie trotzdem reden.«

»Das werde ich, sobald er zurückruft.«

Das Telefon klingelte. Verena hob ab, äußerte ein paar knappe Jas und legte wieder auf. »Ich muss zur Frau Baronin. Aber wir sind ja auch fürs Erste fertig, nicht wahr?«

Peer nickte, wendete den Rollstuhl und hielt dann inne. »Eins noch, Verena: War Horst an dem besagten Dienstag wirklich bei Ihnen?«

Sie stand auf. »Ich sollte die alte Dame nicht warten lassen. Das mag sie nicht.«

16:15 Uhr

Am Nachmittag hatte Peer seine Waldrecherchen fortgesetzt und herauszufinden versucht, was eine Abholzungsaktion in diesem Ausmaß kostete. Auf jeden Fall war es erstaunlich, wie schnell diese Harvester Bäume fällten und entasteten. So ein Ding sparte gut achtzig Prozent an Zeit und Personal. Damit konnte man die Fläche locker während Horsts Urlaub abholzen. Blieb nur die Frage offen, wer sich so etwas leisten konnte.

Eine mögliche Antwort fand Peer, als er die Fotos analysierte, die er von dem braunen Lieferwagen an der Kiesgrube gemacht hatte. Zwar brauchte er mehrere Minuten, um »Zakład Leśny przetwórstwo drewna« korrekt in die Übersetzungsmaschine einzugeben, doch die Antwort war alle Mühe wert: »Forstwirtschaftliche Holzverarbeitungsanlage«. Und Google Maps zeigte ihm anschließend, dass der Ort Steklno dicht hinter der deutsch-polnischen

Grenze lag. Als Krönung hatte ihm auf der Homepage der polnischen Firma ein beeindruckendes Bild entgegengeleuchtet: ein Hackschnitzelharvester im Einsatz. Bingo!

Während er in die Küche rollte, um sich ein paar Kekse zu holen, malte er sich aus, was für ein Gesicht die Zuschnitz machen würde, wenn er sie mit den Beweisen konfrontierte. In dem Moment sprang draußen der Bewegungsmelder an. Wieder eine der Katzen aus der Nachbarschaft vermutlich. Aber Moment: Auf der Auffahrt stand ein schmutziger alter R4 mit Ludwigsluster Kennzeichen. Ansonsten war nichts zu sehen. Peer konnte nicht mal erkennen, ob jemand in dem Auto saß. Er wartete, bis das Licht ausging, starrte ein paar Minuten in die Dämmerung, doch nichts rührte sich.

Langsam rollte er zurück in die Diele, ohne Kekse. Er hatte den Flur noch nicht ganz passiert, als durchs Dielenfenster der Schein des hinteren Bewegungsmelders drang. Jemand schlich ums Haus. Peer atmete schneller, drückte sich an die Flurwand. Was war da los? Erneut ging das Licht auf der Auffahrt an. Verdammt, was wollte der Kerl hier?

Es klingelte. Nein, Peer würde gewiss nicht öffnen. So groß konnte seine Neugier nicht sein.

»Herr Wesendonk?« Klopfen. »Herr Wesendonk, Sie wollten mich sprechen!«

Wer war das? Jonas Werner? Nein, der kannte Peers Adresse nicht. Oder? Jetzt schlug er mit der Faust gegen die Tür. Es half nichts, Peer rollte in die Diele. Er bugsierte den Rollstuhl wie eine Barriere vor die Haustür, sodass er sie nur einen Spalt breit öffnen konnte.

Ein junger, hagerer Mann stand davor, blasses Gesicht, ein paar einsame Bartstoppeln. Seine Augen glitten hinab auf Peers Höhe, weiteten sich überrascht.

»N'Abend. Herr Werner?«

»Ich wusste nicht, dass Sie im Rollstuhl sitzen.«

»Was spielt das für eine Rolle? Ich wusste auch nicht, dass Sie Geheimagent sind.«

»Was bin ich?«, fragte Jonas Werner belustigt.

»Ich hab am Telefon nicht gesagt, wo ich wohne, trotzdem sind Sie hier. Das klingt doch sehr nach NSA, oder?«

»Jetzt, wo Sie es sagen.« Der junge Mann unterdrückte ein Grinsen. »Sie sind nicht oft in Internetforen, was?«

»Hin und wieder, wieso?«

»Na ja, als ich merkte, dass ein gewisser PeWe jeden meiner Posts auf greenfighters.de gelesen hat, hab ich mir den User angeschaut. Und in Ihrem Benutzerkonto stehen all Ihre Daten öffentlich drin. Sie sollten ein wenig vorsichtiger sein, Herr Wesendonk. Ich bin nicht von der NSA, aber ich bin sicher, die freuen sich über Leute wie Sie, die es ihnen derart leicht machen.«

Peer schluckte. »Okay, danke für den Hinweis.« Er runzelte die Stirn. »Trotzdem: Wieso sind Sie hier? Sie hätten erst mal anrufen können. Oder eine Mail schreiben.«

»Ich weiß gern, wen ich vor mir habe. Wissen Sie«, er verschränkte die Arme vor der Brust, »es gibt verschiedene Arten von Usern: die, die sich regelmäßig mit einem austauschen, die Trolle, die immer mal wieder einen schwachsinnigen Kommentar ablassen, aber harmlos sind, wenn man sie nicht beachtet. Am interessantesten finde ich diejenigen, die sich intensiv für mich interessieren, ohne in Kontakt zu treten. Denn bei denen steckt meist irgendwas dahinter.«

»Und jetzt wollen Sie wissen, was.«

»Genau.«

»Das will ich Ihnen sagen.« Die Lampe draußen ging aus, Peer rollte ein Stück zurück, öffnete die Tür ganz und wedelte mit der Hand. Sofort umflutete sie wieder weißes Licht. Die Kälte kroch langsam in seine Glieder, und auch wenn die Tür jetzt offen stand, würde er einen Teufel tun, den Mann hereinzubitten. »Sie haben sich in diesem Forum aggressiv und militant geäußert, haben von Konzernen gesprochen, die zerschlagen werden sollen. Finden

Sie es dann nicht auch verdächtig, wenn zwanzig Kilometer von Ihrem Arbeitsplatz entfernt ein Waldstück abgeholzt und damit ein Unternehmen in arge Schwierigkeiten gebracht wird?«

Jonas nickte bedächtig. »Hab ich mir gedacht, dass es um die RWG geht. Und sicher wissen Sie, dass ich auch schon Aktionen gegen den Waldraub dieser Firma initiiert habe. Denn nichts anderes ist es: Die RWG raubt den Wald für ihre wirtschaftlichen Interessen!«

»Und da denken Sie, ist es gerechtfertigt, eine Firma zu ruinieren, um den Rest des Waldes zu schützen?«

»Unsinn! Damit hab ich nichts zu tun!«

»Dann waren es eben Ihre komischen Spezis aus dem Forum, mit denen Sie die Welt unsicher machen.«

Der junge Mann trat einen Schritt auf Peer zu. Früher hätte so ein dünner Hering keinen Eindruck auf ihn gemacht, aber heute – und mit dem Wissen, dass er von Jonas Werner hatte ... »Überlegen Sie genau, was Sie sagen, Herr Wesendonk! Sie haben für Ihre Anschuldigungen sicher keinerlei Beweise, oder?«

»Noch nicht«, gab Peer zu. Und verschwieg, dass er sich eigentlich gerade auf eine andere Verdächtige eingeschossen hatte. Jonas' Reaktion war einfach zu auffällig.

»Wissen Sie, warum? Es gibt keine. Ich war's nicht. Von den Idioten im Forum hab ich mich vor Monaten getrennt.«

»Und warum gibt es dann Fotos aus den letzten Wochen im Internet, in denen Sie sich brüsten, was Sie alles ausgefressen haben?«

»Woher wollen Sie das wissen?

»Habe ich selbst gesehen, Frau Czyczek hat recherchiert. Und überall ist Ihre Truppe drauf.«

»Dann soll die kleine Tschechin mal genauer hingucken. Ich bin nämlich nicht auf den Bildern.«

»Sagen wir so: Einer von den Vieren ist auf allen Bildern komplett geschwärzt. Ein schlanker junger Mann ...«

Jonas' Kopf wurde knallrot, zuckte wild hin und her. »Das war ich nicht! Fuck! Sie haben ja keine Ahnung!« Er sprang vor und stemmte sich auf die Armlehnen des Rollstuhls. »Und deshalb halten Sie sich besser da raus, Sie und die Tschitschek!« Wutentbrannt rannte er den Weg hinunter, sprang in seinen R4 und brauste davon.

17:30 Uhr

Es hatte eine Zeit gedauert, bis Peer sich nach Jonas' Besuch wieder beruhigt hatte. War der Kerl einfach nur leicht erregbar? Oder wirklich ein Psychopath, der auf andere losging? Warum hatte er selbst seinen Mund nicht halten können und Verena erwähnt?

Verdammt, das machte die Sache nicht einfacher. Eben noch hatte er gedacht, es könnte niemand anders als die Zuschnitz sein. Und nun schob sich dieser Jonas selbst wieder ins Fadenkreuz. Klar, Verena hatte ihn mit ihrer Recherche quasi auf dem Silvertablett serviert, fast, als sollte er Peers Hauptverdächtiger werden. Und das Dumme war: Je stärker er seine Unschuld beteuert hatte, umso verdächtiger schien er tatsächlich. Machte er vielleicht mit der Zuschnitz gemeinsame Sache?

Endlich halb sechs, gleich würde Sascha heimkommen. Peer starrte hinaus in die Dunkelheit; das Einzige, was er erkennen konnte, waren die kahlen Zweige des Hartriegels, die im Sturm vor der Laterne tanzten, und die Tropfen, die die Scheibe hinunterrannen. Passend zu seiner aufgewühlten Stimmung hatte sich in der letzten Stunde ein Unwetter aufgebaut. November eben.

Jetzt hätte er seine Frau wieder für drei Tage zu Hause. Die täglichen Telefonate waren nichts gegen das Gefühl, sie im Arm zu halten, ihren Kopf an der Schulter zu spüren, ihr Haar zu riechen. Und mit ihr zu reden. Wie bei seinem ersten Fall hatte Peer es vorgezogen, am Telefon möglichst wenig mit ihr über den Fall zu sprechen. Zu groß war das Risiko, dass ihm eine Formulierung herausrutschte, die nach Gefahr klang und dazu führte, dass Sascha sorgenvoll auf ihn einredete. Womöglich würde sie sich dann die ganze Nacht schlaflos im Bett wälzen und ernsthaft erwägen, nach Vertikow zu kommen, um ihm beizustehen.

Er sah den Vito auf die Auffahrt rollen. Und saß empfangsbereit in der Diele, von einem Ohr zum anderen grinsend, als Sascha die Tür aufschloss. »Willkommen daheim!«

Seine Frau fiel ihm um den Hals. »Das klingt, als wäre ich auf einer monatelangen Antarktisexpedition gewesen. Hallo, mein Schatz.« Sie gab ihm einen Kuss und lehnte ihre Stirn an seine. »Hast du mich vermisst?«

Peer zuckte mit den Schultern. »Ging so. Ich bin ja froh, dass ich die ganzen jungen Mädels rechtzeitig aus dem Haus schaffen konnte, ehe du gekommen bist.«

»Du bist manchmal so doof!«, sagte sie spitz und knuffte ihn gegen die Schulter.

»Au! Ich weiß, dafür bin ich den Rest der Zeit unausstehlich.« Er fuhr hinter ihr her, während sie ihren Koffer durch die Küche in den Hauswirtschaftsraum rollte.

»Mann, hab ich einen Hunger«, stöhnte sie, »heute hat's mal wieder nur zu einem Sandwich gereicht. Dafür hab ich alles abgearbeitet und kann mich morgen ganz in Ruhe um den Haushalt und die Wäsche kümm…« Vor der Waschmaschine blieb sie stehen, schaute nach links, nach rechts. »Wo ist denn die Wäsche? Peer, sag bitte nicht, du hast …«

»Aber nein! Ich bin ein braver Krüppel und tu nichts, was mir die Gesunden nicht zutrauen. Möge Gott mich davor bewahren, aus dem Rollstuhl zu kippen und in einem Berg schmutziger Handtücher zu ersticken!«

»Peer!« Saschas Stimme wurde scharf. »Ich möchte, dass du meine Bedenken ernst nimmst. Das hat der Professor in der Klinik uns schließlich auch gesagt.«

»Ja, und die Therapeuten in der Reha meinten genau das Gegenteil: Ich soll alles tun, wozu *ich* mich in der Lage fühle. Nicht, wozu *du* mich in der Lage fühlst!«

»Aber der Professor hat das studiert.«

»Der sieht seine gelähmten Patienten aber nur in der Anfangsphase, wenn sie durch Unfall, Diagnose und OPs in Schockstarre sind und nicht mal die gesunden Glieder bewegen. Saschenka, wir sind doch beide daran interessiert, dass ich wieder selbstständig werde. Und was hilft es mir, wenn ich durchs Dorf fahre und Mörder aufspüre, aber nicht in der Lage bin, meine Unterhosen zu waschen?«

»Also hast du doch die Wäsche gemacht?«

»Nein, mein Gott.«

»Wer dann?«

»Ich.«

Peer fuhr herum, als er Inas Stimme hinter sich hörte.

»Nabendschön, Frau Wesendonk. Ich hab gerufen, als ich aufgeschlossen hab, aber Sie … Sie haben das wohl nicht gehört.« Die Krankenschwester stand mit Mantel und Regenhut in der Küche. Dafür trug sie keine Schuhe, nur blau-grün geringelte Wollsocken. Sie musste Peers Blick bemerkt haben – und sein Grinsen. »Die Schuhe sind völlig vermatscht und ich wollte nicht noch mehr Dreck reintragen«, sagte sie mit einem Anflug von Vorwurf zu ihm.

Noch mehr Dreck? Was sollte das nun wieder heißen?

Auch Sascha schaute sich um. »Es ist doch alles tadellos sauber.« Ihre Augen weiteten sich. »Ach, das waren Sie?«

»Das war ich..« Sie streckte Sascha die Hand hin.

»Oh, Frau Donath, wie wunderbar. Das ist eine große Hilfe für uns.« Sie schüttelte ihr die Hand. »Er schafft das ja nicht allein, wissen Sie.«

»Nein, das hab ich gemerkt. Obwohl er sich wirklich Mühe gegeben hat, muss ich sagen. Aber jetzt hab ich schon mal Grund reingebracht und nächste Woche kümmere ich mich dann darum, dass auch alles sauber ist.«

Es ist alles sauber! Das konnte doch nicht wahr sein.

»Wunderbar. Das entlastet uns sehr. Mein Mann hat ja viele Termine. Jetzt noch die Physiotherapie dazu, da ist es sehr schön, wenn Sie ihm die nötigsten Dinge abnehmen.«

Peer räusperte sich. »Ihm sitzt neben euch. Und die *nötigsten* Dinge kann er selbst erledigen, wenn man ihn lässt.«

»Ist doch selbstverständlich«, sagte Ina, ohne auf ihn zu achten, »das mach ich doch für die Baronin auch.«

»Ach ja, richten Sie Baronin von Radenow-Werthenbach unseren herzlichsten Dank aus. Wie geht es ihr?«

»Wie üblich. Deswegen bin ich übrigens hier. Die alte Dame will morgen nach Wismar fahren, weiß der Himmel, was sie da will. Und ich wollte fragen, ob Sie eigentlich freitags und am Wochenende auch meine Hilfe benötigen oder ob Sie lieber Ihre Ruhe haben möchten.«

Wie gut, dass die Krankenschwester ihn nicht anschaute, so konnte Peer Sascha seine Meinung durch vehementes Kopfschütteln kundtun. Seine Frau versuchte, ihr Grinsen zu verbergen. »Vielen Dank, ich glaube, am Wochenende kommen wir allein zurecht.«

»Gut. Übrigens: Das Gulasch ganz langsam aufwärmen, dann behält es seinen Geschmack am besten. Ich hab Kartoffeln geschält, stehen im Kühlschrank. Halten aber auch bis morgen, falls Sie lieber Nudeln wollen.«

»Gulasch? Ach, Frau Donath, Sie sind ein Schatz.«

»Sagen Sie Ina, machen alle.« Sie wandte sich zu Peer. »Ich muss dann mal wieder.«

Die beiden Frauen verschwanden aus der Küche und ließen Peer zurück. Peer, der nicht alleine Wäsche waschen konnte; Peer, dem man das Essen kochen musste; Peer, der das Haus verdrecken ließ.

Wenig später kam Sascha zurück. »Die ist ja echt nett!«

Peer kniff die Augen zusammen. »Ich find sie unmöglich.«

»Aber wieso? Schau nur, wie sauber alles ist. Und das, obwohl sie Krankenschwester ist, nicht unsere Putzfrau.«

»Eben. Du meinst, es war hier vorher dreckig? Du meinst, dein Mann lässt hier alles verdrecken«, er hob den Zeigefinger, »obwohl zweimal die Woche eine Putzfrau kommt. Aber die kann leider nicht gegen meinen Dreck anputzen, dazu braucht es schon eine Miss Donut!«

»Sie heißt Donath! So hab ich das doch nicht gemeint.« Sascha seufzte. »Mir geht es darum, dir Arbeit abzunehmen und dir das Leben zu erleichtern. Warum soll Ina nicht das Haus in Ordnung halten?«

»Gegenfrage: Warum sollen ich und Frau Burow das nicht tun? Sind wir nicht gut genug?«

»Mein Gott, Peer, wenn sie nun mal da ist und eine Beschäftigung braucht.«

»Natürlich«, rief er aufgebracht, »ich brauche ja auch nicht noch mehr Beschäftigung. Ich bin den ganzen Nachmittag völlig damit ausgelastet, die Löcher zu flicken, die ich morgens in die Luft gestarrt habe.«

»Ich dachte, du hast deinen neuen Fall im Schloss.«

»Da lässt man mich auch nichts machen.«

»Das wird schon. Immer nach vorn schauen, Liebling.«

»Du meinst, in ein Haus, in dem ich nichts mehr anfassen darf, weil ich es vielleicht schmutzig mache?«

Sascha stöhnte. »Ich meine in ein Leben, das du wieder selbstbestimmter und freier führen kannst.« Sie zögerte kurz. »Dazu ist es natürlich nötig, dass du mit den Pflegekräften, Therapeuten und der Ärztin auch kooperierst.«

»Wie bitte?« Sein Herz schien sich einmal kurz zu verschlucken. »Was meinst du damit?« Jäh begriff er. »Hast du etwa mit Dr. Martensen telefoniert? Wieso rufst du da an?«

Wieder druckste seine Frau herum. »Das mach ich jede Woche«, sagte sie schließlich zaghaft.

»Ich fasse es nicht!«, rief Peer. »Spionierst du mir nach, oder was? Glaubst du, ich sag dir nicht die Wahrheit? Hast du kein Vertrauen mehr zu mir?«

»Nein, das ist es nicht.«

»Was ist es dann? Was bitte gibt es, das du nicht mit mir besprechen kannst?«

Sie schaute ihn lange an. »Sie macht mir Mut. Sie gibt mir Zuversicht. Nimm es mir nicht übel, Peer, aber das hast du noch nicht geschafft.«

Er rollte Richtung Tür. »Na toll. Ich bin derjenige, der Mut und Zuversicht braucht. Wie soll gerade ich dir welche geben können?«

»Indem du sie selbst findest, Peer!«

»Und wie soll ich das, wenn meine Frau alles untergräbt, was ich anfange? Wenn irgendjemand meiner Rehabilitation im Wege steht, dann doch du!«

»Das ist nicht fair. Ich bin immer für dich da.«

Erschrocken stellte er fest, dass ihre Stimme zu zittern begann. Doch er konnte nicht zurück. »Wann, bitte, bist du für mich da? Du packst mich in Watte, kritisierst alles, was ich tu, und hättest am liebsten, ich wär nur noch zu Haus!«

»Ja«, rief sie, »weil du sonst in den Tod rollst! Daran muss ich dich wohl nicht erinnern, oder?«

»Ach, lass mich in Ruhe.« Rasch rollte er aus der Küche. Toll, Peer! Vor einer Stunde warst du noch verrückt vor Freude, deine Frau wiederzusehen.

19:10 Uhr

Die Stimmung beim Abendessen war grauenvoll. Ohne ein Wort hatte Sascha ihm aufgefüllt und sich zu ihm gesetzt. Peer betrachtete sie aus den Augenwinkeln, traute sich nicht, sie direkt anzusehen. Er suchte nach einem Thema, das unverfänglich genug war, um ein Gespräch zu beginnen, aber auch nicht zu belanglos, um als bloßes Gerede entlarvt zu werden. Er fand keins, saß schweigend neben ihr und kaute die Reste von Inas Gulasch. Es schmeckte heute sogar noch besser – trotzdem gelang es ihm nicht, es zu genießen.

Gerade zerdrückte er die letzte Kartoffel, hielt dann inne. Das war doch zu blöd! »Saschenka, ich …«

»Du musst nichts sagen, Peer.«

Was sollte das denn heißen? Peer wusste, dass er nicht musste. Aber er wollte. »Hör mal, ich …«

»Peer, bitte.«

Es klingelte an der Haustür.

Sascha sprang auf. »Ich geh schon.« Sie bemühte sich gar nicht, die Erleichterung in ihrer Stimme zu verbergen.

Was war los? Lag es an dem albernen Streit vorhin? So etwas hatten sie bislang spätestens abends im Bett wieder vergessen – oder dafür gesorgt, dass es vergessen wurde. Vielleicht konnte man erst ermessen, wie wichtig ein erfülltes Sexualleben für eine Ehe war, wenn es das nicht mehr gab. Er warf Messer und Gabel auf den Teller.

Wenig später kam Sascha mit Peggy zurück. »Ganz vergessen: Peggy kommt heute Abend.« Sie räumte das Geschirr ab und verließ wortlos den Raum.

Stumm verfolgte Peggy Saschas Verhalten; erst dann beugte sie sich zu Peer herab, drückte ihm einen Kuss auf die Wange. »Hallo Peer-Schatz. Was ist mit deiner Frau los?«

»Wenn ich das wüsste.«

Peggy hob eine Hand vor den Mund. »Liegt das an mir?«

»Ach was, du bist uns immer willkommen.«

»Danke. Aber ich hatte mich vorhin schon bei ihr auf dem Handy angekündigt.« Sie biss sich auf die Lippen. »Na ja, und da haben wir halt ein bisschen geklönt. Was alles passiert ist. Und ich hatte den Eindruck, Sascha hat von mir Dinge erfahren, die sie lieber von dir erfahren hätte.«

Das also war es. Peer schloss die Augen, seine Hände klammerten sich an die Armlehnen. »Keine Sorge, das liegt nicht an dir«, brachte er gepresst hervor. »Wir sind nur beide so dumm, an den falschen Stellen aufeinander Rücksicht zu nehmen. Was hast du auf dem Herzen?«

Er wusste, dass diese Frage unnötig war. Im Moment gab es nur ein Thema für Peggy: das Krippenspiel.

»Hast du es dir noch einmal überlegt? Du hättest doch nur ein paar kleine Worte zu sagen und wärst gleich wieder weg. Kurz und schmerzlos.« Sie lachte.

»Ja, aber ich wäre die wichtigste Figur, der Bote Gottes, der die frohe Botschaft verkündet und damit das Weihnachtsfest in die Welt bringt.« Er schüttelte den Kopf. »Ich bitte dich, das geht doch nicht!«

»Warum nicht? Ich finde, das ist ein starkes Bild, eine eindringliche Botschaft: Das Weihnachtsfest schenkt allen Menschen große Freude, niemand hat Grund zur Furcht, denn Gott ist da und hält seine Hände schützend über uns alle.«

»Peggy, bitte! Das klingt in der Theorie toll. Aber auch wenn Gott da irgendwo in der kleinen Vertikower Kirche ist, hilft er mir nicht weiter, wenn mich Hunderte Leute mit großen Augen anstarren.« Er klopfte auf die Armlehnen. »Echt, ein Engel im Rollstuhl? Das geht gar nicht.«

»Da lassen wir uns was einfallen. Und überhaupt: Die Kirche heizen können wir nicht jeden Tag. Da ist es doch das Beste, wenn du mit Mandy direkt vor den Proben kommst. Dann kannst du gleich dableiben.«

»Das klingt schon fast nach Erpressung.«

»Ach was. So etwas nennt man Win-win-Situation.«

Peer wiegte den Kopf hin und her. Orgelstunden in einer warmen Kirche, das klang in der Tat verlockend. »Ich kann mir den Text ja mal ansehen.«

Jauchzend fiel Peggy ihm um den Hals. »Ach, Peer, ich wusste es. Du bist ein Schatz!«

»Und du Miss Hartnäckigkeit. Machst du das bei Werner auch so? Der Arme. Was sagt der überhaupt dazu?«

»Dem wird die Idee gefallen.«

Peer grinste kopfschüttelnd. »Dachte ich mir, er weiß noch gar nichts.«

Peggy zuckte mit den Schultern. »Glaubst du, ihr seid die Einzigen, die einander nicht alles sagen?«

28. November 2014

8:40 Uhr

Dass sie sich überhaupt noch hierher traute! Peers Herz schlug schneller, als er zur Tür rollte, um Ina zu öffnen. Immerhin hatte sie geklingelt und nicht den Schlüssel benutzt – ob das als eine Art Entschuldigung gedacht war?

»Guten Morgen, Herr Wesendonk«, sagte die Walküre außer Atem.

»Morgen, Verräterin. Was wollen Sie denn hier?«

»Was? Wie meinen Sie das denn?« Wie durchtrieben, sie tat, als wüsste sie von nichts.

»Ich meine, dass Sie heute nicht kommen wollten, weil Sie meiner Frau zutrauen, immerhin einen Teil des täglich hereinbrechenden Drecks einzudämmen.«

»Das doch nicht.« Sie stemmte die Hände in die Hüften. »Sie haben mich grad Verräterin genannt. Dürft ich fragen, wieso?«

»Da fragen Sie noch? Sie durchsuchen unsere Schränke. Sie versuchen, meine Frau gegen mich auszuspielen. Sie stellen mich als unfähigen, nutzlosen Krüppel dar. Mehr Verrat geht ja wohl kaum!«

Auf ihrem Gesicht zeigte sich ein erstaunter Ausdruck, der in ein sanftes Lächeln mündete. »Da bin ich wohl ein bisschen zu weit gegangen, was? Ich wollt halt Ihrer Frau zeigen, was ich kann. Nicht, dass sie denkt, ich arbeite nicht genug. Wo ist sie überhaupt?«

»Oben in ihrem Büro. Und im Übrigen hat sie überhaupt nicht zu beurteilen, wie gut Sie Ihre Arbeit machen, sondern ich.« Er rollte ein Stück auf sie zu. »Was glauben Sie, wie froh meine Frau ist, dass Sie überhaupt so viel hier sind und ein Auge auf mich haben.«

»Meinen Sie? Und Sie?«

Peer schluckte. Das hatte er ja toll hinbekommen. »Ich? Na ja, Sie sind schon eine große Hilfe. Auch wenn Sie mir mitunter das Gefühl geben, ich bin zu nichts nütze.«

»Ehrlich?« Sie riss die Augen auf. »Das wollt ich nicht, tut mir leid. Ich wollt nur, dass hier alles picobello ist.«

»War es das vorher nicht?« Als er ihren zweifelnden Blick sah, setzte er nach: »Dies ist ein Wohnhaus, keine Krankenstation. Hier muss nicht alles keimfrei sein.«

»Sie haben ja recht. Dann hab ich vielleicht auch weniger Ärger mit Ihrer Putzfrau.«

»Frau Burow? Wieso?«

»Die hat gestern, als Sie gerade aus dem Haus waren, gemeint, wenn ich ihre Stelle haben will, soll ich ihr gefälligst eine neue besorgen.«

»Und wollen Sie?«

»Um Himmels willen, nein. Ich hör auf. Versprochen.«

»Gut.« Peer streckte ihr die Hand entgegen. »Wollen wir noch mal neu anfangen?«

»Gern.« Strahlend schüttelte sie seine Hand.

»Was wollen Sie denn nun hier? Frieden schließen?«

Sie schlug sich vor den Kopf. »Gut, dass Sie noch mal fragen.« Aus ihrem Kittel zog sie einen Umschlag hervor und reichte ihn Peer. »Ein Brief von der alten Dame.«

»Danke. Übrigens, was die Baronin angeht: Ihre Loyalität in allen Ehren, aber es könnte sein, dass sie in die Sache verwickelt ist. Und dann hat die Allgemeinheit ein Interesse daran, dass das aufgeklärt wird. Und Sie die Pflicht, diese Aufklärung zu unterstützen.«

»Ich?«, rief sie. »Was hat denn die Allgemeinheit für mich getan? Gar nichts! Ich bin weder Ihnen noch der Allgemeinheit was schuldig.« Sie zögerte einen Moment, sog schniefend die Luft ein. »Na gut, weil Sie es sind. Ich werd mal Augen und Ohren offen halten. Tu ich sowieso. Und wenn ich was rausfinde«, sie stockte noch einmal, »*falls* ich was rausfinde … *vielleicht* sag ich's Ihnen dann.«

»Mit der Aussage kann ich leben.« Peer gluckste. »Sie sind soeben zur Vielleicht-Doppelagentin geworden.«

»Oje! Mir reicht schon mein Job als Doppel-Krankenschwester.« Mit einer Mischung aus Stöhnen und Kichern wandte sie sich um. Vom Auto aus winkte sie Peer noch einmal zu, ehe sie einstieg und den Motor startete.

Kaum war sie fort, fuhr Peer mit dem Zeigefinger unter die Umschlagklappe und riss das Kuvert auf. Es war ihm egal, dass er damit das aufgeprägte Wappen zerstörte; er wollte wissen, was die Baronin schrieb.

Sehr geehrter Herr Wesendonk,

ich möchte noch einmal unterstreichen, wie sehr ich Ihre Unterstützung in diesem Dilemma schätze. Dabei ist mir durchaus bewusst, dass Sie es als Einschränkung empfinden, nicht über alle Dokumente unserer Firma frei verfügen zu können. Ich bitte Sie jedoch, diese Vorsichtsmaßnahmen, die unser Geschäftsführer getroffen hat, zu respektieren.
Mit diesem Brief wende ich mich in einer etwas heiklen Angelegenheit an Sie, die eventuell Einfluss auf Ihre Arbeit haben könnte. Bitte seien Sie so gut und schauen Sie im Laufe des Vormittags noch einmal bei mir vorbei, da ich diese delikate Geschichte unbedingt diskret behandeln möchte.
Herzlichen Dank.

Hochachtungsvoll
Johanna Augusta Therese von Radenow-Werthenbach

Peer ließ den Brief sinken. Worum mochte es dabei nun wieder gehen? Gab es irgendwelche Geheimnisse um ihren Sohn? Oder steckte sie selbst tiefer drin, als sie bisher zugegeben hatte? Na, das würde er herausfinden. Ein Abstecher ins Schloss war sicher drin, wenn die Baronin für diese Sache sogar ihre Fahrt nach Wismar verschob.

Es klingelte an der Tür, Peer schaute auf. Hatte Ina etwas vergessen? Oder hatte er einen Termin übersehen? Kam vielleicht sogar Peggy, um schon wieder wegen des Krippenspiels in ihn zu dringen?

Nein, in der Tür stand seine hagere Nachbarin, aufrecht, die Handtasche an den Bauch gepresst, den Stock in der anderen Hand mehr wie ein modisches Accessoire denn wie eine Gehhilfe führend.

»Guten Morgen, Frau Treskow. Was gibt es?«

Die Alte nickte. »Herr Wesendonk.«

»Hat wieder jemand gehupt? Gelacht? Zu laut gepinkelt?«

Die Art, wie sie seine Fragen überging, ließ Peer stutzen. Für gewöhnlich entrüstete sie sich wegen jedes falschen Worts, jetzt trat sie kommentarlos an ihm vorbei in die Diele und setzte sich auf einen der Stühle am Esstisch. Sie holte ein Taschentuch aus der Handtasche, schnäuzte sich und stopfte das Tuch in den linken Ärmel. Dann sah sie ihn scharf an. »Sie sind jetzt öfter bei der Baronin?«

Peer rollte zu ihr. »Mehr in ihrer Firma. Die Baronin selbst sehe ich eher selten, wieso?«

»Mit der Frau stimmt etwas nicht. Das habe ich damals schon gesagt und da bin ich mir heute sicherer denn je.«

»Und was bringt Sie zu der Ansicht?«

»Sie streut allen Sand in die Augen, spielt die Wohltäterin und wickelt die Leute um den kleinen Finger.«

»Welche Leute?« Peer konnte sich denken, wen sie meinte; hatte doch Hermann neulich überschwänglich von seinem Besuch im Schloss erzählt.

Die alte Treskow räusperte sich, griff wieder nach dem Taschentuch und tupfte sich die Oberlippe ab. »Einige«, sagte sie zögernd, dann brach es aus ihr heraus: »Hermann Stellmacher war letzte Woche dreimal da.«

Schmunzelnd zuckte Peer mit den Schultern. »Vielleicht wollte er auch seine Dienste bei der Aufklärung des Holzdiebstahls anbieten.«

»Ich bitte Sie, Herr Wesendonk! Hermann ist da kaum geeigneter als Sie. Außerdem fanden die Besuche ja letzte Woche statt. Da wusste noch niemand von dem Holz«, gab die alte Treskow eisig zurück. »Überhaupt ist er seit dem Reformationsball ganz anderer Meinung, was die Baronin angeht.« Sie senkte den Kopf. »Ich habe gehört, sie hätte noch eine ganze Zeit mit ihm getanzt.«

»Hat sie.« Peer rollte zu ihr. »Hätten Sie auch gekonnt, wenn Sie nicht so früh gegangen wären.«

Sie wandte sich ab. »Ich weiß sowieso nicht, was ich auf dem Fest dieser Möchtegern-Gutsherrin soll. Wenn es nach ihr ginge, gehörte ihr noch immer das ganze Dorf und wir müssten uns nach ihrem Gutdünken gebärden. Und einmal im Jahr lädt Ihre Durchlaucht die Untertanen zum Fest bei Hofe …« Sie stieß scharf die Luft aus. »Widerlich!«

»Den Eindruck machte sie auf mich nicht.«

»Sie haben sie ja auch erst in späteren Jahren kennengelernt. Ich erzähle Ihnen mal was über die feine Frau Baronin.«

Und nun holte sie aus, berichtete minutiös jeden Vorfall der letzten fünfundzwanzig Jahre. Direkt nach der Wende hatte Baron Radenow-Werthenbach, der inzwischen verstorbene Ehemann, im Namen der Familie seiner Frau Ansprüche auf den ehemaligen Besitz erhoben. Den von Radenows hatte bis zu ihrer Vertreibung am Ende des Zweiten Weltkriegs tatsächlich das gesamte Land rund ums Dorf gehört. Selbst die Grundstücke für die Siedlerhäuser im Lindenweg, von denen Peer und Sascha heute eines bewohnten, hatten sie in den Dreißigerjahren nur unter Zwang an die NS-Regierung abgetreten.

Zwar war die Familie von Radenow nach 1945 nahezu mittellos ins Rheinland geflüchtet. Doch zum Glück hatte Fabrikant Werthenbach nicht nur ein beträchtliches Vermögen, sondern auch Interesse an einem Adelstitel besessen – und die junge Augusta anziehend gefunden. Er hatte es nach der Wende geschafft, neben der Rückerstattung des

Schlosses auch einen Großteil der Landflächen wieder von der Treuhand zu erwerben. Damit nicht genug: Er war sogar an die Bewohner Vertikows und der umgebenden Dörfer herangetreten, um ihnen Land »für Billigpreise abzuknöpfen«. Wenn man der Treskow glauben konnte, war die RWG in den Anfangsjahren eher ein Maklerunternehmen gewesen, das mit windigen Methoden Landbesitz anhäufte. »Der Baron war einer dieser Wessis, die damals das Feindbild aufkommen ließen. Aber es soll vor allem die Baronin gewesen sein, die mit der Treuhand verhandelt hat. Und dabei einige, nun ja, überaus lukrative Geschäfte gemacht hat. Zulasten der Bevölkerung, versteht sich.«

Peer nickte. Eine dieser unsäglichen Geschichten, bei denen sich beide Seiten im Recht wähnten. Die Baronin wollte nur ihr Land zurückbekommen, die Vertikower nur ihr Land behalten.

»Tja«, schloss die alte Treskow, »auch wenn sie inzwischen alles Mögliche versucht, um sich an die Leute heranzuschmeißen, ihnen mit Festen einschmeichelt, ihnen Arbeit gibt und was weiß ich noch alles … Viele können nicht vergessen, wie die beiden nach der Wende gehaust haben.« Sie schüttelte entschieden den Kopf. »Und es gibt einige im Dorf, die sich freuen würden, wenn die Firma pleite ginge.«

»Die RWG? Aber dann ist die Hälfte der Leute arbeitslos. Dann ziehen noch mehr in den Westen. Dann stehen noch mehr Häuser leer. Wer kann so was wollen?«

Sie sah ihn mit wachen Augen an. »Offen gesagt hat das niemand. Aber es gibt Leute, die haben genügend Gründe.«

»Walter Grenzin?«

»Wer?«, fragte sie mit einem Stirnrunzeln, das auf Peer ziemlich echt wirkte.

»Oder Horst Hoffmann?«

Sie lachte spitz. »Horst? Um Himmels willen, der vergöttert die Baronin. Und der bekommt ja schon feuchte Augen, wenn einer seiner Bäume gefällt werden soll.« Sie schürzte die Lippen. »Nein, wenn der einen Grund zur Rache hätte, dann gegen das Barönchen. Den Sohn.«

Peer hob den Kopf. »Wieso? Was war da?«

Lächelnd lehnte sich die alte Treskow zurück »Nun ja, die Baronin hat dafür gesorgt, dass er irgendwann doch für die RWG arbeiten durfte. Die Frage ist aber, wieso er vorher nicht für sie gearbeitet hat.«

»Ich gehe davon aus, dass Sie das wissen.«

»Davon gehe ich auch aus«, erwiderte sie, ohne das Gesicht zu verziehen. »Sie wissen hoffentlich, dass Horst kurz vor der Ernennung zum Revierförster stand, als die DDR zusammenbrach. Und mit ihr das System der deutschen demokratischen Staatsforstwirtschaft. Auf einmal waren die sozialistischen Tugenden nicht mehr gefragt.« Sie machte eine bedeutungsschwere Pause.

»Was meinen Sie? Vorwärts immer, rückwärts nimmer?«

»Sagen wir so«, entgegnete sie bitter, »was man *mir* hinter vorgehaltener Hand vorwirft, traf auf Horst zu.«

Peer zuckte mit den Schultern.

»Mein Gott«, stöhnte sie, »IM Waldspecht.«

»Was? Horst war Stasi-Spitzel? Ich bitte Sie, dafür ist der doch viel zu ...«

»Zu einfach strukturiert, denken Sie? Heute vielleicht. Früher nicht.« Sie holte tief Atem; offenbar war auch Horsts Geschichte eine längere. Vor allem eine erschreckende: von Wessis, die in Horsts Vergangenheit geschnüffelt und seine Verstrickungen offenbart hatten, von der Flucht in den Westen, dem Kontakt mit Alkohol und Drogen. Er habe viel Haschisch konsumiert, manche im Dorf meinten sogar, er habe an der Nadel gehangen. Horst, so schloss sie, sei ein Opfer der Einheit gewesen. »Um genau zu sein: ein Opfer des alten Barons und seines Sohns.«

»Was?«, fragte Peer atemlos. »Die beiden haben ...«

»... Horsts Stasi-Vergangenheit aufgedeckt, genau.«

»Und jetzt arbeitet er trotzdem bei der RWG?«

»Die Baronin hat die Tat der beiden immer verurteilt. Sowie ihr Mann tot war, hat sie alles in die Wege geleitet, um Horst zu finden. In irgendeiner finsteren Ecke in Hamburg oder Bremen, was weiß ich, hat sie ihn aufgesammelt. Hat ihn in den Entzug gesteckt. Und ihm die Forsttechnikerausbildung bezahlt – nach westdeutschen Anforderungen.« Sie schnalzte mit der Zunge. »Das muss man der alten Dame lassen: Sie weiß etwas wiedergutzumachen.«

»Aber Revierförster ist Horst trotzdem nicht geworden.«

»Wo denken Sie hin? Mit seiner Vorbelastung. DDR-Vergangenheit und Drogenkarriere? Nein, seine Stelle bei der RWG ist das höchste der Gefühle.«

»Und die ist jetzt auch gefährdet.«

»So sieht das aus.« Die alte Treskow verschränkte die Hände. »Deshalb sind Sie jetzt gefragt.«

»Ich?«

»Wer sonst? Sie können die Dinge in die Hand nehmen. Sie verfügen über genug Distanz und Empathie, um zu durchleuchten, was in diesem Betrieb falsch läuft.«

»Und nebenbei finde ich heraus, was Hermann bei der Baronin macht.«

Ihre Augen weiteten sich. »Blödsinn. Mir ist wichtig, dass die Dinge wieder geradegerückt werden. Und ich betrachte es als *Ihre* Aufgabe, das zu tun. Also schalten Sie Ihren Kopf ein und legen Sie los.« Sie erhob sich und verließ das Haus ohne ein weiteres Wort.

Peer sah ihr nach. Er wurde immer weniger schlau aus dieser Frau.

9:50 Uhr

Er hatte nur kurz zu Sascha hinaufgerufen, dass er ins Schloss führe und womöglich zum Mittagessen nicht da wäre. Nach dem gestrigen Abend und dem stummen Frühstück hatte er nicht erwartet, dass sie sich großartig verabschieden würde. Und mehr als ein »Okay, bis dann!« war nicht gekommen. Komisch: Es störte ihn, wenn Sascha seine Ermittlungen mit Sorgen und Bedenken verfolgte; reagierte sie aber gleichgültig, war ihm das auch nicht recht.

Er wechselte in den E-Rolli und verließ das Haus. Als er auf den Lindenweg rollte, schob sich zwei Einfahrten weiter gerade der weinrote Jaguar von Bärbel Zuschnitz durchs Tor. Wunderbar, da könnte er ihr gleich auf den Zahn fühlen Er stellte sich mitten auf den Sandweg, damit sie auch auf jeden Fall anhielt.

»Morgen, Herr Wesendonk«, rief sie, kaum dass das Seitenfenster einen Spalt offen war. »Kann ich Ihnen helfen?«

Peer rollte zur Fahrertür. »Guten Morgen. Das hoffe ich. Es geht um ...«

»Lassen Sie mich raten: den Wald der RWG?«

»In der Tat. Sie waren ja neulich auf dem Sprung und hatten keine Zeit, mir zu sagen, wer denn nun entdeckt hatte, dass der Wald gefällt war.«

»Aber natürlich habe ich das. Einer meiner Mitarbeiter hat das gesehen.«

»Der, dem Sie den Umschlag ins Auto gereicht haben?«

Die Augen der Zuschnitz wurden groß. »Was? Wie kommen Sie ...?« Sie schluckte. »Das geht sie nichts an.«

»Geht es mich denn was an, dass auf Ihrem Grund der Wagen einer polnischen Forstfirma steht? Nur kurze Zeit, nachdem der Wald abgeholzt wird. Und dass diese Firma einen Holzharvester besitzt? So einen, wie er ohne Zweifel bei der Tat benutzt wurde. Oder dass die Baumstämme von polnischen Lkw abtransportiert wurden?«

»Herr Wesendonk, bitte.« Sie presste die Lippen aufeinander und schüttelte den Kopf. Endlich sagte sie leise: »Sie verstehen das alles nicht.«

»Dann erklären Sie es mir einfach.«

»Ich weiß, wonach es aussieht. Aber so ist es nicht. Tomasz ist nur ... ja, ihm gehört diese Forstfirma, aber ...

mein Gott, es gibt auch andere Gründe, mich zu besuchen.« Sie seufzte. »Privatere.«

»Aha«, raunte Peer genüsslich. »Dann müssten Sie mir jetzt mal erklären, was ein polnischer Unternehmer privat im Geschäftsbüro einer deutschen Unternehmerin macht.«

Sie hob die Augenbrauen. »Wie ich schon sagte: Das geht Sie nichts an!«

»Hat er mit dem Holzraub zu tun oder nicht? Das geht mich sehr wohl was an.«

»Nein, Herrgottnochmal!« Schwer atmend ließ sie sich in ihren Sitz fallen. »Aber er war derjenige, dem aufgefallen ist, dass dort im Wald etwas vor sich geht.«

»Keiner Ihrer Mitarbeiter?«

»Die sind doch viel zu beschäftigt. Tomasz hat das mit geübtem Blick gesehen.«

»Wieso sind Sie dann nicht gleich zu ihrer Freundin und haben sie informiert? Vielleicht wäre noch was zu retten gewesen.«

Die Zuschnitz sah ihn verwundert an. »Warum sollte ich das? Ich stecke meine Nase nicht in fremde Angelegenheiten. Kann doch sein, dass alles seine Richtigkeit hat.«

»Und wenn nicht?«

Sie legte den Kopf schief. »Dann ist es nicht meine Sache, mich darum zu kümmern.«

»Und die Chance, das Land zu kriegen, ist ja auch viel größer, wenn erst mal der ganze Wald weg ist, nicht wahr?«

»Herr Wesendonk, tut mir leid, aber Sie langweilen mich. Als Musiker waren Sie origineller.« Sie fuhr die Fensterscheibe hoch und setzte ihren Wagen in Bewegung. Ein flüchtiges Nicken und der Jaguar rauschte davon.

Sieh mal an! Die Zuschnitz hatte sich einen polnischen Firmenchef geangelt. Sagte sie zumindest. Aber noch war Peer nicht davon überzeugt, dass es sich dabei um eine rein private Beziehung handelte. Und da war ja auch immer noch der ominöse Brief, den sie in den Fiat gereicht hatte.

10:20 Uhr

Arndt Kramm begrüßte ihn mit schmalem Lächeln an der Fahrstuhltür. »Morgen, Herr Wesendonk. Ich weiß von Verena, dass Sie gern weitergehenden Zugriff auf unsere Dokumente hätten. Aber aus Sicherheitsgründen muss ich darauf bestehen, dass Sie nur unter Aufsicht Zugang erhalten. Und nur zu ausgewählten Dokumenten. Wir sind gezwungen, so rigide Maßnahmen zu ergreifen. Der Holzmarkt ist heiß umkämpft. Große Konzerne aus Frankreich, Schweden und Tschechien stehen mit angelegter Flinte da und warten auf einen kapitalen Hirsch. Die RWG ist zwar nur ein Rehbock, aber ein stattlicher. Um unsere Eigenständigkeit zu behaupten, müssen wir Wege gehen«, er beugte sich zu Peer hinunter und senkte die Stimme, »die ein wenig unkonventionell sind und die vor allem nicht jeder mitbekommen darf.«

»Ja. Ich weiß.«

»Gut. Dann bringe ich Sie am besten gleich zu Verena. Die kann Ihnen zu allen relevanten Dingen Auskunft geben und weiß Bescheid hinsichtlich der Richtlinien. Ich muss gleich nach Grevesmühlen.«

»Einen Moment noch, bitte.« Peer winkte Kramm zu sich heran. »Sie kennen Bärbel Zuschnitz?«, fragte er leise.

Ein Grinsen erschien auf Kramms Gesicht. »Natürlich. Ich glaube, jeder unverheiratete Mann in Vertikow kennt Bärbel Zuschnitz.«

»Ach was?«

»Nun, sie ist ... sehr gesellig. Und interessiert.«

»Auch an Ihnen?«

»Kurzzeitig ja. Am Chef schien sie jedoch eine Zeitlang echtes Interesse gehabt zu haben.«

Peer hob die Augenbrauen. »Gehabt?«

»Herr Radenow-Werthenbach bevorzugt ... wie soll ich sagen ... jüngere Begleiterinnen. Und Frau Zuschnitz war alterstechnisch wohl nicht weit genug entfernt. Apropos ...« Mit großer Geste trat er zu Verenas Tür und öffnete sie. »Verena, hast du ein bisschen Zeit für Herrn Wesendonk?«

Sie nickte und begrüßte Peer. Auch Vaclav schien sich zu freuen, Peer zu sehen. Der Kater sprang auf seinen Schoß, rieb den Kopf an seiner Brust und ließ sich schließlich schnurrend auf der Wolldecke nieder.

»Vaclav«, säuselte Peer, »hallo, mein Kleiner. Wo warst du denn gestern? Ich hab dich schon vermisst!«

»Gestern hatten Sie Pech, da war er oben bei Arndt, der hatte ihn aus Versehen eingesperrt.«

»Herr Kramm nimmt ihn mit in seine Wohnung?«

»Sagen wir mal so: Vaclav geht mit in seine Wohnung. Er sucht sich sehr genau aus, wen er mag.« Lächelnd wies sie auf den Kater, der sich auf Peers Schoß schnurrend die linke Vorderpfote leckte. Dann stand sie auf und ging zur Tür. »Gut, er ist weg.« Sie kam zurück und flüsterte: »Wir haben ein Problem.«

»Was meinen Sie?«

»Erinnern Sie sich daran, dass ich Ihnen bestimmte Unterlagen heraussuchen wollte? Das habe ich getan.«

Peer nickte. »Aber die fallen alle unter das Verbot.«

»Schlimmer noch: Sie sind verschwunden. Ich hatte sie in einen Karton gepackt und ihn dort neben dem Regal gelagert. Jetzt ist er weg.«

»Hat jemand sie wieder einsortiert?«

»Nein, bei Arndt stehen immer noch die leeren Ordner, die ich gestern Abend hineingestellt habe.«

»Das heißt, die ganzen Informationen sind weg?«, fragte Peer erschrocken. »Wohin?«

»Wohin, weiß ich nicht. Aber wenigstens können Sie alles noch am Bildschirm sehen. Nicht ganz so komfortabel, aber besser als nichts.« Sie tippte ein paarmal auf der

Tastatur. Auf dem Monitor erschien eine Oberfläche, die in mehrere Fenster mit Namen, Ordnern und Dateien aufgegliedert war – auf den ersten Blick völlig verwirrend. »Unser DMS.«

»Aha«, brummte Peer und rollte näher heran. »Und was genau soll das sein?«

»Entschuldigung, unser Datenmanagementsystem. Jedes Dokument, das von uns erstellt oder an uns geschickt wird, ist hier abgelegt. Direkt digital oder als Scan.«

»Und die Namensliste da am Rand?«

»Das sind die Mitarbeiter der RWG. Von hier aus legen wir die Zugriffsrechte der Organisationseinheiten fest.«

Peer verstand noch immer nicht viel. Hauptsache, er kam an die gewünschten Informationen. »Na, dann mal los, was, Vaclav?« Der Kater gähnte herzhaft.

»Was interessiert Sie denn besonders?«

»Vielleicht fangen wir mit der Konkurrenz an. Mich würde interessieren, ob es jemanden gibt, der Ihrer Firma schaden will und auch die Mittel dazu hat. Haben Sie eine Liste mit Unternehmen, die ein Interesse daran haben könnten, dass die RWG in ein schlechtes Licht gerät?«

»Sicher, Moment, aber die stehen in unserer Datenbank.« Sie wandte sich dem Bildschirm zu, klickte ein paar Mal und ein neues Fenster öffnete sich.

Peer warf einen Blick auf die Liste. Es fanden sich etwas über vierzig Firmennamen, davon die Hälfte aus dem Ausland: Baltikum, Schweden, Polen, Tschechien, sogar Kanada. Beim Doppelklick auf einen Namen öffnete sich zu jeder Firma ein kurzes Porträt mit Anbaufläche, Umsatz, Marktmacht und kryptischen Zahlenwerten, die Peer nichts sagten. Auf einem weiteren Reiter, der die Überschrift »High Potential Competitors« trug, fand er eine Tabelle mit einem daraus gebildeten Diagramm. Das größte Tortenstück stellte den wichtigsten Konkurrenten dar, eine polnische Firma, dicht gefolgt von einem schwedischen Unternehmen. Die deutschen Konkurrenten bewegten sich eher im Mittelfeld, eine Firma stand sogar unter »Low Risk« und war nur in hellgrau angezeigt: die Holzverarbeitung Hollenbek in Segrahn, kurz Ho-Ho Segrahn KG. Wie originell, dass ausgerechnet der Nachbar aus dem Westen den wenigsten Ärger zu machen schien. Natürlich konnte es auch sein, dass man in einigen Bereichen zusammenarbeitete; so etwas würde die Beziehungen verbessern.

Peer klickte sich nochmals zum Porträt der Ho-Ho Segrahn. Er sah zu Verena: »Wie groß ist eigentlich die RWG?«

Sie blies die Wangen auf. »Was genau meinen Sie?«

Er zählte die verschiedenen Punkte auf, die zur Ho-Ho genannt waren. Im Durchschnitt war der Nachbar etwa doppelt so groß und mächtig. Zumindest bis Mai 2010. Aktuellere Daten gab es nicht. »Wie hat sich denn die Ho-Ho Segrahn in letzter Zeit entwickelt? Und wieso steht hier nichts dazu?«

»Das kann ich Ihnen nicht sagen.« Sie beugte sich vor und studierte die Einträge, wobei ihre Zungenspitze den leicht geöffneten Mund umkreiste. »Komisch. Eigentlich sind die Daten immer aktuell. Die Werte aus den Geschäftsberichten sollten automatisch eingelesen werden.« Sie öffnete einen Ordner, schloss ihn wieder, dann einen anderen, klickte sich durch verschiedene Excel-Listen anderer Unternehmen und brummte schließlich ungehalten. »Warten Sie mal.« Sie meldete sich vom System ab, loggte sich unter dem Namen »admin« wieder ein und öffnete erneut einen Ordner. »Hier ist es. Seltsam, jemand hat den kompletten Ordner der Ho-Ho verschoben. Der lag sonst immer direkt im Ordner ›Wettbewerb‹.«

»Und jetzt?«

»Da ist er zwar immer noch drin, aber in einem Unterordner ›Kooperation‹.«

»Ach was? Und wie sieht die Kooperation aus? Finden sich dazu Dokumente?«

»Huch.« Verena zuckte ein Stück zurück, als sie den Ordner anklickte. »Leer. Nein, warten Sie, ich ändere mal die Ansicht. Die Dateien sind versteckt.« Sie tippte eine Kombination aus Buchstaben und Zahlen ein, auf dem Bildschirm erschienen Unterordner mit Namen wie »Korrespondenz«, »Verträge«, »Analysen«. Sie sah sich zu Peer um. »Da haben wir alles. Was genau wollen Sie sehen?«

Peer folgte dem Vorgang stirnrunzelnd. »Moment, Moment! Zunächst einmal wüsste ich gern, ob so was üblich ist, dass Ordner in Ihrem System einfach verschoben, versteckt, verschlüsselt und was weiß ich noch alles werden. Und wer so was tun darf. Da steckt doch eindeutig Absicht hinter.«

»Nicht unbedingt.« Verena lächelte. »Unser Server-System ist ein bisschen kompliziert. Herr von Radenow-Werthenbach hat damals lange mit Herrn Peemöller diskutiert, der unser System eingerichtet hat.«

»Ach, Bastian Peemöller? Aus der Tankstelle?«

»Genau der. Der hatte ihm zu einem schlankeren System geraten, das leichter zu programmieren und anzupassen gewesen wäre, aber trotzdem ausreichend Sicherheit geboten hätte. Aber der Chef hat sich für diese Variante entschieden. Was hat der arme Herr Peemöller mitunter geflucht! Das Ganze ist nun auch von der Bedienung her sehr komplex. In der Anfangszeit sind ständig Dateien scheinbar verschwunden. Erst ein paar Tage später haben wir gemerkt, dass sie aus Versehen woanders gespeichert wurden als gedacht.« Sie wies auf den Monitor. »Könnte sein, dass das auch heute noch manchmal passiert.« Mit gesenkter Stimme fuhr sie fort: »Vor allem Horst steht auf Kriegsfuß mit dem System. Er schimpft immer, er sei Forstwirt und kein Psychiater für zickige Computer.« Sie kicherte leise, ihre Wangen röteten sich.

»Und was hat das für Folgen?«, fragte Peer. »Abgesehen davon, dass die Firma wertvolle Arbeitszeit mit

Suchen vergeudet. Könnte es sein, dass wichtige Sachen – Termine, Abmachungen, Verordnungen, was weiß ich – aus dem Blick geraten?«

»Sollte nicht passieren. So anfällig das System auf der einen Seite ist, so gut funktioniert die Dateiverfolgung. Normalerweise werden alle Verknüpfungen gleich aktualisiert, sodass der Zugriff erhalten bleibt.«

»Es sei denn, die Dateien sind versteckt.«

Verena schürzte die Lippen. »Stimmt. Das probiere ich einmal aus.« Nach wenigen Klicks rief sie leise: »Tatsächlich! Sehen Sie: Ich habe in der Datenbank auf ›Aktualisieren‹ geklickt. Aber statt der aktuellen Daten steht in jeder Zelle ›BEZUG!‹. An so etwas hat Herr von Radenow-Werthenbach damals wohl nicht gedacht.«

Oder er hatte gerade an so etwas gedacht … Als wollte er ihn bestätigen, hob Vaclav den getigertem Kopf und maunzte. Peer streichelte ihn ein paarmal und atmete tief durch. »Meinen Sie, Sie könnten die Bezüge wiederherstellen und die Tabelle reparieren?«

»Ich werde es versuchen.«

»Wunderbar, vielen Dank«. Wie beiläufig wechselte er das Thema. »Warum geben Sie Horst ein falsches Alibi?«

»Wieso falsch?«

»Ich bitte Sie, Verena. Wir wissen beide, dass Horst am letzten Dienstagabend nicht bei Ihnen war.«

Sie ballte die Fäuste. »Ich wollte nur … Horst hat Arndt nichts entgegenzusetzen, das haben Sie gemerkt. Arndt ist ihm intellektuell, sprachlich und von der Position überlegen. Er hätte ihn zerpflückt, bis Horst am Ende womöglich etwas zugegeben hätte, das er gar nicht getan hat.«

»Sind Sie da sicher?«

»Natürlich. Horst war es nicht. Sie kennen ihn doch, so etwas würde er nie tun, da ist er grundsätzlich nicht der Typ für, und erst recht nicht nach allem, was die Baronin für ihn getan hat. Abgesehen davon weiß sogar Horst, dass er außerhalb der RWG keine große Chance hat im heutigen Markt. Deshalb hat er damals ja auch diesen windigen Verträgen mit dem alten Baron zugestimmt.« Sie wandte sich wieder dem Monitor zu.

»Sie meinen die, von denen Herr Kramm sagte, sie seien Horsts Idee gewesen?«

»Blödsinn natürlich. Aber dem jungen Chef sind diese Verträge ein Dorn im Auge. Wo die Kontrollen immer schärfer werden. Deshalb würde er Horst am liebsten loswerden.«

Peer nickte. Und Arndt Kramm wäre seinem Chef dabei gern behilflich. »Aber wenn Horst weiß, dass er entlassen werden soll, könnte es doch sein, dass er aus Rache …«

»Nein«, sagte Verena entschieden. »Horst weiß zwei Dinge mit Sicherheit: Solange die Baronin lebt, bleibt er in der Firma. Und wenn die RWG untergeht, geht auch er unter.«

Das sah Peer ein. Vielleicht sollte er sie in Ruhe an der Tabelle arbeiten lassen und sich inzwischen woanders umschauen. »Sagen Sie, haben Sie ein Behinderten-WC?«

»Am Ende des Gangs hinterm Fahrstuhl«, murmelte sie, den Blick auf den Bildschirm gebannt. »Unser WC ist behindertengerecht.«

Peer hob Vaclav auf den Schreibtisch, rollte aus dem Büro und zog die Tür zu. Er schaute nach rechts zum Fahrstuhl und bog dann nach links ab. So leise wie möglich drückte er die Klinke herunter, Kramms Büro war nicht abgeschlossen, ein Glück. Rasch rollte er hinein und schloss die Tür wieder.

An den PC käme er nicht, dazu war sicher ein Passwort notwendig. Es fanden sich auch kaum Unterlagen auf dem Schreibtisch; Kramm war ein überaus ordentlicher, strukturierter Mensch. Immerhin eine Pultmappe, die ein Monatsregister mit einunddreißig Reitern besaß. Bei der »15« schaute eine Ecke Papier heraus. Vorsichtig zog er daran, klappte endlich die Mappe auf. Er fand eine ausgedruckte E-Mail, die Anfrage eines Headhunters. Wenn

Peer das Geschäftsenglisch richtig verstand, suchte ein schwedischer Konzern einen Mitarbeiter, aber was die Abkürzung COO bedeutete, wusste er nicht. Zur Höhe des Gehalts wurden keine Angaben gemacht, aber was Peer verstand, klang durchaus attraktiv. Ob es eine Verbesserung zu Kramms jetziger Stellung war?

Jäh erklang ein Krähen aus der Seitentasche des Rollstuhls, das Peers gesamten Oberkörper durchfuhr. Er ließ das Papier auf den Schreibtisch gleiten und fingerte sein Handy aus der Tasche. »Physio um 13:00 Uhr« blinkte ihm entgegen. Verdammt!

»Was machen Sie hier?« Verena stand in der Tür, ihre Stimme klang eisig.

Peer fuhr herum. »Ich … ich …« Ja, was? Ein richtiger Detektiv hätte nicht nur sein Telefon ausgeschaltet, sondern sich auch vorher einen Grund zurechtgelegt, warum er in fremden Büros herumschnüffelte, statt auf der Behinderten-Toilette zu sitzen.

»Sie wissen, Ihre Ermittlungen hängen davon ab, dass Arndt Ihnen vertraut. Und wenn Sie nicht nur seins, sondern auch noch mein Vertrauen missbrauchen ...« Sie trat an den Schreibtisch. »Was haben Sie da?«

Ohne ein Wort zu sagen, rollte Peer ein Stück zurück. Das Blut rauschte in seinem Kopf, sein Herz raste. Das war eine bescheuerte Idee gewesen. Er räusperte sich, wies zaghaft auf die Mail. »Wussten Sie davon?«

Verena ergriff das Blatt, ihre Augen weiteten sich kurz, die Lippen zitterten, dann hatte sie sich wieder unter Kontrolle. »Solche Mails bekommen wir regelmäßig, ich auch.« Betont achtlos ließ sie den Zettel auf den Tisch gleiten.

»Drucken Sie sich diese Mails auch regelmäßig aus?« Er wies auf die offene Pultmappe. »Und legen sie sich auf Termin, fünf Tage vor Ablauf der Bewerbungsfrist?«

Ihre Augenlider flatterten. »Ich bin mir sicher, das hat nichts zu bedeuten.«

»Was hat nichts zu bedeuten?«

Verdammt, wo kam Kramm plötzlich her? Peer sank in sich zusammen. Das war's dann wohl.

»Was machen Sie in meinem Büro?«

Verena sah Peer ausdruckslos an, wandte sich dann an ihren Chef: »Ich musste nachsehen, ob dir ein bestimmter Vorgang bereits vorliegt. Und da ich ihn nicht allein in meinem Büro lassen wollte, ist er mitgekommen.«

Ein Kribbeln lief durch Peers Körper, es war ihm auf einmal leicht, als könnte er fliegen. Nichts anmerken lassen. Kein Grund, irgendeine Regung zu zeigen.

Kramm lachte. »Braves Mädchen, du denkst mit, sehr lobenswert.« Er wies auf die Pultmappe. »Und das da?«

Jetzt war es an Peer. »Da schaute ein Zettel raus. Ich hab Verena darauf aufmerksam gemacht, dachte nur, er knickt vielleicht, wenn er nicht ganz drin liegt.«

Verena hielt den Mailausdruck hoch. »Du suchst ein neues Betätigungsfeld?«

Kramm entglitten für einen Moment die Gesichtszüge. Rasch aber kehrte das gewohnte selbstbewusste Lächeln zurück. »Ach Verena, solche Anfragen bekomme ich regelmäßig, das weißt du doch.«

»Aber du druckst sie sonst nicht aus.« Sie tat, als läse sie die Mail. »COO in Schweden. Klingt gut. Besser als in einer kleinen Ossi-Klitsche, was? Wer ist es? ›Svenska Trä‹ oder ›Kunglig Skog‹?«

Er zuckte mit den Schultern. »Keine Ahnung. Ja, ich gebe zu, ich finde das Angebot interessant. Aber vor den Ereignissen in letzter Zeit hätte ich nie damit geliebäugelt.«

»Und jetzt?«, fragten Peer und Verena synchron.

»Jetzt lese ich solche Anfragen in der Tat mit anderen Augen«, gab er zu. »Ich weiß nicht, wie sich alles entwickelt. Wenn es tatsächlich dazu kommt, dass die RWG die Forstsparte abstoßen muss, dann ist für mich kein Platz mehr – weder hier noch in einer neuen Firma.«

»Jetzt eigentlich auch nicht«, warf Verena ein und wies auf den Kalender, der vor seinem Monitor auf dem Schreibtisch lag. »Musst du nicht in Grevesmühlen sein?«

»Ich war schon hinter Gadebusch, als mir auffiel, dass ich mein Telefon nicht dabeihabe. Darin steht, wo ich hin soll.«

Verena seufzte. »Ja, diese Handys. Nichts als Ärger hat man damit.« Sie schaute zu Peer, der schuldbewusst den Blick senkte. Ein Griff in die oberste Schublade und sie hielt ein iPhone in der Hand. »Hier! Und nun zackzack!«

»Ach, Verena, du bist meine Rettung. Bis nachher!«

»Meine auch«, sagte Peer leise, nachdem Kramm gegangen war. »Danke, dass Sie mich nicht verraten haben.«

»Das habe ich nicht für Sie getan. Sondern für die Firma.« Sie zögerte einen Moment. »Und für die Baronin.«

11:20 Uhr

Die alte Dame empfing ihn weniger herzlich als die Male zuvor. Etwas schien sie zu belasten. »Ich höre, Sie arbeiten eng mit meiner Assistentin zusammen?«

»Ja. Ich dachte, das war Ihr Wunsch.«

»Das war es in der Tat. Aber wir alle lernen ja dazu.« Sie erhob sich, zögerte einen Moment, gab sich dann einen Ruck. »Vor etwa einem Monat hat Verena mich um Geld gebeten. Ziemlich viel Geld.«

»Wie viel ist ›ziemlich viel‹?«

»Vierzigtausend Euro.«

Peer sog die Luft ein. »Wozu brauchte sie das?«

»Ich habe keine Ahnung.«

»Und haben Sie es ihr gegeben?«

»Ich bitte Sie, Herr Wesendonk. Die Radenow-Werthenbachs schwimmen nicht im Geld, auch wenn mein Sohn das offenbar anders sieht.«

»Ihr Sohn?«

Die Baronin trat ans Fenster und schaute auf den großen Teich, in dem sich der graue Himmel spiegelte. »Ich weiß nicht, wann ich ihn zuletzt in seinem Büro gesehen habe. Wenn ich ehrlich bin, muss ich gestehen, dass Hartmut nicht der Sohn ist, den ich mir gewünscht hätte. Aber wahrscheinlich war ich ihm auch nie die Mutter, die er gebraucht hätte.«

Peer zögerte einen Moment. Wenn Verena Geld brauchte, warum hatte der Baron die Überweisung der Versicherungssumme umgeleitet? Wenn er es denn gewesen war. »Was ich mich gerade frage, Frau Baronin: Wie sieht das Verhältnis zwischen Verena und Ihrem Sohn aus?«

»Sie arbeitet für ihn.«

»Das ist mir klar. Und darüber hinaus? Kommen sie gut miteinander aus? Oder sogar noch besser?«

»Wenn ich das wüsste. Auf jeden Fall wollen sie offenbar beide mein Geld.«

Peer kam ein Gedanke: »Sagen Sie, würden vierzigtausend Euro ausreichen, um eine Firma zu bezahlen …«

»… die acht Hektar Wald rodet? Das habe ich mich auch schon gefragt. Vierzigtausend sicher. Bei zwanzigtausend könnte das knapp werden.«

»Wieso zwanzig?«

Die alte Dame seufzte tief. »Deshalb habe ich Sie herbestellt: Verena kam gestern noch einmal zu mir, ganz verzweifelt. Sie sagte, sie brauche das Geld dringend. Wenn ich ihr nicht helfen würde, müsse sie ihr Haus verkaufen.« Sie zuckte mit den Schultern. »Was sollte ich machen? Aber zwanzigtausend war alles, worauf ich Zugriff hatte.«

»Sie hat gestern ...?« Verdammt! Eben hatte sie noch getan, als wäre nichts geschehen. »Haben ihr die Zwanzigtausend gereicht?«

»Ich denke schon. Sie hat sich immer wieder bedankt und gesagt, das sei immerhin ein Anfang. Und ich habe nicht mehr versucht, zu erfahren, wozu sie es brauchte.«

Peer runzelte die Stirn und begann, sich das Kinn zu massieren. »Mit so viel Geld kann man eine Menge anstellen. Trotzdem, Verena kann es nicht gewesen sein, oder?«

»Das denke ich auch nicht. Dann hätte sie mich nicht um Geld fragen müssen, der Verkauf des Holzes hätte ihr ein Vielfaches eingebracht.« Sie seufzte. »Offen gestanden, bin ich ratlos und hoffe, Sie bringen Licht in die Sache.«

»Das würde ich auch gern.« Diese Chance musste Peer nutzen. »Aber dazu ist es nötig, dass ich Zugang zu allen Unterlagen Ihrer Firma bekomme, damit ich …«

»Nein!«, rief die Baronin mit einer Heftigkeit, die ihn erschreckte. Doch gleich fasste sie sich wieder. »Ich habe keine Verfügungsgewalt über die Unterlagen. Auch wenn ich noch Mehrheitseignerin bin – Hauptgesellschafter ist mein Sohn. Leider. Er hat zu bestimmen, wem was zugänglich gemacht wird.«

»Aber der ist nicht da. Wo ist er eigentlich?«

»Was weiß ich. Um diese Jahreszeit vermutlich auf den Ma-le-di-ven.« Jede Silbe schien eine ganz eigene Abscheu in ihr zu erregen. »Nächste Woche kommt er kurz, ehe er gleich wieder abdüst. Dubai, Bali oder Goa. Er hasst die Weihnachtszeit.«

»Und bis dahin hat Herr Kramm das Sagen? Sie können nichts machen?«

»Selbst wenn ich wollte, nein.«

11:50 Uhr

Auf der Freitreppe kam ihm Hermann Stellmacher entgegen. Der alte Schmied stoppte jäh und schaute Peer mit großen Augen an. Seine Zunge glitt langsam an der Oberlippe entlang. »Jung!«, keuchte er und sah sich um.

»Moin Hermann.«

»Tach…schön, Jung.« Nervös umklammerten seine Finger den Stock, ehe er die letzten beiden Stufen hinaufstakste.

»Was machst du hier?«

»Wieso?«

Peer zuckte mit den Schultern. »Ich frag nur. Du kommst in letzter Zeit öfter her, was?«

»Wat geiht di dat an?«, blaffte Hermann. »Woher willst du das überhaupt wissen? War Valentina bei dir?«

»Wat geiht di dat an?«, feixte Peer.

»Unerhört!« Der Alte klopfte mit dem Stock gegen den Rollstuhl. »Kaum gibt man Jungs einen fahrbaren Untersatz, werden sie übermütig.« Er brach in sein keuchendes Lachen aus. »Aber mal im Ernst: Hast denn schon was rausgefunden? Über den Holzdieb?«

Peer legte den Kopf schief. »Tja, ich hab zwar zwei Spuren, aber irgendwie weiß ich nicht. Nach meinem Gefühl steckt der Grund für die Tat in den Geschäften der Firma. Aber da will mich niemand ranlassen. Dieser Kramm nicht und die Baronin auch nicht. Ob sie was weiß über die Machenschaften?«

»Glaub ich nich, sie is ja schon ewig da raus.«

»Und wenn nicht? Wenn sie selber mit drinsteckt?«

»Ach, nu hör aber auf, Jung!«

Doch Peer dachte nicht daran, aufzuhören. »Hermann, sag mal, wenn du jetzt zu ihr gehst, könntest du ein bisschen Detektivarbeit übernehmen?«

»Was meinst damit? Soll ich sie aushorchen? Vergiss es.«

»Nein nein. Nicht direkt. Du könntest höchstens das Thema zufällig in eine bestimmte Richtung lenken. Und wenn sie über die Firma oder ihren Sohn oder Verena spricht, gut zuhören. Vielleicht hakst du noch ein wenig nach, damit sie redseliger wird.«

»Und wie mach ich das?«

»Och, das überlass ich ganz deinem Charme.«

Hermann lächelte unsicher, richtete vor der spiegelnden Glasscheibe der Tür seine Krawatte. »Mein Charme … na, mal sehen.«

12:15 Uhr

Nur kurz hatte Peer daran gedacht, direkt nach Hause zu fahren. Aber Verena hatte ihm eine zu verlockende neue Option eröffnet: Bastian Peemöller, der das Serversystem der RWG eingerichtet und die Software angepasst hatte. Dann musste der doch wissen, wie man in dieses System kam. Und spätestens seit dem Gespräch mit der Baronin hatte Peer einen Grund, auch an Verenas Integrität zu zweifeln. Alles, was er wusste, war das, was Verena ihm zeigte. Ja, sie war kooperativ – aber bis zu welchem Punkt? Wenn sie Geld brauchte, wer sagte, dass nicht sie die Versicherungsbeiträge auf ihr eigenes Konto umgelenkt hatte?

Aber würde Bastian da mitmachen? Es käme auf einen Versuch an. Sein Büro lag für Peer sogar quasi auf dem Weg nach Hause; es war nur ein minimaler Umweg. Und er hatte Sascha ja schon angekündigt, dass er es nicht rechtzeitig zum Essen schaffen würde.

Ja, der Weg durch die Häuslerei war kaum weiter, dafür aber ein Flickenteppich aus Kopfsteinen, Asphaltflächen und Löchern, den Peer kaum heil passieren konnte. Auf der Seite zum Schloss standen noch die alten Katen, die die Gutsherren Anfang des letzten Jahrhunderts für ihre Arbeiter hatten errichten lassen; die meisten davon waren inzwischen restauriert und modernisiert. Er und Sascha hatten sich damals eines der Häuser angesehen, als sie auf der Suche nach einer Bleibe waren. Sie boten einen angemessenen Komfort, wenn man mit Zimmern von maximal zehn Quadratmetern leben konnte. Sascha hatte nicht gekonnt.

An der Seite zur Schulzenwisch befand sich Vertikows Neubaugebiet. Eigentlich war es nur eine Reihe von acht Grundstücken, die ein findiger Wessi nach dem Kauf der Wiese hatte abtrennen und zu Baugrundstücken umwidmen lassen. Als der Run auf Baugrund in Vertikow ausblieb, hatte er die Wiese wieder verkauft. Bis heute waren von den acht Parzellen erst fünf bebaut.

Auch hier hatten Peer und Sascha gestanden. Ihr Traum war es ursprünglich gewesen, einen Resthof zu übernehmen, zu renovieren, vielleicht sogar zu bewirtschaften – in Maßen natürlich. Aber nachdem sie drei Objekte angeschaut hatten, war ihnen klar geworden, dass sie zu blauäugig an die Sache herangegangen waren. Auf so einem Hof endete die Arbeit nie. Das war nichts für verwöhnte Städter, die noch dazu beide berufstätig waren. Aber Sascha hatte auch nicht neu bauen wollen. Genau an dieser Stelle hatte sie damals mit Abscheu auf den Bungalow gewiesen, der mit seiner weißen Putzfassade und dem flachen Walmdach aus blau glasierten Ziegeln wie ein Fremdkörper auf der Wiese stand. Wie gut, dass sie wenig später das Siedlerhaus im Lindenweg gefunden hatten. Dort hatten sie sich beide sofort heimisch gefühlt. Und in Vertikow nach wenigen Monaten auch. Peer lächelte. Wossi.

Er rollte, halb auf dem Asphalt-Kopfsteinpflaster, halb auf dem Grünstreifen, bis an die Einmündung, an der die Häuslerei auf die Krembzer Straße traf. Hier stand die ehemalige Tankstelle. Zu LPG-Zeiten hatte sie sicherlich ihren Zweck erfüllt, als er mit Sascha hergezogen war, stand sie jedoch schon lange leer. Immerhin hatte Bastian davon profitiert. Bastian Peemöller, Zugezogener wie Peer, wenn auch mit ostdeutscher Herkunft. Und so gewitzt, dass es ihm gelungen war, mit Gemeinde und Kreis einen Deal zu machen: Er hatte damals angekündigt, mit seinem »IT-Unternehmen« nach Vertikow zu ziehen, wenn man ihm zusicherte, dass das Breitbandnetz ausgebaut würde. Und so hatte man sich dafür stark gemacht und die Telekom überzeugen können. Zum Glück für Bastian hatte es damals niemanden interessiert, dass es sich um ein Ein-Mann-Unternehmen handelte. Vertikow hatte auf jeden Fall davon profitiert – und Bastian erst recht. Er besaß wohl die einzige IT-Tankstelle in Deutschland. Und nach einer Rechtsberatung hatte er sich sogar ein Logo machen lassen, das mit einem gelben BP auf grünem Grund perfekt zu einer Tankstelle passte, ohne das Markenrecht zu verletzen.

Es klingelte noch immer, wenn man die Tür zu Bastians Büro öffnete, den Eingang zum ehemaligen Verkaufsraum.

»Moin, Bastian.«

Der junge Mann erhob sich ächzend. »Tachschön, Peer. Lange nicht gesehen. Alles klar bei dir?«

Peer nickte. In seiner Vorstellung gab es zwei typische Arten von PC-Experten: die dünnen Blassen, deren Augenringen man ansah, dass sie nächtelang Programme entwickelten oder ihre Spiele testeten, und die fülligen Gemütlichen, die ihren gepolsterten Stuhl nur verließen, um dem Pizzaservice die Tür zu öffnen. Bastian gehörte eher zur zweiten Kategorie, was nicht hieß, dass er nicht auch blass war. Aber wenigstens fehlten ihm die Augenringe.

»Was gibt's? Probleme mit dem Netzwerk?«

»Nö, läuft alles.«

Bastian grinste. »Hab auch nix anderes erwartet. Ist schließlich BP-approved.«

»Super. Du, Basti …«

»Nein!« Bastians Stimme wurde scharf, eine Falte erschien über der Nasenwurzel. »Nicht Basti! Reicht schon, dass ich diesen blöden Namen trage, nur weil meine Mutter diese Scheiß-West-Serie so geliebt hat. Aber nenn mich nicht Basti. Ich sag ja auch nicht Peeri zu dir.«

Lachend hob Peer beide Hände. »Okay, sorry. Also. Bastian, oder besser: Hey, Crack, kannst du was für mich tun?«

»Crack?« Mit aufgeblasenen Wangen schaute Bastian zur Decke. »Das ist cool. Klar, worum geht's denn?«

»Ist es möglich, ins Serversystem der RWG zu kommen?«

Bastian runzelte die Stirn. »Im Prinzip schon, aber sehr unwahrscheinlich. Die RWG hat ein Client-Server-System, in dem jeder Mitarbeiter eigene Zugriffsrechte hat. Das heißt, jeder kann die Dateien, die er sehen und bearbeiten darf, vom Server abrufen und auch dort wieder speichern.« Seine Stimme wurde schärfer. »Eventuell kann auch jemand diese Dateien auf seinem Client speichern. Aber dazu müsste er zwei Sicherheitsbarrieren überbrücken. Und die sind gut. Hab ich selbst programmiert.«

»Ach was?« Peer richtete sich auf. »Hast du denn freien Zugriff auf ihren Server?«

»Nee. Ich weiß zwar, wie das Sicherheitssystem aufgebaut ist, hab aber keine Ahnung von den Passwörtern. Wieso willst du das überhaupt wissen?«

Peer zögerte. Hatte es Zweck, einem IT-Fachmann etwas vorzumachen? »Du weißt von dem Holzdiebstahl?«

»Eines dieser Vertikower Geheimnisse, die jeder kennt.«

»Und weißt du auch, dass ich in dem Fall ermittle?«

»Bisher nicht. Und was hab ich damit zu tun?«

»Ich möchte, dass du dich ins System der RWG hackst.«

Bastian bekam große Augen. »Was? Bist du bescheuert?«

»Ich muss da ran, im Interesse der Firma.«

»Und warum fragst du die nicht einfach?«

Peer seufzte. Was sollte er sagen? Groß ausholen und sich um Kopf und Kragen reden? Oder alles mit einer kleinen Notlüge vereinfachen? »Hab ich. Aber die mauern alle.«

»Dann gibt es einen triftigen Grund dafür«, sagte Bastian mit Nachdruck. »Und du willst diesen Grund rausfinden.« Er starrte einen Moment ins Leere. »Ich auch.«

»Wie?« Dass es so einfach wäre, hatte Peer nicht gedacht.

»Das wäre eine Gelegenheit, die Sicherheitssysteme zu prüfen.« Bastian lehnte sich zurück. »Und vielleicht die einzige Firma Vertikows zu retten. Ich hab keine Ahnung, was du als Detektiv drauf hast, aber ich kenn dich als Mensch. Und so einen Plan denkst du dir nicht zum Spaß aus.«

Peer musste ein erschrockenes Gesicht gemacht haben, denn Bastian meinte grinsend: »Nun guck nicht so! Das ist eine gängige Praxis: unvermutete Angriffe. Nur in einem

Ernstfall kann sich zeigen, wie gut das Sicherheitssystem ist. Ich weiß aber nicht, ob ich reinkomme. Deren IT-Mann soll ein echter Experte sein. Da kann das mehrere Tage dauern. Aber einer von uns ist am Ende auf jeden Fall glücklich; entweder du, weil du an deine Daten kommst, oder ich, weil das System dicht ist.«

Peer nickte. Das klang gut. Und fast gar nicht mehr illegal. Die Sache hatte nur einen Haken. »Mehrere Tage? Verdammt, was soll ich bis dahin machen?«

»Mann, Mann, Mann, ihr seid alle so unentspannt!«

»Wieso alle?«

»Na, die Sekretärin, keine Ahnung, wie sie heißt. Die Tschechin, weißt du.«

»Verena wollte, dass du dich ins System hackst?«

»Quatsch, die war wegen was anderem hier. Wollte … sagen wir mal: eine Auskunft.«

»Worüber?«

Einen Moment lang schwieg Bastian, schaute abwesend auf eine Platine, die vor ihm lag. »Ach, was soll's«, sagte er endlich, »ich konnte ihr sowieso nicht helfen. Sie wollte wissen, wie man seine Spuren verwischen kann.«

»Wie? Beim Surfen im Internet?«

»Nee, sie wollte mehr. Neue Identität und so. Untertauchen und nie wieder gefunden werden. Also zumindest nicht online oder mit elektronischen Mitteln.«

»Verdammt!«, rief Peer. »Verena will untertauchen?«

»Was weiß ich. Es klang so. Solche Fragen stellt man schließlich nicht, wenn man eine Website erstellen oder einen Facebook-Account eröffnen will.«

»O Mann, dann will sie tatsächlich mit dem Geld der Baronin abhauen. Aber warum? Sie hat doch nichts mit dem Holz zu tun. Es sei denn ...«, es durchfuhr Peer eiskalt. Hatte sie deshalb die Links zu Jonas Werner zusammengesammelt? Um von sich abzulenken? Nein, das war absurd. Andererseits könnte sie auch die Spur zum Baron bewusst gelegt haben. Der Baron. Verdammt, Peer war sich so sicher mit der Zuschnitz gewesen, und jetzt schien plötzlich jeder infrage zu kommen. Er schaute auf. »Sag mal, Bastian, kannst du auch Handydaten hacken?«

»Wie bitte? Dann wird's aber echt kriminell!«

»Es geht nur darum, festzustellen, ob jemand wirklich da ist, wo er zu sein vorgibt. Zum Beispiel auf den Malediven.«

»Ach so«, sagte Basti gedehnt. »Warum sagst du das nicht gleich? Das ist natürlich kein Problem. Das erledige ich mal eben in der Mittagspause.«

»Echt jetzt?« Peer riss die Augen auf.

»Nein, du Spaßvogel. Ich hab zufällig auch noch andere Dinge zu tun. Und illegale Handyortung gehört mit Sicherheit nicht dazu. Nun tritt bei deinem Drahtporsche das Gaspedal und mach dich vom Acker!«

13:45 Uhr

Eine Dreiviertelstunde hatte Heinz ihn nun in der Mangel und noch immer war kein Ende in Sicht. Es hatte wieder ganz harmlos begonnen, mit ein bisschen Dehnen, mit dem Durchbewegen der Beine, um wenigstens einen Teil der Muskeln zu erhalten – sogar massiert hatte ihn der Physiotherapeut. Doch dann war Schluss gewesen mit lustig. Nach zwanzig Minuten war es nur noch darum gegangen, die Muskeln in Armen, Schultern und Brust, aber auch und gerade im Bauch und in den Flanken aufzubauen. Und dafür gab es eine Menge ausgefeilter Foltermethoden.

»Ich brauch 'ne Pause«, keuchte Peer und rieb sich den Schweiß von der Stirn.

»Okay, eine Minute.« In diesen Momenten hatte Heinz' Stimme etwas von einem Oberst auf dem Exerzierplatz.

»Sag mal … was soll das … eigentlich?«

»Was denn?«

Peer trank einen Schluck, wartete noch etwas, bis sich sein Atem beruhigt hatte. »Mal im Ernst: Du kommst alle zwei Tage und malträtierst mich so lange, bis ich kaum noch einen Muskel rühren kann und danach zwei Tage Muskelkater habe. Und kaum ist der weg, bist du schon wieder da. Wozu mach ich das Ganze?«

»Na, allzu schlimm werden die Schmerzen nicht sein, schließlich bist du immer munter im Dorf unterwegs.«

»Woher weißt du das denn jetzt schon wieder?«

»Och, man erzählt sich da so einiges.«

»Man? Du meinst Raffael.«

»Mag sein. Aber um deine Frage zu beantworten ...« Er stand auf, nahm Peers rechte Hand und zog sie im Bogen vor dem Körper, bis sie das linke Schulterblatt berührte.

»Au, verdammt! Hör auf, Palu!«

Grinsend führte der Physiotherapeut die Hand wieder in die Ausgangsposition. »Und – war das so schlimm?«

»Es tat schon ziemlich weh.«

»Ich meine das ›Palu‹.«

Peers Augen weiteten sich. Sah aus, als hätte er verloren. »Meinetwegen. Ich geb mich geschlagen. Wenn du durchaus darauf bestehst ...«

Palu legte ihm eine Hand auf die Schulter. »Ich bestehe nicht darauf, aber ich fühle mich viel wohler damit. Und warum? Weil es mir zeigt, dass du mir vertraust. Vertrauen ist entscheidend in der Therapeut-Patienten-Beziehung.«

Vertrauen? Ja, Peer musste zugeben: Er vertraute Hei... Palu. Nicht, weil er ihm ohnehin ausgeliefert war, nein, da war etwas, tief in seinem Inneren, das wusste, er würde es mit diesem muskelbepackten Teddybär schaffen, den Weg zurück in ein selbstbestimmtes Leben. Er nickte. »Und sag mal, das mit dem Autofahren ...«

»Das gehen wir ganz langsam an. Ich bin sicher, du spürst schon, dass du wieder an Kraft gewinnst. Und diese Kraft wirst du brauchen, um im Auto ...«

»Achtung, Feind hört mit!«, flüsterte Peer.

Sascha kam heran. »Hallo Palu, wie geht's?«

»Danke gut, und selbst? Wir sind gleich fertig. Nur noch die mentale Phase.«

»Oh, darf ich zuhören? Ich fürchte, mir gelingt es nicht immer so ganz optimal, Peer mental aufzubauen.«

Da konnte sie recht haben. Aber das hieß, dass Peer auch heute nicht erfahren würde, was Palu mit dem selbstständigen Autofahren meinte. Natürlich hatte er in der Zwischenzeit im Internet recherchiert und etliche Texte und Videos angeschaut. Ob er wirklich in der Lage wäre, eines dieser umgebauten Autos zu steuern?

»Meinetwegen kannst du gern dabei sein«, sagte Palu, »die Frage ist, ob es Peer recht ist.«

Offenbar überlegte er einen Moment zu lange. Denn noch ehe er etwas gesagt hatte, sprang Sascha auf.

Mit gezwungen lockerem Tonfall, dem Peer die Enttäuschung anhören konnte, rief sie: »Ach was, ich lass euch Männer lieber allein. Das ist hier auf dem Dorf ja so.« Ohne sich noch einmal umzudrehen, verließ sie den Raum.

Palu schaute ihr nach. »Was war das jetzt?«

»Das war Sascha«, seufzte Peer.

15:20 Uhr

Der Nachmittag besserte Peers Laune nicht. Er hatte das Notebook aufgeladen, Kamera und Mikrofon kontrolliert und seine Skype-Version aktualisiert, ehe er sich auf den Weg zur Kirche gemacht hatte. Geheizt war auch, das hatte er ja gestern mit Peggy ausgehandelt. Sie hatte sich ein bisschen gewunden, doch Peer war hart geblieben. Wer die Frohe Botschaft verkünden sollte, hatte auch ein Recht auf Wärme.

Was er und Mandy nicht einkalkuliert hatten, war die langsame Internet-Verbindung. Mandy hatte die Idee mit

Skype gehabt, aber sie hatte leicht reden: In Lübeck war das kein Problem. Und bei einem einfachen Gespräch wäre die Verzögerung auch zu verkraften gewesen. So aber hörte er jede Note doppelt, sah sie auf dem Bildschirm Tasten drücken, deren Töne längst verklungen waren. Das war doch Mist!

Sie arbeiteten an Christian Gregors »Ehre sei Gott«, dem Chor der Engel, einem einfachen Stück, das Mandy nahezu vom Blatt spielen konnte. Eigentlich hatte er gedacht, er müsste nur an wenigen Stellen eingreifen, das Meiste würde von selbst laufen. Tat es im Prinzip sogar – aber es gab eben auch Stellen, an denen sie bestimmte Dinge berücksichtigen musste, weil der Chor es so gewohnt war; und Stellen, an denen sie Fehler machte. Von Zeit zu Zeit blaffte er eine Korrektur ins Mikrofon, jedes Mal musste Mandy ihr Spiel unterbrechen, um nachzufragen, was er meinte, denn sie verstand ihn nicht neben dem Spielen und war überdies längst woanders.

Die Proben mit dem Chor starteten am zweiten Adventssamstag. Bis dahin hätte Mandy das Stück sicher drauf, aber es war trotzdem eine große Herausforderung, unter diesen Bedingungen zu proben. Wenn das bei einem so einfach gesetzten Stück schon so schwierig war, wie sollte das erst bei Fugen und Toccaten werden? Er könnte keinen einzigen Ton mehr identifizieren. Ob er es mit Kopfhörern versuchen sollte? Oder gleich ein Headset, dann müsste er sich nicht immer zu dem eingebauten Mikrofon hinunterbeugen.

»Staccato!«

Mandy war am Schluss angekommen, die Akkordschläge in B und F drohten wieder zu verschwimmen.

»Staccato!«, wiederholte Peer lauter. »Du gibst dem Chor das Tempo vor. Und sie müssen genau hören, wo du bist. Also die Eins mit den Sechzehnteln besonders akzentuieren. Und ritardando ja, aber nicht zu langsam werden. Die Kinder sitzen ja auf Kohlen und wollen zur Bescherung.«

»Okay«, quäkte Mandys Stimme aus dem Notebook-Lautsprecher. Sie sprang ein paar Takte zurück und spielte die Stelle noch einmal. So musste es sein, ein leichtes Ritardando, die Akkordschläge klar und kraftvoll. Die volle Kirche würde noch genug davon verschlucken.

»Genau so! Komm mal runter und bring die Noten mit.« Peer war es leid, immer alles einzeln in den Laptop zu brüllen. Er zeigte Mandy im Notentext, wo sie die Ritardandi beginnen sollte und wo das Tempo wieder anzog. »Das Wichtigste ist, dass du mit deinem Spiel dem Chor zeigst, wie sie zu singen haben. Spielst du legato – ›laalaalaalaa‹ –, werden sie dir auch nur einen Klangbrei zurückgeben. Fängst du aber gleich kraftvoll marcato an – ›ta ta ta ta‹ –, dann werden sie viel akzentuierter singen.«

Sie sah ihn von der Seite an. »Das soll funktionieren?«

»Tut es, wart's nur ab. Sobald du mit anderen Musikern in Interaktion trittst, beeinflusst ihr euch gegenseitig. Das vergisst man leicht, wenn man ein Solo-Instrument spielt.«

Sie nickte. Es sah aus, als ginge ihr noch etwas durch den Kopf, doch sie fragte nur: »Noch mal den Gregor? Oder die Choräle?«

Peer sah auf die Uhr. »Oh, besser die Choräle, die musst du ja schon am Sonntag können. Und wir haben nur noch zwanzig Minuten, bis das Volk Israel hier reinstürmt.«

Während Mandy wieder hinaufstieg, versuchte Peer, den Gedanken an die bevorstehende Probe zu verdrängen. Ja, er hatte sich von Peggy breitschlagen lassen. Aber jetzt, so kurz vor seinem ersten Auftritt, war ihm doch mulmig.

Er schaute den Kirchengang entlang. Von dort hinten kam der Engel mit der Frohen Botschaft, kurz bevor der Chor dieses Stück anstimmte. Ein Engel im Rollstuhl – konnte das sein? Durfte das sein? Waren die Boten Gottes nicht Sinnbild der Vollkommenheit, perfekt wie der Herr selbst? Peer kniff die Augen zusammen: Wie wohl das Arbeitsrecht da oben aussah. Und wie hielten sie es mit

Inklusion? Kannte man den Begriff im Himmel überhaupt? Was, wenn der Erzengel Gabriel nach einem Motorradunfall plötzlich gelähmt wäre – würde er seinen Job behalten?

Nacheinander spielte Mandy die Lieder, die am ersten Advent im Gottesdienst gesungen werden sollten. Sie extemporierte eigene Vorspiele, die einfach, aber eingängig klangen. So konnte das etwas werden! Gerade wollte Peer sie loben, da rutschte ihm das Notebook vom Schoß. Ehe er danach greifen konnte, schlug es auf seinen Füßen auf und schepperte auf den Steinboden. »Scheiße, verdammte!«

Mandy kam an die Balustrade. »Alles in Ordnung?«

»Nein!«, schrie er hoch, alles in seinem Körper schien mit einem Mal zu brodeln. »Nichts ist in Ordnung! Überhaupt nichts! Ihr alle mit euren tollen Ideen. Dieser Skype-Kram ist der totale Dreck, die Kamera ist scheiße und … Verdammt! Mir geht das alles auf den Sack!«

Ein Räuspern erklang vom Kirchenportal. »Darf ich vorstellen: der Engel des Herrn.« Peggy wies auf Peer, die Dorfbewohner hinter ihr starrten ihn mit großen Augen an.

19:25 Uhr

»Nabendschön, Peer.«

»Horst, was gibt's?«

»Mir ist was eingefallen. Unser Hackschnitzelharvester ... das ist das große Gerät, das ...«

»Ich weiß. Was ist damit?«

»Na, der hat so 'ne kleine Macke an der einen Seite. Zieht immer 'nen dünnen Ritz in die Stämme.«

»Und?«

»Mann, daran kann man unser Holz erkennen. Wir müssen nur die Sägewerke durchsuchen, dann ...«

»Nur? Horst, es gibt rund zweitausend Sägewerke allein in Deutschland. Und wenn das Holz wirklich in Polen gelandet ist, dann ...«

Sascha schaute ins Zimmer. »Machst du auch irgendwann Feierabend?«

»Ich komme, Schatz.« So ein Friedensangebot durfte er nicht ausschlagen. »Horst, können wir morgen weiterreden? Ich treff Hermann um elf in der ›Eiche‹.«

»Okay, ich komm. Bis dann!«

Peer legte auf. Und fragte sich im selben Moment, was er Horst morgen noch anderes sagen sollte.

29. November 2014

11:00 Uhr

»Tachschön, Jung«, rief Hermann, als Peer in den Schankraum der »Alten Eiche« rollte. Er war nicht einmal erstaunt, dass plötzlich der Rollstuhl aus Richtung der Toiletten kam. Vermutlich wussten inzwischen alle Stammgäste von Peers Arrangement mit Eilien. Was so viel hieß wie: Das ganze Dorf wusste davon.

»Moin Hermann.« Neben dem alten Schmied fehlte bereits ein Stuhl, sodass Peer direkt an den Tisch rollen konnte. Eilien dachte einfach an alles! »Danke«, raunte er, als sie mit dem Bier kam.

»Is doch klar, wa?«, sagte sie augenzwinkernd. »Horst kommt auch gleich. Ach ja, und der Engeldress, det war logisch, dat der nich jepasst hat. War ja der alte von Robin, den ick nur aufjetrennt hab.«

Peer schaute sie mit großen Augen an. »Engeldress?«

»Wat, den kennste nich?« Eilien stemmte die Hände in die Hüften. »Kiek mal an, Madame Pastorette hat kalte Füße jekriegt und wollte dir det Elend nich zeigen. Aber keine Sorge, für die nächste Probe hab ick den Grobschnitt fertig, denn kannste den anprobiern.«

Er nickte. »Super.« Das klang weder überzeugt noch überzeugend. Wenn er ehrlich sein sollte, hatte er an ein Kostüm noch keinen Gedanken verschwendet.

Lachend knuffte Eilien ihn gegen die Schulter. »Hab ick mir jedacht, dass de dir 'n Rad abfreust.« Kichernd verschwand sie in der Küche.

Hermann schaute ihr kopfschüttelnd nach, wandte sich dann an Peer. »Und, wie geht's Sascha?«

Die gute Laune, die Eilien versprüht hatte, löste sich auf wie Atemhauch in Winterluft. Noch immer hatte er nicht mit seiner Frau gesprochen, nicht richtig. Sie hatten nur die nötigsten Worte gewechselt, waren dabei ausgesprochen höflich miteinander umgegangen, distanziert, wie Gäste im selben Hotel, die sich gerade zum ersten Mal begegnet waren und sich niemals wiedersähen. Heute hatte sie kurzfristig beschlossen, eine Freundin in Ahrensburg zu besuchen. Sie floh vor ihm. Es war noch schlimmer als beim letzten Mal. Und diesmal wusste Peer, dass es auch seine Schuld war. Klar, Sascha übertrieb ihre Fürsorge, erdrückte ihn damit. Und Ina hatte zugegeben, dass sie aus Eigennutz die Situation überspitzt dargestellt hatte. Aber vor allem war er es gewesen, der Sascha angegriffen und ihr vorgeworfen hatte, dass sie seinem neuen Leben mehr schadete als nützte. Wie blöd musste man sein, so etwas zu der Frau zu sagen, die man liebte wie keine andere? Er sah Hermann an. »Gut, wunderbar. Alles in Ordnung.«

»Sicher, Jung?«

»Klar. Und mit dir und der Baronin?«

Hermann ließ das Bierglas auf den Tisch knallen und hustete. »Wo… woher weißt du denn davon?«

Das konnte doch nicht sein. Peer hatte sich mit ihm verabredet, damit er ihm berichtete, was er im Schloss herausgefunden hatte. Und jetzt das? »Hermann, wir haben uns am Donnerstag bei ihr getroffen. Schon vergessen?«

»Ach ja. Stimmt.« Der Alte schüttelte den Kopf. »Meine Güte, langsam werd ich wirklich alt.«

»Tut mir leid, Hermann, aber mit dreiundachtzig ist man alt, man muss es nicht mehr werden.«

»Werd mal nich frech, Jung. Immerhin bin ich noch zehn Jahre jünger als Frau von Radenow-Werthenbach.« Er holte seine Pfeife aus der Tasche. »Ist aber eine feine Frau, die Baronin. Ein bisschen konservativ manchmal, aber das ist ja oft so bei alten Leuten. Früher war sie anders.«

Ehe er auch die Tabakpackung öffnen konnte, raunte Peer leise: »Hermann, nicht hier.«

»Was?«, fragte der Schmied eine Spur zu laut.

Eilien schaute durch die Küchentür. »Hermann! Hier is seit sieben Jahren Rauchverbot!«

»Na und? Solange du mir nicht ein Pfeifenstopfverbots-Gesetz zeigst, stopf ich meine Pfeife, wo ich will.« Er sah der Wirtin mit zusammengekniffenen Augen hinterher. »Unser Exkanzler darf auch rauchen, wo er will.«

»Schmidt war nie dein Kanzler, dann ist er auch nicht dein Exkanzler«, warf Peer ein.

»Im Herzen schon, Jung.«

»Apropos Herz. Woher weiß Frau Treskow eigentlich, dass du dich mit der Baronin triffst.«

Hermanns Miene verfinsterte sich. »Dachte ich mir. Valentina hat ihre Augen und Ohren überall. Hat sie sich bei dir beschwert?«

»Zumindest hat sie sich das sicher anders gedacht, nachdem Gertrud Kuhn tot war. Jetzt sollte der Weg für sie frei sein. Aber plötzlich ist da wieder eine andere.« Peer legte die Hand auf Hermanns Arm. »Wieso eigentlich? Ich hatte gedacht, du hältst nicht viel von der Baronin.«

»Na ja, da hab ich auch noch nich dran gedacht, wie schön es früher war.«

»Früher?«

Hermann lehnte sich zurück, begann nun doch, seine Pfeife zu stopfen, und erzählte, wie er die junge Johanna Augusta kennengelernt hatte. In einer Zeit, da der Krieg Mecklenburg noch nicht erreicht und der Gutsherrenadel das Land noch nicht verlassen hatte; einer Zeit, in der ganze Dörfer für ein Gut arbeiteten, in der selbst die Kinder von morgens bis abends auf den Feldern helfen mussten, in der Kornblumen und wilder Mohn die Feldränder säumten. Hermann, gerade elf geworden, war nach dem Rübenroden bei Alt-Steinbeck auf dem Heimweg und begegnete einer blonden Schönheit auf einem Fahrrad. Er wusste nicht, was er mehr bewundern sollte: die junge Frau im strahlend weißen Kleid mit der blauen Schleife im Haar oder das blitzende Drahtgestell, auf dem sie saß und das sich fast von selbst zu bewegen schien. Sie hielt an und fragte ihn, woher er käme, wohin er wollte, was er getan hätte. Zunächst war der Junge überrascht, von einem so feinen Mädchen angesprochen zu werden, doch sie war so ungezwungen in ihrer Art, dass er bald bereitwillig auf ihre Fragen antwortete. Und schließlich stellte er sogar selbst welche. So erfuhr er, wer sie war. Verblüfft bat er darum, sie nur einmal zu berühren, um sich zu überzeugen, dass sie aus Fleisch und Blut wäre – hatte er doch gedacht, dass im Schloss nur irgendwelche wunderbaren Zauberwesen leben konnten. Lachend hatte die junge Johanna ihn gewähren lassen, seine Hand genommen und fest gedrückt.

»Tscha, Jung, und von da an hab ich jahrelang gedacht, diese Frau werde ich heiraten. Verrückt, was?« Erst als die Familie von Radenow bis auf den alten Baron geflohen war, hatte er begriffen, dass dies ein Traum bleiben würde.

»Und daran hast du dich, bitte, wann wieder erinnert? Bisher hast du doch eher gegen die Baronin angekämpft.«

»Nur, wenn sie sich mal wieder wie die Gutsherrin von Gottes Gnaden gebärdet hat. Dann musste ich sie in ihre Schranken weisen. Aber neulich, beim Reformationsball«, seine Augen begannen zu leuchten, »ich weiß gar nicht, wieso – plötzlich hab ich mit ihr getanzt. Und da hat sie gesagt, dass es für uns gar nicht nötig war, zu heiraten, wir hätten auch so genug Streit. Erst da hab ich so richtig begriffen, dass *sie* meine junge Johanna Augusta war.«

»Sieh mal an.« Peer schmunzelte. »Und selbst die alte Johanna Augusta ist noch interessanter als die alte Treskow.«

»Du hast doch selbst gesagt, ich bin alt. Vielleicht bin ich ja zu alt, um mein Herz nur einer Frau zu schenken.« Er kicherte und hielt Peer das Glas entgegen.

Peer stieß an und nahm einen tiefen Schluck. »Kommen wir endlich zum Punkt: Hast du bei deinen Rendezvous mit der Baronin auch was rausgefunden? Ich hatte dich doch gefragt, ob du mal ein bisschen nachforschen kannst.«

Der alte Schmied wurde rot. »Wo bleibt eigentlich Horst? Wollte der nicht auch kommen?«

»Hermann, was hast du im Schloss erfahren?«

»Ich? Ja … weißt du, das … das wird wohl nichts.«

»Wieso?«

»Die Baronin hat gesagt, wenn du Fragen an sie hast, sollst du ihr die gefälligst selbst stellen.«

Peer lief es kalt den Rücken herunter. »Bitte? Sie weiß, dass du sie aushorchen sollst?«

»Du hast doch gesagt, das soll ich tun.«

»Aber es ihr doch nicht auf die Nase binden!«, rief er kopfschüttelnd. »Oh, Hermann, aus dir wäre nie ein guter Polizist geworden.«

»Deshalb war ich ja auch Schmied. Und Bürgermeister. Da muss man keine Geheimnisse haben.«

»Aber es schadet einem Bürgermeister auch nicht, wenn er weiß, was er öffentlich sagen sollte und was nicht.«

»Ja ja, ihr jungen Leute könnt immer alle klug schnacken. Aber werdet ihr mal so alt wie wir.« Er holte ein Feuerzeug aus der Tasche und zündete es.

»Hermann, hier ist Rauchverbot! Willst du, dass Eilien dich rausschmeißt?«

»Mensch Jung!«, rief der Alte. »Lass mich doch in Ruh!« Er stand auf, griff nach seinem Stock und stapfte aus dem Gasthaus.

Peer sah ihm nach. War das zu glauben? All die guten Ratschläge, die Hermann ihm bei seinem ersten Fall gegeben hatte, und dann das?

»Na det war wohl nischt.« Eilien stellte ihm einen Teller hin. »Hier, probier mal. Sind die Buletten so jut?«

»Buletten? Ich hab doch gar keine bestellt.«

»Nee, aber wat essen musste.« Sie zeigte auf die Uhr. »Ick denk mal, zu Hause wirste nix kriegen, wa?«

»Wieso?«

»Kommt drauf an. Vielleicht hat Horst euer Treffen einfach verjessen. Falls nich, hat das 'n Grund, dass er noch nich hier ist. Und so, wie du aussiehst, musste dir wohl det Essen allein machen, wa?«

Peer presste die Lippen aufeinander und nickte stumm. Sein Blick glitt wieder auf die Buletten.

»Kein Problem, Herzchen. Ick hab 'n neues Rezept ausprobiert und brauch deine kritische Meinung.« Sie setzte sich. »Und ick ruf Sascha an und geb ihr Bescheid, wenn wat is. Damit det nich noch schlimmer wird.«

»Die ist nicht da. Woher weißt du überhaupt ...?«

Sie legte eine Hand auf seine. »Vor mir könnt ihr nischt verbergen. Ick seh, wat los is, wenn jemand rinkommt. Det war in Berlin schon so, det is hier jenauso. Mach dir nischt draus. Det mit Sascha kommt wieder in Ordnung. Ihr könnt beide nich ohne den andern.«

Lächelnd fragte er: »Warum bist du eigentlich damals aus Berlin weg?«

Eilien grinste. »Siehste, det is der Unterschied zwischen Gast und Wirtin: Ick hab noch meine Jeheimnisse.«

Er griff nach einer Bulette. »Wenn du so hellseherisch begabt bist, kannst du bestimmt sagen, was mit Horst los ist. Ist der wirklich so schusselig oder ist das alles Show?«

»Also, ick hab ihn schon so kennenjelernt. Aber ick bin ja auch erst 2003 jekommen. Wat ick jehört hab, hat er sich den Kopf mit Hasch und Crack kaputtjeraucht. Deswegen verlässt er Vertikow ja auch nich mehr, damit er mit dem Zeug gar nich wieder in Kontakt kommt, wa?«

»Wie? Du meinst, er fährt nicht mal nach Gadebusch zum Einkaufen?«

»Ja klar, det schon. Er muss ja auch die Waldstücke in der Umjebung inspizieren. Na ja, und denn sein Urlaub: jedet Jahr zwei Wochen bei seiner Mutter auf Poel.«

Peer nickte. »Auch nicht wirklich der Drogen-Kiez.«

»Det sag ich dir. Er soll aber früher janz anders jewesen sein. In der DDR hätte der richtig Karriere jemacht, stand ja schon kurz vorm Revierförster, mit Mitte zwanzig.« Sie hob die Augenbrauen. »Det haste nich ohne viel Engagement jeschafft. Inoffizielles Engagement, verstehste?«

»Ja, hat mir die Treskow schon erzählt.« Peer seufzte. »Trotzdem ist er ein feiner Kerl.«

»Klar. Det war ja det Schlimme: Det sind nich alles bloß finstere Gangster jewesen oder verbohrte Dummköpfe, die mit dem Parteibuch unterm Kopfkissen jeschlafen haben. Die meisten waren janz normale kleene Leute wie du und ick. Wenn damals zwee Männer im Trenchcoat an dich ranjetreten sind und dich mitjenommen haben und denn so 'n jeleckter Offizier vor dir saß und dich anjelächelt hat – da hat nich jeder die Kraft und den Mut jehabt, nein zu sagen. Die meisten wurden nich aus Überzeugung IM, sondern aus Angst.«

Nachdenklich fuhr Peer mit dem Zeigefinger die blaue Linie auf dem Tellerrand nach. »Was meinst du, hat Horst trotzdem Chancen bei Verena?«

Eilien zuckte mit den Schultern. »Nich, wenn er weiter so lahmarschig is. Der braucht ein bisschen Feuer im Hintern, wenn er so'n junges Ding ...«

Die Tür flog auf, Horst stürmte herein. »Peer, du musst sofort kommen. Mann, so 'ne Scheiße! Tachschön, Eilien.«

»Was ist jetzt wieder?«, nuschelte Peer zwischen Hackfleisch und Zwiebeln hindurch. »Noch ein Baum weg?«

»Nee, Vaclav.« Sofort lief Horst wieder hinaus. Nach zehn Sekunden erschien sein Kopf in der Tür: »Was ist denn nun?«

Eilien stand auf. »Wat hab ick jesagt? Ick ruf Sascha an.«

»Die ist doch nicht da!«, rief Peer und stopfte sich den Rest der Bulette in den Mund. Er sah der Wirtin nach, die ihm langsam unheimlich wurde.

11:55 Uhr

Der Anblick war grauenvoll, Peer kämpfte gegen den Würgereiz an. Er stand vor Verenas Haus, einem der Bungalows, an denen er gestern vorbeigerollt war. Nur hing gestern noch keine aufgeschlitzte Katzenleiche vor der Tür.

Gern hätte er den Kopf abgewendet, doch er kam nicht gegen die Faszination des Ekels an, fixierte das Gehänge aus blutigem Fell, herausgequollenen Innereien und schlaff baumelnden Pfoten. War das wirklich Vaclav, der kleine braune Kerl, der gestern noch mit ihm geschmust hatte und auf seinem Schoß eingeschlafen war? Endlich schaffte es Peer, die Augen zu schließen, spürte, wie ihm zwei Tränen über die Wangen liefen.

Von Weitem drang eine Stimme in sein Bewusstsein: »Mein Gott, nun nehmt doch endlich die Katze da ab!«

Arndt Kramm kam mit einer Aluleiter herangelaufen, schob Horst beiseite und stellte die Leiter auf. Er holte ein Taschenmesser hervor. Mit spitzen Fingern hielt er den Strick von sich weg und säbelte, von verzweifeltem Keuchen begleitet, an den Fasern herum. Endlich riss das Seil, der tote Körper klatschte auf die Betonplatten.

Ratlos standen die drei Männer um den toten Kater herum. Sie alle hatten feuchte Augen.

»Hätten wir ihn nicht hängen lassen müssen, bis die Polizei hier ist?«, fragte Horst.

»Bist du verrückt? Wir wollen keine Polizei hier haben. Und ihr lasst das Tier hier so lange baumeln, bis die Nachbarn es sehen.«

»Herr Kramm«, sagte Peer heiser, »ich verstehe Ihren Wunsch. Aber hier ist ein Mord geschehen. Nur an einer Katze, ja, aber ein Mord. Und ich befürchte, dass es nicht dabei bleibt. Es ist an der Zeit, die Polizei einzuschalten.«

»Herr Wesendonk, Sie wissen doch ... Mord? Mein Gott, meinen Sie wirklich?« Kramm war blass geworden, die plötzliche Erkenntnis schien ihm zuzusetzen.

Ein Stück Papier unter dem Petunientopf neben der Haustür erregte Peers Aufmerksamkeit. »Horst, gibst du mir mal das Blatt da?«

Der Forsttechniker schlich in weitem Bogen um die Leiche und griff nach dem Papier. Peer entfaltete es, ein Schauer lief über seinen Rücken. Es stand nur ein Satz darauf: »Halt dich da raus, sonst geht es dir genauso!«

12:30 Uhr

Verena war nicht zu beruhigen. Immer wieder brach sie in lautes Schluchzen aus, greinte in hohen Tönen und warf die Hände über den Kopf. Die Baronin und Kramm standen neben ihr, die Hände sanft auf ihre Schultern gelegt. Arndt kniff mehrmals die Augen zusammen und schniefte leise. Die Baronin schüttelte stumm den Kopf, in ihrem Gesicht stand eher Zorn als Trauer, eher Empörung als Fassungslosigkeit. Horst blieb mit seiner schmutzigen Arbeitskluft ein wenig abseits, knetete seine Schirmmütze und schniefte ebenfalls, allerdings deutlich lauter.

Peer wusste nicht, was er fühlen sollte. Er hatte den Kater nach den paar Treffen so ins Herz geschlossen, dass er ihn vermisste, als hätte er ihn täglich durchs Leben begleitet. Er sah die Trauer Verenas, den Kummer Arndts und fühlte mit ihnen. Wie lange mochten sie jetzt schon alle wortlos dasitzen und -stehen?

Vom Flur erklangen Frauenstimmen, die rasch lauter wurden. Ina Donath öffnete die Tür und ließ Dr. Martensen eintreten. Die Ärztin sah kurz in die Runde, trat dann zu Verena. »Frau Czyczek, um Himmels willen! Ich hab's schon gehört. Wie fühlen Sie sich?« Sie hockte sich vor sie.

Nachdem sie ihr eine Beruhigungsspritze gegeben und auch die Baronin versorgt hatte, kam Dr. Martensen zu Peer. »Und wie geht es Ihnen?«

Peer rieb sich mit beiden Händen übers Gesicht. »Wie soll es mir schon gehen? Hätte ich schneller ermittelt, wäre Vaclav noch am Leben. Hätte ich mich nicht in unsinnige Recherche gestürzt, säße Verena jetzt nicht heulend da. Ach was: Hätte ich mich von vornherein aufs Kreuzworträtselraten beschränkt, statt mich für einen Detektiv zu halten, müssten Sie jetzt gar keinen Hausbesuch machen.« Er warf die Arme hoch. »Kurzum, es geht mir prächtig!«

Dr. Martensen nickte lächelnd. »Derselbe muntere Sonnenschein wie immer. Hören Sie, Herr Wesendonk, Sie können nichts dafür. Hätte, hätte, hätte ... Sie machen Ihren Job – und offenbar gar nicht schlecht. Denn da scheint jemand kalte Füße zu bekommen.«

»Ja, weil Verena ermittelt. Offensichtlich erfolgreicher als ich, ich werde ja nicht bedroht.«

»Seien Sie froh. Sie haben keine Katze, nur eine Frau.«

Peer lief ein Schauer über den Rücken. Er sah Dr. Martensen in die Augen. »Sie meinen ...?«

Sie klopfte ihm auf den Oberarm. »Nein nein, alles gut. Ina bringt Sie gleich nach Hause und macht Ihnen eine Tasse Kaffee. Dann machen Sie sich mit Ihrer Frau einen schönen Nachmittag und am Abend wird Ina sich wieder um Sie kümmern. Sie sehen, Sie sind bestens versorgt. Glauben Sie mir: Alles wird wieder gut.«

»Meine Frau ist nicht da.«

»Auch gut. Dann bleibt Ina ein bisschen länger.«

»Wunderbar!«, stöhnte Peer. »Ein paar Stunden allein mit der Walküre – das rettet meinen Tag.«

»Das hab ich gehört«, zischte Ina von der Tür her.

Mit Mühe unterdrückte die Ärztin ein Lachen. Sie sah durch den Raum, niemand schien es bemerkt zu haben.

14:35 Uhr

Nein, es wurde nichts wieder gut. Es würde nie wieder gut. Durch den Scheißunfall hatte er alles verloren, was ihm wichtig war, was ihn ausmachte. Er konnte sein Leben nicht mehr ohne fremde Hilfe gestalten, war auf Menschen angewiesen, die ihn entweder mit Mitleid erdrückten oder sein Geld wollten. Er musste unten im Kirchenraum sitzen, während jemand anders Orgel spielte – seine Orgel. Und er musste es hinnehmen, dass andere einen Kater töteten, ohne dass er etwas dagegen tun konnte.

Missmutig saß er in der Küche vor einem Stück Schokoladenkuchen und einem Becher Kaffee, der, so Ina, »ratzfatz unsere Lebensgeister wieder wecken wird«. Noch schliefen sie. Selbst als es an der Tür klingelte, hoben sie nur müde ein Augenlid. Scheiß auf die Lebensgeister!

Ina stürmte in die Diele, ehe er auch nur etwas sagen konnte, und riss die Tür auf. Peer erkannte die Stimme: die Rohwedder, seine nervigste Nachbarin. Um Himmels willen, die hatte ihm gerade noch gefehlt. Hatte er noch etwas anderes falsch gemacht? Er ließ den Kopf auf die Arme sinken und wünschte sich zurück ins Bett. Doch nach ein paar lauten Worten, einem erregten Hin und Her und einem spitzen »Unverschämtheit« der Rohwedder kehrte Ina zurück – allein.

»Was denn? Immer noch nicht den Kuchen probiert? Schokolade tut der Seele gut.«

»Was will denn die Rohwedder?« Er löste die Bremsen.

»Keine Ahnung. Aber was immer sie will, das kann sie von jemand anders wollen.«

»Sie haben sie abgewimmelt?«

»Natürlich. Die würd uns ja noch weiter runterziehen. Nee nee, aufdringliche Nachbarn sind Gift für Trauerklöße. Die brauchen was anderes.«

Trauerklöße? Tief in Peers Inneren regte sich Widerstand gegen diese Benennung. Doch er fühlte sich zu matt, um darauf einzugehen. Womöglich hatte sie sogar recht. Aber was meinte sie mit »was anderes«?

Die Antwort erhielt Peer, als er den letzten Schluck Kaffee getrunken hatte und Ina ihm den Becher beinahe aus der Hand riss. Es klingelte noch einmal.

»Na endlich! Zeit für den Tee«, rief die Krankenschwester und lief zur Tür.

Wenig später kam sie mit Peggy zurück. Zwei Wirbelwinde in einer Küche – Peer hielt den Atem an. Glücklicherweise machte Ina sich gleich bereit zu gehen.

»Ich muss dann auch wieder zur alten Dame. Wollte Sie bloß nicht allein lassen, in Ihrem Zustand.«

»Was soll das heißen? Ich bin doch nicht schwanger.«

»Ihr Trauerkloß-Gehabe kommt aber schon dicht ran.« Sie grinste und stellte ein Tablett mit einer Teekanne, zwei Tassen und einem Teller mit Keksen auf den Tisch. »Wer hätte das gedacht, jetzt werd ich auch noch Kellnerin«, sagte sie lachend zu Peggy und verließ die Küche. Wenig später hörte Peer, wie sie die Haustür öffnete.

»Ach ja«, rief sie aus dem Flur, »ich bin gegen drei viertel acht wieder da. Helf Ihrer Frau beim Zusammenfegen.«

»Was denn zusammenfegen?«, fragte Peer laut.

»Na, Sie.« Ihr meckerndes Lachen entfernte sich, die Tür fiel ins Schloss.

Peer atmete tief durch. Er schaute zu Peggy. »Und du sollst jetzt den depressiven Krüppel bespaßen?«

»Ich wollte mich nur mit dir unterhalten und dir nochmal dafür danken, dass du uns beim Krippenspiel hilfst.«

»Na, da verlass dich lieber nicht drauf.«

»Wieso?«

»Weil ich nichts mehr auf die Reihe krieg. Nichts, was noch jemandem nützen würde.«

»Das ist doch Blödsinn.«

»Ist es nicht!«, rief Peer, seine Stimme zitterte. Verdammt! Er würde ganz bestimmt nicht vor Peggy zu heulen anfangen. Und das, was da über seine Wangen lief, war … Verdammt!

Peggy griff nach seiner Hand und drückte sie fest. »Das ist gut«, sagte sie leise, »lass es raus.«

Als hätte sie einen Riegel fortgeschoben, schluchzte Peer laut auf. Sein Oberkörper schüttelte sich, die Lippen bebten, Speichel rann ihm aus dem Mundwinkel und mischte sich mit den Tränen. »Scheiße.«

»Ich weiß.«

»Nein, weißt du nicht.« Stockend brachte er einzelne Sätze zwischen den Schluchzern hervor. »Es ist alles aus. Macht keinen Sinn mehr. Mein Leben ist vorbei. Was soll das alles noch?«

Peggy ließ ihn reden, ließ ihn heulen. Nach einer Weile sagte sie: »Ich weiß nicht, ob dir das hilft, aber das muss so sein. Wein dich aus, du musst das alles verarbeiten.«

»Ich hab es ja versucht. Bin immer dagegen angegangen. Aber jetzt geht's nicht mehr.« Ein neuer Weinkrampf unterbrach ihn.

»Doch, es geht, Schätzchen. Du steigst in eine neue Trauerphase ein. Das ist gut, das muss so sein.«

»Ach, Scheiße, verdammte«, rief er und wischte sich mit dem Ärmel übers Gesicht. »Du hast doch keine Ahnung! Gar nichts muss so sein! Alles ist nur so, weil ich damals betrunken aufs Motorrad gestiegen bin. Es ist alles meine Schuld. Ich hab mein Leben kaputt gemacht. Und Saschas!« Verdammt, schon wieder neue Tränen.

»Das hast du«, sagte Peggy sachlich. »Aber was geschehen ist, ist geschehen. Es hilft nicht, dir immer wieder Vorwürfe zu machen. Schuldgefühle sind zwecklos.« Sie legte ihm eine Hand um die Schulter. »Du kannst die Vergangenheit nicht ändern, deine Fehler nicht rückgängig machen. Du kannst nur dein Leben neu ordnen und versuchen, deine Zukunft so erfüllt wie möglich zu gestalten. Das bist du dir schuldig. Und Sascha.«

Peer schniefte. »Wozu denn?«

»Weil sie dich braucht«, sagte Peggy eindringlich, »weil wir dich brauchen.«

»Als rollenden Engel?«

»Auch.« Sie lächelte. »Aber vor allem als Freund, als Mitglied der Dorfgemeinschaft, meinetwegen auch als Orgellehrer. Und natürlich als Ermittler, der herausfindet, wer Verenas Katze getötet hat. Und warum.«

»Vergiss es. Das soll verdammt noch mal die Polizei machen. Vielleicht kriegt die das auf die Reihe.«

»Die hat das schon letztes Mal nicht auf die Reihe gekriegt«, hielt Peggy dagegen. »Und ich dachte, es soll keine Polizei eingeschaltet werden.«

»Sieh mal an, was du alles weißt.« Peer versuchte zu grinsen, es fühlte sich noch ein wenig schief an. »Willst du nicht doch wieder als Partnerin einsteigen?«

Peggy schüttelte den Kopf. »Erst will ich sehen, was für einen Engel du abgibst.«

16:20 Uhr

Auch wenn Peggy nicht in den Fall einsteigen wollte, hatte sie sich doch mit Eifer seine Ermittlungsergebnisse angehört, hatte Kommentare abgegeben und ihm neue Hinweise aufgezeigt. Erst durch das Gespräch mit ihr war Peer klar geworden, dass es in jedem Aspekt der Geschichte um Geld ging: den Wert des Holzes, die Versicherung, Verenas Geldnot, die finanziellen Probleme der Firma … Und Peggy war überzeugt, dass es jemanden gab, der von außen die Fäden zog. Vielleicht sogar jemanden, der sich ins Serversystem der RWG eingehackt hatte. »Wie weit ist Bastian denn mit seinem Hackerangriff?«

»Keine Ahnung, er meldet sich, wenn er was erreicht hat.«

»Ich tippe ja auf diesen Jonas Werner.«

Peer runzelte die Stirn. »Wieso auf den?« Gut, Peggy hatte recht: Die Zuschnitz war raus, sie würde niemals einen Katzenmord begehen. Nicht einmal beauftragen. Schließlich hatte sie selbst ein Haus voller Katzen. Und Jonas Werner? Klar, das war sein zweiter Hauptverdächtiger, aber würde er so etwas tun, als konsequenter Naturschützer? Verdammt, erst in diesem Moment begriff Peer in vollem Ausmaß, dass er es gewesen war, der Jonas von Verena berichtet hatte. Und mit welchen Worten hatte der Kerl sich am Donnerstag noch von ihm verabschiedet? *Halten Sie sich da raus, Sie und die Tschitschek!* Er richtete sich so rasch auf, dass Peggy zusammenfuhr. »Wir müssen mit ihm reden, sofort!«

»Mit wem?«

»Mit Jonas Werner. Er muss herkommen!« Seine Hand zitterte leicht, als er nach dem Smartphone griff. Erst beim siebten Klingelton meldete Jonas Werner sich.

»Wesendonk hier. Wo sind Sie gerade?«

»In Berlin, wieso?«

»Sie wissen, was heute Morgen hier passiert ist?«

»Woher? Wie gesagt: Berlin. Was ist denn passiert?«

Der Kerl war gut, versuchte, die Informationen aus ihm herauszulocken. »Ein Anschlag«, sagte Peer vage und stellte sein Handy laut. »Ich muss mit Ihnen sprechen.«

»Weil Sie denken, ich hätte damit zu tun?«

»Haben Sie?«

Jonas Werner lachte auf. »Nein. Ich bin noch am Donnerstag nach Schwerin. Von da mit dem Zug nach Berlin, hier ist dieses Wochenende BUND-Kongress.«

»Kann das jemand bestätigen?«

»Klar, steht auf der Website vom BUND.«

»Nicht den Kongress! Schön, dass Sie solche Witze machen können, wenn man Sie einer Straftat verdächtigt.«

»Entschuldigung, Herr Wesendonk, aber hier geht es um Ihre haltlosen Anschuldigungen und nicht um einen von offizieller Seite erhärteten Verdacht, da mache ich so viele Witze, wie ich will.«

Peer stockte der Atem. Was erlaubte sich der Kerl? Entweder war er sich seiner Sache sehr sicher oder er bluffte. »Gibt es Leute, die bezeugen können, dass Sie gestern Abend in Berlin waren?«

»Wie man es nimmt. Hotelrechnungen gibt es keine, ich wohne bei einem Freund. Das kann der aber auch einfach nur behaupten, das können Sie ja schwer nachprüfen. Die Teilnehmerlisten beim Kongress würde dann natürlich auch mein Freund ausfüllen. Und genauso könnte dieser Freund auch das Bahn-Ticket auf meinen Namen benutzt haben, zumindest, wenn ich ihm vorher meine Kreditkarte gegeben hätte, mit der ich das Ticket gekauft habe, denn nur so hätte der Schaffner ihn ja für mich halten können. Also ... okay, ich geb's zu: Ich hab kein Alibi.«

Einen Moment überlegte Peer, ob er überhaupt noch etwas sagen oder einfach auflegen sollte. Das selbstgefällige Gekicher von Jonas Werner ging ihm gehörig auf den Wecker. Aber der Naturschützer hatte recht zu kichern. Er konnte es nicht gewesen sein. Also verabschiedete Peer sich knapp und ließ sein Handy auf den Schreibtisch fallen. »Niete!«

»Wieso?«, warf Peggy ein. »Für mich klingt er jetzt erst recht verdächtig.«

»Du hast doch gehört, er ist seit Donnerstag in Berlin.«

»Was ich gehört habe, ist eine Kette von Wäre-und-könnte-Perlen, die der Kerl sich geschickt zu einem Alibi aufgefädelt hat. Er hat alles so dargestellt, dass du zu dem Schluss gekommen bist, so kann es nicht gewesen sein. Aber was, wenn es genau so war, wie er gesagt hat?«

Einen Moment starrte Peer aus dem Fenster, dann nickte er. »Du meinst, er ist gar nicht in Berlin.«

»Was weiß ich? Vielleicht ist er in Berlin, vielleicht sitzt er nebenan und lacht sich ins Fäustchen.«

»Und wie kriegen wir das raus?«

Peggy seufzte. »Ich habe keine Ahnung.«

20:10 Uhr

»Wie schrecklich. Das arme Tier. Und die arme Frau.« Sascha saß am Küchentisch und hielt Peers Hände. Ob es das Treffen mit ihrer Freundin war oder sein stockender Bericht über die heutigen Vorfälle – mit einem Mal war sie wieder die Alte, zärtlich, liebevoll und anhänglich.

»Und dein armer Mann. Ich war völlig fertig. Wie sie da gesessen hat. Das ist meine Schuld.«

»Nun hör aber auf, Peer! Was hättest du tun können?«

»Zum Beispiel sie diesem Naturterroristen nicht als Opfer präsentieren. Mann, ich krieg sowieso kaum was auf die Reihe. Und wenn, dann mach ich so eine Scheiße!«

»Schatz, bitte. Nimm dir das nicht so zu Herzen. Es ist nicht deine Schuld.«

»Ja ja, das sagen alle. Ihr spuckt große Töne. Aber wie ich mich fühle, das weiß keiner von euch.« Seine Stimme hatte zu zittern begonnen. Nicht schon wieder!

»Perlchen, weinst du etwa?«

»Quatsch. Bestimmt kann ich nicht mal das richtig.«

»Peer, hör auf. Wir gucken jetzt einen schönen Film an, damit du auf andere Gedanken kommst, und morgen unternehmen wir etwas. Ganz ohne Wald!«

Er lachte auf. »Ich glaub sowieso nicht, dass die mich jetzt noch für den Holz-Fall haben wollen.«

»Hoffentlich!«, rief Sascha. »Davon lässt du die Finger. Was, wenn die Katze wirklich eine Warnung war? Wenn da so krumme Dinger laufen, dass die auch vor Menschen nicht haltmachen?«

»Wer die?«

Sie ließ seine Hand los und lehnte sich zurück. »Was weiß ich, Peer! Ich möchte nur, dass du dich nicht in Gefahr bringst. Hat das mit dieser verrückten Polizistin nicht gereicht?«

»Doch, hat es.« Sein erster und einziger Fall. Genauso daneben gegangen wie dieser. »Suchst du den Film aus? Irgendwas Lustiges. Aber bitte nicht ›Aristocats‹.«

»Ach Perlchen, Liebling, das wird schon wieder.«

Ja ja, dachte Peer, alles wird schon wieder. Bloß nicht wieder gut.

30. November 2014

9:30 Uhr

Der Sonntag verlief ruhig, erstaunlich ruhig, angenehm ruhig. Fast hätte man sich Sorgen machen können …

Obwohl erster Advent war, hatte Sascha gleich nach dem Aufwachen beschlossen, dass sie nicht in die Kirche gehen würden. Peer hatte nichts dagegen gehabt. Er hätte nicht einmal etwas dagegen gehabt, im Bett zu bleiben. Um den niederschmetternden gestrigen Tag zu verdauen und weil sein Muskelkater noch nicht ganz verschwunden war. Und auf einen Ausflug irgendwohin hatte er bei diesem grauen Wetter und der Kälte schon gar keine Lust.

Ehe Sascha so weit war, könnte er noch einen Blick auf seine Mindmap werfen und die Erkenntnisse und Theorien eintragen, die sich gestern ergeben hatten. Konnte er die Zuschnitz streichen? Dass sie mit einem Forstunternehmer liiert war, hieß doch nicht, dass der nicht auch seinen Harvester für sie einsetzte – eher im Gegenteil. Nein, er würde den Zuschnitz-Kasten noch nicht durchstreichen, nur ausgrauen. Und Jonas Werner? Schon komisch: Was Peer als wasserdichtes Alibi gewertet hatte, machte Jonas für Peggy erst recht verdächtig. Sie fehlte ihm wirklich als Partnerin.

Partnerin – ob Verena ihn noch unterstützen würde? Er könnte es gut verstehen, wenn sie sich jetzt aus der Sache heraushielte, schließlich war gestern deutlich geworden, wie sehr sie unter Vaclavs Tod litt. Sogar mehr als deutlich, ihre Weinkrämpfe wirkten fast schon übertrieben. Wollte sie jemandem zeigen, wie groß ihr Schmerz war, jemanden überzeugen, dass sie nun bestimmt nicht weiter forschen würde? Aber wen? Es war doch nur eine Handvoll Menschen im Schloss gewesen. Oder es war doch anders herum: dass sie in der Sache drinsteckte und jemand sie bedrohte, nicht weiterzumachen ... Verdammt, seit die Baronin ihm von Verenas Geldnot berichtet hatte, wusste er nicht mehr, was er von ihr halten sollte. Grund genug, den Strich von Verenas Kasten in der Mindmap wegzunehmen und ihn mit einem dezenten Grauton zu versehen. Damit stand sie auf demselben Level wie die Zuschnitz.

Noch einmal ließ Peer den Blick über die Mindmap gleiten. Die wichtigen Fragen waren noch immer offen: Wer profitierte vom Kahlschlag des Waldes? Und wer könnte ihn überhaupt durchgeführt haben?

Ja, es gab ein paar unbedeutende Spuren zu Konkurrenzfirmen, die aber alle nicht über die Möglichkeiten verfügten, die Fläche so schnell und effizient abzuernten. Also doch Tomasz aus Polen? Könnte ja auch sein, dass die Zuschnitz ihm nur als Alibi diente und er in Wirklichkeit nur am Wald interessiert gewesen war. Nein, Peer, Spekulationen!

Aber was dann? Auch wenn die Idee verrückt war, es schien, als hätte die RWG sich selbst um das Waldstück beklaut. Sie besaß schließlich diesen Riesen-Hackschnitzelharvester. Aber was hätte sie davon? Und falls es wirklich so sein sollte – wer steckte mit drin? Wer wusste davon?

Während Peer nachdachte, wanderte sein Blick über den Bildschirm und fiel auf das Icon seines Notensatzprogramms. Richtig, er wollte komponieren, hatte schon fast fünfzig Takte fertiggestellt, ehe die RWG an ihn herangetreten war. Gut, das Orgelstück musste warten, er würde es ohnehin so einfach halten, dass Mandy es rechtzeitig zu Weihnachten intus hätte.

Einfach ... dachte er vielleicht zu kompliziert? Horst hatte gemeint, man müsste einfach die Forstbetriebe der Umgebung absuchen, ob es dort Stämme mit den typischen Rillen vom Harvester der RWG gäbe. Vielleicht wäre das ein Anfang. Selbst wenn die Lastwagen polnische Kennzeichen getragen hatten, könnten sie die Ladung trotzdem in der Nähe deponiert haben.

Mitten in Peers Grübeleien hinein läutete das Telefon. Erschrocken fuhr er zusammen und streckte sich eine Idee zu rasch zum Hörer, sodass der überanstrengte Schultermuskel fast zu zerreißen schien. Unter Stöhnen griff er nach dem Telefon.

Es war die Baronin, die ihn fragte, wie es ihm nach der gestrigen Katastrophe gehe. Was sollte er sagen? Keinesfalls wollte er wirken, als wäre er in Depressionen verfallen und wollte den Fall aufgeben. Andererseits durfte er nicht zu abgebrüht klingen, sonst dächte die alte Dame womöglich, er hätte kein Mitgefühl. Nach ein paar vagen Äußerungen fragte er seinerseits, wie es der Baronin gehe und wie die Stimmung auf dem Gut sei.

»Ach, mein Lieber, wir schlagen uns alle irgendwie durch, Verena ist gerade auf eine Tasse Tee bei mir, zum Abschied.«

»Abschied?«

»Das arme Ding braucht ein paar Tage Auszeit, das verstehen Sie sicher.«

»Natürlich.« Er hatte es befürchtet. »Ich hoffe, sie gewinnt ein bisschen Abstand.« Auf jeden Fall gewann sie Abstand von jemandem, der sie gerade immer mehr verdächtigte.

»Das hoffe ich auch. Ach ja, und ich hoffe, Sie nehmen es mir nicht übel, aber nach dem schrecklichen Vorfall gestern und mit der Aussicht, auf meine treue Verena verzichten zu müssen, steht mir so gar nicht der Sinn nach einem Kirchgang. Und das am ersten Advent.« Sie seufzte und verabschiedete sich.

Peer seufzte auch. Seine zuverlässigste Quelle bei der RWG war versiegt. Das machte die Sache nicht einfacher.

Er hatte es noch nicht geschafft, sich wieder in die Mindmap zu vertiefen, als der Türgong ertönte. Verdammt, was war heute los? Sascha rief etwas aus dem Bad.

»Ich geh schon!«, rief Peer. Nein, tat er nicht. Aber würde er jemals ein »Ich roll schon« über die Lippen bringen? Als er die Tür öffnete, wehte das Läuten der Kirchenglocken herein. Vor der Fußmatte standen Horst und Erich, hinter ihnen auf der Auffahrt ein Kastenwagen und ein Traktor.

»Morg'nschön, Peer«, rief der Bauer. »Du bist ja noch gar nich angezogen.«

»Moin. Ja und? Heute ist Sonntag, da reicht ja wohl ein Trainingsanzug, oder?«

Erich gab Horst einen Klaps auf den Hinterkopf. »Du hast es ihm doch nicht gesagt, Mann!«

Horst atmete schwer. »Weißt du, was ich gerade alles durchmache? In meinen Kopf passt nich so viel rein.« Mit zusammengezogenen Augenbrauen sah er zu Peer. »Hab ich's dir wirklich nich gesagt?«

»Was denn, Horst?«, fragte Peer langsam.

Der Forsttechniker senkte den Kopf. »Erich hatte die Idee, dich mit seinem Trecker über den Modder zu heben, damit du dir die gerodete Stelle noch einmal direkt ansehen kannst, weißt. Er meinte, das hat er schon mal gemacht.«

»Hat er.« Mit leichtem Schauder erinnerte Peer sich daran, wie der Bauer ihn auf einem seiner Felder im wahrsten Sinne des Wortes aufgegabelt und damit vor dem Kältetod gerettet hatte. »Prima Idee. Wann?«

Erich wies auf die Fahrzeuge hinter sich und grinste. »Ungefähr ... jetzt.«

»Was?« Peers Puls beschleunigte sich. Auch er schaute hinter sich – auf die Ecke des Badezimmers, die in die Diele hineinragte. Was würde Sascha sagen, wenn der geplante Ausflug zur Ablenkung ihn ausgerechnet an den Tatort führte? Und vor allem: Was sollte er sagen, damit sie ihn gehen ließe? »Saschenka«, rief er, »ich fahr noch mal eben mit Erich und Horst ... Richtung ›Alte Eiche‹!« Das Wirtshaus lag tatsächlich auf dem Weg; und wenn er Glück hatte, hatte Sascha die genaue Formulierung durch die Badezimmertür nicht mitbekommen.

Ein Stöhnen tönte aus dem Bad. »Meinetwegen. Aber nicht so lang. Und nur *ein* Bier!«

10:25 Uhr

Peer hatte sich hastig in seine Daunenjacke geschoben und war in den E-Rolli gewechselt. Inzwischen hatten die zwei Männer so leise wie möglich die Rampe am Kastenwagen angelegt. Tatsächlich waren sie vom Hof gefahren, ehe Sascha hätte Verdacht schöpfen können.

Jetzt saß Peer wieder zwischen zwei Motorsägen, einigen Helmen, einem Schnittschutzanzug und etlichen Seilrollen. Wie beim letzten Mal hatte der Rollstuhl gerade so hineingepasst. Und wie beim letzten Mal fiel Peer unangenehm auf, dass der Wagen rundherum Glasscheiben hatte. Gut, dass viele der Dorfbewohner jetzt entweder in der Kirche oder beim Frühstück saßen. Sie begegneten niemandem, der Sascha hätte Bericht erstatten können.

»Sag mal, Horst«, begann er, als sie Vertikow schon hinter sich gelassen hatten, »das mit dir und Verena …«

Die Lider des Forsttechnikers flatterten leicht. »Ja?«

»Hast du da schon mehr unternommen?«

»Nee, nicht direkt. Ich hab gedacht, ich warte, bis die ganze Aufregung vorbei ist. Bis ich weiß«, er zögerte, »ob ich überhaupt noch hier arbeiten kann. Und wenn nicht, ob sie mich dann noch will, weißt.«

»Wäre es nicht andersrum sinnvoller? Schaff jetzt klare Verhältnisse. Dann bleibt sie später bei dir, egal, was passiert.« Wie Sascha. Peer musste schlucken, ehe er weiterreden konnte. »Wenn du nicht zusiehst, ist sie schon weg.«

»Woher willst du denn wissen, dass sie mich will?«

Peer machte eine wegwerfende Handbewegung. »Ach, vergiss es einfach!« Wie erleichtert er war, als der Kastenwagen am Ortseingang Wakenstädt nach rechts abbog. Sie ruckelten einen Feldweg entlang, dass die Laderampe immer wieder gegen den Rollstuhl schlug, ehe sie endlich an einem Waldstück hielten. Das Feld zur Rechten verlor sich im Süden hinter einer Kuppe, womöglich reichten die Reihen der kleinen grünen Pflänzchen bis nach Vertikow.

»Und jetzt?«, fragte Peer, nachdem er sich rückwärts die Rampe hinunterbugsiert hatte.

»Jetzt bin ich dran.«

Erich warf seinen Traktor wieder an und steuerte ihn langsam an den Rollstuhl heran. Er achtete genau darauf, mit den Zinken der Mistgabel weder die Räder noch den Motor zu beschädigen. Erstaunlich, dass man mit einem derart riesigen Gerät so feinfühlig umgehen konnte.

»Achtung, jetzt ruckelt's!«, rief Erich und hob die Gabel an.

Der Rollstuhl sackte ein wenig nach hinten, als die Räder den Kontakt zum Boden verloren. Ein sonderbares Gefühl, sich ohne eigenes Zutun zu bewegen. Vorhin im Wagen war es normal gewesen, aber so in freier Wildbahn einen Meter über der Erde zu schweben, getragen von ein paar Stahlstreben mit einer riesigen Maschine dahinter, war etwas anderes. Gut, schweben war auch der falsche Begriff für die wackelige Fahrt über den Holzweg. Peer wurde von links nach rechts und wieder zurück geschüttelt, musste sich an die Armlehnen klammern, um nicht in eine der tiefen Pfützen zu stürzen.

Endlich erreichten sie ihr Ziel, die Mistgabel senkte sich langsam, die Hinterräder setzten auf, dann die Vorderräder. Peer atmete auf, der Hinweg war geschafft. Er ließ den Blick erneut über die Fläche gleiten, die sich mitten im Wald wie eine riesige Wunde ausbreitete. Auf diese Lichtung hätte halb Vertikow gepasst.

»Schweinerei, Riesen-Schweinerei«, flüsterte Erich. Er stand neben dem Rollstuhl, seine Mütze in der Hand und hatte den Blick gesenkt, als stünde er an einem offenen Grab.

Auch in Peers Hals bildete sich ein Kloß, jetzt, da er mitten zwischen den Resten der Untat stand. Einige der Baumstümpfe, die ihm entgegenleuchteten, hatten den

Durchmesser von Tischen, an denen sechs Personen sitzen konnten. Die mussten schon hier gestanden haben, als der Großvater der Baronin die übrigen Bäume gepflanzt hatte.

»Wer immer das getan hat«, sagte Horst leise. »Sie haben absolut professionell gearbeitet.« Er trat ein paar Schritte vor, hockte sich hin und nahm eine Handvoll klein gehäckselter Holzstücke auf. »Hier, das hab ich damals angeregt, als ich von meiner Ausbildung gekommen bin: Entasten und Häckseln direkt vor Ort und Ausbringung der Häcksel als Mulchschicht. So spart man einige Arbeitsgänge und führt dem neuen Wald ein paar Nährstoffe wieder zu, weißt. Ein bisschen so, als würden die Äste abfallen und verrotten.« Er richtete sich wieder auf. »Klar, der Hackschnitzelharvester war sauteuer, hat sogar gebraucht noch 'n paar Hunderttausend gekostet. Aber die Baronin war sofort begeistert vom ökologischen Nutzen und so musste Trutz mal wieder im Ministerium buckeln gehen, um ein paar Fördermittel lockerzumachen.« Er schnaubte. »Der Juniorchef hätte sich meine Idee nicht mal angehört.«

»Wer musste zum Ministerium?«

»Arndt Kramm«, antwortete Horst. »Trutz nennen wir ihn auf dem Gut, wenn er nicht da ist. Ist sein dritter oder vierter Vorname. Und passt irgendwie zu ihm.«

Peer verengte die Augen zu Schlitzen. »Sag mal, wie viele dieser Harvester gibt es eigentlich in der Gegend? Ich meine, wenn die so teuer sind ...«

»Hier in der Gegend wüsste ich keine mehr. Der Jennewein in Sternberg, der hat auch so 'n Ding angeschafft. Na ja, im Westen, da gibt's, glaub ich, mehr davon. Aber hier? Deswegen hab ich ja auch gedacht, das ist mit unserem Harvester gemacht worden. Aber die Häcksel sind zu klein, um Spuren daran zu finden, weißt.«

»Wird denn über die Maschine ein Fahrtenbuch oder ein Nutzungsprotokoll oder so was geführt?«

»Klar, wir müssen ja den Verbrauch nachweisen.«

»Kommst du da ran? Verena ist ja erst mal weg. Aber falls es darin Unstimmigkeiten gibt, könnten wir trotzdem auf das Tatwerkzeug schließen.«

Erich mischte sich ein. »Und wüssten, dass es jemand von der RWG gewesen sein muss.«

»Aber wer?«, fragte Horst. Plötzlich wurden seine Augen groß, er wies ans eine Ende der Schneise. »Sag mal: Der Stapel Holz dahinten, war der neulich schon da?«

Peer folgte seinem Blick. »Weiß ich gar nicht. Soll ich mal auf den Fotos nachgucken?«

»Lass man, erst mal gucken wir an den Stämmen nach. Vielleicht finden sich Spuren, die auf unseren Harvester hindeuten – oder eben nicht.« Er zuckte mit den Schultern.

Sie zogen los, die Holzhäcksel knackten unter den Rädern des Rollstuhls, Peer ruckelte hin und her. Aber wenigstens war die Schicht so dick, dass er nicht im weichen Boden versank. Immer wieder, vor allem bei den imposanteren Baumstümpfen, verlangsamte Horst seine Schritte, murmelte leise, um was für eine Baumart es sich handelte, strich mitunter sogar über die Jahresringe.

Es mussten rund fünfzig Stämme sein, die am Rand des Schlachtfelds aufgestapelt waren. An den hellen, runden Schnittflächen, an denen früher die Äste gesessen hatten, glänzte das Harz. Horst trat mit Erich an die Stirnseite und begann zu zählen, Peer rollte am Stapel entlang, um die Länge der Bäume abschätzen zu können und nach den verräterischen Spuren zu suchen.

Auf einmal knackte etwas unter den Rädern, Rascheln und ein dumpfes Klopfen drangen aus der Mulchschicht.

»O Scheiße!«, schrie Horst. »Peer, pass auf!«

Es klang wie ein riesiges Windspiel, als die Stämme in Bewegung gerieten, aneinanderschlugen, übereinander her rollten. Peer starrte auf den Stapel, der sich in Zeitlupentempo auf ihn zuzubewegen schien. Ein Stamm verkantete sich, das eine Ende wurde hoch emporgehoben und schlug neben dem Rollstuhl auf den Boden. Noch immer begriff Peer nicht richtig, was geschah; dann erreichte der erste Stamm das Hindernis, holperte darüber hinweg und prallte schwer gegen die Armlehne. Ein Schlag ging durch den Rollstuhl, doch er blieb stehen. Jetzt erst begriff Peer die Gefahr. Zu spät: Weitere Baumstämme donnerten auf ihn zu, der Druck auf den Stuhl wurde immer größer, ein schwerer Stamm traf erneut die Armlehne und brachte den Rolli zum Kippen, die anderen rutschten nach. Peer schlug hart mit dem Gesicht auf die Holzhäcksel, wurde durch die Wucht über den Boden geschoben. Er konnte nur den Arm schützend über den Kopf legen, während sich die Bäume über ihn wälzten, ihn unter sich begruben. Schmerz schoss durch seinen Arm, alles wurde schwarz.

»Scheiße! Scheiße! Scheiße!« Horsts Schreie, irgendwo hinter der Dunkelheit. Sie drangen durch die schmalen Spalte, die zwischen den Stämmen ein wenig Licht hereinfallen ließen. »Peer, kannst du mich hören?«

Mehr als ein Stöhnen brachte Peer nicht hervor. Sein Arm schmerzte höllisch, seine Schulter ebenfalls. Glücklicherweise schien sein Kopf nichts Ernstes abbekommen zu haben. Er versuchte, nach unten zu schauen – aber war es nicht egal, was mit seinen Beinen war?

»Beweg dich nicht«, rief Horst atemlos, »Erich kommt mit dem Trecker und holt dich da raus.«

Oder er begräbt mich endgültig, ging es Peer durch den Kopf. Ein scharfer Schmerz fuhr ihm in den Rücken, zog durch den Nacken bis in den Kopf. Nein, nicht die Wirbelsäule, nicht noch einmal. Verdammt! Ihm wurde schwarz vor Augen.

11:40 Uhr

Als er wieder zu sich kam, lag er auf dem Rücken vor seinem Rollstuhl. Alles tat ihm weh – alles bis hinunter zur

Hüfte. Aber es war immerhin hell und nichts lag mehr auf ihm; Erich hatte es geschafft. Dankbar atmete Peer auf.

»Beweg dich nich! Ich hab die Doktorin angerufen, muss gleich da sein«, sprach der Bauer beruhigend auf ihn ein. »Horst is vorn beim Wagen, um ihr den Weg zu zeigen.«

Peer versuchte zu nicken – doch sein Kopf bewegte sich nicht. Ein eisiger Schauer durchfuhr ihn. War es das dann? War jetzt auch der Rest kaputt? Nur wegen dieses beschissenen Waldstücks? Tränen traten ihm in die Augen, er wischte sie weg. Moment mal, er wischte mit der Hand! Gott sei Dank, es war noch alles heil. Ein weiterer Schauer fuhr ihm durch den Leib, ein warmer, leichter; er begann, hemmungslos zu schluchzen.

Ein paar Minuten später näherten sich Stimmen, wobei die weibliche sich in lauten Vorwürfen erging, die männliche immer nur verhaltene Zustimmung brummte. Endlich schimmerte die schlanke, weiße Gestalt Dr. Martensens zwischen den Büschen hindurch, wenig später auch Horsts grüner Arbeitsdress.

Die Ärztin beugte sich zu ihm hinunter. »Herr Wesendonk, alles klar?«

»Bestens. Und bei Ihnen?«, murmelte Peer.

Sie zuckte mit den Schultern. »Ich bin ja für Inklusion und Reintegration in den Arbeitsmarkt – aber als Paraplegiker sollten Sie nicht den Beruf des Forstarbeiters wählen.«

»Vielen Dank, endlich sagt mir das jemand. Wenn ich das nächste Mal eine Berufsberatung brauche, wende ich mich vertrauensvoll an Sie.«

Sie holte ihr Stethoskop aus der Tasche. »Ruhe jetzt.« Nach und nach untersuchte sie seine Lunge, tastete den Brustkorb ab, den Bauchraum, das Becken. Anschließend ließ sie ihn vorsichtig alle Gliedmaßen durchbewegen, die noch unter seiner Gewalt standen, bewegte die Beine und Füße selbst. Sie gab nur die nötigsten Anweisungen, arbeitete ansonsten still und konzentriert. Die Ruhe, die sie ausstrahlte, ging auf Peer über, er entspannte sich langsam, atmete tiefer. Bei jedem Einatmen stach es in der Brust, doch der Schmerz war erträglich; Peer war froh, dass er überhaupt etwas spürte.

Nachdem Dr. Martensen jeden Winkel seines Körpers unter die Lupe genommen hatte, erhob sie sich, streckte die Beine und klopfte die Holzhäcksel von der Hose. »Auf den ersten Blick kann ich keine ernsthaften Verletzungen feststellen, aber es könnten innere Organe geschädigt sein, das muss dringend abgeklärt werden. Sie wissen sicherlich, dass Sie ins Krankenhaus müssen.«

»Kommt nicht infrage!«, rief Peer. Das würde er Sascha nicht antun. Verdammt, das hatte er ihr schon angetan.

»Herr Wesendonk, da sind«, sie sah sich um, »neun oder zehn Baumstämme über Sie hinweggerollt! Nach so einem Unfall gehören Sie ins Krankenhaus, keine Widerrede!«

»Das war kein Unfall«, gab er barsch zurück.

Sie hockte sich zu ihm und schloss die Augen. »Jetzt geht das wieder los. Was bringt Sie diesmal zu dem Glauben?«

»Ich weiß nicht, da war irgendwas. Wie neulich mit der Regenrinne. Ich bin irgendwo drübergefahren, es hat geknackst und plötzlich gerieten die Stämme in Bewegung.«

»Wahrscheinlich haben Sie einfach die Sicherungskeile unter dem Häckselkram übersehen und ihr Rollstuhl hat einen gelöst. Glauben Sie mir, das war ein Unfall.«

»Ach was? Ärztin, Berufsberaterin und Tatortanalystin. Frau Doktor, ich bewundere Sie.«

»Er hat recht«, sagte Horst zaghaft.

Dr. Martensen wandte sich zum Forsttechniker um, der bis dahin stumm neben Erich gestanden hatte. Erst jetzt sah Peer das Blatt Papier, das er in der Hand hielt.

»Das klemmte am Scheibenwischer.« Er reichte Peer den Zettel herunter.

»Hört endlich auf zu schnüffeln, sonst passieren noch schlimmere Dinge!«

Alle vier starrten schweigend auf den Brief. Peer fröstelte. So sehr er es sonst genoss, bei der Ärztin die Oberhand zu behalten, jetzt wünschte er, sie hätte recht gehabt. Aber es war kein Unfall gewesen. Jemand hatte es auf ihn abgesehen. Oder auf sie drei. Auf jeden, der Licht in diese Sache bringen wollte. Peer rieb das Papier zwischen den Fingern. Ein Allerweltspapier, wie das Blatt gestern beim toten Kater. Ohne Labor könnte man nicht sagen, ob beide Blätter vom selben Verfasser stammten.

»Wir müssen aufhören«, flüsterte Horst.

»Das denke ich auch.« Dr. Martensen sah Peer ernst an. »Ich weiß, Sie werden das spätestens morgen als leere Drohung abtun und weitermachen wollen. Aber ich rate Ihnen dringend: Beherzigen Sie die Warnung. Wenn der Täter vor solchen Angriffen nicht zurückschreckt, ist er noch zu ganz anderen Dingen fähig.«

»Ach ja?«, fragte er zweifelnd.

Sie lächelte. »Sie wissen doch: Psychologin bin ich auch.«

»Und bisher lagen Sie meistens richtig.«

»Danke.«

»Trotzdem – wir können nicht aufhören. Wir müssen rausfinden, was hier läuft. Das sind wir der Baronin schuldig. Und Verena. Und dem Dorf.« Er atmete tief aus, bis der Schmerz in der Brust ihn innehalten ließ. »Könnt ihr mich endlich wieder in eine aufrechte Position bringen?«

Gemeinsam richteten Horst und Erich den Rollstuhl auf und musterten ihn eingehend. Sie bewegten den Steuerknüppel nach vorn, dann nach hinten. Keine Reaktion. Sie prüften den Akku, starteten das System neu – nichts.

»Scheiße«, brummte Peer, »ich hatte mich so an die Karre gewöhnt. Jetzt muss ich wieder selbst fahren. Na ja, bald hab ich auch Muskeln wie … Palu, dann klappt das schon.«

Dr. Martensen lächelte. »Kommen Sie miteinander klar?«

»Wir nähern uns an. Ich hab mich inzwischen an seine etwas ruppige Art gewöhnt, hab mich sogar überwunden, ihn Palu zu nennen. Und er«, Peer runzelte die Stirn, »er ist immer noch genauso wie vorher.«

»Seien Sie froh. Ich bin überzeugt, dass Palu mit seiner – zugegeben – besonderen Art viel bei Ihnen erreichen kann.«

Peer nickte. »Das hat er schon. Ich spüre, wie meine Kraft zunimmt, körperlich und seelisch. Der Muskelkater wird weniger. Und ganz ehrlich: Ich weiß nicht, wie ich ausgesehen hätte, wenn diese Bäume vor einem Monat über mich rübergepurzelt wären, wo ich noch nichts von Körperspannung und Kraftableitung wusste.«

»Das freut mich.« Die Ärztin legte ihm eine Hand auf die Schulter, »vor allem das mit der seelischen Kraftzunahme.«

»Weiß ich nicht. Die geht nämlich so weit, dass ich mich entschieden dagegen wehre, ins Krankenhaus zu gehen!« Er verschränkte die Arme vor der Brust, erneut zuckte er unter dem Schmerz zusammen, der ihn durchfuhr.

Stöhnend nickte Dr. Martensen. »Auch wenn Sie seelische Kraft mit Starrsinn verwechseln – ich gebe mich geschlagen.« Sie holte ihr Handy aus der Tasche und entfernte sich ein paar Schritte.

Erich und Horst sahen ihr hinterher, dann fragend zu Peer. Der konnte nur mit den Schultern zucken. Das tat er allerdings nur ein Mal, da ihm der Schmerz quer durch die Brust schoss. Plötzlich kam ihm eine Idee. »Horst, hast du jemanden am Wagen gesehen, der den Drohbrief drangesteckt haben könnte? Oder an der Straße?«

Horsts Kopf wandte sich nach links. »Gesehen?«, murmelte er. Dann hellte sein Gesicht sich auf. »Ja, klar. Jonas' R4 is an mir vorbeigerauscht.«

»Jonas Werner?«

»Jo. Also sein Auto zumindest. Hattest du nicht gesagt, er ist in Berlin?«

Peer erschauerte. Peggy hatte recht gehabt. »Er hat das gesagt. Und offenbar hat er gelogen. Ich frage mich ...« Er brach ab, als die Ärztin wieder herankam.

»In einer halben Stunde sind wir im MVZ in Gadebusch angemeldet. Da machen wir ein Röntgen und ein Ultraschall. Nicht viel, aber immerhin.« Ehe Peer etwas sagen konnte, hob sie den Zeigefinger. »Keine Widerrede!«

Peer grinste. »Eigentlich wollte ich nur fragen, wie Sie es schaffen, am Sonntagmittag ins medizinische Versorgungszentrum zu kommen. Die haben doch in der Woche kaum mal länger als bis eins geöffnet.«

Mit einem vielsagenden Lächeln ließ Dr. Martensen ihr Handy in die Tasche gleiten. »Das ist eines der Geheimnisse, die man als Ärztin, Berufsberaterin, Tatortanalystin und Fast-Psychologin sorgfältig hütet.«

12:25 Uhr

Noch während der Fahrt ins medizinische Versorgungszentrum überlegte Peer, welche Konsequenzen es hatte, dass es plötzlich zwei Zettel gab.

Müsste Verena darüber informiert werden? Aber die war auf und davon. Mit Sicherheit würde es sie aufregen, noch mehr verängstigen, sie endgültig zum Schweigen bringen. Vor allem aber würde sie sich besser schützen. Brauchte sie diesen Schutz womöglich auch jetzt – wo immer sie war? Wer so ernsthaft drohte, der folgte ihr vielleicht sogar, der wüsste, wo sie hinwollte. »Wir sollten doch die Polizei informieren«, murmelte Peer.

»Bist du verrückt?«, rief Horst von vorn. »Die unternimmt auch nicht mehr als wir. Und herausfinden werden die noch weniger. Dafür gibt das einen Riesenärger mit Arndt. Und erst recht mit dem Chef, weißt. Wegen ›Unterweisung von‹ … wie hieß das?«

»Unterschlagung von Beweismaterial. Aber Verena ist in Gefahr. Das Attentat auf Vaclav und der erste Zettel richten sich klar gegen sie. Das kann dir doch nicht egal sein!«

Horst machte eine Vollbremsung und sah sich zu Peer um, die Augen weit aufgerissen. »Meinst? Denkst du, der meint das ernst?«

Peer seufzte. »Viel ernster geht ja kaum noch. Er hat nicht davor zurückgeschreckt, Vaclav aufzuknüpfen. Und in Kauf genommen, dass ich schwer verletzt werde. Wer weiß, wie hoch die Hemmschwelle ist, auch Verena was anzutun?«

15:15 Uhr

Es hatte sich natürlich nicht vermeiden lassen, dass Sascha mitbekam, wie Peer zu Hause abgeliefert wurde. Auch wenn er darum gebeten hatte, den Krankentransportwagen an der Ecke zu parken, ließ die Tatsache, dass er in einem geliehenen Hand-Rollstuhl von einem Sanitäter vor die Haustür gerollt wurde, bei seiner Frau alle Alarmglocken schrillen. Von den verschiedenen Schürf- und Risswunden im Gesicht und den blauen Flecken an den Armen ganz zu schweigen. Nicht einmal von Dr. Martensen, die wenig später dazugekommen war, hatte Sascha sich beruhigen lassen. Aufgebracht war sie in der Diele umhergelaufen, hatte wieder und wieder gefragt, ob wirklich kein Grund zur Sorge bestünde, und sich dann doch gesorgt. Erst als die Ärztin ihr hoch und heilig versprochen hatte, gleich am Montagmorgen vorbeizuschauen, hatte sie sich ein wenig entspannt.

Peer hatte nicht viel gesagt, hatte Dr. Martensen alles Wichtige berichten lassen. Er hätte noch genug Gelegenheit, mit Sascha zu sprechen.

Doch es sah aus, als wollte sie schon wieder nicht mit ihm reden. Sie saß schweigend neben ihm auf dem Sofa, atmete zwischendurch zischend aus, als müsste sie Druck ablassen, um nicht zu explodieren. Peer konnte sie nur aus den Augenwinkeln betrachten. Sollte er anfangen? Aber womit? War das nicht egal? Er konnte so oder so nur das Falsche sagen. »Saschenka …«

»Sei still«, zischte sie. »Ich will nichts hören! Keine Rechtfertigungen, Ausflüchte oder Lügen. Und erst recht kein ›Niemand versteht, was ich durchmache‹. Den ganzen Scheiß kannst du für dich behalten.«

Peer nickte. Und wusste noch weniger, was er sagen sollte.

»Komm mir noch einmal von wegen, ich würde dich mit meiner Sorge einengen. Das hier zeigt ja wohl, dass ich allen Grund habe, besorgt zu sein.« Sie klopfte sich auf die Oberschenkel. »Aber hat es was genützt? Pustekuchen!«

»Sascha ...«

»Du hast ja keine Ahnung, wie ich mich fühle. Für zwei Leute Verantwortung übernehmen zu müssen, alles zu regeln, von Berlin aus! Und wenn dann auch noch meine Bemühungen hier gegen die Wand gefahren werden, dann habe ich ja wohl ein Recht darauf, mal Dampf abzulassen.«

»Natür...«

»Unterbrich mich nicht dauernd! Jetzt gerade geht es um mich, endlich einmal um mich. Nicht um den armen Peer, der mit Samthandschuhen angefasst werden muss, dem man jeden Wunsch von den Augen ablesen muss, der sich aus irgendwelchen Gründen strikt weigert, vernünftig zu sein, und sich in einer Tour in Lebensgefahr begeben muss – bloß, damit seine Frau immer wieder spürt, dass sie nicht in der Lage ist, sich anständig um ihn zu kümmern.«

Peers Kopf wurde heiß. »Jetzt ist aber Schluss!«, rief er.

Mit großen Augen starrte Sascha ihn an.

»Hörst du dich eigentlich selbst reden? Natürlich geht es immer auch um dich. Und hör endlich auf mit dem Blödsinn, dass du für mich verantwortlich bist. Ich kann, ich muss selbst Verantwortung für mich übernehmen.« Er senkte die Stimme. »Ja, ich mach manchmal Blödsinn. Es gibt halt immer Momente, in denen ich vergesse, was ich alles nicht mehr kann, in denen ich mir zu viel zutraue. Und ja, heute hab ich Mist gebaut. Aber das war nicht meine Schuld – nicht nur.«

Sie schnaubte. »Du kannst nicht selbst Verantwortung für dich übernehmen. Peer, sieh das doch endlich ein: Du bist behindert, du sitzt im Rollstuhl.«

»Aber ich bin doch nicht unzurechnungsfähig.« Er griff nach ihrer Hand, spürte, wie sie den Impuls unterdrücken musste, sie wegzuziehen. »Ich brauch keinen Vormund, keine Fürsorgerin, sondern eine Ehefrau. Eine, die mich unterstützt und berät, die mir beisteht und mich meinetwegen auch vor Gefahren warnt. Die mir hilft, mein Leben als Krüppel neu zu gestalten, mit allen Schwierigkeiten und Hindernissen.« Langsam zog er Saschas Hand zu sich und drückte sie fest. »Aber du hilfst mir nicht, indem du von Berlin aus Bedenken äußerst und mir das Gefühl gibst, nichts mehr wert zu sein.«

»Hab ich das je getan?«, flüsterte sie. »Das ist ungerecht.«

Er nickte. »Entschuldige. Ich weiß, das willst du nicht. Aber ich habe jeden Abend das Gefühl, kein vollwertiger Mensch mehr zu sein, sondern jemand, dem andere sagen müssen, was er zu tun hat.«

Sie zog ihre Hand zurück und ballte die Fäuste ineinander. »Wenn ich dich so sehr bevormunde, kann ich dir dann überhaupt helfen? Habe ich dann noch einen Platz in deinem Leben?« Ihre Stimme erstarb.

Peers Augen wurden feucht. Er rang ihre Hand wieder frei, zog sie an den Mund und küsste sie. »Natürlich. Ich brauch dich mehr denn je. Als Ehefrau. Als Vertraute. Als Partnerin.« Ihre Anspannung ließ nach, er zog ein wenig stärker und spürte endlich ihren Kopf an seiner Schulter ruhen. Den Schmerz ignorierte er, das warme Leuchten in seinem Inneren übertönte alles. »Als die Frau, die ich liebe.«

20:30 Uhr

Am Abend war Horst vorbeigekommen, um zu sehen, wie es Peer ginge. Er hatte die Baumstämme noch einmal untersucht und festgestellt, dass sie eindeutig vom Harvester der RWG bearbeitet worden waren. Was er freilich nicht sagen konnte, war, ob sie auch von diesem Waldstück stammten. Auf Peers Frage hin konnte er nicht ausschließen, dass die Täter vielleicht Stämme von einer anderen Stelle dort aufgestapelt hatten, um ihre Spuren zu verwischen. Gut, wahrscheinlich war das nicht. Es sah aus, als steckte tatsächlich jemand aus der Firma dahinter.

Der eigentliche Grund für Horsts Besuch war aber ein anderer: Er wollte wissen, wo Verena war. Es kostete Zeit und Mühe, ihn zu beruhigen und davon zu überzeugen, dass es keinen Sinn hätte, zu Verenas Schutz in die Welt hinauszuziehen. Mehrmals erklärte Peer ihm, Verena wäre am besten dadurch geschützt, dass niemand wusste, wo sie sich aufhielt. Und vor allem nicht Horst, der sich nur zu leicht hätte verplappern können. Irgendwann hatte der Forstwirt schweren Herzens eingesehen, dass er momentan nichts tun konnte.

Peer musste den Kopf schütteln, als er an Horst dachte. Seine Bitte, nein, es war fast schon eine Beschwörung, die Sache aufzugeben, um Verena nicht weiter in Gefahr zu bringen, die hatte schon etwas Seltsames. Fast, als hätte er die Absicht gehabt, die Ermittlungen zu hintertreiben. Er hatte, mitunter erstaunlich klar und rational, dann wieder in wirrer Horst-Manier, von Gefahr geredet, hatte gemeint, jetzt stehe eindeutig fest, dass jemand dahinterstecke, mit dem wahrlich nicht zu spaßen sei. Und als Peer eingewendet hatte, dass Verena doch jetzt weg und in Sicherheit sei, hatte Horst wieder den Finger in die Wunde gelegt: Ja, hatte er gerufen, Verena sei weg. Deshalb würden die Ganoven sich jetzt ja an die Person hängen, die in der Sache ermittelte – an Peer. Der angebliche Unfall sei doch Beweis genug!

Blödsinn! Peer fuhr sich über das Gesicht, bewegte die Maus, damit sein Monitor wieder anging, und nahm die Mindmap-Kästen mit den Verdächtigen in den Blick.

Horst … wieso konnte Peer den Gedanken nicht abschütteln, dass er mehr und mehr ins Visier rückte? Verdammt, es war einfach nicht auszumachen, ob er sich verdächtig verhielt, weil er verdächtig war – oder weil er Horst war. Und die anderen? Kramm, Grenzin, der Sohn der Baronin? Hatte sich durch die letzten Ereignisse etwas an deren Einschätzung geändert? Bärbel Zuschnitz war wohl aus dem Spiel. Oder könnte sie irgendwie Zugang zum RWG-Harvester bekommen haben? Jonas Werner mit Sicherheit nicht. Damit fiel er als Verdächtiger endgültig aus. Es sei denn, es gab in der Firma einen Maulwurf. Schließlich war er definitiv nicht in Berlin gewesen. Und der Sohn der Baronin hatte die Versicherungssumme in Jonas' Namen überwiesen; er musste ihn also kennen. Vorausgesetzt, Verena sagte die Wahrheit.

Verena. Sie war erstaunlich abrupt verschwunden. Natürlich hatten sie Vaclavs Tod und die Bedrohung gegen sie verängstigt. Oder nicht? Wenn sie vielleicht doch geflüchtet war, weil ihr alles zu heiß wurde, weil sie sich den Ermittlungen entziehen wollte, dann könnte es sein, dass sie dahintersteckte. Und dann hätte es diesen ominösen Karton mit Unterlagen, die sie ihm angeblich zusammengestellt hatte und der über Nacht verschwunden war, gar nicht gegeben. Sie hätte in Wirklichkeit ein skrupelloses doppeltes Spiel gespielt, hätte nicht einmal davor zurückgeschreckt, ihren eigenen Kater umzubringen und ein theatralisches Lamento anzustimmen, um sich damit ganz elegant aus der Schusslinie zu ziehen. Es gab auch tschechische Unternehmen, die Interesse an der RWG hatten. Womöglich zog die kleine, stille Unschuld mit den rehbraunen Augen die Fäden. Womöglich hatte Peer sich schon wieder von weiblichen Reizen blenden lassen.

Wie aufs Stichwort kam Sascha um die Ecke geschlichen. Ihre sonnengelben Wollsocken leuchteten im flackernden Halbdunkel des Kaminfeuers, das im Wohnzimmer vor sich hinknisterte. »Machst du noch lange?«, raunte sie und kam zu ihm. »Es ist doch erster Advent. Und morgen muss ich wieder weg.«

Wenn das kein Versöhnungsangebot war! »Bin schon fertig«, rief er und klappte den Deckel des Laptops zu – eine Idee zu hektisch, was seine Schulter mit stechenden Schmerzen quittierte.

»Was machst du da eigentlich?« Spätestens jetzt war Saschas Neugier geweckt. Sie griff nach dem Laptopdeckel.

Peer fasste ihre Hand. »Nichts, was nicht bis morgen warten kann.« Er zog die Hand zu sich und küsste sie.

»Aber morgen bin ich doch weg«, maulte Sascha.

»Eben.«

2. Dezember 2014

8:05 Uhr

»Aber nur fünf Minuten, Herr Wesendonk braucht Ruhe!«

Peer hörte Inas Stimme durch die Diele hallen. Sie kam doch gerade erst – wen brachte sie jetzt schon mit? Und wie kam sie darauf, dass er Ruhe brauchte? Er hatte sich gestern mit der ganzen Ruhe nach Saschas Abfahrt fast zu Tode gelangweilt. Zum einen konnte er sich noch immer kaum bewegen, zum anderen war niemand da gewesen, um über den Fall zu sprechen; oder irgendetwas anderes. Der kurze Schlagabtausch mit Dr. Martensen und die Stunde mit Palu waren die einzigen Lichtblicke gewesen. Sogar ein Wimmelbildspiel verlor seinen Reiz, wenn man es dreimal an einem Tag durchspielte … Peer mochte es sich kaum eingestehen, aber er hatte dem Abend entgegengefiebert, weil Ina dann wieder da wäre.

»Morgen Ina! Wer ist denn da?«, rief er und mühte sich, rasch in sein Zimmer zurückzurollen. Die alte Treskow musste ihn ja nicht unbedingt im Schlafanzug sehen.

»Es ist nur der Maler«, kam die Antwort und Peer entspannte sich.

»Nur der Maler …« Raffael kam grinsend um die Ecke. »Da weiß man gleich, wie hoch man in der Gunst steht.«

»Hi Raffael! O ja, und gerade Inas Gunst ist jetzt wichtig, wenn du etwas werden willst in diesem Haus.«

Ein Stöhnen ertönte aus der Küche. »Sie wissen genau, was ich meinte! Es ist niemand Offizielles, für den wir uns erst fein machen müssen.«

Raffael gluckste. »Wir?«, fragte er leise.

Schulterzuckend rief Peer: »Prima, danke, Ina!« Dann wandte er sich seinem Freund zu. »Das ist der Nachteil, wenn die Türen immer offen stehen. Also, was gibt's?«

»Erst mal guten Morgen, Sweetie!« Der Maler deutete eine Umarmung an. »Wieso sollte es was geben?«

»Ich bitte dich, du stehst nicht mitten in der Nacht auf, um einen Krankenbesuch zu machen. Es ist noch stockfinster und offenbar regnet es. Oder …«, er musterte die feuchten Haare seines Gastes, »ist das etwa Schnee?«

»Irgend so ein ekliger Mischmasch. Aber das hat mich nicht daran gehindert, meinen Freund zu besuchen.«

»Das ist sehr nett. Aber in zwei Stunden wäre das noch netter gewesen. Du siehst ja, zu dieser Zeit hab ich genug um die Ohren.« Peer wies in Richtung Küche. »Momentan brauch ich ihre Hilfe für jede Kleinigkeit: Waschen, Anziehen, sogar Rasieren. Ich kann mich kaum bewegen.«

»Deswegen bin ich hier.« Raffael senkte die Augen.

»Was? Erzähl mir nicht, du willst mich waschen!«

»Wenn du darauf bestehst …« Der Maler hob vielsagend die Augenbrauen. »Nein, es geht um deinen Unfall. Könnte sein ... na ja, dass ich schuld dran bin.«

Peer hielt den Atem an. »Du? Wie meinst du das? Du hast doch nicht das Holz aufgestapelt. Oder doch? Erzähl mir nicht, das war irgendein beknacktes Kunstprojekt!«

»Quatsch! Das mein ich nicht. Aber vielleicht hab ich dem Attentäter die Idee ins Hirn gepflanzt.« Er setzte sich und holte tief Atem. »Es ist ... ich bin neulich, nach unserem Unfall auf der Baustelle, in der Kneipe bei Eilien gewesen.«

»Ja und? Ich auch.«

»Ja, aber ich hatte was getrunken. Und wie das so ist, wenn man ohnehin nicht zu den verschlossensten Typen gehört …«, er stockte, blies scharf die Luft aus, »also, ich hab von dem Anschlag erzählt, wie das gelaufen ist und so.«

»Okay. Und nun? Was hat das mit diesem Fall zu tun?«

»Na ja, ich hab halt auch genau beschrieben, wie die Falle gemacht war, mit dem Auslöser, über den du gefahren bist, und wie gut sie getarnt war.«

»Und jetzt meinst du, jemand hätte das kopiert?«

»Oder zumindest als Inspiration genommen. Kann doch sein«, murmelte Raffael zerknirscht.

Peer ließ sich die Idee durch den Kopf gehen. Hingen die beiden Angriffe so eng miteinander zusammen? Steckte dasselbe Prinzip dahinter? Aber selbst wenn – wer sollte das umgesetzt haben? Die Attentäterin vom ersten Mal saß hinter Schloss und Riegel. »Wer war denn bei Eilien und hat dir zugehört? Oder *könnte* gehört haben, was du erzählt hast?«

»Ich hab schon versucht, alle zusammenzubekommen, die da waren. So ganz weiß ich es nicht mehr, aber ich erinnere mich auf jeden Fall an den Pastor, Bastian Peemöller, Maik und Sonja und den Geschäftsführer der RWG mit seiner Sekretärin, der Verena.«

»Ach was, die waren da?«

»Ja, haben mir aber, glaub ich, nicht zugehört. Er hat versucht, sie um den kleinen Finger zu wickeln, und sie schien zu überlegen, wie sie den kleinen Finger abhacken könnte.« Raffael grinste kurz. »Und dann war Horst da, hat sich aber versteckt, wohl damit Verena ihn nicht sieht.«

»Horst war da?« Peer lief es kalt den Rücken hinunter.

»Ja, wieso? Der ist doch nicht in der Lage, einen Mechanismus auszutüfteln, der dich mit Baumstämmen überrollt.«

Langsam war Peer sich da nicht mehr so sicher. »Sonst noch jemand.«

»Drei Arbeiter von der RWG und ein Paar aus Pokrent.« Raffaels Augen wurden groß. »Und Jonas«, seufzte er.

»Was? Doch nicht Jonas Werner?«

»Doch. Das ist echt ein Schnuckel, sag ich dir. Zu blöd, dass man diese Typen immer erst trifft, wenn man was Festes hat. Na ja, wahrscheinlich ist er eh nicht schwul.«

Peer wäre aufgesprungen, wenn er gekonnt hätte. »Jonas Werner? Raffael, ob der schwul ist oder nicht, ist scheißegal. Auf jeden Fall steckt der in der Sache mit drin. Der macht gezielt Stimmung gegen die RWG im Netz!«

»Ach was, echt? So ein kleiner Bad Guy? Cool!«

»Raffael! Damit gehört er zu den Leuten, die infrage kommen, die Finger in dieser Holzstapel-Sache zu haben.«

»Ach komm, der kleine Jonas doch nicht. Dann schon eher dieser unangenehme Kerl aus dem Schlossgetto, mit dem er da zusammensaß. Grenzin heißt der, glaube ich.«

Peer schluckte. Walter Grenzin? Sah aus, als müsste er dessen Feld in der Mindmap noch einmal unter die Lupe nehmen. Was hatten er und Jonas miteinander zu schaffen? Verdammt, ausgerechnet an diesem Abend saßen fünf Personen bei Eilien, die in den Fall verwickelt waren. Jeder von ihnen hätte die Idee zu der Falle aufschnappen können. Warum konnte nicht mal irgendwann etwas einfach sein, nur eine Lösung haben?

Es klingelte an der Tür. Noch jemand, der so früh einen Krankenbesuch machte?

»Ich geh schon!«, trompetete Ina.

Peer lauschte, gespannt, ob wieder jemand mit martialischen Worten abgewiesen würde oder ob sein weißgewandeter Wachhund sich einer höheren Macht geschlagen gäbe. Doch mehr als ein erstaunter Ausruf Inas und eine zweite Frauenstimme konnte er nicht ausmachen. Dafür näherte sich wenig später das forsche Hämmern von Pumps, begleitet von einem seltsamen Klingeln und Klirren. Sekundenbruchteile, bevor sie um die Ecke rauschte, wusste Peer, zu wem diese Töne gehörten.

»Frau Zuschnitz, guten Morgen.« Was zum Henker wollte sie hier? Noch irgendeine Geschichte zu ihrer polnischen Affäre erzählen, um ganz klar zu machen, dass sie unschuldig war?

»Mein lieber Herr Wesendonk. Endlich komme ich mal dazu, Sie zu besuchen. Ich habe gehört, es hat Sie schon wieder erwischt? Meine Güte, Sie sind aber auch gebeutelt. Na ja, wer sich in Gefahr begibt …« Sie wendete den Kopf. »Guten Morgen, Herr Leineweber.« Ein paarmal glitt ihr Blick zwischen den beiden Männern hin und her. »Ach, ich hoffe, ich störe Sie nicht bei … irgendwas.« Das letzte Wort stieß sie eine halbe Oktave höher und ein wenig abfällig aus.

»Keine Sorge, Frau Zuschnitz, Raffael macht auch einen Krankenbesuch und ist nur wenig vor Ihnen angekommen.« Peer sah, wie sich die Züge der Zuschnitz entspannten, doch so leicht wollte er es ihr nicht machen. »Und ich verspreche Ihnen: Mit ›irgendwas‹ warten wir auf jeden Fall, bis Sie wieder gegangen sind.«

»Wie?« Ihre Augen wurden groß, sie griff sich so hektisch ans Dekolleté, dass ihre Halsketten rasselten.

»Ein Scherz, Verehrteste«, fiel Raffael ein und verbeugte sich leicht. »Ich bin nur der Maler.«

»Ach so.« Sie lachte unsicher und schaute sich um.

»Bitte setzen Sie sich doch.« Peer wies auf den letzten freien Stuhl. »Oder wollen wir lieber ins Wohnzimmer wechseln? Sie müssen entschuldigen, so früh bin ich noch nicht für offiziellen Besuch hergerichtet.« Die letzten Worte rief er mit erhobener Stimme in Richtung Küche, in der Hoffnung, Ina würde die Rüge darin mitbekommen. Ob sie sich etwas daraus machte, war eine andere Frage.

»Aber nein, mein Lieber. Bitte entschuldigen Sie meinen unangekündigten Besuch! Ich überfalle Sie hier am frühen Morgen. Aber ich war gerade auf dem Weg zur Arbeit und habe gedacht, da mir seit unserem letzten Treffen etwas auf dem Herzen liegt, kann ich doch kurz anhalten und mit Ihnen darüber reden. Es dauert auch nicht lange und ich glaube, ich bleibe einfach stehen.«

»Worum geht es denn?«

Unsicher blickte sie zu Raffael. »Ich weiß nicht ...«

»Raffael ist ein Freund, Sie können frei vor ihm sprechen.«

»Und Sie wissen doch, meine Liebe, ich bin ...«

»... nur der Maler, schon klar.« Sie lächelte dünn. »Nun gut. Die Sache ist ein wenig delikat. Und früher oder später wird es ohnehin herauskommen. Ich habe ... hatte einen Privatdetektiv engagiert.«

Peer verstand sofort. »Der Mann im Fiat. Dem Sie den Umschlag gegeben haben.«

Sie nickte. »Anfangs ging es um Hardy, also Herrn von Radenow-Werthenbach. Es war wegen seiner ...«, ihr Brustkorb hob sich so stark, dass einige ihrer Ketten verrutschten, »... wegen der vielen jungen Frauen.«

»Anfangs«, wiederholte Peer. »Und später?«

»Er stellte fest, dass es in der Firma einige Ungereimtheiten gibt, die vor allem Arndt betreffen ... Herrn Kramm.«

Erstaunlich, wie hektisch sie den Nachnamen hinzufügte. Es schien fast, als wäre die Zuschnitz mit allen Männern im Dorf per du; außer mit ihm und Raffael. »Was für Ungereimtheiten?«

»Nun ja, Deals mit dem Landwirtschaftsministerium, manipulierte Geschäftsunterlagen, derart Dinge.« Sie machte eine Pause. »Dinge, die keine Assistentin der Geschäftsleitung übersehen kann.«

»Sie meinen Verena.«

»Ich meine das junge Fräulein Czyczek, das aus mir völlig unerklärlichen Gründen das vollste Vertrauen der Firmenleitung besitzt. Sogar das von Gusta. Dabei hätte ich dem alten Schlachtross mehr Menschenkenntnis zugetraut.«

»Sie wollen sagen, Verena ist nicht zu trauen. Warum nicht? Steckt mit drin?«

»Ich will gar nichts sagen. Es wundert mich nur, dass ein gewiefter Geschäftsmann wie Arn... wie Herr Kramm sich von diesem jungen Ding Sand in die Augen streuen lässt. Es sei denn ...« Sie brach ab und hob mit einer großen Geste die Hände.

»Es sei denn?«

»Er könnte mit dem jungen Ding unter einer Decke stecken. Nach den Ermittlungsergebnissen meines Detektivs tauschen die beiden sich über alles aus.«

»Und wie hat Ihr Detektiv das erfahren?«

»Das müssen Sie ihn schon selbst fragen. Das interessiert mich nicht. Hauptsache, er hat Ergebnisse geliefert.«

»Gibt es denn auch Erkenntnisse zum Holzraub?«

Sie schüttelte den Kopf. »Tut mir sehr leid. Aber als er mir neulich den Abschlussbericht vorbeigebracht hat, wurde das Ganze gerade erst aktuell.

Peer runzelte die Stirn. So ganz stimmte das nicht.

»Und zu den jungen Frauen?«, fragte Raffael.

Verwirrt sah die Zuschnitz ihn an. »Wie?«

»Das war doch seine ursprüngliche Aufgabe.«

»Das geht Sie nichts an, Herr Leineweber.« Mit geschürzten Lippen wandte sie sich wieder an Peer. »Ja, dann … Mir war es wichtig, dass Sie davon wissen. Und ich bitte Sie: Wenn es irgend geht, wäre es mir sehr lieb, dass bei der RWG niemand von diesem Gespräch erführe.«

»Meinetwegen nicht.«

»Ich danke Ihnen, mein Lieber. Dann wünsche ich Ihnen noch einen schönen Tag.« Sie reichte Peer die Hand. Ein schwaches Nicken zu Raffael. »Herr Leineweber.«

»Frau Zuschnitz.«

Kaum war sie verschwunden, prustete Raffael los. »Was war das denn?«

Peer starrte vor sich hin. »Gute Frage. Irgendwas zwischen Geständnis, Kooperationsangebot, Verwischen ihrer eigenen Spuren und dem Versuch, Arndt Kramm eins auszuwischen. Aber welchen Grund hätte sie dazu?«

»Bei Sonnyboy Arndt, dem Geschäftsführer? Sag bloß, das weißt du nicht.«

»Was?«

Raffael rollte mit den Augen. »Na, sie hat sich mal an ihn rangemacht.«

»Ach was? Ist sie nicht zu alt für ihn?«

»Deshalb hat er sie ja auch so was von abblitzen lassen. Bestimmt konnte man den Blitz bis Schwerin sehen.«

»Und jetzt will sie sich rächen? Ist das nicht ein bisschen weit hergeholt?«

»Keine Ahnung. Bei mir hat sie …«

»Bei dir? Sie hat ernsthaft versucht, dich anzugraben?«

»Sie hat es vermutlich bei jedem ledigen Mann versucht. Und damals war ich noch nicht so *out* wie heute. Ich war gerade hergezogen und mit einer harten Trennung beschäftigt. Eines Abends stand sie mit einer Flasche Wein vor meiner Tür und meinte, der Abend sei zu schade, um ihn allein zu verbringen. Ich war so unbedarft, dass ich mir nichts Böses dabei dachte, und hab sie reingelassen. Nachdem wir den Wein weghatten, wollte sie mehr. Ich natürlich nicht. Ich hab ihr behutsam beizubringen versucht, dass es nichts mit ihr und den zwanzig Jahren Altersunterschied zu tun hat, sondern dass ich nicht auf Frauen stehe, aber sie ist einfach nur aus dem Haus gestürmt. Und zwei Tage später wusste das ganze Dorf, dass ich schwul bin. Eine Woche hab ich mich nicht mehr aus dem Haus getraut, bis Peggy mir den Kopf gewaschen hat.«

Peer grinste. »Das kann sie. Besser als ein Friseur.«

»Tja, nun weißt du's: Mein Outing war ein Rache-Outing.«

»Siezt ihr euch deshalb?«

»Du glaubst doch nicht, dass ich diese Furie duze!«

Nein, das glaubte Peer nicht. Aber er wusste auch nicht, was er stattdessen glauben sollte. Die Zuschnitz als Rachegöttin – das war mehr, als er erwartet hatte.

10:55 Uhr

Die Orgelstunde mit Mandy – warum hatte er nicht abgesagt? Er versuchte, den Schlüssel ins Schloss der Kirchentür zu stecken, doch er konnte den Arm nicht so weit heben. Verdammt! Das Training mit Palu gestern hatte weniger gebracht, als er gehofft hatte. Wie käme er hinein? Er nahm den Schlüssel in die linke Hand, schaffte es unter Schmerzen endlich, ihn in die Öffnung zu bugsieren, und schloss auf.

Hoffentlich war auch ohne anschließende Krippenspielprobe geheizt, sonst wüsste er nicht, ob er warm genug angezogen wäre. Wenigstens war er drinnen geschützt vor dem Nieselregen, der über dem Dorf lag, der in jeden Spalt kroch und jede noch so moderne, angeblich wasserdichte Textilfaser durchdrang.

Er rollte den Gang entlang. In ein paar Wochen würde er von da vorn die Frohe Botschaft verkünden. Jetzt, fröstelnd, die Trümmer seines Lebens hinter sich, wusste er niemanden, der die Frohe Botschaft nötiger bräuchte als er selbst. Gut, vielleicht jemanden, der auch empfänglich dafür wäre.

Als die Klinke quietschte, sah er sich um. Mandy stand in der Tür; wirkte fast genauso allein und verloren, wie er sich fühlte. Er wendete den Rollstuhl.

»Tachschön, Herr Wesendonk.« Sie kam auf ihn zu.

»Hallo Mandy.«

Sie räusperte sich. »Bevor wir anfangen, wollte ich gern was mit Ihnen besprechen. Ich rechne es Ihnen hoch an, dass Sie sich die Zeit nehmen, mir dabei zu helfen, mein Orgelspiel zu verbessern.«

»Tu ich das?«, fragte er zweifelnd.

»O ja, Ihre Ratschläge helfen mir sehr. Seitdem ich versuche, das Legato rauszunehmen, ist mein Anschlag viel klarer.« Sie lachte kurz. »*Wenn* ich denn dran denke.«

Peer nickte. »Vielen Dank. Wollen wir dann anfangen?«

»Nein, ich wollte doch was mit Ihnen besprechen.«

»Noch was?«

»Das war es doch noch nicht. Also: Wir haben ja jetzt schon eine Woche Proben hinter uns. Da sollten wir langsam über das Honorar sprechen, oder?«

»Honorar?« Peer verschluckte sich fast. Auf die Idee war er noch nicht gekommen. »Du willst mir Geld geben?«

»Das ist doch klar. Und das ist es mir wert.«

Kopfschüttelnd fuhr er sich mit der Hand über die Augen. »Mandy, das ist sehr nett von dir. Aber seien wir ehrlich: Ich bin nicht der große Pädagoge. Okay, seien wir ganz ehrlich: Als Lehrer bin ich eine Niete.« Um ein Haar hätte er ein »auch« in den Satz eingebaut.

Mandy lächelte. »Sie sollen kein Lehrer für mich sein.«

»Soll ich nicht?«

»Davon hab ich in Lübeck genug. Und manche sind sogar fast so schlecht wie Sie.«

»Vorsicht, Mädel. Aber was soll ich denn dann tun?«

»Könnten Sie sich vorstellen, eine Art Mentor zu sein? Ein Ratgeber? Oder vielleicht Coach?«

Peer schürzte die Lippen. »Ich weiß nicht. Kann ich so was? Was genau stellst du dir da vor?«

»Das mit dem direkten Eingreifen über die Kamera war ja eher ein Reinfall. Aber vielleicht müssen Sie auch nicht sofort an jeder Stelle eingreifen. Wir könnten gemeinsam die Stücke in Abschnitte einteilen, die ich durchspiele. Und anschließend geben Sie mir Tipps dazu, sagen mir, welche Stellen ich anders spielen soll ...«

»Wenn überhaupt, kann ich dir nur sagen, welche Stellen *ich* anders spielen würde. Als Coach wäre es ja eher meine Aufgabe, dir neue Wege aufzuzeigen, Alternativen vorzustellen, deine Potenziale zu wecken.«

Mandy strahlte ihn an. »Das klingt gut. Immerhin hör ich zum ersten Mal von Ihnen, dass ich Potenzial habe.«

»Ja.« Er lächelte verlegen. »An meinem Lobe-Potenzial muss ich wohl noch arbeiten. Aber deine Idee ist gut.«

»Nicht wahr? Es ist wie bei Ihren Fällen: Sie beobachten und analysieren, was falsch gelaufen ist.«

»Mit zwei Unterschieden«, warf er ein, »zum einen kann ich hier die Situation noch verbessern.«

»Und zum anderen?«

Er lachte. »Zum anderen bringst du mit deiner Musik niemanden um – jedenfalls hoffe ich das.«

16:40 Uhr

Lieber Herr Wesendonk,

ich hoffe, Sie kommen weiterhin gut mit Ihren Ermittlungen voran und haben vielleicht inzwischen schon eine heiße Spur. Entschuldigen Sie bitte, dass ich mich erst jetzt und dann so unpersönlich per Mail melde, nachdem ich ein wenig überhastet aufgebrochen bin. Ich musste erst mal wieder einen klaren Kopf bekommen. Ein paar Tage werde ich noch in Berlin bleiben und hoffe, Sie haben Verständnis dafür, dass ich Ihnen die Gründe dafür nicht nennen kann. Je weniger Sie darüber wissen, umso besser für Sie. Nur so viel: Es geht weder um die RWG noch um den aktuellen Fall, sondern um eine Privatsache. Ich hoffe, Sie glauben mir das.
Diese Mail schreibe ich vor allem, um Ihnen neue Informationen zu geben. Nach dem Mord an Vaclav war es mir zu riskant, weiter offen nachzuforschen, sodass ich nachts noch einmal unbeobachtet in die Büros geschlichen bin und einige wichtige Unterlagen zusammengetragen habe, unter anderem Informationen zur Nutzung des Hackschnitzelharvesters. Das Material dazu habe ich in der untersten Schublade meines Schreibtisches ganz hinten verwahrt. Ich hoffe sehr, dass Sie die Gelegenheit haben werden, es unbeobachtet an sich zu nehmen und zu studieren. Vielleicht finden Sie damit das fehlende Puzzleteil. Aber bitte, schonen Sie die Baronin und beunruhigen Sie sie nicht.
Ich muss zugeben: Momentan weiß ich nicht, wem man bei der RWG trauen kann – außer Horst. Aber dem sollten Sie nicht zu viel sagen, sonst könnte er sich im falschen Moment aus Versehen verplappern. Deshalb, damit Sie ohne allzu viele Zeugen in mein Büro kommen: Die Kombination für die Eingangstür lautet zurzeit 5637P.
Ich komme zurück, sobald ich kann, wenn alles gut geht, am Wochenende, und ich hoffe, dass bis dahin alles aufgeklärt ist und wir endlich wieder in Frieden leben und arbeiten können.

Noch etwas: Die oben erwähnten Dokumente befinden sich auch in einem speziell gesicherten Bereich auf dem Firmenserver. Vielleicht schafft es Herr Peemöller, die Daten zugänglich zu machen. Sagen Sie ihm einfach, er soll an Landwirtschaft denken.
Ich danke Ihnen nochmals von Herzen dafür, dass Sie sich der Sache angenommen haben. Und ich wünsche Ihnen, dass Ihre Suche bald erfolgreich sein möge und dass Sie bei alldem gesund bleiben.

Herzliche Grüße
Verena Czyczek

Peer starrte auf den Monitor, las die Mail wieder und wieder. Das war echt, oder? So hintertrieben konnte Verena nicht sein. Aber warum wollte sie nicht sagen, was sie so dringend in Berlin erledigen musste? »Je weniger Sie darüber wissen …« Er stockte. Wenn sie denn in Berlin war. Wenn nicht doch alles ein raffiniertes Täuschungsmanöver war, auf das er hereinzufallen drohte.

20:35 Uhr

»Ich könnte übrigens auch länger bleiben. Oder einmal mehr kommen.« Ina schaute zu ihm auf, während sie sein linkes Bein abtrocknete. »Die Baronin hat gemeint, dass Sie momentan ja doch mehr Hilfe bräuchten als sie.«

»Das ist sehr nett, danke«, murmelte Peer, der sich noch immer nicht wohlfühlte, wenn sich ein fremder Mensch mit den Körperteilen beschäftigte, die nicht mehr so ganz seine eigenen waren. »Aber ich denke, wir kommen auch so gut zurecht, oder?«

»Wie bitte? *Wir* kommen gut zurecht? Na, wenn Sie das sagen!« Ina strahlte ihn an. »Dafür kriegen Sie heute auch den dunkelroten Pyjama an.«

»Perfekt!«

»Ich hol ihn gleich. Machen Sie doch inzwischen mit den Haaren weiter!«

Sie drückte ihm ein Handtuch in die Hand und verschwand. Leider hatte sie dabei zwei Dinge vergessen: Peer konnte sich momentan die Haare nicht abtrocknen, er bekam die Hände kaum bis auf Augenhöhe. Vor allem aber hatte sie die Tür zum Flur offenstehen lassen, wodurch zwar die Feuchtigkeit aus dem Bad entweichen und Peer sich nach kurzer Zeit wieder im Spiegel sehen konnte, es aber auch empfindlich kalt wurde. Wo blieb sie denn so lange? Sie wusste doch, wo die Schlafanzüge lagen, schließlich legte sie sie inzwischen selbst dorthin. Als er zu zittern begann, wickelte er sich das feuchte Handtuch um den Oberkörper, was auch nicht viel half.

»Ina?!«

Nach einer gefühlten Ewigkeit kam sie zurück, schlich fast durch die Tür herein und sah ihn ernst an. »Glauben Sie wirklich, die Baronin ist auch verdächtig?«

»Wie bitte?«

»Tut mir leid, aber ich habe auf dem Computer Ihre Skizzen gesehen, wo auch die Baronin mit drauf ist.«

Peer seufzte. »Also doch. Sie schnüffeln hier rum. Tun Sie das im Auftrag der Baronin?« Ihr Brustkorb weitete sich. Das reichte Peer als Antwort. »Deshalb wuseln Sie jeden Tag durchs Haus und putzen alles!«

»Aus Spaß bestimmt nicht. Und es gehört sicher nicht zum Aufgabenspektrum einer Fachkrankenschwester. Also, ist sie nun verdächtig oder nicht?«

»Warum sollte ich gerade Ihnen das sagen?«, blaffte Peer sie an. »Sie haben nicht nur meine Frau gegen mich ausgespielt, sondern mich auch persönlich hintergangen.«

»Mein Gott, nun machen Sie nicht so ein Fass auf deswegen. Sie schnüffeln rum, ich schnüffel rum, wo ist da der Unterschied?«

»Ein Unterschied liegt zum Beispiel darin, dass ich einen offiziellen Auftrag der RWG habe.«

»Na sehen Sie, die RWG gehört der Baronin, und die hat mich beauftragt. Wir sind also Kollegen.«

Das war zu viel! Peer blies scharf die Luft aus. »Nie im Leben! Sie können froh sein, dass ich Sie nicht rauswerfe!«

Ina tat einen Schritt auf ihn zu. »Herr Wesendonk«, sagte sie behutsam, »ich hab das doch nur getan, weil die alte Dame sich Sorgen um ihr Lebenswerk macht. Sie ist ein wenig misstrauisch, gerade, wenn es um die Firma geht. Wirklich, es steckt keine böse Absicht dahinter.« Sie hob die Stimme. »Und wenn Sie mich rauswerfen, müssen Sie mit nassen Haaren ins Bett.«

Grummelnd drückte Peer ihr das Handtuch in die Hand.

»Also, was nun?«, fragte sie und rubbelte Peer durchs. »Haben Sie einen Verdacht gegen die Baronin?«

»Sie ist zumindest in die Sache verwickelt. Nicht nur, weil ihr die Firma mal gehörte oder meinetwegen noch gehört.«

Ina zog die Brauen zusammen und nickte. »Verstehe.«

»Und wenn sie wirklich Dreck am Stecken haben sollte«, Peer hob die Hand, »wenn! –, dann dürfen Sie sie nicht schützen, klar?« Er nahm die Schlafanzugjacke und streifte sie sich vorsichtig über.

»Ich weiß nicht. Ich arbeite doch für sie, da bin ich zu Loyalität verpflichtet.«

»Sie haben aber auch Pflichten anderen gegenüber. Zum Beispiel mir. Also seien Sie so gut und trocknen mich komplett ab, damit ich endlich die Hose und dann den Bademantel anziehen kann. Wenn ich erfriere, haben Sie nämlich ganz andere Probleme als die Loyalität zur Baronin!«

Kichernd streifte Ina ihm die Hose bis über die Knie, hob ihn aus dem Duschstuhl und trocknete seinen Po ab, während Peer sich um ihre Schultern klammerte, was noch immer nur unter Schmerzen möglich war. Plötzlich verharrte sie. »Meinen Sie echt, ich krieg Probleme?«

Peer wartete mit der Antwort, bis er endlich wieder, trocken und angekleidet, im Rollstuhl saß. »Das kommt drauf an. Sollte sie in den Fall verwickelt sein, könnte Ihr Schweigen im Extremfall als Beihilfe ausgelegt werden. Aber abgesehen von den rechtlichen Fragen gibt es ja auch die moralische Seite. Wenn wir diesen Fall nicht aufklären, könnte das halbe Dorf ohne Arbeit dastehen.«

Ina blieb der Mund offen stehen. »So schlimm?«

Peer hob die Schultern, ohne etwas zu sagen. Sie blies die Backen auf und pustete schwer. Dann räumte sie die Handtücher weg und schob den Duschstuhl in die Dusche. »Meinten Sie das ernst?«

»Was denn?«

»Sie haben gerade gesagt: ›Wenn *wir* diesen Fall nicht aufklären‹ … Arbeiten wir jetzt zusammen?«

Peers Augen weiteten sich. »So weit würde ich dann doch nicht gehen. Verstehen Sie mich nicht falsch, Ina …«

»Schon klar, ich hab keine Erfahrung. Aber vielleicht beim nächsten Fall.«

Peer sagte nichts, während sie ihn ins Wohnzimmer schob. Bis jetzt hätte er nicht zu hoffen gewagt, dass es einen dritten Fall geben könnte. Und *seit* jetzt fürchtete er sich sogar ein wenig davor.

22:15 Uhr

Hi Peer,
nur mal ein Report zwischendurch, damit du auf dem Laufenden bist:

- Sicherheitssysteme laufen fast optimal, ich hab noch keinen dauerhaften Zugriff.
- Zwei Angriffe wurden in letzter Zeit nach wenigen Minuten automatisch blockiert. Ich hab das nachgestellt und bin auch nach 3–5 min wieder rausgeflogen.
- Dafür gibt es einen Sniffer (intern?), der große Teile des

Mailverkehrs der Firma ausspioniert. Noch keine Ahnung, wer das ist.

Ich melde mich, sobald ich mehr weiß.
Ciao
Bastian

Peer sah auf. Jemand spionierte die Mails der Firma aus? Er öffnete Verenas Mail noch einmal: Sie stammte von ihrer Firmen-Mailadresse, also könnte jetzt jemand wissen, was sie geschrieben hatte. Wenn sie nicht sogar selbst dieser Sniffer war ...

3. Dezember 2014

10:30 Uhr

Das konnte doch nicht sein! Ina war gerade erst gegangen, wieso musste es jetzt klingeln? Wahrscheinlich war sie es selbst, hatte beim Durchs-Haus-Wirbeln-und-saubere-Stellen-noch-sauberer-Machen ihre Schlüssel liegen lassen. Peer grinste. Das kostete sie sicher Überwindung, dieses Missgeschick eingestehen zu müssen. In der Euphorie nahm er kaum wahr, dass das Drehen der Rollstuhlreifen noch immer schmerzhaft bis in die Brust zog. Zu groß war die Freude auf die Genugtuung. Auch beim Öffnen der Haustür zog noch einmal der Schmerz durch die Brust. »Na, was gibt's denn noch?« Sein Grinsen erstarb.

Vor der Tür stand Jonas Werner, bibbernd, mit frostgerötetem Gesicht. »Sind Sie endlich allein?« Er stürmte am Rollstuhl vorbei durch die Diele ins Wohnzimmer.

Peer verharrte an der Tür. Sollte er ihm folgen oder lieber hinausrollen und nach Hilfe suchen? Da war jemand in seinem Haus, von dem er nicht wusste, wozu er fähig war. Eventuell war dieser Jonas für den Tod des Katers verantwortlich, vielleicht sogar dafür, dass Peer beinahe von einer Unmenge Baumstämmen zermalmt worden wäre. Auf jeden Fall war er am Wochenende nicht in Berlin gewesen, sondern hier umhergekurvt. Und gerade eben hatte er gefragt, ob Peer allein sei. Weil er keine Zeugen brauchen konnte?

»Herr Wesendonk? Nun kommen Sie schon, ich muss Ihnen etwas zeigen!«

Verdammt, wie Peer das hasste! Genau zu wissen, dass er wider alle Vernunft von seiner Neugier getrieben ins Wohnzimmer rollen würde wie die Motte zur Kerze. Dass dieser Jonas einen Köder ausgeworfen hatte, den Peer einfach nicht verschmähen konnte. Ja, er sollte sich in Acht nehmen. Und ja, er wusste, dieser Mann könnte gefährlich sein. Aber er wollte eben auch wissen, welche Neuigkeiten da auf ihn warteten.

Als Peer den Durchgang zum Wohnzimmer erreichte, hatte Jonas Werner bereits die Jacke ausgezogen, sich auf die Couch gesetzt und ein paar Zettel auf dem Tisch verteilt.

»Kommen Sie!« Seine Stimme klang freundlich. Aber was hieß das? Andreas Stimme hatte noch viel freundlicher geklungen. Jonas sah ihm ins Gesicht und wirkte erschrocken. »Sie sehen schlimm aus. Was haben Sie denn gemacht?«

Peer antwortete nicht, versuchte, eine Regung in Jonas' Mimik auszumachen. Aber nichts. Entweder war er verdammt gut – oder ehrlich. »Was soll das da alles?«

»Kommen Sie und sehen Sie selbst. Ich habe, sagen wir mal: Erkundigungen eingeholt. Auf dem Server der RWG.«

»*Sie* haben sich in den Firmenserver gehackt?«

»Na ja, nur kurz. Bin ja kein Fachmann, hab nur so Allerwelts-Hacks drauf. Nach zwei Minuten hat mich das Sicherheitssystem entdeckt und rausgeschmissen.«

»Immerhin. Und das zweimal macht schon vier Minuten. Aber seien wir ehrlich: Es waren wohl eher acht.«

Jonas schwieg einen Moment. »Respekt«, raunte er. »Ja, für ein bisschen was hat's gereicht.« Der Stolz in der Stimme des Umweltaktivisten und Freizeithackers war nicht zu überhören. »Da ist durchaus brisantes Material dabei.« Er wies auf die Zettel auf dem Tisch. »Hier!«

Peer rollte heran. »Was ist das?«

»Ein Vertragsentwurf, sozusagen. Keine Ahnung, an wen er gerichtet war. Ich weiß nicht mal, ob er an die RWG geschickt worden ist oder von jemand hier geschrieben wurde. Auf jeden Fall geht es um eine intensive Zusammenarbeit mit der Ho-Ho Segrahn, dem Konkurrenten aus dem Westen.«

»Okay.«

»Verstehen Sie nicht? Das erklärt alles.«

Peer legte den Kopf schief und atmete tief durch. Jetzt kam es darauf an. »Keine Ahnung, was das erklären soll. Ehrlich gesagt, hätte ich lieber eine Erklärung von Ihnen. Zum Beispiel, warum Sie sich so ein gutes, aber, wie Sie selbst sagen, nicht beweisbares Alibi zurechtlegen und dann so dumm sind, Ihren Wagen zu benutzen, obwohl sie ja angeblich in Berlin sind.«

Jonas zögerte einen Moment. »Ja und? Vielleicht bin ich nicht der Einzige, der den Wagen fährt.«

»Ach ja, wer denn bitte noch?«

»Was geht es sie an, wem ich mein Auto leihe?«

»Hören Sie mal, ich muss wissen, ob Sie in den Fall verwickelt sind, den ich untersuche. Erst präsentieren Sie mir ein Alibi, das Ihnen niemand abnimmt; und kaum widerlege ich Ihre Aussage, kommen Sie mit neuen Ausflüchten daher. Ich glaube ihnen nicht, Herr Werner!«

»Ihre Sache. Was wollen Sie mir überhaupt in die Schuhe schieben?«

»Es ist doch auffällig, dass Sie angeblich genau an den Tagen weg sind, in denen mir das passiert«, er wies auf sein Gesicht, »und der Kater getötet wird.«

»Getötet? Welcher Kater?«

»Hören Sie auf damit, Jonas. Sie wollen nicht immer noch behaupten, Sie hätten nichts mit Vaclavs Tod zu tun?«

»Womit?« Eine Mischung aus Unsicherheit und Entsetzen blitzte in Jonas' Augen auf.

Als Peer berichtete, wie man Verenas Kater gefunden hatte, wurde Jonas kreidebleich. »Mein Gott. Die Schweine«, wisperte er, »sie tun es wieder.«

»Wer?« Peer riss die Augen auf. »Wer tut was wieder?«

Jonas presste die Lippen aufeinander, starrte stumm vor sich hin. Endlich sagte er leise: »Ich hatte einen Hund, einen Jack Russell. Vor zwei Jahren hab ich schon mal gegen eine Firma protestiert. Hab mich ziemlich mit den Leuten angelegt. Eines Abends kam ich zurück in meine

Unterkunft und da lag mein Hund.« Er schluckte. »Mit abgetrenntem Kopf.« Erst nach mehrmaligem Schniefen konnte er weiterreden. »Daneben lag ein Zettel: ›Mach so weiter und du bist der Nächste!‹« Er holte ein Taschentuch hervor und schnäuzte sich ausgiebig.

Mit so einer Neuigkeit hatte Peer nicht gerechnet. Für einen Moment fühlte sein Kopf sich an wie ein Sieb, aus dem all die sicher geglaubten Fakten hinausrannen und nur Leere hinterließen. Sein Blick fiel wieder auf den Tisch. »Und diese andere Firma, die ›Schweine‹, das war ...«

»Die Ho-Ho Segrahn! Natürlich!«, rief Jonas. »Das sind die Verbrecher, die meinen Hund auf dem Gewissen haben. Jetzt haben die auch hier die Finger im Spiel. Die tote Katze ist der Beweis. Und das, was Ihnen passiert ist.«

»Nein, Moment«, wehrte Peer mit erhobener Hand ab. »Sie haben keine Beweise. Und die Schriftstücke hier ... dass zwei benachbarte Unternehmen miteinander kommunizieren, ist sicher eher die Regel als die Ausnahme.«

»Das ist nicht Ihr Ernst!« Jonas sprang auf. Sein Gesicht färbte sich wieder rötlich, aber diesmal nicht vom Frost. »Was brauchen Sie noch? Die haben meinen Hund umgebracht, weil ich mich zu sehr für ihre Machenschaften interessiert habe. Und jetzt haben sie den Kater aufgeknüpft, weil Verena was herausgefunden hat.«

»Wie kommen Sie darauf?«, fragte Peer; er spürte, wie seine Augenbrauen sich über der Nase zusammenzogen. Dieser Kerl wusste mehr, als er sagte.

»Das ist doch offensichtlich! Scheiße, Mann, begreifen Sie das nicht? Das sind Verbrecher! Und die sind die ganze Zeit dabei, Sie zu verarschen! Peer Wesendonk, der große Detektiv, verarscht von der Holzmafia!«

»Was ich begreife, ist, dass Sie sich illegal in ein Firmennetzwerk eingehackt haben und mir hier Dokumente aus zweifelhafter Quelle vorlegen. Woher weiß ich, dass dieses Schreiben überhaupt echt ist? Sie machen sich gar nicht die

Mühe, Ihren Hass gegen die Ho-Ho Segrahn zu verbergen. Woher weiß ich, dass Sie das alles nicht fingiert haben, um denen eins auszuwischen?«

»Was?« Jonas' Augen weiteten sich. »Das ist doch … Mann, Sie sind fast noch schlimmer als der Rest dieser asozialen Bande!« Er griff nach den Dokumenten und seiner Jacke. Ehe Peer richtig realisiert hatte, dass er das Wohnzimmer verlassen hatte, knallte schon die Haustür zu.

Peer atmete tief durch. Was war das gewesen? Warum war Jonas wirklich zu ihm gekommen? Es könnte sein, dass er von Vaclav und dem Anschlag auf Peer tatsächlich nichts gewusst hatte; dann passten sein ermordeter Hund und der Drohbrief perfekt in das Schema und die Ereignisse hier würden seinen Verdacht bestätigen.

Aber Peggy glaubte die Berlin-Geschichte nicht, und Verena hatte eine Menge dubioser Dinge über Jonas im Internet gefunden. Wenn die beiden recht hatten, war es genauso gut möglich, dass er die Geschichte mit seinem Hund nur erfunden hatte. Dass er versuchte, die Ho-Ho Segrahn als Sündenbock hinzustellen und so zwei Firmen auf einen Streich zu vernichten.

Verdammt, er wurde nicht schlau aus diesem Kerl. Und er hatte keine Gelegenheit gehabt, ihn nach dem angeblichen Fahrer des R4 zu fragen, der alles aufklären könnte. Dessen Aussage entscheiden würde, ob Jonas unschuldig war oder ob er hinter allem steckte, ein Holzdieb war – und ein Katzenmörder.

13:15 Uhr

Wieder klingelte es. Noch ein Krankenbesuch, schätzungsweise der elfte in den drei Tagen. Schon seltsam, dass manche Leute sich erst zu einem Behinderten trauten, wenn er wirklich »echte« Verletzungen besaß … Oder sollte das schon Palu sein? Nein, der Physio-Termin war für halb zwei angesetzt, so viel früher würde er nicht kommen.

Tatsächlich war eine Frauensilhouette hinter der Milchglasscheibe zu sehen. Peggy. Mit einer großen Einkaufstüte.

»Hallo Schätzchen.« Sie gab ihm einen Kuss auf die Wange. »Hast du kurz Zeit?«

»Kurz, ja. Hab gleich Physiotherapie.« Außerdem konnte er sich denken, warum Peggy gekommen war.

Sie nickte, zog ihren Wollmantel aus, schnappte sich die Tüte und lief ins Wohnzimmer. Peer rollte hinterher.

»Willst du was trinken?«

»Nein danke. Ich hab auch nicht viel Zeit. Ich wollte nur mal eben was ausprobieren.« Sie warf einen Blick in ihre Tüte. »Oder eher an... Stell dir vor: Eilien hat schon angefangen, dein Engelskostüm zu nähen.«

»Weiß ich.«

»Wie?« Peggys Mund blieb offen stehen.

»Offenbar hatte sie ein altes Kostüm aufgetrennt, was du mir schon mal hättest zeigen sollen.«

»Ach das!« Sie winkte ab. »Hätte nie im Leben gepasst. Aber jetzt hatte sie eine Superidee. Schau mal!« Sie griff in die Tüte und holte eine Menge weißen Stoff hervor.

»Ich bin mir immer noch nicht sicher, ob das eine gute Idee ist. Ein Engel im Rollstuhl? Wenigstens die älteren Kirchenbesucher werden sicher daran Anstoß nehmen.«

»Deshalb hatte Eilien ja die Idee, einen Überwurf für den ganzen Rollstuhl zu machen. Wenn man nichts mehr davon sieht, wirkt es, als würdest du schweben.«

Was sollte er tun? Da stand diese warmherzige Frau, die ihm schon so oft geholfen hatte, die ihm das Leben gerettet hatte. Und die Wirtin, die ihm die Hintertür aufschloss, damit er sein Bier trinken konnte, nähte extra für ihn ein Kostüm. »Ich kann es ja mal anprobieren.«

Sie schloss ihn in die Arme. »Wie wunderbar, ich freu mich. Weißer Samt«, seufzte sie mit einem Blick auf den

Stoffberg in ihren Armen und versuchte dann, das Kostüm auseinanderzufalten. »Warte, wo ist denn hier oben?«

Es klingelte wieder. Das musste Palu sein. Ausgerechnet jetzt. »Bin gleich wieder da«, rief er und fuhr zur Tür. Richtig, da stand der Koloss. Am liebsten hätte Peer getan, als wäre niemand zu Hause. Aber zum einen hatte er seinen Termin und zum anderen hatte er eben gesehen, dass auch Peggys Auto im Hof stand – also keine Chance!

»Hi, Peer!« Der Physiotherapeut stieß die Tür auf und stürmte in die Diele wie ein Panzer. »Wie geht's, wie steht's?«

»Hervorragend«, brummte Peer, »gerade ist die Sonne aufgegangen.«

»Wie lieb!« Palu trug eine Tasche über der Schulter, die er auf den Tisch in der Diele gleiten ließ. »Spielzeug.« Er grinste. »Aber ich hab gesehen, du hast Besuch?«

Peggy trat in die Diele, das weiße Engelsgewand über die ausgestreckten Arme gebreitet. »Ja, ich bin aber gleich weg. Tachschön, ich bin Peggy.«

»Palu. Freut mich.« Er streckte ihr seine Pranke entgegen.

»Tut mir leid«, sie hob das Gewand. »Palu, ist das polnisch oder irgendwo aus dem Süden?«

Palu grinste noch breiter. »Nee, Spitzname. Jeder nennt mich so.«

»Fast jeder«, warf Peer ein.

»Inzwischen jeder.«

Peggy hielt Peer das Kostüm entgegen. »Hast du trotzdem kurz Zeit, reinzuschlüpfen? Dann kann Eilien noch was ändern, wenn nötig.«

»Ach nee«, Palu pfiff durch die Zähne, »wusste gar nicht, dass du auf weißen Pannesamt stehst.«

»Und ich hätte nicht gedacht, dass ein Mann wie du sich mit Stoffen auskennt«, meinte Peggy anerkennend.

Peer schnaubte. »Wer, wenn nicht er? Palu, kannst du dich einfach um deinen Kram kümmern?«

»Klar, mach ich doch immer.«

Peggy hielt ihm die Ärmel entgegen, sodass Peer hineinschlüpfen konnte. Als er den Arm hob, fuhr ihm wieder der Schmerz durch die Brust. Stockend keuchte er: »Palu, … es gibt … gleich … Aaaah…rbeit für dich.«

»Kein Problem, dich kriegen wir schon wieder hin. Wart mal.« Der Physiotherapeut trat heran, hielt den Arm hoch, bis Peggy den Ärmel darübergestreift hatte.

Minutenlang zupfte sie an ihm herum, schüttelte alles zurecht, drapierte den Stoff über den Rollstuhl – aber so sehr sie auch zog und zerrte, es reichte nicht. Die Ärmel waren gerade lang genug und im Brustbereich saß der Stoff angenehm locker, solange sie ihn nicht über die Rückenlehne zog. Sobald sie das jedoch versuchte, konnte Peer kaum noch atmen.

»Oje«, jammerte sie, »da wird Eilien noch einiges zugeben müssen.« Sie holte ein Maßband heraus. »Das hätten wir gleich machen sollen. Eilien meinte ja, es reicht, wenn sie den alten Dress einfach drei Nummern größer und einen halben Meter länger macht. Aber messen ist immer besser!« Sie nahm die Maße von Brust, Lehne, Sitzfläche und Rädern auf und trug alles auf eine Zeichnung ein, die Peer schnell skizziert hatte.

Währenddessen hatte der Physiotherapeut seine Tasche ausgepackt. Bälle, Keulen, Ringe – Peer schlug schon beim Hinsehen das Herz bis zum Hals. Das konnte ja heiter werden. Dazu noch eine Gymnastikmatte. Sollte Peer sich etwa auf den Boden legen?

Palu wandte sich um, legte den Kopf schief und hob dann den Daumen. »Steht dir. Würd ich hier auf dem Dorf aber nicht mit rumfahren. Ich weiß nicht mal, ob es in Schwerin einen Transen-Treff gibt.«

Peggy kicherte. »Du bist auf dem falschen Dampfer! Peer ist doch nicht … Das ist ein Kostüm fürs Krippenspiel.«

»Ach so«, sagte Palu gedehnt und schmunzelte. »Da bin ich ja beruhigt.«

Jetzt begriff Peggy. »Na, du bist mir ja einer! Bist du immer so witzig? Das ist genau nach Peers Geschmack.« Sie warf ihm einen mitleidigen Blick zu.

»Das kann ich dir sagen«, bestätigte Peer. »Wir haben nichts als Spaß, Spaß, Spaß.« So viel Spaß, dass er sich jetzt am liebsten ins Bett verkriechen und die Decke über die Ohren ziehen würde. Ganz fest, damit niemand ihn fände.

»Na, dann will ich nicht weiter stören.« Sie nahm Peer das Kostüm ab, raffte den Stoff zusammen und stopfte ihn wieder in die Tüte. »Die Maße hab ich ja jetzt.«

Palu hielt ihr die Tüte auf. »Eine schöne Frau wie du stört nie. Du kannst zugucken, wenn du willst. Und dann die Übungen mit Peer machen, wenn ich nicht da bin.«

»Vergiss es!«, rief Peer. »Die Zeit zwischendrin brauche ich zur Erholung. Wenn du mit mir fertig bist, kann ich mich ja kaum noch bewegen.«

»Nee, lass mal«, winkte Peggy ab, »ich hab Peer heute genug zugesetzt, da muss ich nicht auch noch seine Sklaventreiberin machen.« Ihr Blick ging über die Gymnastikgeräte. »Da krieg ich ja schon vom Ansehen Muskelkater.«

»Frag mich mal«, seufzte Peer.

»Na, ich wünsch euch beiden viel Spaß.« Sie gab ihm einen Kuss auf die Wange. »Grüß Sascha schön.«

»Mach ich, und du Werner.«

Als sie die Tür hinter sich geschlossen hatte, trat Palu auf ihn zu. »Meine Güte, bei dir ist ja immer was los. Hatte keine Ahnung, dass ein Ex-Organist so gefragt ist.«

»Das sag ich dir! Je weniger ich mich bewegen kann, umso mehr bewegt sich um mich herum.«

»Das mit dem Bewegen kriegen wir hin. Dann kannst du den Leuten hier wieder selbst auf die Nerven gehen.«

»Apropos Bewegen: Wann lerne ich Auto fahren?«

Palu grinste. »Siehste, genau das meine ich mit auf die Nerven gehen.«

17:20 Uhr

Es war schon seit einer halben Stunde stockdunkel, weshalb Ina die Kerze auf dem Adventskranz entzündet hatte, sobald sie gekommen war. Zwar galt seit Jahren das ungeschriebene Gesetz im Hause Wesendonk, dass die Adventskerzen nur angezündet wurden, wenn Sascha zu Hause war. Peer hatte Ina darauf hinweisen wollen, doch sie hatte mit dem Feuerzeug in der Hand vor ihm gestanden und verkündet, diese dunkle, kalte Jahreszeit brauche dringend Licht. Und so hatte er es nicht übers Herz gebracht, ihr den Wunsch abzuschlagen. Schließlich hatte Ina schon um kurz nach fünf auf der Matte gestanden, drei Stunden früher als sonst. Und das war Peer momentan sehr recht, vor allem direkt nach der Krankengymnastik.

Auch diesmal hatte Palu ihn bis zur Erschöpfung getriezt, alle geprellten und gezerrten Muskeln in die Mangel genommen – zwar nur ganz sanft, sodass sie angeblich »ihre Selbstheilungskräfte mobilisieren« könnten, aber da zurzeit jede Bewegung schmerzte, half Peer die Aussicht auf eine ferne Selbstheilung heute nicht viel.

Als Ina einen Becher dampfenden Tee und einen Teller mit vier Zimtsternen ins Wohnzimmer brachte, klingelte es. »Wer kann das sein? Erwarten Sie noch jemanden?«

Peer sog scharf die Luft ein. »Wieso glauben Sie jedes Mal, ich würde Leute erwarten? Haben Rollstuhlfahrer einen höheren Erwartungshorizont, oder was?«

»Ich frag ja nur, weil ständig jemand zu Ihnen kommt. Hier ist an einem Tag mehr los als im Schloss in einer ganzen Woche.«

»Sehen Sie! Und da ich mir keine Sekretärin leisten kann, die die Termine für mich organisiert, haben Sie hoffentlich Verständnis dafür, dass Leute unerwartet zu mir kommen.« Er nickte zur Diele. »Sie könnten aber Ihre Neugier leicht befriedigen, indem Sie einfach zur Tür gehen und sie öffnen.«

»Neugierig? Ich? Das hat mir noch niemand gesagt!« Die letzten Worte waren aus der Diele kaum noch zu hören.

Nein, dachte Peer, hat sich vermutlich niemand getraut.

Eine dröhnende, freundliche Männerstimme erklang. Erich. Was wollte der hier? Wenig später kam der Bauer mit einer Papiertüte in der Hand ins Wohnzimmer.

»Herr Schlüter«, sagte Ina, als könnte Peer das nicht selbst sehen. »Möchten Sie einen Tee?« Offenbar war das nicht als Frage gemeint, denn sie rauschte in die Küche, ohne eine Antwort abzuwarten.

Erich und Peer zuckten mit den Schultern, der Bauer setzte sich. »Dann will ich wohl 'n Tee. Und? Wie is? Was sagt die Frau Doktorin?«

»Alles in Ordnung. Glück gehabt. Klar, tut alles weh. Aber im Moment wohl eher wegen der Physiotherapie.«

»Hab schon gehört, dass dich so 'n Gorilla quält, or'ntlich durchknetet und so. Hilft's denn wenigstens?«

»O ja. Ohne ihn wäre ich am Samstag Mus gewesen.«

Erich lachte. »Krüppelmus an Baumstammrisotto.«

»So was in der Art«, gab Peer grinsend zurück. »Was hast du denn da?«

Der Blick des Bauern folgte Peers Handbewegung bis zur Tüte auf seinem Schoß. »Ach, das.« Er hob die Papiertüte und öffnete sie. Ein warmer, nussiger Duft breitete sich aus: Familie, Abendessen, satte Zufriedenheit. »Daniela hat gebacken. Und sie hat gemeint, ein frisches Brot kann helfen, solche Vorfälle schneller zu überwinden.« Er ließ den dunklen Brotlaib aus der Tüte gleiten. Die glasierte Oberfläche glänzte verführerisch im Kerzenlicht.

»Danke, tolle Idee.« Ein Lächeln stahl sich auf Peers Gesicht. »Ich fühle mich jetzt schon besser.«

»Kein Problem, dann nehm ich's wieder mit.«

»Das lässt du schön bleiben!«, rief Peer.

Ina kam mit Erichs Tee herein. »Wie schön, ein Brot!«

»Ja, Ina«, sagte Peer langsam und überdeutlich. »Das ist ein Brot. Und das ist Herr Schlüter.«

Sie sah ihn scharf von der Seite an und wandte sich dann an den Bauern, der sich mühte, ein Glucksen zu unterdrücken. »Wenn Sie sich beruhigt haben, bestellen Sie Ihrer Frau einen lieben Dank. Das werde ich gleich einfrieren, dann bleibt es bis zum Wochenende frisch.«

»So weit kommt's noch!« Peer beugte sich vor, um den Laib zu greifen, doch Ina war schneller. »Höchstens die Hälfte! Das will ich heute Abend probieren.« Er sah, wie Ina an der Kruste schnupperte. »Vielleicht wollen *wir* es auch probieren.« Lächelnd sah er Ina hinterher, die sich strahlend entfernte. »Eigenes Getreide, Erich?«

»Klar. Wär ja bescheuert, wenn ich Bioweizen anbau und Daniela dann teuer bei Rossmann dafür bezahlt.«

Peer kam ein Gedanke. »Weizen. Dir gehört doch das Feld, das an das abgeholzte Waldstück grenzt, oder?«

»Schon fast. Hab's von Gertrud gepachtet gehabt. Und du weißt ja, dass sie mir alle Anbauflächen vermacht hat. Das muss jetzt erst alles von den Notar'n und Gericht'n durchgekaut werden. Wieso?«

»Wann warst du zuletzt da, um das Feld zu bearbeiten?«

Erich griff sich ans Kinn. »Du stellst Fragen. Hast ja gesehn, der Winterweizen is schon aufgelaufen, das wird manchmal ein' Monat her sein. Wart mal!« Er stand auf und lief in die Diele, kam mit einem Taschenkalender zurück. »Hab ihn doch dabei. Hier … nee, die Woche davor?« Er blätterte langsam. »Da! Wakenstädt Winterweizen, 28. Oktober, die Woche vorm Reformationsball.«

Verdammt, das war zu früh! »Ist dir da was aufgefallen? Hast du zufällig nach dem Waldstück gesehen?«

Der Bauer hob die Augenbrauen und blies die Backen auf. »Also, hingesehn, beim Säen, das hab ich wohl. Aber nicht reingesehn, wenn du das meinst.« Er verengte die Augen zu Schlitzen. »Sag mal, wieso fragst du eigentlich? Bin ich wieder dein Hauptverdächtiger, oder wie?«

»Also Herr Wesendonk, wie können Sie Herrn Schlüter verdächtigen?«, tadelte Ina, die mit dem Tee hereinrauschte. »Er hat Ihnen ein frisches Brot gebracht.«

»Und das tun Verdächtige nicht, oder was? Mit Speck fängt man Mäuse. Ich verdächtige ihn doch gar nicht.«

»Lassen Se ma'«, beruhigte der Bauer Ina, »das kenn ich schon, dass der Detektiv auf'm falschen Dampfer is. Als Nächstes denkt er dann wieder, die Frau Doktorin war's. Hat die Bäume mit ihr'n Skalpell abgesäbelt.« Lachend klopfte er sich auf die Schenkel.

»Hallo! Hast du nicht gehört? Ich verdächtige weder dich noch die Ärztin. Also red nicht so einen Blödsinn. Ina bringt das fertig und posaunt das im Schloss aus.«

Ina wandte den Kopf ab, presste nur einen hohen, spitzen Ton durch die geschlossenen Lippen.

Peer beugte sich zu Erich und murmelte verschwörerisch: »Ina ermittelt nämlich auch.«

Noch einmal ertönte der hohe spitze Ton von Ina, ging aber im Gelächter des Bauern unter.

Plötzlich hielt Erich inne. »Wart mal, Skalpell? Horst hat doch neulich was gesagt von wegen, dass ihr Schnitzelhäcksler ein' Schaden hat. Hat er da was rausgefunden?«

»Die Stämme, die mich überrollt haben, sind wirklich vom Harvester der RWG bearbeitet worden. Aber Horst konnte nicht sagen, ob sie von dem Waldstück stammen oder von woanders.«

»Und wo ist das Holz von da jetzt?«

Peer seufzte. »Ich hab keine Ahnung.«

»Wie?«, meinte Ina. »Das haben Sie immer noch nicht herausgefunden?«

»Das kann in halb Europa sein. Wie soll ich das finden? Haben Sie da vielleicht eine Ahnung, Frau Kollegin?«

»Ein richtiger Detektiv wüsste einen Weg. Sherlock Holmes hätte einfach die Profile der Lkw untersucht und dort bestimmte Rückstände gefunden.«

»Der war ja 'ne Romanfigur, Ina. Das darfst du nicht vergessen. Und er war nich querschnittsgelähmt.«

»Was hat das denn bitte damit zu tun? Und seit wann duzen wir uns?«

Erich winkte ab. »Hier ist Dorf, da wird geduzt. Auf'm Schloss dürft ihr euch meinswegen 'n Stock in Hintern schieben, aber nich hier!«

Ina lief rot an. »Na gut ... Erich.« Sie schob die Ärmel ihres Kittels bis zu den Ellbogen hinauf. »Dann lass dir gesagt sein, dass eine Querschnittslähmung keine Entschuldigung dafür ist, Spuren zu übersehen.« Sie näherte sich dem Bauern langsam, aber mit einer so bedrohlichen Unerbittlichkeit, dass Peer den Atem anhielt. »Und erst recht keine Spuren, die zu dem Täter führen könnten, der einen Anschlag auf einen selbst verübt hat.«

»Mann, Ina, reg dich ab.« Erich wich zurück. »Ich mein doch bloß, dass Peer sowieso nich der geborene Ermittler is und nu auch noch diese ganzen Traumas hinter sich hat.«

»Das heißt Traumata«, fauchte Ina.

Peer räusperte sich. »Seid ihr bald fertig?«

Die beiden schauten ihn überrascht an.

»Nicht nötig, dass über eurem Scharmützel die Kerze runterbrennt, wenn ihr euch eh einig seid, dass ich als Detektiv eine Niete bin. Lasst uns die Energie lieber in die Frage stecken, wer – vielleicht auch über Umwege – Zugang zum Hackschnitzelharvester gehabt haben könnte.« Er tippte sich an die Nase. »Vor allem natürlich die Frage, ob Jonas Werner Verbindungen zur RWG hat.«

Erich runzelte die Stirn. »Reicht sein Cousin nicht?«

»Welcher Cousin?«

»Nu hör aber auf. Weißt du nich, dass Walter Grenzin und Jonas verwandt sind?«

Peer blieb der Mund offen stehen.

»Jo«, setzte Erich nach, »Walters Mutter und Jonas' Großmutter waren Schwestern.«

»Ich sag's ja.« Ina seufzte. »Und um das zu erfahren, muss man nun wirklich nicht Sherlock Holmes sein.«

4. Dezember 2014

9:35 Uhr

Es hatte etwas von einem vorgezogenen Weihnachtsabend, als der Lieferwagen der Rollstuhlwerkstatt vorfuhr. Endlich könnte Peer sich wieder im Dorf bewegen – obwohl das vielleicht bald aus anderen Gründen nicht mehr möglich wäre. In der Nacht hatte leichter Schneefall eingesetzt, inzwischen war die Schicht schon drei bis vier Zentimeter hoch. Und so kam Peer eine Idee, während er mit einem breiten Grinsen seinen E-Rolli in Empfang nahm.

»Sagen Sie, gibt es für Rollstühle auch Schneeketten?«

»Nicht, dass ich wüsste. Gab mal eine Firma, die so was herstellen wollte, von der hat man nie wieder gehört. Wir haben einen Kunden, der hat sich selbst was gebastelt, mit Kabelbindern um die Räder. Einfach alle zehn Zentimeter einen festzurren, funktioniert wohl ganz gut. Und wenn Sie wollen, kann ich Ihnen einen Rahmen schweißen, dann können Sie den Schneepflug von Ihrem Rasenmähertraktor an den Rolli bauen.« Lachend ließ sich der Techniker die Empfangsbestätigung unterschreiben und ging.

Schneepflug … sehr witzig! So weit würde es hoffentlich nicht kommen, oder? Verdammt, jetzt war der Kerl schon wieder weg, ehe Peer fragen konnte, wie man die Kabelbinder befestigen sollte – mit dem Verschluss nach außen? Egal, das wüsste das Internet auch.

Da stand seine Fahrkarte in die Freiheit. Ob er allein in den E-Rolli wechseln könnte? Momentan war Ina noch da, aber er konnte nach der Heimkehr ja schlecht bis fünf an der Garderobe sitzen und auf sie warten. Er rollte neben den reparierten Rollstuhl. An einigen Stellen waren Schrammen und Dellen zu sehen, vor allem die Kunststoffteile, die sie nicht ausgetauscht hatten, sahen schlimm aus. Dafür war der Antrieb neu, der Akku ebenfalls – schon wieder. Bei der Abholung des Unfallfahrzeugs hatte der Techniker gewitzelt, dass mehr als zwei neue Akkus im Jahr aber nicht drin seien. Als hätte Peer die Absicht, in den letzten Wochen des Jahres noch einen Totalschaden hinzulegen. Nein, davon hatte er wahrlich genug gehabt!

Er stemmte sich hoch, versuchte, die Bewegungen, die ihm zur Routine geworden waren, möglichst behutsam durchzuführen. Arm- und Schultermuskeln besaßen noch genügend Kraft, doch der Schmerz, der bei der Anstrengung durch Brust, Rücken und Schultern zog, ließ Peer beinahe aufgeben. Erst mit dem dritten Versuch saß er endlich schweißüberströmt und mit tränenden Augen im E-Rolli.

»Ina!«, rief er in Richtung Küche. »Ich mach mich dann auf den Weg. Wie kalt ist es denn heute?«

Die Krankenschwester kam angerauscht. »Dann kann der Rest vom Frühstück wohl weg, was?« Ihre Stimme klang tadelnd, aber ihr Gesichtsausdruck hatte etwas von »Wenn man Jungs ein Spielzeug gibt …«.

»Ja, vielen Dank. Es war köstlich wie immer, aber jetzt muss ich los.«

»Köstlich wie immer? Spaßvogel. Brötchen, Marmelade und Obst. Sie machen sich über mich lustig, was? Vorsicht, sonst schicke ich Sie mit dem Seidenblouson raus und Sie frieren sich den Arsch ab.« Sie stutzte. »Nee, das würden Sie ja nicht mal merken.«

Die beiden sahen sich einen Moment stumm an und prusteten dann los.

»Hier, nehmen Sie die gefütterte Goretex-Jacke und die imprägnierte Decke für die Beine; es soll weiterschneien.« Sie zog ihm erst die Jacke über und wickelte dann die Beine fest ein. »Mütze!«, kommandierte sie, als Peer schon zur Haustür rollen wollte.

»Jawohl!«, rief er, schnappte sich die Fellmütze und machte sich auf den Weg.

Ina rief ihm nach: »Bleiben Sie nicht zu lange weg. Ich mach Ihnen Krautsalat und einen Milchreis zum Mittag. Und heute Abend gibt es Linseneintopf. Also sollten Sie Ihr Mittagessen rechtzeitig gegessen haben. Nicht, dass Sie Ihrer Frau ohne Appetit gegenübersitzen!« Sie hatte die Tür schon fast geschlossen, riss sie dann noch einmal auf. »Und seien Sie vorsichtig! Es könnte glatt sein.«

In der Tat war es ein ganz neues Fahrgefühl. Auf der Kiespiste des Lindenwegs hatte Peer Zeit, auszuprobieren, wie sein Rollstuhl mit der erneuerten Technik bremste und beschleunigte. Zum Glück war die blöde Drosselung noch abgeschaltet, sodass er ordentlich Tempo gewann. Als er jedoch auf die Asphaltstraße rollte – die Schneedecke war festgefahren und glänzte an einigen Stellen im Morgenlicht wie poliertes Glas –, stellte er schnell fest, dass er nicht zu viel Gas geben durfte. Auf einer besonders glatten Fläche brach der Rollstuhl aus, hätte sich beinahe einmal gedreht. Nur weil Peer geistesgegenwärtig Tempo wegnahm, bekam er ihn wieder unter Kontrolle. Also auf den Gehweg, der war wenigstens an einigen Stellen gestreut.

Das Kopfsteinpflaster der Schlossallee bot wieder eine neue Herausforderung. Hier musste Peer eher mehr Gas geben, um nicht an den glatten Steinen, die etwas höher herausragten, abzurutschen wie an einer Eiswand. Hätte er sich nicht so konzentrieren müssen, dass ihm vor Anstrengung der Schweiß auf die Stirn trat, wäre ihm diese Situation lächerlich vorgekommen: So ein großer Metallkoloss drohte an kleinen Steinen zu scheitern …

Er blickte sich um. Es fühlte sich ein bisschen so an, als käme er nach einer Krankheit wieder an seinen Arbeitsplatz. Und ein wenig war es ja auch so.

Niemand zu sehen, der ihn beobachten könnte. Er lächelte. Wer hielt sich bei diesem kalten Wetter auch länger als nötig draußen auf? Dann los. Den Zahlencode für die Tür hatte er sich vorsichtshalber im Handy notiert. Da er vorhin jedoch noch einmal Verenas Mail durchgelesen hatte, wusste er ihn auswendig. Die Tür schwang auf und Peer rollte hinein. Er zog die Mütze vom Kopf, schüttelte den Schnee von ihr ab und nutzte sie, um auch Jacke und Decke vom Schnee zu befreien. Zum Glück lauter fluffige, kleine Flocken, die wie Löwenzahnsamen davonstoben.

Könnte der Fahrstuhl ihn verraten? Wie oft mochte der am Vormittag benutzt werden, wenn doch eigentlich jeder in seinem Büro sitzen sollte – und ohnehin die meisten Mitarbeiter die Treppe nutzten? Egal, Peer hatte keine andere Wahl. Fahrstuhl oder umkehren!

Als die Tür im ersten Stock aufglitt, wartete Peer einen Moment, den Finger auf die Taste gepresst, die sie offenhielt. Falls jemand aus dem Büro schaute, würde er nur den leeren Gang sehen und keinen Verdacht schöpfen. Es blieb alles still. Nach etwa zwanzig Sekunden ließ Peer den Knopf los und rollte auf den Flur.

Stand eine der Türen offen, an denen er vorbei musste? Sah nicht so aus, Gott sei Dank. Er näherte sich Verenas Büro, wollte nach der Türklinke greifen, da schrammte die rechte Beinstütze des Rollstuhls laut knarzend an der Tür entlang. Verdammt!

So rasch es ging, drückte Peer die Tür auf, rollte hinein und schob sie wieder zu. Mit pochendem Herzen, das Ohr ans Holz gedrückt, horchte er. Nichts schien sich zu regen.

Musste er sich eigentlich so anstellen? Er war offiziell beauftragt worden, in der Firma zu recherchieren. Gut, eine geheime Akte mit Dokumenten von Verena an sich nehmen, war sicherlich etwas anderes als eine offizielle Untersuchung unter den Augen Arndt Kramms.

Er rollte zum Schreibtisch, auf dem ein kleiner Adventskranz mit roten Schleifen und goldenen Kerzen stand. Keine war angezündet worden. Unterste Schublade ganz hinten. Verdammt, wieder eine Aufgabe, die wie geschaffen für einen Krüppel war. Mit Mühe erreichte er den Griff der Schublade und konnte sie öffnen. Doch sie ließ sich nur etwa halb herausziehen; vom Rollstuhl aus konnte er nicht hineingreifen. Peer schluckte. Er hatte mit Palu geübt, sich auch vom Boden wieder in den Rollstuhl hinaufzuziehen. Aber richtig gut war es ihm bisher nicht gelungen, von der Eleganz und Behändigkeit, die er in manchen YouTube-Videos gesehen hatte, war er noch weit entfernt. Und im Moment war seine Beweglichkeit so eingeschränkt, dass er vermutlich nicht wieder hochkäme. Was mochte das für einen Eindruck machen, morgens von einer Putzfrau auf dem Boden vor einem offenen Schreibtisch gefunden zu werden?

Verdammt! Er sah sich um. Es musste doch irgendetwas im Zimmer geben, womit er an diesen Ordner käme. Der Garderobenständer? Wohl kaum. Die Aktenschränke mit einem Haufen weiterer Ordner wären ebenfalls keine Hilfe, genauso wenig wie die Zimmerpflanzen, von denen einige bereits die Blätter hängen ließen. Peer seufzte tief.

Moment, was, wenn er die Schublade ausräumte, so weit er kam, und sie dann mit Schwung aufzog? Müsste dann nicht der Inhalt von hinten nach vorne rutschen? Aber das würde Lärm verursachen; und mit wie viel Schwung könnte er da unten überhaupt ziehen?

Eine Stimme ließ ihn zusammenfahren. Nebenan redete jemand, offenbar ein Telefonat, denn es kam keine Antwort. Arndt Kramm. Verdammt, dass die Wände so dünn waren, war Peer bisher noch nicht aufgefallen. Dann war es zu riskant, an Schubladen herumzuzerren. Er müsste sich etwas anderes ausdenken. Vielleicht sollte er für morgen einen Termin mit Horst als Aufpasser organisieren. Der könnte ihm den Ordner da unten herausholen und wäre vielleicht sogar für einen Moment abzulenken, sodass Peer die Dokumente an sich nehmen könnte.

Und heute? Musste er mit leeren Händen wieder heimfahren? Vielleicht könnte er wenigstens ein Foto mit dem

Smartphone machen, um zu sehen, ob die Akte überhaupt da hinten lag. Es bestand ja immer noch die Möglichkeit, dass Verena mit in der Sache steckte und ihn auf eine falsche Fährte lockte.

Während Peer versuchte, das Handy so zu greifen, dass er es mit einer Hand halten und die Kamera auslösen konnte, sprach Kramm nebenan noch immer ins Telefon. Eine seltsam bedrohliche Atmosphäre: Einerseits spürte Peer Nervenkitzel wie in einem Agententhriller, andererseits mochte er sich nicht ausmalen, was geschähe, wenn man ihn hier entdeckte. Würde man auch dann noch auf die Polizei verzichten, aus Angst, Peer könnte zu viel verraten? Oder hatte Jonas Werner recht und man würde den neugierigen Rollstuhlfahrer kurzerhand beiseiteräumen?

Das erste Foto zeigte nur das Dokument, das unter dem Handy lag. Was stand darauf? »Pfandleihhaus«? Er ließ das Telefon los und fingerte nach dem Papier. Tatsächlich, eine Pfandquittung. Peer hielt den Atem an. Hiermit bestätigte ein Pfandleihhaus in Schwerin die Annahme eines Diamantcolliers im Wert von 25.000 Euro – von Herrn Hartmut Johannes von Radenow-Werthenbach.

Deshalb hatte die Baronin ihn nicht mit der Suche nach dem Collier beauftragt: Sie musste herausgefunden haben, dass ihr Sohn es verpfändet hatte. Und wieso lag der Pfandschein bei Verena? Vertraute man ein derart kompromittierendes Dokument seiner Sekretärin an? Sie könnte es natürlich gefunden und hier versteckt haben. Schließlich brauchte auch sie dringend Geld, da war es verlockend, den Chef ein wenig zu erpressen. Wenn sie nicht sogar selbst das Collier in seinem Namen verpfändet hatte.

Peers Atem hatte sich beschleunigt. Wer auch immer es gewesen war, welche Gründe der- oder diejenige gehabt haben mochte – dieses Dokument war hochbrisant! Ob es mit dem Holzfall zusammenhing oder nicht. Rasch griff er nach seinem Handy und fotografierte den Pfandschein.

Kramms Stimme im Nachbarbüro schwoll an, einzelne Wörter drangen klar durch die Wand: »Unterlagen nebenan« und »Moment« – verdammt!

So schnell es ging, rollte Peer zur Tür, riss sie auf und fuhr hinaus. Schon senkte sich die Türklinke bei Kramms Büro. Doch da die Türen nicht rollstuhlgerecht waren, hatte Peer keinen Platz, um schnell genug zu wenden; Kramm trat auf den Flur, während Peer noch immer halb in Verenas Büro stand. Und nun?

»Hallo? Niemand da?«, rief er.

»Herr Wesendonk?«

Peer fuhr herum, riss die Augen auf. Konnte das als Erschrecken überzeugen? »Herr Kramm, mein Gott! Ich hab Sie gar nicht kommen hören.«

»Suchen Sie jemanden?«, fragte der Geschäftsführer kalt. »Sie haben sich gar nicht angekündigt.«

»Entschuldigung, ich wollte Sie nicht behelligen. Ich hatte bei Verena angerufen, und da sie sich nicht gemeldet hatte, dachte ich, ich schau einfach so vorbei.«

»Verena ist nicht da. Ich dachte, das wüssten Sie.«

Peer gab alles, was er von zwei Jahren Darstellendem Spiel in der Schule behalten hatte. »Ach, ist sie noch weg? Und ich dachte …« Er presste die Lippen aufeinander und zuckte mit den Schultern. »Und nun? Ich will Ihnen nicht die Zeit stehlen«, er machte eine kunstvolle Pause, »obwohl es sein kann, dass Sie sich mit manchen Vorgängen sogar noch besser auskennen.«

»Wenn Sie einen Moment warten, ich habe gleich Zeit für Sie, muss nur noch kurz etwas nachschauen.« Er deutete auf das Telefon in seiner Hand und betrat Verenas Büro, ließ die Tür dabei aber weit offen stehen, sodass er Peer im Blick hatte.

Verdammt, hoffentlich ging er nicht zum Schreibtisch! Die offene Schublade und der Pfandschein auf der Unterlage leuchteten Peer so hell entgegen, als wären sie angestrahlt.

Der Geschäftsführer nahm einen der Aktenordner aus dem Regal. »So, dann werde ich mal versuchen, Ihnen zu helfen«, sprach er ins Telefon und legte den Ordner auf den Schreibtisch. Er stockte kurz, hob ihn noch einmal an. »Entschuldigen Sie, das dauert vielleicht ein wenig länger. Ist es Ihnen recht, wenn ich Sie zurückrufe? ... Ja, vielen Dank.« Er richtete sich auf und schaute Peer an. »Herr Wesendonk, was ist das hier?«

»Was denn?«, keuchte Peer. In seinen Ohren pochte das Blut, ließ die beiden Wörter klingen wie: *Das ist ein Pfandschein, den ich eben gefunden habe, als ich heimlich die Schubladen durchsucht habe.*

»Das hier auf dem Schreibtisch. Gestern war die Unterlage leer. Jetzt liegt hier ein ... eine Pfandquittung? Wo haben Sie die her?«

Peers Oberkörper bebte; hoffentlich übertrug sich das nicht auf den Rollstuhl. »Wieso ich? Ich bin gerade erst gekommen, das haben Sie doch selbst gesehen.«

Kramm musterte ihn, ging um den Schreibtisch herum. »Dann haben Sie auch nicht die Schublade geöffnet.«

»Sicher nicht. Da käme ich gar nicht ran.« Unbeholfen beugte Peer sich zur Seite, darauf bedacht, die Hand nicht zu tief sinken zu lassen. »Vorsicht!«, rief er, als Kramm zur Schublade greifen wollte. »Die Fingerabdrücke!«

Das schien zu wirken, Kramm zuckte zurück, sein Gesicht entspannte sich.

Sollte Peer noch etwas nachlegen? Wenn er so einen Geistesblitz hatte, der ihn offenbar gerettet hatte, sollte er ihn ein wenig unterfüttern. »Ich hab allerdings kein Pulver hier, um die Abdrücke zu nehmen. Und bei Ihren Mitarbeitern dürfte das ohnehin nur die Polizei.« Er rollte heran. »Eine Pfandquittung, sagten Sie? Worüber?«

Es hatte funktioniert. Peer fühlte ein wohliges Kribbeln in den Armen und Händen, als Kramm ihm den Pfandschein reichte.

»Ein Collier. Wissen Sie etwas darüber?«

»Nein«, murmelte Peer nach einem prüfenden Blick. »Aber ich wollte sowieso noch zur Baronin. Mit Ihrem Einverständnis würde ichsie zu dem Dokument befragen.«

Kramm zögerte einen Moment, nickte dann. »Was wollten Sie denn eigentlich von Verena?«

»Es geht um Ihren Hackschnitzelharvester. Gibt es Unterlagen, wann er wie lange von wem gebraucht wurde?«

»Natürlich. Aber ob ich die so schnell finde?«

Nein, die findest du nicht. »Ärgerlich, das wäre wirklich wichtig. Haben Sie die vielleicht auch im Computer?«

Kramm seufzte. »Kommen Sie in mein Büro, dann schauen wir mal.«

Viel war nicht im PC zu finden. Die Rechnung über den Erwerb des Harvesters, TÜV-Protokolle, gescannte Maschinenfahrtenbücher der vergangenen Jahre – aber nichts über die Nutzung in den letzten Monaten.

»Tut mir leid«, meinte Kramm. »Vielleicht schaff ich es, Ihnen das aktuelle Fahrtenbuch morgen herauszusuchen, aber versprechen kann ich nichts. Sie merken ja, hier geht alles drunter und drüber ohne Verena.«

Peer nickte. Sein Blick fiel auf den Adventskranz, der links neben dem Monitor stand – genauso einer wie in Verenas Büro, nur, dass hier die erste Kerze entzündet worden war. Dann gab es für ihn hier nichts mehr zu tun?

Doch! Eine Sache war da noch. Und vielleicht könnte Kramms Aussage entscheiden, wem er glauben sollte. »Jonas Werner war gestern bei mir.«

Kramms Gesicht verzog sich, als wollte er vor Abscheu ausspucken. »Ach du Schande! Was wollte er von Ihnen?«

»Er hat mir ein bisschen was erzählt. Sagen Sie, diese Ho-Ho Segrahn, die liegt doch ziemlich in der Nähe, oder?«

Die Frage schien Kramm zu verblüffen. Er zog den Oberkörper zurück und musterte Peer mit gerunzelter Stirn. »Ja, Ausfahrt Gudow, dicht an der A 24. Wieso?«

Peer zögerte. Es gab einen guten Grund für die Frage. Aber nur wenn er behutsam vorginge, würde er Antworten auf die weiteren Fragen erhalten: Welche Rolle spielte der Konkurrent aus dem Westen? Wie aggressiv war dessen Firmenpolitik? Stimmte die Geschichte mit Jonas Werners totem Hund? »Nun, ich hab ein bisschen was von der Firma gehört.«

Kramm lachte tonlos. »Hat dieser, entschuldigen Sie, dieser Spinner mal wieder haltlose Anschuldigungen in die Welt gesetzt, um der ›bösen Forstwirtschaft‹ zu schaden? Oder seine FÖJ-Stelle beim Biosphärenreservat ausgenutzt, um mit noch mehr Nachdruck Unfrieden in der Region zu stiften?«

»Das klingt, als seien Sie sicher, dass seine Aussagen falsch sind. Wissen Sie ganz bestimmt, dass die Ho-Ho Segrahn keinen Dreck am Stecken hat?«

»Herr Wesendonk, die Ho-Ho ist ein absolut verlässlicher Partner. Klar, wie in jeder Partnerschaft gibt es auch mal Schwierigkeiten, zähe Verhandlungen, vielleicht sogar einen kleinen Streit. Aber bis jetzt haben wir immer Einigungen erzielt, von denen beide Partner profitiert haben.«

»*Bis* jetzt? Und was ist jetzt? Es gibt ein Übernahmeangebot der Ho-Ho Segrahn, oder?«

Kramm wurde bleich. »Woher wissen Sie davon?«

»Man erzählt sich so einiges.«

»Aber nicht das! Das ist höchst vertraulich, davon weiß außer mir nur ...«, er schloss die Augen, »... nur Verena.«

Verdammt! Das hatte Peer nicht erwartet. Er wollte keinesfalls seine Helferin anschwärzen, aber wie käme er sonst aus der Nummer wieder heraus? »Nun ... eigentlich war das nur eine Mutmaßung, ich habe ja von Ihnen einiges gehört und Infos zu den Geschäftsbeziehungen erhalten. Was würde denn passieren, wenn im schlimmsten Fall die RWG tatsächlich von der Ho-Ho übernommen würde? Wer würde davon profitieren? Auch die RWG?«

Kramm seufzte kopfschüttelnd und stemmte die Hände in die Hüften. »Dieses Übernahmeangebot ist genauso lächerlich wie das Kaufangebot von Frau Zuschnitz. Die RWG ist viel zu stark. Wenn wir im nächsten Jahr die neuen Fördermittel erhalten, könnten wir ein Unternehmen wie die Ho-Ho leicht selbst schlucken.« Er lachte kurz. »Was wir natürlich nicht wollen.«

»Die Fördermittel«, hakte Peer nach, »sind das die, die Sie nicht erhalten, wenn jetzt die nötige Laubbaumfläche nicht mehr erreicht wird?«

Das hatte gesessen, für einen Moment hatte Kramm sein ansonsten beherrschtes Gesicht nicht unter Kontrolle.

»Ist das auch der Grund, weshalb Sie die Headhunter-Anfrage aus Schweden ausgedruckt haben? Befürchten Sie, dass Ihre Stelle hier gefährdet ist?«

Kramm zog einen Stuhl heran und setzte sich neben Peer. »Hören Sie«, sagte er leise, »ich tue mein Möglichstes, um die RWG zu retten. Deshalb sind Sie ja auch hier, und ich habe mich schweren Herzens einverstanden erklärt, dass Sie Zugang zu vertraulichen Informationen erhalten. Aber ja, ich gebe zu: Für alle Fälle, falls es uns nicht gelingt, die Firma vor einer Übernahme oder sogar der Insolvenz zu bewahren, habe ich schon mal meine Fühler ausgestreckt.« Er lehnte sich zurück und schaute aus dem Fenster. »Sehen Sie, in den Medien tauchen immer die großen, bösen Manager auf, die Firmen in die Pleite reiten und selbst mit Millionen-Abfindungen davonkommen.« Er schnaubte. »Das gibt es vielleicht vereinzelt. Aber ein kleiner Geschäftsführer wie ich sitzt eher auf einem Schleudersitz. Kaum gerät die Firma in Schieflage, kriegt der Sündenbock einen Tritt und darf sich eine neue Stelle suchen. Das Fußvolk wird weiterbeschäftigt, jedenfalls der größte Teil. Hart wird es nur für die Familie – und eben für mich.«

»Dann wollen Sie die Firma aus Eigennutz retten?«

»Natürlich auch. Aber mir geht es um das, was die Frau Baronin und ihr Mann aufgebaut haben. Die RWG gehört zu Vertikow und muss erhalten bleiben. Darüber hinaus ...« Er lächelte. »Klar, ich arbeite lieber in Mecklenburg als da, wo es im Winter nur eine Stunde hell wird.«

»Falls es doch dazu kommt, würden Sie alleine gehen?«

»Meinen Sie Verena? Die hat kein Interesse. Vielleicht verfolgt sie eigene Pläne. Wer weiß, womöglich ist sie schon auf und davon.« Er zuckte mit den Schultern.

»Hat sie Ihnen nicht gemailt? Sie kommt morgen zurück.«

»Ach?«, Kramms Augenbrauen hoben sich. »Wieso weiß ich davon nichts? Endlich einmal gute Nachrichten. Wo war sie denn?«

»Offenbar in Berlin. Ich weiß nicht, aber es las sich ein wenig so, als hätte sie Angst vor etwas oder jemandem.«

Einen Moment lang sagte Kramm nichts, saß nur da, den Kopf auf die Hände gestützt, und sah Peer an. Dann atmete er geräuschvoll ein. »Wenn Sie wussten, dass Verena erst morgen zurückkommt, wieso wollten Sie sie dann heute treffen?«

Verdammt! Peer hielt den Atem an. Das hatte er ja mal wieder toll hinbekommen. Er fühlte seine Stirn feucht werden, während er versuchte, Kramm so lässig wie möglich anzusehen. »Ich ... ehrlich gesagt, hatte ich das bis eben vergessen. Seitdem die Bäume über mich drüber sind, bin ich nicht mehr ganz derselbe. Hinzu kommt die verstörende Aussage von Jonas Werner.«

»O mein Gott, ich bitte Sie!« Kramm schlug die Hände zusammen. »Was hat er Ihnen denn noch so Schlimmes über die kriminelle Waldmafia erzählt?«

»Dass man ihm auch ein Haustier umgebracht hat. Weil er sich zu sehr für die Vorgänge in einer bestimmten Firma interessiert hat. Und raten Sie mal, welche Firma das war.«

Kramm riet nicht. Er schluckte nur schwer und schloss die Augen.

11:45 Uhr

Gerade wollte Peer die Rampe zum Schloss hinauffahren, als die Tür sich öffnete und Hermann heraustrat. Der alte Schmied bemerkte Peer nicht, schaute mit verkniffenem Gesicht in den grauen Himmel, aus dem noch immer einzelne Flocken rieselten, und zog den Schal fester.

»Moin Hermann!«

Der Alte zuckte zusammen. »Peer, Jung! Tachschön. Musst mich so verjagen?«

»Entschuldigung. Mein nächster Rolli wird ein Diesel, damit du ihn auch kommen hörst. Was machst du denn schon wieder hier?«

»Wat geiht di dat an?« Ein Hauch von Schuldbewusstsein überflog Hermanns Gesicht. »Und was heißt überhaupt ›schon wieder‹? Steh ich jetzt unter Beobachtung?«

»Natürlich nicht. Ich bin ja froh, dich zu sehen.« Peer beugte sich vor. »Und hast du schon was rausbekommen?«

»Wie? Was rausbekommen?« Die Stirn des Schmieds legte sich in Falten.

»Na ja, ich hatte dich doch gebeten, unauffällig herauszufinden, ob die Baronin mehr weiß, als sie mir sagt.«

»Hast du?«

»Ach, Hermann!« Peer schlug mit den Händen auf die Lehnen des Rollstuhls.

»Nee, Jung! Du hast gesagt, ich soll sie fragen, und als ich sie gefragt hab, hast du gesagt, ich soll sie nich fragen. Kannst du dich manchmal entscheiden, was du willst?«

»Schon gut«, seufzte er. »Gehst du essen? Grüß Eilien von mir.« Er ließ Hermann stehen und rollte durch die Tür, die noch immer offenstand.

Wenig später saß er bei der Baronin, die ihn schmunzelnd ansah. »Ich nehme Ihnen übrigens nicht übel, dass

Sie Hermann auf mich angesetzt haben. Ich weiß, dass Sie in alle Richtungen denken müssen und ich mit zu denjenigen gehöre, die zumindest relevante Informationen über die RWG liefern können. Aber es lässt mich ein wenig an Ihren Fähigkeiten zweifeln, wenn Sie ausgerechnet ihn als Spion anheuern. Hermann ist doch durchschaubarer als eine frisch geputzte Fensterscheibe.«

»Das hab ich auch gemerkt«, brummte Peer. »Wenn man ihn reden hört, wirkt er wie ein gewiefter Kriminalist. Aber in der Praxis scheitert er schon an den Grundlagen.«

»Ja, es sieht aus, als hätte Vertikow noch keinen Experten in Ermittlerarbeit.«

Kurz überlegte Peer, ob er das als Beleidigung auffassen sollte. Doch im Grunde hatte die Baronin recht: Auch er war nicht mehr als ein blutiger Anfänger, wenn es um das geschickte Lösen von Fällen ging. Bester Beweis: Er war in diesem Fall noch keinen Schritt weiter.

»Was haben Sie denn bisher für Spuren gefunden? Gibt es schon einen Verdächtigen?«

»Tut mir leid, Frau Baronin, meine beiden Verdächtigen haben Alibis. Am wahrscheinlichsten scheint mir momentan, dass die RWG von einem Konkurrenzunternehmen unter Druck gesetzt wird.«

Sie nickte sanft. »Sie sprechen von der Ho-Ho Segrahn.«

»Woher wissen Sie …?«

»Ich bitte Sie, Herr Wesendonk! Auch wenn mein Sohn offiziell die Firma leitet, habe ich doch nicht völlig das Interesse verloren.« Sie legte den Kopf schief. »Aber ganz ehrlich: Dass der alte Fritz so etwas tun würde, glaube ich nicht.«

»Wer?«

Sie lächelte. »Friedrich Jakob Trutz von Hollenbek, Besitzer großer Waldflächen westlich des Schaalsees und der Ho-Ho Segrahn. Und Lieblingsfeind meines Mannes.«

»Glauben Sie, dass die Feindschaft so weit geht, dass er auch jetzt noch Ihre Firma in den Ruin treiben will?«

»Ach was«, winkte sie ab. »Friedrich ist ein anständiger Kerl. Wir haben die meiste Zeit gut mit ihm zusammengearbeitet, schließlich gibt es da auch verwandtschaftliche Verknüpfungen …«, ihr Blick wanderte wieder zur Decke, »irgendwann von Ende des 19. Jahrhunderts, fragen Sie mich nicht. Und die Kabbeleien mit meinem Mann, das hatte immer etwas von Schulhofprügelei, wissen Sie. Abends haben die beiden schon wieder beim Cognac zusammengesessen.«

»Sie kennen sich also gut?«

Ein Hauch von Wehmut überflog ihre Augen. »Sehr gut. Das heißt, wir kannten uns. Friedrich war ein großartiger Mensch. Eine ganz empfindliche Seele. Immer ein wenig schwermütig, weil die Liebe seines Lebens ihn verlassen hatte. Mit dem gemeinsamen Sohn.« Sie schloss die Augen und schüttelte den Kopf. »Bürgerliche!«

»Und später? Scheint, als wär der Kontakt abgebrochen.«

Sie nickte. »Es war furchtbar. Im selben Jahr starb erst mein Mann und dann Friedrichs zweiter Sohn. Wir waren beide voller Kummer. Und statt füreinander da zu sein, haben wir uns in unsere Trauer verkrochen.«

Peer wartete einen Moment, bis die Baronin sich gefasst hatte. »Dann halten Sie es für ausgeschlossen, dass die Ho-Ho Segrahn in irgendwelche Machenschaften verwickelt sein könnte, die der RWG schaden sollen?«

Sie hob die Hände. »Unter Friedrichs Führung ausgeschlossen. Aber ich habe keine Ahnung, wie sehr er noch in die Firmenleitung involviert ist. Er ist ja ordentlich ein paar Jahre jünger als ich, vielleicht sitzt er noch am Steuer. Aber selbst wenn«, sie schürzte die Lippen, »dann hängt es ja auch davon ab, welche Berater man hat, nicht wahr?«

Peer nickte. »Richtig, Sie sind ja auch nicht zufrieden mit den strategischen Eskapaden von Herr Kramm.«

»Was bleibt ihm anderes übrig? Wenn mein feiner Herr Sohn alles tut, um die Firma in den Ruin zu treiben!« Sie griff nach einem kleinen Kristallglas und kippte den nussbraunen Inhalt mit einem Schwung hinunter.

Wunderbar, sie führte das Gespräch von allein in die richtige Richtung. »Ihr Sohn? Ich dachte, *er* führt die Firma.«

»Unsinn! Die Firma führt Arndt, so gut er es kann. Und mein Sohn macht es ihm alles andere als leicht. Jeden Tag strampelt der feine Kerl sich für die RWG ab. Hartmut kommt nur alle paar Wochen vorbei mit verrückten Ideen und einem leeren Portemonnaie.« Ihre Finger umklammerten die Lehnen des Sessels. »Manchmal wünsche ich mir, ich hätte einen Sohn wie Arndt.«

»Das klingt fast, als unterstellten Sie Ihrem Sohn, er würde die RWG absichtlich in den Bankrott führen.«

»Was weiß ich. Aber wenn nichts mehr von der Firma übrig bleibt, wird er sehen müssen, wie er zurechtkommt. Dann ist Schluss mit den Malediven! Ich hoffe nur, dass ich das nicht mehr erlebe.«

Die Zeit schien reif; Peer fingerte die Pfandquittung aus der Rollstuhltasche hervor. »Dann wussten Sie auch, dass Ihr Sohn das Collier verpfändet hat? Sollte ich deshalb nicht danach suchen?«

Die Baronin warf einen Blick auf die Quittung und sank schlaff in den Sessel zurück »O mein Gott. Wo haben Sie das gefunden?«

»In Verenas Schreibtisch.«

»Das arme Mädchen.«

»Wie?«

Sie richtete sich wieder auf. »Ich habe Ihnen doch erzählt, dass Verena dringend Geld brauchte. Und als ich es ablehnte, ihr zu helfen ...«

»Da hat *sie* Ihr Collier verpfändet? Auf den Namen Ihres Sohns? Haben Sie denn nicht ...«

»Ich habe für mich entschieden, dass *eine* Familie nicht wichtiger ist als eine andere. Vor allem, wenn die eigene Familie sich nicht für einen interessiert.«

»Ich verstehe nicht.«

»Herr Wesendonk, ich möchte mich nicht weiter über das Verhältnis zu meinem Sohn auslassen. Es würde mich nicht wundern, wenn er die Firma ruiniert, um seine Mutter zu verletzen. Aber bei Verena ist das ganz anders.«

»Was meinen Sie?«

Die alte Dame sah zu Boden, wieder krampften sich ihre Finger um die Sessellehne. »Ich hatte Verena versprochen, nichts zu sagen. Bitte behalten Sie das für sich, ja?«

»Natürlich.«

»Ich weiß, wozu sie das Geld braucht. Ihr Bruder ist in Berlin in dunkle Kreise geraten. Er wollte sich ein Geschäft aufbauen und hat den falschen Leuten vertraut. Ehe er sich's versah, war er Handlanger irgendeiner Mafia. Russen, Rumänen, was weiß ich.«

»Um Himmels willen«, rief Peer. »Und was will Verena jetzt dort?«

»Mit dem Geld will sie seine Schuld begleichen, ihn freikaufen.«

»Meint sie denn, das geht so einfach?«

»Nun, einfach ist das sicher nicht. Aber wir hoffen, dass es geht.«

12:40 Uhr

Schon im Flur des Schlosses ließ Peer das Gespräch Revue passieren: Damit waren einige Theorien in sich zusammengefallen. Kam natürlich auf die Menschenkenntnis der Baronin an. Und ein netter alter Freiherr war keine Garantie dafür, dass man in seiner Firma nicht über Leichen ging. Die Ho-Ho blieb auf der Liste. Dafür konnte er Verena nun endgültig streichen. Den Sohn der Baronin hingegen ... Und wer wusste schon, ob es im Hause Hollenbek nicht auch so einen windigen Kerl gab?

Durch die Fenster in der Eingangstür sah er Walter Grenzin draußen auf dem Treppenabsatz stehen, in seiner Hand qualmte eine Zigarette. Peer klopfte an die Glasscheibe, und obwohl der Hausmeister sich umwandte, schien er nicht daran zu denken, ihm die Tür zu öffnen. Also musste Peer mühsam gegen den Schließmechanismus anziehen, bis er sich endlich mit dem Rollstuhl hinausbugsiert hatte. Grenzin stand noch immer da und sah auf den Hof.

»Danke«, schnauzte Peer ihn an.

»Ja, so'n altes Gemäuer ist nicht geeignet für Rollstühle.« Grenzin warf den glühenden Stummel in den Schnee, holte eine Zigarettenschachtel aus seinem Bundeswehrparka und versuchte, mit rotgefrorenen Fingern eine Zigarette herauszufischen. »Scheiße!«

»Ja, der Winter ist nicht geeignet für Raucher«, feixte Peer.

»Sie kommen sich immer ganz schlau vor, was? Aber bestimmt haben Sie nicht mal mitbekommen, dass dieser Umweltfuzzi gerade beim Chef ist.« Der Hausmeister wies auf den schmuddeligen R4, der am Rande des Hofes parkte. »Kampf der Giganten.«

Peer musterte ihn. »Umweltfuzzi? Wen meinen Sie?«

»Na, diesen Werner, oder wie der heißt.«

Sieh an. Er hatte Grenzin nicht für einen ausgesprochenen Familienmenschen gehalten, aber den Namen seines Cousins sollte er doch kennen. »Und was will er?«

Grenzin zuckte mit den Schultern. »Was weiß ich?« Endlich hatte er es geschafft, eine Zigarette anzuzünden, und sog genüsslich daran. »Meinetwegen kann er dem bornierten Schnösel mal richtig die Hölle heiß machen.«

In diesem Moment flog die Tür zum Bürotrakt auf und Jonas Werner wurde von zwei bulligen Kerlen in schwarzer Uniform herausgeführt, die ihn an beiden Armen gepackt hatten. Der junge Mann wand sich hin und her, ohne eine Chance zu entkommen.

»Lasst mich los, ihr Schweine!«, schrie er.

Grenzin lachte. »So ist er auch schon rein, nur ohne Begleitung natürlich. Hat sein Auto geparkt und ist ausgestiegen. Da war er noch ganz ruhig. Dann läuft er an Kramms X5 vorbei und tickt plötzlich aus. Hat angefangen zu schreien: ›Ihr Schweine, ihr Mörder, ihr Verbrecher!‹, lauter so Zeugs.«

»Ist denn sein Auto wieder heil?«, fragte Peer.

»Was?«, ächzte Grenzin. »Sein Auto? Wieso ... woher soll ich das wissen?«

»Hätte ja sein können.«

Nun trat auch Arndt Kramm auf den Hof. Grenzin schnaubte leise beim Anblick seines Chefs.

Als Jonas Werner bis zu seinem Auto gebracht worden war, wandte er sich noch einmal um und starrte Kramm an. »Das werdet ihr büßen! Dafür müsst ihr bezahlen! Ihr werdet sehen, ich mach euch fertig!«

Einer der Uniformierten raunzte ihn an, der junge Mann stieg ins Auto und brauste davon. Die Wachleute klatschten sich ab und trotteten zurück zu Kramm.

»Ja«, raunte Grenzin langgezogen, »die Kollegen von der Security haben echt mal zu tun in letzter Zeit.«

»Wieso?«

»Gestern haben sie Ihren Konkurrenten rausgeworfen.«

»Wen?«

»Mann, was wissen Sie eigentlich? Sagen Sie bloß, den kennen Sie nicht.«

»Sie meinen den Detektiv von Frau Zuschnitz?« Na so was, trieb der sich hier noch immer herum, obwohl doch angeblich sein Auftrag längst beendet war.

»Jo. Deshalb wird morgen früh gleich der Zugangscode geändert. Wollte der Chef sofort machen, ging aber nicht.«

Verdammt! Morgen früh? Dann hatte er nur noch heute Abend Gelegenheit, unbemerkt in die Büros zu kommen.

»Da steht er«, brummte Grenzin, die Zigarette vage in Kramms Richtung gestreckt.

In dem Moment schaute der Geschäftsführer zu ihnen herüber. Ein Lächeln umspielte seine Mundwinkel.

»Sehen Sie, die Ruhe selbst. Das perlt alles an ihm ab.«

Peer zuckte mit den Schultern. »Wenn er nichts zu befürchten hat.«

»Fragt sich bloß, wieso.«

»Weil er unschuldig ist?«

Grenzin spuckte einen Tabakkrümel aus. »Wenn Sie mich fragen: Die meisten Menschen sind nur unschuldig, weil noch niemand Beweise gegen sie gefunden hat.«

»Gut, dass Sie davon sprechen. Was halten Sie denn von dem Beweis, dass jemand Sie in dem R4 gesehen hat, während ihr Cousin Jonas Werner in Berlin war?«

Grenzin wurde blass. »Mein Cous...? Scheiße! Elende Schnüffler, ihr alle«, brummte er, warf die Zigarette weg und schlurfte davon.

Peer sah ihm nach. Für einen Moment überlegte er, ob er hinterherfahren sollte. Doch das hätte vermutlich nicht viel Zweck, der Hausmeister wirkte nicht, als wollte er ihm irgendetwas sagen. Wo er selbst um seine Verwandtschaftsverhältnisse so ein Geheimnis machte.

Sein Handy vibrierte, was ein Lächeln über sein Gesicht huschen ließ. Endlich einmal hatte er daran gedacht, es auf stumm zu schalten. Er holte das Telefon heraus: eine Mail von Verena, in der sie ihm ebenfalls von der Änderung des Zugangscodes schrieb. Er habe nur noch heute Abend, um ungestört die Unterlagen zu durchforsten. Am besten solle er die Zeit zwischen sieben und neun nutzen, da sei Arndt Kramm beim Unternehmer-Stammtisch in Grevesmühlen und Peer hätte freie Bahn.

Heute Abend also. Aber um sechs kam Sascha zurück, der Donnerstagabend war stets für sie beide reserviert. Es wäre unklug, ihr nach dem heiklen Wochenende zu erzählen, dass er sich ausgerechnet heute noch einmal in Gefahr begeben wollte. Was also tun? Einen Augenblick lang stand er auf dem Treppenabsatz und starrte auf den Schlosshof, auf dem die Spuren der Autoreifen wilde Muster in das Weiß gezeichnet hatten.

Weiß. Der Riesenballen Samt, den Peggy ihm verpassen wollte, kam ihm in den Sinn. Na klar, er könnte behaupten, dass heute Abend eine Probe fürs Krippenspiel liefe. Peggy würde das bestätigen; sie war ihm noch was schuldig.

19:15 Uhr

Zum Glück hatte es irgendwann am Nachmittag aufgehört zu schneien. Sascha war pünktlich in Berlin aufgebrochen und trotz des Schnees gut durchgekommen, sodass sie beide genügend Zeit für eine ausgiebige Begrüßung und für Inas Linseneintopf gehabt hatten.

Eines hatte sich allerdings schwieriger gestaltet, als Peer gedacht hatte: Peggy zu überzeugen. Sie hatte sich lange gewunden und gemeint, als Pastorenfrau dürfe sie nicht lügen. Peer hatte eingewandt, dass sogar Pastoren selbst mitunter lögen, wenn es nötig sei, worauf Peggy nur entgegnet hatte, dass es in diesem Fall aber eben nicht nötig sei. Also hatte Peer beiläufig gemeint, dass er dann einen anderen Termin für die Durchsuchung der Büros finden müsse – vielleicht den Nachmittag, an dem die nächste Probe fürs Krippenspiel stattfinde. Das Argument hatte bei Peggy gezogen.

Verlockend war es nicht, in die eisige Finsternis hinauszufahren, das warme Haus zu verlassen, in dem noch immer der würzig-rauchige Duft des Eintopfs umherzog, in dem ein gemütlicher Platz am Ofen neben seiner Frau auf der Couch wartete. Aber es gab nur diesen einen Abend. Also packte Peer sich gut ein, Sascha kontrollierte, dass die Jacke auch fest geschlossen, der Schal fest gewickelt und die Wolldecke optimal platziert war. Gut, dass Peer die nötige Ausrüstung schon vorher in den Rollstuhl gepackt hatte; sicher hätte Sascha sich gefragt, wozu er für eine Probe im Gemeinderaum mehrere leere Mappen, seinen Greifarm und den Laptop brauchte.

Der Weg schien im Dunkeln weiter zu sein als am Tag, da konnten auch die leuchtenden Schwibbögen in den Fenstern der ›Alten Eiche‹ und die Lichterkette um den Eingang zu Hermanns Schmiede nichts ausrichten. Beklommen hangelte Peer sich von Laterne zu Laterne, auf den düsteren Metern dazwischen fixierte er den Weg noch genauer als sonst – wenn er wegrutschte und auf die Straße kippte, käme er nicht ohne fremde Hilfe wieder weg.

Er bog auf die Schlossallee ein, zum ersten Mal fiel ihm auf, dass es hier keine Straßenbeleuchtung gab. Rechts blinkten zwar bunte Sterne und Schneemänner in den Fenstern des Schlossgettos, die ließen Peers direktes Umfeld jedoch eher noch dunkler erscheinen. Das Schloss auf dem Hof war angestrahlt und bildete einen lichterfüllten Ort der Verheißung am Ende des finsteren Weges; eines Weges, der mit eisglatten Steinen gepflastert war.

Es dauerte eine Ewigkeit, bis er den Schlosshof erreichte. Kurz bevor er endlich auf die Asphaltfläche rollen konnte, sprang ein Strahler an und beleuchtete die gesamte rechte Hälfte des Hofes, die durch die Reflexion des Schnees jäh in gleißendes Licht getaucht war. Verdammt, Bewegungsmelder! Aber er war doch noch gar nicht unter dem letzten Baum heraus. Wie konnte er hier schon erfasst werden? Als wollte sie seine Frage beantworten, überquerte eine Katze den Hof, setzte zu den dunkelgrauen Reifenschwüngen zarte schwarze Akzente in die Schneefläche.

»Verdammte Katzenviecher!«, zischte es, so leise, dass Peer es kaum hören konnte. Woher kam die Stimme?

Langsam wendete er den Kopf und sah eine Gestalt vor der Tür des Bürotrakts stehen, der auf der linken Hofseite noch immer fast im Dunkeln lag. Ein winziger rotglühender Punkt, ein unterdrücktes Husten. Kein Zweifel: Dort am Eingang stand Walter Grenzin. Was hatte der um diese Zeit hier zu suchen? Möglich, dass er etwas vergessen hatte. Auch möglich, dass er etwas vorhatte. Er hielt etwas in der Hand. Einen Besen? Das war ein wenig absurd, jetzt Schnee zu fegen, wenn er gar nicht wusste, ob über Nacht noch neuer fiele. Oder war der Besen nur ein Vorwand, falls ihn jemand entdeckte? Fast schien es, als wartete er auf Peer. Aber das war absurd – oder?

Unschlüssig blieb Peer unter dem Baum stehen. Er würde dem Hausmeister nicht in die offenen Arme rollen, so viel stand fest. Der Strahler auf der anderen Hofseite ging mit einem leisen Klicken aus. Für Sekundenbruchteile schien alles tiefschwarz, dann nahm Peer wieder die Beleuchtung des Schlosses wahr, die einen warmen Schimmer über den Hof ausbreitete.

Grenzin schniefte leise, der rote Glutpunkt flog in einem Bogen in den Schnee. Dann wandte der Hausmeister sich um, legte den Besen über die Schulter und stapfte durch das Weiß am Bürogebäude entlang auf den Schlosspark zu, wo er bald in der Dunkelheit verschwand. Wo wollte er hin? Nach Hause mit Sicherheit nicht, das Schlossgetto lag in die andere Richtung. Drehte er nur eine Runde ums Haus, um alle Fenster und Türen zu kontrollieren? Oder versteckte er sich irgendwo? Um jemandem aufzulauern. Verdammt, hatte er doch auf Peer gewartet?

Vielleicht war das Ganze zu riskant und er sollte einfach umkehren. Heimfahren, den Abend bei Sascha auf dem Sofa verbringen und morgen offiziell wieder hier auftauchen. Klar, dann hatte er keine freie Hand, durfte nicht sehen, was er wollte, keine Kopien oder Fotos machen. Vor allem käme er nicht mehr an die Mappe in Verenas Schreibtisch. Aber er liefe auch nicht Gefahr, bei einer Straftat erwischt zu werden. Andererseits war er jetzt schon so nahe dran. Diese letzte Chance durfte er sich doch nicht entgehen lassen.

Peer sah hinauf in den ersten Stock. Erst jetzt fiel ihm auf, dass dort ein schwaches Licht brannte. Eine Schreibtischlampe? Nein, das Licht flackerte. Hatte jemand vergessen, die Kerze auf seinem Adventskranz zu löschen? Horst sähe das ähnlich. Aber war das Horsts Büro? Von hier unten konnte Peer die Fenster nicht genau zuordnen.

Auf einmal schien es, als würde das Licht heller. Aber das war eine Täuschung, oder? Nein, war es nicht! Das Flackern schwoll an. Verdammt, das war keine Kerze, das war ein Feuer! Schon wollte Peer nach dem Handy greifen. Aber man würde bestimmt nach seinem Namen fragen. Wie könnte er erklären, was er hier wollte? Er zögerte.

Ja, das Flackern nahm zu. Es wurde heller, ein fernes Knistern war zu hören. Verdammt, er musste handeln! In dem Moment bewegte sich etwas hinter dem Fenster; nein, jemand. Jemand war dort oben im Büro. Grenzin?

Angespannt schaute Peer hinauf. Sicher wäre der Brand gleich gelöscht, es war nicht nötig, die Feuerwehr zu rufen. Die Flammen warfen den Schatten eines Mannes an die Bürowand. Dann tauchte ein langer gerader Schatten zusätzlich auf. Eine Stange? Ein Brett? Der lange Schatten schwirrte zunächst ziellos umher, bis er irgendwann auf den Kopf der Männersilhouette zu treffen schien. Beide Schatten verschwanden von der Wand, als würden sie von den Flammen verschlungen. Verdammt, hatte man dort gerade jemanden niedergeschlagen? Ihn den Flammen überlassen? *Hört endlich auf zu schnüffeln, sonst passieren noch schlimmere Dinge!*

Einen Moment lang sah Peer wie gebannt auf das Flackern im Fenster. Dann rollte er in Windeseile zum Eingang, gab den Zugangscode ein und zwängte sich durch die Tür. Schon hier unten lag Brandgeruch in der Luft. Wieso funktionierten eigentlich die Rauchmelder nicht? Eine Sprinkleranlage musste es doch sicher auch geben. Aber klar, wenn man jemanden im Feuer sterben lassen wollte, würde man die vorher sabotieren. Man? Grenzin!

Dann hätte Peer auch davon ausgehen können, dass der Fahrstuhl nicht lief. Trotzdem hämmerte er mit dem Daumen auf die Taste. Doch kein Licht leuchtete auf, kein Surren kündigte das Nahen der Kabine an. Der Rauch, der durchs Treppenhaus herunterzog, brachte ihn zum Husten. Wie mochte es erst oben aussehen? Wie viel Zeit hatte der bewusstlose Kerl im Büro noch? Verdammt! Es half nichts, er musste die Feuerwehr alarmieren. Mit zitternden Fingern holte er sein Handy hervor. Nur das Nötigste sagen! Und schleunigst verschwinden!

5. Dezember 2014

9:15 Uhr

Was war das für eine Qual gewesen: Von dem Moment, da Ina ihnen über das Feuer im Schloss berichtet hatte, bis zu dem Zeitpunkt, als Sascha endlich nach oben in ihr Homeoffice verschwand, hatte Peer getan, als gingen ihn die Vorfälle im Schloss nichts an, als interessierte ihn der Brand nicht, als hätte er eingesehen, dass es das Beste wäre, sich herauszuhalten und die Polizei ihre Arbeit machen zu lassen, um sich nicht in Gefahr zu begeben. Das waren nun wirklich nicht Peers Stärken, weder Heraushalten noch Einsichtigkeit.

Über Nacht war er zu einem Schluss gekommen: Auch wenn er bedroht und verletzt worden war, ja, sogar hätte sterben können – er wollte nicht aufhören zu ermitteln. Seit seinem Motorradunfall im Sommer gab es nichts, was ihn so erfüllte, wobei er sich so lebendig fühlte, wie die Arbeit an seinen Fällen. Vielleicht brachte er sich damit in Gefahr, sogar in Lebensgefahr. Aber es war sein Leben. Je länger er darüber nachgedacht hatte, umso überzeugter war er, dass er nur deshalb seinen Unfall überstanden, die Operationen, Therapien und Anwendungen über sich hatte ergehen lassen, damit er jetzt diesen neuen Lebenszweck erfüllen konnte. War das egoistisch? Sollte er dabei mehr an Sascha denken? Bestimmt. Er nickte, als sie mit einem »Bis nachher!« die Tür zu ihrem Büro schloss. Ja, er würde an Sascha denken – aber sein eigenes Leben leben!

Wie gut, dass Ina freitags nur kurz kam, um ihm bei der Körperpflege zu helfen. Sonst hätte sie ihn womöglich begleiten wollen. Und Zeugen konnte er nicht gebrauchen. Außerdem war es gut, wenn sie sich ein bisschen mehr um die Baronin kümmerte, schließlich hatte Kramm gesagt, dass die alte Dame unter mangelnder Gesellschaft litt.

Die Baronin – wie mochte es ihr gehen? Peer hatte inzwischen erfahren, dass das Feuer nicht aufs Schloss übergegriffen hatte; aber der Marstall mit dem Bürotrakt hatte ordentlich gelitten. Und so ein Brand musste eine alte Dame sehr mitnehmen. Wer wusste schon, was sie für Erinnerungen aus dem Krieg mit sich herumschleppte? Was, wenn das alles wieder hochkam? Da war es gut, wenn Ina bei der Baronin blieb.

An der Kreuzung zum Schlossgetto hatte sich auf der Schlossallee eine Menschentraube gebildet. Etwas abseits stand Walter Grenzin, blickte mit ausdruckslosem Gesicht zum Schloss. Neben ihm eine kleine, zierliche Frau im rosa Morgenmantel. Sie sah aus wie eine Puppe, die man nach dreißig Jahren auf dem Dachboden wiedergefunden hatte, der Porzellankopf von feinen Rissen durchzogen, die Farbe stumpf und grau. Auch sie starrte reglos vor sich hin, zog nur ab und zu an ihrer Zigarette. Das musste Grenzins Frau sein, die frühere Sekretärin, die aufgrund eines Fehltritts entlassen worden war. Was mochte in ihr vorgehen?

Für einen Moment überlegte Peer, ob er nicht Grenzin als Erstes vernehmen sollte. Schließlich war der zur Tatzeit am Tatort gewesen. Aber der Hausmeister würde ihm nicht weglaufen. Jetzt überwog die Neugier: Peer wollte unbedingt die Brandstätte sehen.

Es dauerte eine Weile, bis er sich durch die Menschen gekämpft hatte, auch der Rollstuhl verschaffte ihm keinen Vorteil. Er erkannte, warum sie hier standen: Die Schlossallee war abgeriegelt, niemand kam weiter. Es sei denn …

»Guten Morgen, Frau Polizeimeisterin Velten! Schön, Sie wiederzusehen.«

Die Polizistin trat an Peer heran. »Herr Wesendonk, was machen Sie denn hier? Lassen Sie mich raten: Sie trauen uns nicht zu, Licht in die Angelegenheit zu bringen, und wollen den Brand lieber selbst untersuchen?«

Peer grinste. »Nicht ganz, aber ein Stück weit schon. Wobei es nicht Ihre Schuld wäre, wenn Sie den Fall nicht lösen könnten. Sie kennen ja die Zusammenhänge nicht.«

»Aber Sie?«

»Ja. Die Baronin hat mich schon vor über einer Woche beauftragt, einige merkwürdige Vorfälle aufzuklären, die im Zusammenhang mit der Firma stehen.«

»Aha. Und wieso nicht uns?«

»Diskretion, Sie verstehen?«

Polizeimeisterin Velten kräuselte die Lippen. »Was glauben Sie, wie viele Verbrechen aufgrund von Diskretion nicht aufgeklärt werden!« Sie zuckte mit den Schultern und senkte die Stimme. »Solange ich Ihnen nicht wieder irgendwelche Informationen beschaffen muss.«

»Es reicht, wenn Sie mir Zugang zum Schloss gewähren.«

»Ich weiß nicht …« Sie musterte die Menge.

»Die Baronin erwartet mich.«

Sie schloss die Augen, atmete tief durch und hob das Absperrband. Peer rollte auf den Schlosshof, verfolgt von den ungehaltenen Rufen der Ausgeschlossenen.

»Warten Sie!« Die Polizistin lief hinter ihm her, verlangsamte dann ihre Schritte. »Ich glaube, da sollte ich jetzt nicht länger stehen, sonst gibt es gleich Tote.«

»Ist beim Brand was Schlimmes passiert?«, fragte Peer. Endlich würde er Gewissheit bekommen. Er wusste von Ina, dass Arndt Kramm verletzt war, aber nicht, ob man ihn tatsächlich niedergeschlagen hatte.

»Wie man es nimmt. Jede Menge Sachschaden, allein schon wegen der Rauchentwicklung, aber zum Glück keine Brandopfer. Trotzdem gibt es einen Verletzten.«

»Was heißt ›trotzdem‹?«

»Nun ja, zunächst sieht das Ganze wie ein normaler Adventskranz-Brand aus. Weiß der Himmel, wer auf die fahrlässige Idee kommt, diese Dinger überall zu verteilen. Die sind ja wie Grillanzünder. Aber zwei Sachverhalte sind merkwürdig: Zum einen stand der Adventskranz in einem Büro, in dem die Woche über niemand gearbeitet hat.«

»Bei Frau Czyczek?« Verdammt, Peer, halt dich zurück!

Im Gesicht der Polizeimeisterin kämpften Erstaunen und Argwohn miteinander. »Ja. Wie kommen Sie darauf?«

»Ach, nur so. Als ich gestern dort war, hat Herr Kramm erwähnt, dass seine Sekretärin eine Woche Urlaub hat.«

Die Polizistin hob die Augenbrauen. »Originell, dass Sie von Herrn Kramm sprechen. Er ist nämlich der Verletzte. Nur dass er keine Verbrennungen erlitten hat, sondern eine Kopfwunde.«

»Wie?« Also doch, der Schatten am Fenster war Kramm gewesen. Was hatte er gestern Abend dort gemacht, wenn er doch in Grevesmühlen hätte sein sollen?

»Er behauptet, er sei niedergeschlagen worden.«

»O mein Gott. Von wem?«

»Ich habe keine Ahnung.« Sie stockte. »Und genau genommen auch keinen Grund, Ihnen das alles zu erzählen. Nicht einmal die Befugnis.« Stöhnend warf sie den Kopf in den Nacken. »Mist! Warum kann ich bei Ihnen bloß meinen Mund nicht halten?«

»Weil Sie mein Freund und Helfer sind und ich so vertrauenserweckend wirke.«

Sie schaute ihn von der Seite an. »Das muss es sein. Versprechen Sie mir wenigstens, es niemandem zu erzählen.«

»Klar.«

»Was wollen Sie denn nun eigentlich hier? Es hat doch nichts mit dem Brand zu tun, oder?«

»Nein, nein«, beteuerte Peer eine Spur zu hastig. Das fiel umso mehr auf, da es eine ganze Zeit dauerte, bis er sich eine Ausrede zurechtgelegt hatte. »Ich bin … ich habe … die Baronin! Genau, die Baronin hat mich engagiert, um eine Katze zu suchen.« Hoffentlich hatte noch niemand der Polizei vom toten Vaclav und den Drohbriefen berichtet.

»Eine Katze?«, wiederholte die Polizistin gedehnt.

»Tja«, Peer zuckte mit den Schultern. »Sie bekommen die tollen Fälle und ich muss mich mit den Resten zufriedengeben.« Er nickte ihr lächelnd zu und rollte zur Tür des Schlosses. Das war knapp gewesen. Knapp und ergiebig. Jetzt musste er wohl erst einmal zur Baronin. Das hatte er zwar anders geplant, aber die Leute von der Spurensicherung wären vermutlich wenig begeistert, wenn ein Rollifahrer zwischen ihnen umherkurvte.

Ina öffnete ihm und führte ihn zur Baronin in den Salon. Arndt Kramm saß mit einer Tasse Tee bei ihr. Die beiden wirkten äußerst gefasst; hätte Kramm keinen Kopfverband getragen, hätte man nicht gedacht, dass überhaupt etwas Nennenswertes vorgefallen wäre.

»Gut, dass Sie kommen, Herr Wesendonk.« Auf den zweiten Blick war die Baronin ein wenig blasser als sonst. »Dass ich so etwas auf meine alten Tage erleben muss!«

»Es tut mir sehr leid«, begann Peer vorsichtig. »Geht es Ihnen gut?« Auf ihr Schulterzucken wandte er sich an Kramm. »Und Ihnen?«

»Es geht. Mein Hinterkopf fühlt sich an, als wäre ein Traktor darübergefahren. Ich muss ins Krankenhaus zur Beobachtung, doch als Ina meinte, Sie kämen gleich vorbei, wollte ich noch kurz warten, um Sie über alles zu informieren.« Ein Hustenanfall unterbrach ihn. »Die Polizei wird ja sicher nicht sehr mitteilsam sein.«

Peer schürzte die Lippen, um sein Lächeln zu verbergen. »Wohl nicht.«

Kramm nickte und verzerrte sofort das Gesicht. Dann berichtete er, immer wieder unterbrochen durch Husten und Ächzen. Er hatte gestern Abend etwas im Büro schimmern sehen, als er losfahren wollte. Kurz hatte er auch an den Adventskranz gedacht, aber seit dem ersten Advent war ja niemand in Verenas Büro gewesen. »Zumindest niemand, der eine Kerze anzünden würde …«, fügte er mit einem durchdringenden Blick auf Peer hinzu.

Die Baronin seufzte. »Das konnte ich doch nicht ahnen. Es ist Tradition, dass in jedem Büro ein Adventskranz steht. Das war schon bei meinem Vater so. Und die meisten Mitarbeiter freuen sich darüber.«

»Die machen sich auch keinen Kopf um die Brandschutzvorschriften«, warf Kramm ein. »Aber ich glaube nicht, dass es der Adventskranz war. Nicht allein.«

»Nicht allein? Was denn sonst noch?«

Er zuckte mit den Schultern, verzerrte bei der Bewegung erneut das Gesicht, fuhr dann mit seinem Bericht fort. Als er in Verenas Büro gekommen war, hatte der Kranz schon gebrannt, aber die Kerzen waren noch deutlich zu erkennen gewesen. Es hatte ausgesehen, als wären die Tannenzweige von unten angezündet worden; als hätten unter dem Kranz weitere Kerzen gestanden. Die mussten durch die Hitze geschmolzen gewesen sein, denn über einen Großteil des Schreibtisches hatte sich brennendes Wachs verteilt, das alles in Brand gesteckt hatte, Papiere, Monitor, Schreibtischunterlage, Telefon – und alles hatte dem Feuer neue Nahrung gegeben. Als Kramm die Tür geöffnet hatte, hatte er zusätzlich für Sauerstoff gesorgt; zum Glück hatte er das schnell gemerkt und die Tür wieder geschlossen. Dann hatte er vom Flur aus die Feuerwehr alarmiert und einen Feuerlöscher geholt. Mit dem war er zurück ins Büro gerannt, doch ehe er ihn entsichern konnte, hatte man ihn niedergeschlagen.

Jetzt wurde es endlich interessant. Hatte Kramm seinen Angreifer gesehen? Als hörte er die Tatsache zum ersten Mal, fragte Peer: »Niedergeschlagen? Sind Sie sicher?«

»Ich erhielt einen Schlag auf den Hinterkopf und ging bewusstlos zu Boden. Kann auch sein, dass sich ein Balken gelöst hat, das weiß ich nicht. Ich kam erst durch die Sirene des Feuerwehrautos wieder zu mir.« Er schloss die Augen, hustete erneut. »Hab verdammtes Glück gehabt.«

Vor Peers innerem Auge lief noch einmal das Schattenspiel vom gestrigen Abend ab: Da fiel kein Balken, da tanzte eine lange Stange und landete auf dem Kopf des Mannes. So etwas wie … ein Besen. Verdammt! »Ist Ihnen vorher was aufgefallen? War sonst noch jemand dort? Haben Sie was gesehen oder gehört?«

»Ich habe das halbe Büro in Brand stehen sehen und das Knistern und Knacken gehört, sonst nichts. Gott sei Dank, dass ich zu Hause war. Eigentlich hätte ich einen Termin gehabt. Aber zum Glück war ich so spät dran, dass ich ihn habe ausfallen lassen. Stellen Sie sich vor, ich wäre pünktlich gewesen, dann wäre alles …« Er röchelte, hustete von tief unten aus der Lunge. Ein Schauer ging durch seinen Körper. »Ich muss ins Krankenhaus! Da hätte ich über Nacht schon hingemusst.« Mühsam erhob er sich, presste die Hand an die Schläfe und kniff die Augen zusammen.

»Einen Moment noch«, bat Peer. »Wenn Sie denken, man hat Sie niedergeschlagen – haben Sie eine Ahnung, wer das getan haben könnte?«

»Was weiß ich. Derjenige, der den Brand gelegt hat. Der wollte nicht, dass ich eingreife.« Er sank noch einmal in den Sessel zurück. »Und eventuell wollte er auch nicht, dass Sie weitere Dokumente ansehen. Aus meiner Sicht kommen nur zwei Leute infrage: Walter Grenzin …«

»Ihr Hausmeister?«

»Unser Facility Manager, genau. Der ist ohnehin seit Langem unhaltbar für unser Unternehmen.« Er warf einen kurzen Blick zur Baronin, die nur pikiert die Augenbrauen hob. »Sie kennen seine Geschichte sicher und wissen auch, dass wir alles versucht haben, ihn zu halten, damit seine Familie wenigstens *ein* gesichertes Einkommen hat. Aber hat er uns das gedankt? Im Gegenteil: Er schnüffelt hier herum und geht, wenn ich das so lapidar formulieren darf, recht leichtfertig mit Betriebsgeheimnissen um.«

»Was meinen Sie damit?«

»Zum Beispiel hat er im Oktober eine Abmahnung erhalten, weil er abends in der ›Alten Eiche‹ über Herrn von

Radenow-Werthenbach hergezogen ist und lauthals rief, dass er Dinge über ihn wüsste, die für die Polizei sicher interessant wären.«

»Das kann auch ein Bluff gewesen sein. Und das sind keine Betriebsgeheimnisse.«

»Möglich. Aber sich so in der Öffentlichkeit über seinen Arbeitgeber zu äußern, das geht gar nicht. Vor allem nicht, wenn man ohnehin schon wenig mehr als noch geduldet wird.« Kramm hatte sich in Rage geredet, was sich mit einem erneuten Hustenanfall rächte.

Grenzin, das war auch Peers erster Kandidat. Er hatte ihn gestern dort herumschleichen sehen, und hatte er vorhin nicht mit seiner Frau an der Absperrung gestanden wie der einsame Rächer? Im Nachhinein war Peer sich sicher, dass in seinem Blick so etwas wie Genugtuung gelegen hatte. »Und wer ist der zweite Verdächtige?«

»Gut, dass Sie fragen, damit kommen wir dann nämlich zu den Betriebsgeheimnissen. Wie Sie wissen, war dieser Jonas Werner gestern hier. Und er wusste derart viel über die Firma – das kann er nur von seinem Cousin haben.«

»Sein Cousin?«, fragte die Baronin irritiert. »Wer ist denn das nun wieder?«

»Walter Grenzin«, sagte Peer leise. »Trotzdem, wenn Jonas Dinge über die Firma weiß, kann er die auch von jedem anderen erfahren haben.«

»Stimmt, grundsätzlich käme jeder in Betracht, der den Zugangscode kennt. Und der Einblick in die Unterlagen hat.« Er machte eine bedeutungsschwangere Pause.

Peer schoss das Blut ins Gesicht. Wusste Kramm von seinem Vorhaben? »Ich weiß nicht genau, was Sie meinen.«

Der Geschäftsführer lehnte sich zurück und schloss die Augen. Nach einer Weile sagte er leise: »Ich habe es lange nicht wahrhaben wollen. Aber es gibt jemanden in der Firma, der Zugang zu allen Informationen hatte, egal, wie vertraulich sie waren. Jemanden, der diese Informationen gesammelt hat und recht bereitwillig war, als Sie, Herr Wesendonk, Interesse an solchen Unterlagen hatten. Jemanden, der momentan angeblich weit weg ist und somit über jeden Verdacht erhaben, ein Feuer zu legen.«

»Arndt, was unterstehen Sie sich?«, keuchte die Baronin empört. »Sie sprechen doch nicht von Verena?«

Er senkte den Kopf. »Es schmerzt mich, so etwas überhaupt in Betracht zu ziehen, gnädige Frau. Ich weiß, wie viel Verena Ihnen bedeutet. Und ich muss gestehen, ein wenig bin auch ich ihr zugetan.«

»Schlagen Sie sich das aus dem Kopf, Arndt. Für Verena lege ich meine Hand ins …« Die Baronin stockte. »Mein Gott, wie furchtbar ist das alles.«

Peer musterte Kramm schweigend. Verena. Wirklich? Oder doch Grenzin, der hatte nicht mehr viel zu verlieren. »Und wer von den beiden war es Ihrer Meinung nach?«

Ein neuer Hustenanfall hinderte Kramm daran, zu antworten. Endlich brachte er ein »Das ist Ihr Job!« hervor.

Sofort kam Ina Donath herein. »Herr Kramm, höchste Zeit für die Klinik. Wenn ich mir Ihr Gehuste anhöre, wird mir ganz schlecht.« Sie half ihm auf und führte ihn hinaus.

Einen Moment lang starrte Peer schweigend vor sich hin. Grenzin, ja. Der war gestern vor Ort und hätte die Gelegenheit nutzen können, seinem Hass auf Kramm und die RWG Luft zu machen. Aber Verena? Er sah die Baronin an. »Schrecklich das alles, was?«

Sie nickte. »Ich habe schon einiges erlebt. Auch mit der Firma war es nicht immer einfach. Aber dass man meinen … unseren Mitarbeitern jetzt schon nach dem Leben trachtet …«, sie griff sich an die Brust und seufzte.

»Frau Baronin«, sagte Peer so behutsam wie möglich, »eine Sache noch: Haben Sie etwas von Verena gehört?«

Die alte Dame presste die Lippen aufeinander. »Sie hat um eine Woche Urlaub gebeten. Und diese Woche ist noch nicht um, oder?«

11:20 Uhr

»War ja klar, dass ich verdächtigt werde.« Grenzin blies den Rauch seiner Zigarette auf Peers Gesicht zu, doch da er stand, zog der Rauch über Peer hinweg. Einen Moment lang schien er sich nicht sicher zu sein, ob er die Wohnungstür überhaupt ganz aufmachen wollte. Nach einem Blick zurück in den Flur aber ließ er Peer ein und wies ihn ins Wohnzimmer.

Auf dem Weg sah Peer einen Bundeswehrparka an der Garderobe hängen, schätzungsweise drei oder vier Nummern zu groß für Grenzin, die linke Seite mit braunroten Flecken verschmiert. Blut? Von einem Kater?

Er rollte ins Wohnzimmer, dessen geschmackvolle, aber abgewetzte und schmutzige Möbel auf deprimierende Weise den Niedergang der Familie dokumentierten.

Grenzin schlurfte ihm hinterher und ließ sich in die Couch fallen. »Die wollen mich schon lange loswerden.«

»Wer?«

»Blöde Frage. Der neue Chef natürlich. Und sein Arschkriecher Trutz!«

»Trutz? Sie meinen Arndt Kramm?«

»Ja.« Er wandte sich zur Küche. »Gitte? Scheiße noch mal, wo bleibt mein Kaffee?«

»Reden Sie ihn auch mit ›Trutz‹ an?«

Grenzin zog die Augenbrauen zusammen. »Bestimmt nicht. Gitte hatte den Namen in seiner Personalakte gelesen, und weil wir's so witzig fanden, haben ihn 'ne Zeit lang alle so genannt, wenn er nicht da war. Aber dann hat er's irgendwann mitbekommen und ist fuchsteufelswild geworden. Tja, und jetzt nennen nur noch die ihn Trutz, die ihn besonders gern mögen.« Er hustete laut und ausdauernd.

»Sie sagten eben, man will Sie loswerden. Warum?«

Grenzin zuckte mit den Schultern. »Die Wessis halten uns doch alle für Verbrecher. Schon der alte Chef. Wissen Sie, ich war früher LPG-Bereichsleiter in Vertikow. Kannte hier alles, jeden Grashalm, jedes Soll, jeden Fuchsbau – und natürlich jeden Baum. Deshalb wollte die Baronin mich auch unbedingt haben. Feine Frau. Aber der Rest ...« Seine Meinung über den Rest machte ein scharfer Strom Zigarettenqualm deutlich, der über den Couchtisch schoss.

»Und weil Sie zu DDR-Zeiten einen guten Posten hatten, hält man Sie für einen unbelehrbaren Kommunisten?«

»Jedenfalls hat mich der alte Chef plötzlich nich mal mehr mit dem Arsch angeguckt, als er das erfahren hat.«

»Walter, wie redest du denn?« Die kleine Puppe mit dem rissigen Porzellangesicht schlurfte ins Wohnzimmer. Sie trug noch immer den Morgenmantel und balancierte einen Becher Kaffee in der zitternden Hand. »Tachschön«, sagte sie lächelnd zu Peer. »Woll'n Sie auch 'n Kaffee?«

»Der geht gleich wieder«, brummte Grenzin und nahm seiner Frau den Becher aus der Hand. »Du am besten auch!«

Die Lider der Frau flatterten, doch sie sagte nichts mehr, schlich nur still aus dem Raum. Als sie an der Kommode vorbeikam, fiel Peer auf, dass eine olivgrüne Schirmmütze darauf lag. Mit der hatte er den Hausmeister noch nie gesehen. Wieso lag die hier?

Grenzin fuhr ungerührt fort: »Jedenfalls war ich plötzlich der Buhmann. Ja, ich war unbequem, hab meine Nase überall reingesteckt. Und ich hab gefragt, jedes Mal, wenn Dinge plötzlich anders gemacht werden mussten, obwohl sie doch jahrelang gut funktioniert haben, wollte ich wissen, warum. Und weil niemand eine Antwort wusste, war man natürlich sauer auf mich. Mir war das egal. Ich hab mich weiter umgehört, hab Fragen gestellt, wollte wissen, was genau die eigentlich vorhaben.«

»Und wie weit ging Ihr Interesse? Haben Sie vielleicht auch vertrauliche Unterlagen durchforstet?«

»Hör'n Sie mal, ich bin doch nicht blöd. Hat mir gereicht, dass ich so schon ständig eins auf den Deckel gekriegt hab.«

»Kein ideales Arbeitsklima«, gab Peer zu. »Warum sind Sie überhaupt da geblieben?«

»Nur wegen der Baronin. Die stand immer hinter mir, hat mich immer verteidigt.« Er räusperte sich. »Und als sie Gitte gefeuert haben, hat sie sogar dafür gesorgt, dass ich ein bisschen mehr Geld krieg. Hochanständige Frau!«

»Ihre Frau hat Geld veruntreut, nicht wahr?«

Grenzin schnaubte. »War ja klar, dass Sie das schon wissen. Ja, für die Polizei und den alten Chef und für Trutz hatte sie Geld veruntreut. Aber die Baronin wusste, dass sie keine andere Wahl hatte.« Er lehnte sich zurück, zündete eine neue Zigarette an. »Wir haben gebaut, wissen Sie. Nettes kleines Haus, nichts Großes, aber genug für uns und unsere Tochter. Leider hatten wir so kurz nach der Wende keine Ahnung, wie das im Westen läuft; dass die Banken dir kein Geld *geben*, wenn du bauen willst, sondern es dir *nehmen*. Wir haben gar nicht verstanden, was dies Darlehen bedeutet hat. Und ruckzuck konnten wir die Raten nicht mehr zahlen. Da war unser Häuschen, unsere kleine Tochter spielte im Garten und meine Frau stand davor und wusste, dass wir alles verlieren würden, wenn sie nicht ...« Seine Stimme versagte für einen Moment. »Wissen Sie, wer heute in unserem Haus wohnt?« Schwer zu sagen, ob das Zittern seiner Lippen Wut oder Verzweiflung war. »Diese junge Tschechin. Sie hat sich Gittes Job und Gittes Haus geschnappt.«

Peer senkte den Kopf. »Sie *haben* alles verloren.«

»Ja. Sie war so dumm.« Er hob den Kopf und brüllte in Richtung Küche: »Ein dummes, dummes Weib!«

Durch die Tür hindurch erklang eine aufgebrachte Männerstimme. Moment mal! Der Parka, die Mütze ... Horst! Was machte der in Grenzins Küche?

»Horst, bist du das?«

Nach einem Augenblick Stille senkte sich die Klinke, der betretene Forsttechniker kam herein.

Peer starrte ihn an. »Was machst du hier?«

»Scheiße!«, entfuhr es Grenzin.

»Einen Besuch?«, lautete die zaghafte Antwort.

»Dann ist das dein Wagen vorm Haus.«

Horst nickte. Er griff nach seiner Mütze und drehte sie schweigend zwischen den Fingern.

»Sind wir fertig?«, brummte Grenzin. »Sie sehen ja, ich hab Besuch.«

»Den Sie bitte warum genau vor mir verbergen wollten?«

»Geht Sie nichts an.«

Einen Moment zögerte Peer. Doch statt weiter nachzuhaken, kam er lieber zum Kern der Sache. »Warum waren Sie gestern kurz vor dem Brand am Schloss?«

Ein langes Stück Asche fiel von Grenzins Zigarette auf den Couchtisch neben den Kaffeebecher. »Was? Woher …?«

»Ich war auch da. Und ich hab Sie gesehen. Sie standen mit einem Besen oder so was vorm Eingang und sind dann irgendwo hinterm Haus verschwunden.«

Horst ächzte, Grenzin gebot ihm mit erhobener Hand Schweigen. »Blödsinn! Hab ... nochmal den Weg gefegt. Mit dem Besen«, sagte er mit Nachdruck.

»Nach Feierabend? Wo Sie gar nicht wissen konnten, ob es nachts nicht wieder schneit?«

»Deshalb ja. Wenn ich abends den zertretenen Matsch wegfege, friert er nachts nicht fest und ich hab morgens nur den Neuschnee wegzuschippen. Noch mehr Fragen?«

»Ja. Warum sind Sie hinterm Haus verschwunden?«

»Kann Ihnen doch egal sein! Wir leben in einem freien Land, ich darf hingehen, wo ich will. Das ist euch Wessis doch immer so wichtig.«

Peers Augen verengten sich. »Hat das Bürogebäude einen Hintereingang?«

»Ja, wieso?«

»Ist der auch mit einem Code gesichert?«

»Nee, mit Schloss. Was wollen Sie eigentlich?« Grenzin stampfte seine Zigarette im Aschenbecher aus.

»Sie haben bestimmt einen Schlüssel, oder? Und Sie hatten einen Besen dabei, mit einem langen geraden Stiel.«

»Wir haben hier keine Besen mit krummen Stielen«, antwortete Grenzin hämisch grinsend.

Doch Peer ließ sich nicht beirren. »Wenig später, als Herr Kramm oben versuchte, das Feuer zu löschen, wurde er angegriffen. Ich konnte das von unten beobachten. Er erhielt einen Schlag auf den Hinterkopf mit einem langen, geraden Gegenstand – einem Besenstiel zum Beispiel.«

Grenzin wurde blass. »Nein. Scheiße!« Er fuhr sich mit der Hand übers Gesicht, stand rasch auf und schloss die Zimmertür. »Hören Sie, damit hab ich nichts zu tun, das müssen Sie mir glauben!«

»Muss ich nicht. Wir leben in einem freien Land.«

Endlich erwachte Horst aus seinem Schweigen. »Wir müssen es ihm sagen, Walter.«

»Quatsch! Gar nichts müssen wir.«

»Brandstiftung mit Körperverletzung ist 'ne ganz andere Nummer als Wilderei, weißt.«

Für einen Moment verharrte Grenzin. Dann sprang er auf Horst zu. »Sag mal, bist du total bescheuert?«, schrie er.

Der Forsttechniker blieb erstaunlich gefasst und selbstsicher. »Mann, Walter. Denk doch mal nach. Peer ist ein vernünftiger Kerl. Wenn du ihm alles erklärst, hat er sicher Verständnis. Dann muss niemand was erfahren. Und der junge Baron merkt gar nicht, wenn ihm ein Tier fehlt, weißt. Aber mit dem Verdacht der Brandstiftung muss Peer natürlich zur Polizei.« Er schaute zu Peer und zuckte vielsagend mit den Augenbrauen.

»Schon gut.« Mit ausdruckslosem Gesicht sank Grenzin in den Sessel. Fast eine Minute sagte er kein Wort, endlich murmelte er: »Sie soll nichts davon wissen.« Er schloss die Augen und lehnte den Kopf zurück. »Die Frau draußen in der Küche, Sie haben Sie ja gesehen, die hat sich kaputtgesoffen. Da ist nicht mehr viel drin von der Frau, die ich geliebt hab. Aber ich bleib bei ihr, weil sie für uns alles gegeben hat. Wirklich alles!« Er fingerte eine neue Zigarette aus der Schachtel, warf sie dann aber auf den Tisch. »Scheiße, ist es denn ein Verbrechen, wenn ich ihr mal eine Freude zu Weihnachten machen will? Sie liebt Rehrücken über alles.« Er wischte sich die Augen. »Über alles.«

Horst trat zu Peer und sagte leise: »Walter hat keinen Besen dabeigehabt gestern Abend. Er hat mir mein Gewehr zurückgebracht. Und am Sonntag hat er sich Jonas' R4 geborgt, um das Reh zu transportieren.«

»Dann ist das dein Parka mit dem Blut?«

Horst nickte. »Ich hab ihm geholfen, aufbrechen, ausbluten und so.« Er wandte sich von Grenzin ab. »Und«, flüsterte er, »was willst du nun machen?«

Seufzend löste Peer die Bremsen des Rollstuhls. »Wie es aussieht, hat Herr Grenzin nichts mit dem Brand zu tun. Deshalb bin ich gekommen. Und wie du sagst: Der Baron wird auf den Malediven keins seiner Rehe vermissen.«

»Danke«, keuchte Grenzin.

»Das mach ich nicht für Sie, sondern für einen Freund, der sonst wegen Beihilfe mit drin hängen würde.«

12:10 Uhr

An der Verkehrsinsel mit der großen Eiche, direkt hinter dem Gasthaus, stoppte Peer. Es war zum Verrücktwerden! Jeden Verdächtigen musste er früher oder später von der Liste streichen. Bliebe am Ende überhaupt jemand übrig?

Ein kupferfarbener Range Rover rauschte, von Wakenstädt kommend, an ihm vorbei, der aufspritzende Schnee-matsch verfehlte den Rollstuhl und vor allem die Wolldecke nur knapp. Auf dem Lindenweg stoppte der Wagen, die Fensterscheibe auf der Beifahrerseite fuhr herunter.

»Herr Wesendonk, mein Lieber, es tut mir leid«, rief Frau Zuschnitz, als Peer den Wagen erreicht hatte. »Ich hoffe, Sie haben nichts abbekommen. Falls ja, übernehme ich natürlich die Reinigungskosten.«

Das passte sich gut. Mit seiner Nachbarin wollte er ohnehin ein Gespräch führen, seit er gestern von ihrem Detektiv erfahren hatte. So sparte er sich einen Weg. Sascha wartete um halb eins mit dem Essen, das sollte er noch schaffen. »Guten Tag, Frau Zuschnitz«, sagte Peer lächelnd, »keine Sorge, alles sauber geblieben. Wo ist ihr Jaguar hin?«

»Ach, bei diesen widrigen Straßenverhältnissen nehme ich lieber einen der Geländewagen.«

Einen der ...? Offenbar konnt man mit Kies eine Menge Kies verdienen. Peer musste kurz lächeln, besann sich dann aber wieder auf den Ernst der Lage. »Hatten Sie nicht gesagt, Sie hätten den Detektiv abgezogen?«

»Was heißt abgezogen? Sein Auftrag war beendet, ich habe ihn bezahlt und gut.«

»Wie kommt es dann, dass er vorgestern in den Büros der RWG überrascht worden ist, während er gerade irgendwelche Dokumente sichtete?«

Die Zuschnitz hielt den Atem an. »Was? Unmöglich!.«

»Dann wissen Sie nichts davon?«

»Herr Wesendonk, mir ist in allem, was ich tue, sehr an Diskretion gelegen. Glauben Sie mir, würde ich einen Detektiv beauftragen, würde man den nicht erwischen.«

»Was hat er dann da gemacht?«

»Das ist in der Tat die Frage. Offenbar hat ihn jemand anders engagiert.«

Ein flaues Gefühl breitete sich in Peers Magen aus. Hatte man ihn abgesägt? Traute man seiner Arbeit nicht. »Sie meinen, ich bin raus?«

Mit einer Mischung aus Mitleid und Spott sah die Zuschnitz ihn an. »Mein Lieber, keine Sorge. Ich bin überzeugt, das soll nur so aussehen. Da will jemand Verwirrung stiften, Sie verunsichern. Und die Belegschaft. Wenn niemand mehr weiß, wem er was sagen darf, sagt niemand mehr irgendetwas.«

»Man sabotiert meine Arbeit? Aber warum? Und wer?«

»Vermutlich jemand ganz oben. Ich denke, jemand aus der Management-Abteilung steckt mit drin. Ich tippe entweder auf Herrn Kramm oder, vielleicht sogar noch wahrscheinlicher, seine Assistentin.«

»Verena Czyczek?« Jetzt wurde es interessant.

»Sicher, wer sonst? Ich weiß doch, wie das läuft. Von den anderen Mitarbeitern hat niemand genügend Zugriffsrechte auf das System, um solche Sachen zu veranlassen – oder zu vertuschen.« Zufrieden lächelnd sah sie ihn an.

»Aber welches Interesse sollte einer der beiden haben, die Firma zu ruinieren?.«

»Herr Wesendonk, bitte! Mit Sicherheit gibt es die eine oder andere tschechische Firma, die Interesse an einem relativ gesunden Unternehmen in Mecklenburg hat. Und eine saftige ... ›Provision‹ zahlt.«

»Und warum sollte Verena …?«

»Weil sie Tschechin ist, das wissen Sie doch.«

»Klar, aber sie lebt hier. Sie hat Freunde hier und …«

»Ja ja, schon klar. Ich sehe das doch bei meinen ausländischen Mitarbeitern. Die machen hier nur ihren Job und schicken das Geld nach Hause. Von Identifikation mit ihrer Firma oder gar Loyalität spüren Sie da nichts!«

Das könnte ja auch an der Firmenleitung liegen, dachte Peer. »So hab ich das noch gar nicht gesehen«, sagte er.

»Dann tun Sie das mal!«

»Aber Moment, Frau Zuschnitz! Wenn Verena dahintersteckt, wäre es doch nicht klug von ihr, gerade jetzt einfach eine Woche zu verschwinden, oder? Zum einen macht sie sich damit verdächtig, zum anderen hat sie dann ja keine Kontrolle mehr über die Vorgänge.«

»Eine Woche? Gott, sind Sie naiv! Die Kleine ist sicher längst zu Hause in Tschechien, der ist egal, ob hier jemand einen Verdacht gegen sie hegt.« Mit einem abfälligen Lachen fuhr sie die Scheibe hoch und setzte ihren Range Rover in Bewegung.

Peer sah ihr nach. Hatte sie recht? Abgesehen von dem ausländerfeindlichen Gerede drumherum, es gab inzwischen tatsächlich immer mehr Erkenntnisse, die Verena verdächtig machten. Aber warum hatte sie ihm dann so viel geholfen? Hatte sie ihn nur ablenken wollen, auf eine falsche Fährte führen? Mein Gott, wenn das stimmte, müsste er auch Verenas letzte Mail mit anderen Augen betrachten. Sie hatte ihm geschrieben, dass er nur noch an dem Abend ins Büro käme, hatte sogar das Zeitfenster vorgeben – als hätte sie ihn ins Feuer locken wollen. Kopfschüttelnd schob er den Steuerknüppel seines Rollis nach vorn und fuhr in den Lindenweg. Er müsste nachher unbedingt noch einmal in Ruhe seine Aufzeichnungen durchsehen.

Nachher? Verdammt, heute war Freitag: Physiotherapie und Orgelunterricht. Ach du Schande – und Krippenspiel! Peer schloss die Augen. War das nicht alles ein bisschen zu viel für einen Behinderten, der einfach nur zu Hause sitzen und … oje, und komponieren wollte. Das Orgelstück zum Weihnachtsgottesdienst war auch noch lange nicht fertig. Ja, es war zu viel. Es war einfach alles zu viel.

14:45 Uhr

Erstaunlich, wie gut viele Bewegungen schon wieder funktionierten. Palu zeigte ihm ein paar Kniffe, wie man dem Schmerz ein Stück weit ausweichen oder manche eingefahrenen Tätigkeiten einfach mit einer anderen Muskelgruppe erledigen konnte.

»Das ist wichtig, neue Wege zu finden«, erklärte Palu. »Wie früher. Du hast als Kind bestimmt auch mal Dinge mit den Zehen hochgehoben, einfach aus Spaß.«

»Ja, da konnte ich auch die Zehen noch hochheben.«

»Okay, blödes Beispiel. Aber guck dir die Mundmaler an. Die können ihre Hände nicht mehr bewegen oder haben womöglich keine mehr und malen allein mit dem Mund fantastische Bilder.« Er knuffte Peer gegen den Oberarm, sodass der aufstöhnte. »Sorry. Aber du siehst, es gibt fast immer einen Weg.«

Ja, den gab es wohl. Die Übungen hatte ihm so gutgetan, dass er trotz der Erschöpfung das Gefühl hatte, er könnte Bäume ... verdammt, ließ ihn das Thema gar nicht mehr los? »Themenwechsel! Wann fahre ich Auto?«.

Palu grinste. »Kannst es nicht erwarten, hier wegzukommen, was? Mal sehen, wie sich deine Prellungen entwickeln. Da ist noch viel Training nötig. Schließlich musst du in der Lage sein, deinen Rollstuhl ins Auto zu packen, wenn Sascha nicht dabei ist. Apropos: Was sagt die dazu?«

Wie es in Peers Gesicht kribbelte, als das Blut hineinschoss. Offenbar war das für Palu Antwort genug, denn er wandte nur den Kopf und rief nach Sascha.

In Nullkommanichts war sie im Zimmer und schaute die beiden mit großen Augen an. »Alles in Ordnung?«

»Klar«, meinte Peer. »Immerhin weiß ich jetzt, dass du mit Palu nicht auch regelmäßig telefonierst.«

»Hä?« Der Physiotherapeut schaute fragend zwischen den beiden hin und her. »Vielleicht sollten wir das aber.« Und ehe Peer protestieren konnte, setzte er hinzu: »Du brauchst das Backing durch deine Familie; und das ist nun mal deine Frau.«

Sascha strahlte dankbar. »Endlich sagt das mal jemand.«

»Oh, wart's nur ab, Peer will dir auch was sagen.«

»Ich?« Er verschluckte sich fast. Wenn er etwas hasste, dann war es, überrumpelt zu werden. Er druckste herum, schaute zu Sascha, dann zu Palu. »Sag mal, wie geht es eigentlich Raffael?«

»Ach Perlchen, woher soll Palu das denn wissen?«

»Schon gut«, warf der Therapeut ein, »das weiß ich. Als ich ihn das letzte Mal gesehen habe, ging es ihm sehr gut. Und er sah auch hervorragend aus. Und fühlte sich noch besser an.« Ein Grinsen huschte über sein Gesicht. »So, jetzt bist du dran, Perlchen!«

Peers Augen verengten sich zu Schlitzen. »Also gut, Heinz.« Er wandte sich Sascha zu. »Stell dir vor, Saschenka, vielleicht könnte ich dich noch ein wenig mehr entlasten und noch ein wenig mehr wie ein Gesunder leben.« Er stockte. »Die Einzelheiten kann Palu dir erzählen.«

»Nix da! Auch wenn ich sehr viel von Dreiergesprächen halte, das hier ist deine Aufgabe. Wär sie eigentlich schon letzten Mittwoch gewesen.«

Na, wunderbar! Fiel ihm der Kerl doch noch in den Rücken. »Also, wenn du durchaus darauf bestehst, Palupke.« Er atmete tief durch und murmelte dann leise: »Ich lerne wieder Autofahren.«

»Du lernst was?« Schwer zu sagen, ob Sascha ihn nicht verstanden hatte oder nicht glauben konnte, was sie gerade gehört hatte.

»Ich lerne Autofahren. Bringt mir der Verräter hier bei.« Er wies auf Palu.

Lange sah Sascha ihn nur stumm an, irgendwann kam ein leises »Aha.« Dann schwieg sie wieder, um sich endlich mit einem »Du musst ja wissen, was du tust« zu erheben und den Raum zu verlassen.

»Da hast du dein Backing«, seufzte Peer.

»Ach, lass sie das erst mal verarbeiten. Wir sind alle ein wenig überrumpelt worden.« Palu grinste ihn schief an. »Ich mach mich dann mal auf den Weg. Soll ich Raffael von dir grüßen, Perlchen?«

15:25 Uhr

Diesmal kam Peer ein paar Minuten vor Mandy an. Er schloss auf und rollte den Gang der kleinen Kirche entlang. Statt aber vor dem Altar zu stoppen, rollte er daran vorbei. Erst an der Fachwerkmauer mit dem schlichten Holzkreuz wendete er. Mehr als von dieser Stelle aus würde er nie wieder von seiner Orgel sehen können. Einen Teil des Prospekts. Das war, als sähe man von einem geliebten Menschen nur noch die Stirn und einen Teil der Augenbrauen, aber nie wieder den Körper. Nie wieder würde er sie atmen hören, ihren Puls spüren. Und mit einem Mal fühlte er sich fremd in der Kirche, die doch all die Jahre mehr als ein Arbeitsplatz für ihn gewesen war: ein zweites Zuhause.

Die Tür öffnete sich, Mandy trat ein. »Entschuldigung.«

Peer winkte sie zu sich, rollte vor den Altar. »Hallo Mandy. Ich denke, das wird richtig gut, wenn wir wirklich auf den ganzen Krempel verzichten, Kamera und so. Ich sitze einfach hier unten und hör dir zu.«

Sie runzelte die Stirn. »Und was, wenn ich Fehler mache, die man nicht hören kann? Falschen Fingersatz oder so?«

Lächelnd winkte er ab. »Fehler, die man nicht hört, sind keine Fehler. Scheiß auf Fingersatz. Wenn er so falsch ist, dass er dich rausbringt, dann hör ich das; das gilt auch für die Füße. Und wenn nicht, dann nicht. Was ich nicht hör, hört ein Gottesdienstbesucher erst recht nicht.«

Sie nickte zögernd und ging nach oben. Peer lauschte, wie das Gebläse der Orgel anlief, der Balg sich füllte, Mandy ihre Noten aus der Tasche holte und auf die Notenbank stellte. »Soll ich mit dem Gregor anfangen?«

»Meinetwegen.« Da konnte mit den Füßen wenigstens nichts schiefgehen.

Ein letztes Rascheln, wenig später ertönten die ersten Akkorde. Peer schloss die Augen und lauschte. Jahrelang war es für ihn ein banales Routinestück gewesen, das er nur gespielt hatte, weil es zu jedem Heiligabend in Vertikow dazugehörte – »seit ewiger Zeit«, wie Hermann, damals noch Kirchenältester, ihm versichert hatte. Heute aber klang es anders. Vielleicht, weil es von einer jungen, unfertigen Organistin gespielt wurde, die noch keine Ahnung hatte, wie es wäre, wenn der Chor neben ihr stünde. Vielleicht, weil es so viele Erinnerungen weckte an die kleinen und größeren Unfälle, die in den Gottesdiensten geschehen waren, weil sich dort oben plötzlich zehn bis zwölf Sänger drängten. Oder einfach, weil Peer wusste, dass selbst dieses Stück nie wieder Routine für ihn würde?

Mandy stockte. Kurz vor Einsatz des Chors hatte sie in der Oberstimme Es statt E gespielt. Sie begann den Takt noch einmal, der Finger landete wieder auf dem Es, rutschte gerade noch aufs E. Erneut stockte sie. »Mist!«

»So bitte nicht!«, rief Peer nach oben. Er wartete, bis Mandys Kopf über dem Geländer erschien. »Fluch meinetwegen leise, aber hör nicht einfach auf. Stell dir vor: Drei Takte weiter singt der Chor und du hörst einfach mittendrin auf und setzt neu an.«

»Ja, ich weiß. Ich werd die Stelle üben.«

»Gut. Aber es geht um Grundsätzliches: So ein Rutscher wie beim zweiten Mal passiert immer wieder. Niemand verlangt, dass du jeden einzelnen Ton genau triffst. Klar, das wär toll, aber jeder verspielt sich mal, jeder macht mal einen Fehler. Die Kunst ist, den Fehler so zu überspielen, dass er nicht stört. Dass ihn im Idealfall niemand bemerkt.«

Sie blies sich eine Strähne aus dem Gesicht. »Und wie mach ich das?«

»Mit viel Übung und Routine. Und Selbstvertrauen. Wo wir gerade dabei sind: Lass die Orgel dein Selbstvertrauen spüren, lass mich hören, dass du genau weißt, was du spielst, dass jeder deiner Töne mit Inbrunst und voller Überzeugung gemeint ist.«

»Hä?«

Peer verdrehte die Augen. »Mein Gott, akzentuierter, kraftvoller! Die Tonrepetitionen in der rechten Hand oder hier in der linken: nicht dadadadada, sondern ta-ta ta-ta ta!« Er unterstrich die Silben mit Faustschlägen in die Luft. »Je klarer, desto besser. Schließlich bist du dafür verantwortlich, dass der Chor seine Einsätze findet und das Metrum hören kann. Und diese Verantwortung will ich vom ersten Ton an spüren. Alles klar?«

Mandy nickte, ein leichtes Lächeln huschte über ihr Gesicht. »Ich glaub schon.« Ihr Kopf verschwand.

Wieder setzten die Akkorde ein, diesmal strahlender, kraftvoller, wie die Stockschläge eines Zeremonienmeisters bei Hofe. Peer lächelte, lehnte sich zurück und lauschte.

Jeder macht mal einen Fehler. Die Kunst ist, ihn so zu überspielen, dass ihn im Idealfall niemand bemerkt. Wieso wollten ihn seine Worte nicht loslassen? Hatte er Fehler gemacht? Wo? Oder einen Fehler übersehen, der dem Täter unterlaufen war? Er schnaubte. Dazu wäre es hilfreich, eine Ahnung zu haben, wer der Täter war.

Verrückt: Er hatte eine ganze Hand voller Verdächtiger: Grenzin, Arndt Kramm, Jonas Werner, Verena ... Jeder hatte sich in irgendeiner Form auffällig verhalten, jeder wurde von einem der anderen beschuldigt. Und nun? Einer von ihnen musste es gewesen sein – Peer mochte sich nicht der Befürchtung hingeben, es könnte noch jemanden geben.

Verena, wirklich? Gut, sie hatte Zugang zu allen Informationen und die Möglichkeit, so einen Coup abzuwickeln. Sie könnte ein falsches Spiel spielen, alle mit ihrem freundlichen, verbindlichen Auftreten, ihren großen, rehbraunen Augen täuschen. Vielleicht hatte die Zuschnitz recht und sie stand schon längst auf der Gehaltsliste eines tschechischen Holzhandels-Unternehmens.

Aber mit Sicherheit hatte sie nicht ihren Kater umgebracht. Eher war Vaclav als Warnung für Verena getötet worden, weil jemand die RWG retten wollte. »Lass die Finger davon, sonst geht es dir wie ihm!« Oder aber sie war noch viel durchtriebener als gedacht und hatte sich mit dem Mord von der Liste der Verdächtigen streichen wollen.

Und sonst? Doch jemand von außerhalb, wie es die Leute in Vertikow mutmaßten? Peer seufzte. Dann blieb nur diese Ho-Ho Segrahn. Wie sollte er da weiterkommen? Ohne konkreten Anhaltspunkt war er aufgeschmissen, er konnte ja nicht einfach dort aufschlagen, um mal eben aufgrund hanebüchener Verdachtsmomente die Firma zu durchsuchen. Und die letzten Anhaltspunkte, die ihm zur Verfügung gestanden hätten, waren verbrannt. Wer auch immer dahintersteckte, er hatte ganze Arbeit geleistet. Blieb zu hoffen, dass der Täter wirklich einen Fehler machte. Und dass Peer wach genug war, ihn zu bemerken.

16:50 Uhr

Sie hatten eine Zeit lang am Gregor geübt, teils an der Orgel, teils hatte Mandy neben Peer gestanden und erfahren, wie es ihm in den letzten Jahren mehr oder weniger gelungen war, den Chor unter Kontrolle zu halten. Dann hatten sie gemeinsam verschiedene Registraturen ausprobiert: Mandy hatte – auf Peers Anweisungen, später nach eigenem Gutdünken – immer wieder neue Register gezogen und ein wenig gespielt. Peer hatte von unten zugehört und ihr Tipps gegeben. So intensiv und genau hörte er zum ersten Mal die Klänge von unten. Die Atmosphäre war eine ganz andere als oben am Spieltisch. Kombinationen, die ihm oben zu scharf und schneidend vorgekommen waren, entfalteten hier unten einen ganz eigenen Reiz, wogegen manch eine sanfte Registereinstellung im Kirchenraum nur wirkte, wenn das Schwellpedal ganz durchgetreten war. Womöglich hatte Peer in diesen zwanzig Minuten mehr gelernt als Mandy.

Schließlich rief er sie noch einmal zu sich herunter. »Ich hab hier noch was für dich.« Seine Stimme zitterte ein wenig, nicht etwa, weil es in der Kirche kalt gewesen wäre, nein, es lag eher an dem, was sich auf den Notenblättern befand, die er seiner Schülerin in die Hand drückte.

»Was ist das?«

»Das ist, das *wird* die Introduktion zu Heiligabend. Ich dachte an etwas schön Festliches, das aber noch keine zu große Herausforderung im Pedal darstellt.«

Mandy schaute mit großen Augen auf die Überschrift. »Das ist ja von Ihnen!«

»Ja«, sagte Peer leise, »keine große Sache, banales Zeug, wo jeder denkt, er hat es schon mal gehört. Aber so einfach, dass du es bestimmt noch bis Heiligabend draufhast.«

Sie nickte zögernd und blätterte um. »Hier fehlt was.«

Peer wurde heiß. »Es … es ist noch nicht ganz fertig.«

»O...kay.« Mandy spitzte die Lippen, blätterte wieder zurück. »Wann wird es denn fertig?«

Die Kirchentür öffnete sich, Leon schaute herein, der zwölfjährige Sohn der Propsts spielte einen der Hirten.

Peer keuchte. Sein dritter Termin an diesem Nachmittag. »Bald, Mandy. Ich geb mir Mühe.«

Nach einem skeptischen Blick nickte sie schwach. »Mal sehen, ob ich zu Montag schon reingucken kann.«

»Danke. Ein schönes Wochenende!«

Sie lächelte, lief nach oben, um ihre Sachen zusammenzusammeln, winkte ihm vom Ausgang noch einmal zu.

Inzwischen füllte sich die Kirche mit immer mehr Dörflern, muntere Gespräche ertönten hier und da, schwollen immer mehr an. Leon und ein anderer Junge jagten einander zwischen den Kirchenbänken. Peer legte den Kopf in die Hände. Dieser Lärm! Und er sollte eigentlich zu Hause sein und endlich die Lösung für diesen verflixten Fall finden. Und das Orgelstück fertigkomponieren. Und sich um Sascha kümmern. Und …

»Ruhe, verdammt!«

Alle starrten ihn an. Von einer Sekunde auf die andere war kein Ton mehr zu hören – außer dem Knarren der Kirchentür. Peggy. Gott sei Dank!

»Tut mir leid, ich bin zu spät.« Sie trat an Peer heran. »Zumindest keine Sekunde zu früh. Alles klar bei dir?«

»Bestens.«

Peggy rief die anderen zusammen. »Baut schon mal auf, damit wir gleich anfangen können!« Dann winkte sie Peer nach vorne in den Gang, fast so, als würde sie ihm seine Position zeigen. »Was ist los, Schätzchen?«, fragte sie leise.

»Schon gut. Es ist alles ein bisschen viel im Moment. Die Verletzung und jetzt der Brand, ich hab das Gefühl, ich komm da gar nicht weiter. Ich bin wohl doch als Ermittler ein ziemlicher Versager.«

»Blödsinn. Du fängst doch erst an. Und es ist noch kein Meister vom Himmel gefallen. Was glaubst du, wie peinlich die Geschichten ausgesehen hätten, die Arthur Conan Doyle über Sherlock Holmes' erste Fälle geschrieben hätte? Oder warum Miss Marple erst in hohem Alter als Ermittlerin auftritt? Du musst noch Erfahrung sammeln.«

»Toll! Sag das einer Frau mit 'ner toten Katze vor der Haustür. Oder der Baronin, die um ihr Lebenswerk bangt.«

»Peer! Du kannst nicht für alles Verantwortung übernehmen. Und auch wenn du das nicht glaubst, ich bin stolz auf dich. Du lernst immer besser, deine Situation anzunehmen und damit umzugehen. Dein Erfolg als Detektiv hin oder her – wichtig ist, was du als Mensch leistest.«

»Ach ja?«, brummte er, seine Stimme begann zu zittern. Verdammt, das nicht auch noch! »Fühlt sich momentan aber ganz anders an.«

»Es wird immer wieder Rückschläge geben, du wirst immer wieder in Scheißsituationen kommen, und weißt du warum? Weil es uns allen so geht. Und wir alle müssen uns dann wieder aufrappeln und weitermachen.«

Ungewollt gluckste Peer. »Dann hab ich es ja sogar noch besser.«

»Wieso?«

»Ihr müsst euch aufrappeln, ich kann sitzen bleiben.«

Peggy lachte aus vollem Hals. »*Das* ist mein Peer. Weißt du was? Ich spreche heute den Engel, dann brauchen wir dich nicht und du kannst nach Hause zu Sascha. Wenn du nur noch kurz wartest, Eilien kommt gleich mit deinem Kostüm zur Anprobe.«

»Klar, Chef.«

Wie aufs Stichwort öffnete sich die Kirchentür und die Wirtin trat ein. »Sacht ma, wer kommt denn auf so 'ne bekloppte Idee? Probe am Freitagabend! Jetzt sitzen meine janzen Gäste auf dem Trocknen.« Sie öffnete die Tüte, die sie dabeihatte. »Also, husch husch, Engelchen, rin in die Kutte. Und du, Madame Pastorette«, sie sah Peggy an und wies zu den anderen Spielern, »du passt besser auf, dass det Volk Israel nich die Kirche in Schutt und Asche legt!«

Kichernd stiefelte Peggy davon, während Eilien begann, den weißen Samt über Peer und seinen Rollstuhl zu verteilen. Sie zog hier und zerrte da, zupfte noch ein wenig am Kragen und trat schließlich ein paar Schritte zurück. Auch Peer warf einen Blick auf sein Kostüm. Er selbst, die Technik, Metall und Kunstleder, alles war eingehüllt in weichen, fließenden Stoff. Zum ersten Mal hatte Peer das Gefühl, die Engelsache könnte klappen.

»Und?« Er schaute rechts und links hinunter. »Scheint zu passen, oder?«

Eilien wiegte den Kopf hin und her. »Ich sach ma so: Groß jenug isset. Aber passen? Ick find, du siehst eher aus wie'n Eisberg als wie'n Engel.«

»Vielleicht ändert sich das mit den Flügeln.«

»Vielleicht. Ick fürchte ja, denn siehste bloß aus wie'n Eisberg mit Flügeln.«

17:40 Uhr

Als Peer zu Hause ankam, saß Sascha noch oben im Homeoffice. Wunderbar, dann könnte er sie überraschen, indem er schon einmal das Abendessen vorbereitete. Von Inas Linseneintopf stand noch ein Rest im Kühlschrank, aber das wäre etwas knapp für zwei. Vielleicht könnte man den etwas verlängern und gleichzeitig ein wenig aufpeppen. Peer schaute sich um: Was passte in einen Linseneintopf? Äpfel? Tomaten? Weißkohl? Im Kühlschrank fand er Emmentaler, Camembert, Lachs und gekochten Schinken, ein Paket Champignons, saure Gurken und Milchprodukte. Ratlos kratzte er sich den Kopf. Klarer Fall fürs Internet!

Doch als er ins Musikzimmer rollte, ertönte das E-Mail-Signal aus den Boxen seines Laptops, gleichzeitig vibrierte sein Smartphone. Rasch öffnete er das Mailprogramm: Endlich! Bastian hatte es geschafft, den Server der RWG zu hacken. Auf die meisten Ordner und Dokumente hatte er Zugriff bekommen, allerdings hatte Verenas Hinweis nicht ausgereicht, um den Code für ihren geheimen Ordner zu entschlüsseln. Alle Versuche mit verschiedenen Varianten des Worts »Landwirtschaft« waren fehlgeschlagen. Selbst die lateinischen, englischen und französischen Formen hatte Bastian ausprobiert. Aber an dieser Stelle war er nicht weitergekommen. Dafür führte er in der Mail eine Reihe anderer Passwörter und Anleitungen auf, von denen Peer beim Überfliegen nur die Hälfte verstand. Das wäre eine Aufgabe für ruhige Stunden am Wochenende.

Während er das Wort »Linsen« in die Suchmaschine eintippte, erschien »Linsennudeln« als Vorschlag. So etwas gab es? Peer runzelte die Stirn. Aber Moment: Wenn man aus Linsen Nudeln machte, könnte man doch auch zu Nudeln Linsen servieren ...

19:15 Uhr

Die Idee war gut gewesen und das Ergebnis gefiel ihm sogar noch besser. Statt die Suppe zu verlängern, hatte er Champignons hineingeschnitten und das Ganze mit Sahne zu einer Soße einköcheln lassen. Dazu gab es Bandnudeln. Es roch köstlich.

Erst als Peer schon drei, vier Gabeln voll verschlungen hatte, fiel ihm auf, dass Sascha noch nicht einmal angefangen hatte zu essen. Stattdessen stocherte sie lustlos in den Nudeln herum. Lag es an den Linsen?

»Saschenka, Schatz, was ist denn?«

»Nichts, schon gut«, seufzte sie.

»Oje, so schlimm gleich?« Er nahm ihre Hand. »Ich hab ja gemerkt, dass was ist, aber dass es gleich ›Nichts, schon gut‹ ist, hätte ich nicht geahnt.«

Sie lächelte. »Du bist doof.«

»Ich weiß. Also, was hast du?«

Seine Frau schaute ihn an, zögerte kurz. »Es ist nur … ach, ich mach mir schon wieder Sorgen, aber nur ganz kleine!«

»Weshalb denn?«

»Na ja, was Palu vorhin gesagt hat, hat er das ernst gemeint? Willst du wirklich wieder Auto fahren?«

»Ja, klar.«

Sie presste die Lippen aufeinander. Nach einem tiefen Atemzug sagte sie: »Aber Perlchen, ist das nicht ... viel zu gefährlich? Du kannst doch gar nicht … Ich meine, wie soll das überhaupt gehen?«

»Es gibt Autos, die sind speziell so umgebaut, dass Paraplegiker sie benutzen können. Da macht man dann alles mit der Hand.«

»Mit der Hand? Aber das kannst du doch gar nicht. Nein, das geht nicht! Peer, bitte!«

Mit sanfter Stimme, was ihm ob der steigenden Erregung nicht leichtfiel, sagte Peer: »Keine Angst, Saschenka, das lerne ich doch. An der Orgel und auf dem Motorrad habe ich auch fast alles mit der Hand gemacht.«

Als Sascha zusammenzuckte, kam ihm der Gedanke, dass die Erinnerung ans Motorradfahren keine gute Idee war. Ohne Motorrad säße er nicht im Rollstuhl. »Ich hab schon einmal Autofahren gelernt, da werde ich es auch noch ein zweites Mal lernen.«

»Aber wozu? Wir haben doch gar kein umgebautes Auto. Oder soll dann der Vito weg? Das geht nicht, ich brauche doch einen Wagen, um nach Berlin zu kommen.«

»Sascha, reg dich ab, das …«

»Ja, du stellst dir das wieder so einfach vor, ich weiß.«

»Auf jeden Fall sehe ich das als Chance, hier auch mal rauszukommen. Und vielleicht guckst du auch mal auf die Chancen, nicht nur auf die Risiken.« Er verschränkte die Arme vor der Brust. »Manchmal wirkt das fast so, als wolltest du mich abhängig halten, mich an dieses Haus fesseln, damit ich immer weiß, wie viel ich dir zu verdanken habe.«

»Moment! Wer hat dir denn bitte den E-Rolli besorgt?«

»Siehst du!«, rief er. »Genau das meine ich. Dank dir bin ich nicht mehr ans Haus gefesselt, aber immer noch ans Dorf. Mit so einem Wagen könnte ich auch mal nach Gadebusch oder nach Schwerin.« Ein wohliger Schauer lief über seinen Körper. »Oder sogar an die Ostsee.«

»Aber Peer …«

»Ja, ich weiß, ich kann nicht ins Wasser, weil dann der Rollstuhl rostet, bla bla. Aber ich könnt in Boltenhagen auf die Seebrücke rollen und den Wellen lauschen.«

Sascha schüttelte den Kopf. In ihrem Gesicht war deutlich zu erkennen, dass sie noch nicht überzeugt war.

»Saschenka, ich will nicht wieder so ein Wochenende wie das letzte. Kannst du mir nicht einfach vertrauen?«

»Das hat doch damit nichts zu tun, ich vertrau dir ja. Aber ich habe halt Angst um dich. Weil ich dich kenne. Und ich versuche, dich vor Dummheiten zu bewahren.«

Peer musste grinsen. »Saschenka-Schatz, wann ist dir das jemals gelungen?«

Auch ihre Lippen überflog ein Lächeln. »Irgendwann ist immer das erste Mal.« Sie stand auf und hockte sich neben Peer. »Ich weiß, ich bin manchmal ein wenig übermütterlich, verzeih.«

Er zuckte mit den Schultern. »Familienministerium halt.«

»Aber ich werde versuchen, mich zu ändern, versprochen. Ich werde versuchen, dir die Freiheit zu geben, die du brauchst. Ich weiß bloß nicht, ob ich auch aufhören kann, mir Sorgen zu machen.«

»Das musst du nicht.« Er nahm ihre Hand und küsste sie. »Wichtig ist nur, dass du nie aufhörst, mich zu lieben.«

7. Dezember 2014

8:05 Uhr

Was sollte dieser Lärm? Schlaftrunken hob Peer den Kopf. Es war Sonntag, noch dazu der zweite Advent. Konnte Ina nicht ein bisschen Rücksicht nehmen? Gut, sie konnte nicht wissen, dass Peer erst nach ein Uhr eingeschlafen war. Trotzdem hatte sie keinen Grund, so herumzupoltern.

Erst nachts hatte er sich von den Unterlagen der RWG trennen können, schließlich war er tagsüber kaum dazu gekommen, einen Blick hineinzuwerfen. Sascha hatte endlich den geplanten Ausflug machen wollen und die Idee gehabt, bei dem schönen Wetter nach Schwerin auf den Weihnachtsmarkt zu fahren. Um der Harmonie willen war Peer mitgekommen. Eine neue Herausforderung, sich mit dem Rollstuhl durch Menschengewimmel zu manövrieren, während es Peer so schien, als würden Hunderte Augen ihn verfolgen. Ganz zu schweigen von der Schwierigkeit, irgendwo für Kaffee und Kuchen einzukehren: Die eine Hälfte der Cafés hatte Stufen vor dem Eingang, die andere Hälfte hatte Sascha nicht gefallen. Endlich hatten sie sich dafür entschieden, die Rösterei Fuchs auszuprobieren, die Sascha wiederum so gern gemocht hatte, dass sie gar nicht wieder weg wollte. Und die ganze Zeit hatte Peer wie auf Kohlen gesessen, weil er endlich auf dem Firmenserver der RWG ergründen wollte, welche Rolle die Ho-Ho Segrahn wirklich spielte..

Tatsächlich hatte er dann am Abend mit Bastians Anleitung und nach etlichen Versuchen endlich Zugang erhalten. Nachdem er sich einen Überblick über die Struktur verschafft hatte und ihm ungefähr klar geworden war, wo er suchen müsste,fand er die Ordner »Management« und »Kunden und Partner«. Hier würde er Antworten finden.

Auch nach intensiver Suche hatte er keine tschechische Firma entdeckt, die mehr als ein allgemeines geschäftliches Interesse an der RWG hatte. Dafür hatte es mit der Ho-Ho Segrahn mehr als intensive Kontakte gegeben, die nach Peers Dafürhalten über eine nachbarschaftliche Zusammenarbeit hinausgingen. Neben den Dokumenten, die Jonas ihm gezeigt hatte, gab es eine Notiz, die darauf hindeutete, dass bereits erste Zahlungen der Ho-Ho auf das Konto der RWG geflossen waren. Aber wo war das Geld hin? Und wer war der Drahtzieher bei der RWG? Das ließ sich nicht erkennen. Möglich, dass Sohnemann Baron die Übernahme durch den Konkurrenten eingefädelt und das Geld beiseitegeschafft hatte, schließlich hatte er nach Aussage seiner Mutter einen hohen Finanzbedarf – und kaum Interesse am Familienbetrieb. Hätte Peer doch bloß Zugang zu Verenas geheimem Ordner bekommen. Doch was er auch an Kombinationen mit »ciconia« ausprobiert hatte, er war genauso gescheitert wie Bastian. Und so war die entscheidende Frage offen geblieben: Könnte er im unzugänglichen Ordner den endgültigen Beweis für die Übernahmeabsichten der Ho-Ho Segrahn finden oder doch Verenas geheime Korrespondenz mit einem tschechischen Holzmogul?

Verdammt, was machte die Frau da draußen – mitten in der Nacht? Wollte Ina, wenn sie am Wochenende nur einmal am Tag kam, trotzdem so viel Unruhe verbreiten wie an zwei täglichen Besuchen unter der Woche? Peer schaltete die Nachttischlampe ein, es half ja nichts. Jetzt redete sie auch noch. Klar, sie hatte Sascha geweckt, die … Nein, das war nicht Sascha. Eine Männerstimme antwortete Ina.

Wieder einmal musste Peer einsehen, dass der Impuls, aus dem Bett zu springen, nicht so einfach abzuschalten war, selbst dann nicht, wenn man nur noch die obere Hälfte der Decke wegschleudern und die Hüfte durch den Schwung ein wenig verlagern konnte. Aber es war nicht nötig, dem Tumult entgegenzugehen; im selben Moment kam der Tumult in sein Schlafzimmer: Horst stieß die Tür auf, gefolgt von der zeternden Ina.

»... wenigstens die dreckige Jacke, mein Gott!«, rief sie und schaltete das Deckenlicht ein.

»Lass mich!«, rief Horst und riss sich los. »Peer, hier, das musst du sehen!« Er hielt Peer mit ausgestreckter Hand einen Brief entgegen.

»Morgen, Horst.« Peer stemmte sich auf die Ellenbogen und schob sich Richtung Kopfende, versuchte, sich dort abzustützen, sodass er aufrecht sitzen konnte. Ina lief um den aufgebrachten Forstarbeiter herum und schob noch schnell ein Kissen zwischen Peers Rücken und den Bettrahmen. »Danke, Ina. Und was gibt es jetzt so Wichtiges, dass es nicht Zeit bis zum Tag hat?«

Noch einmal wedelte Horst mit dem Blatt Papier. »Das hier! Ein Brief! Diesmal angeblich von Verena, weißt.«

»Wieso angeblich?« Peer nahm ihm den Brief ab und las laut vor:

»Lieber Horst, es fällt mir schwer, diese Zeilen zu schreiben, weil ich weiß, wie sehr ich dich enttäusche. Es ist alles meine Schuld. Als ich merkte, wie der neue Chef die Firma verkommen lässt und Arndt ihn nicht dabei aufhält, habe ich gedacht, es sei besser, sie wird von einem Konsortium aus meiner Heimat übernommen. Die kümmern sich um alles und die Vertikower können ihre Arbeit behalten. Dafür musste ich die RWG natürlich schwächen, denn Herr von Radenow-Werthenbach war vernünftigen Argumenten gegenüber noch nie offen. Ich wollte nur das Beste, für die Firma, für die Baronin, für dich. Bitte glaub mir! Doch jetzt muss ich fort. Ich habe begriffen, dass die Ermordung Vaclavs eine Warnung war. Jemand muss meine Pläne entdeckt und dem Chef gesteckt haben, der mir nie wohlgesonnen war. Und da jetzt auch noch der Wesendonk herumschnüffelt, wurde mir das Ganze zu riskant. Ich hoffe, es geht ihm gut und er hat im Feuer keinen Schaden genommen. Es war der letzte Ausweg für mich, die Unterlagen zu vernichten. Ich bedauere sehr, dass ich ihn ins Feuer gelockt habe, bitte sag ihm das. Nein, sag ihm nichts! Bitte erzähle niemandem von diesem Brief, es würde meine Scham nur noch vergrößern. Du wirst mich nicht wiedersehen. Suche nicht nach mir, behalte mich lieber so in Erinnerung, wie du mich kennengelernt hast: als die Frau, die dir für immer sehr zugetan sein wird. Alles Liebe, deine Verena.«

Peer ließ den Brief sinken und sah Horst an. »Puh! Das hätte ich nicht gedacht.«

»Wir auch nicht«, rief Ina. »Was glauben Sie, wie es der Baronin geht? Sie hätte beinahe einen Nervenzusammenbruch erlitten, nur weil dieser Tölpel ihr den Brief zeigen musste. Ich mochte sie gar nicht allein lassen.«

»Das is doch auch alles nich wahr!«, rief Horst. »Der Brief is eine Fälschung! Ich hab gleich zu ihr gesagt, dass den jemand geschrieben hat, um Verena zu belasten. Ich weiß, dass Verena so was nicht tut. Es war genau andersrum, weißt. Sie hat entdeckt, dass da jemand falsch spielt.«

»Hat sie dir das gesagt?«

»Nicht direkt. Nur, dass sie an einer heißen Sache dran ist. Deshalb hab ich versucht, sie zu schützen, aber das ist mir wohl nicht gelungen.«

»Was meinst du damit?«

»Na, diesen Brief. Das is doch ganz klar eine Finte. Verena is nich geflohen, sie is entführt worden!«

»Wie bitte?« Peer musste ein Lachen unterdrücken. Das konnte Horst nicht ernst meinen, oder?

»Is doch klar: Wenn sie wirklich was entdeckt hat und den Leuten gefährlich werden kann, muss sie beiseitegeräumt werden.« Er stockte. »O Gott! Was, wenn die sie nich entführt haben, sondern gleich …« Er wurde blass.

Ina stieß einen unterdrückten Schrei aus.

»Ganz ruhig, Horst. Und Ina. Wir wissen weder, was es mit dem Brief auf sich hat, noch wer ›die‹ sein sollen.«

»Das ist doch klar!« Horst stemmte die Fäuste in die Hüften. »Der Baron und Arndt stecken hinter der Sache. Der Schnösel schmiert ihr Honig um den Bart und will sie in Wirklichkeit nur unter Kontrolle halten, weißt. Aber damit ist Schluss! Ich stell ihn zur Rede, dann wird er mir schon sagen, wo Verena ist.« Er wandte sich um.

»Warte, Horst! Was hast du vor? Ina, tun Sie was!«

Geistesgegenwärtig warf die Krankenschwester die Tür zu und stellte sich davor. »Halt, junger Mann. Du bleibst schön hier, verstanden?«

Tatsächlich blieb Horst vor ihr stehen und sah sie mit großen Augen an. Dann schaute er wieder zu Peer. »Verstehst du nicht? Ich muss sie retten.«

»Horst, bleib ganz ruhig.« Peer stemmte seinen Körper zur Bettkante und schob die Beine hinunter. »Ina wird mich waschen und anziehen und dann sehen wir weiter, ja? Und wenn, dann stellen wir Kramm gemeinsam zur Rede.«

Ehe der aufgelöste Forsttechniker etwas sagen konnte, rief Ina: »Dann fix! Ich muss mich dringend um die Baronin kümmern und kann hier nicht ewig Badenixe spielen.«

9:15 Uhr

»Das erklärt alles.« Kramm ließ den Brief sinken und starrte vor sich hin. Der Geschäftsführer hatte ein Gästezimmer des Schlosses zur Verfügung gestellt bekommen, da seine Wohnung über den Büros durch den Qualm unbewohnbar geworden war und saniert werden musste. Also saß er im Salon beim Frühstück, als Peer und Horst im Schloss eintrafen. Das Gedeck der Baronin war nicht angerührt.

»Was soll das erklären?« Ungehalten trat Horst zwei Schritte auf Kramm zu.

»Ich habe schon seit Tagen versucht, Verena zu erreichen, um zu fragen, ob sie nicht eher zurückkommen könnte. Aber sie geht nicht an ihr Handy und ruft auch nicht zurück. Nicht einmal E-Mails beantwortet sie.« Er zuckte mit den Schultern. »Jetzt wissen wir, warum.«

»Das kann gar nich sein!«, rief Horst.

»Eigentlich wissen wir gar nichts«, warf Peer ein, »zumindest nichts Genaues. *Mir* hat sie E-Mails geschrieben. Und eigentlich wollte sie am Wochenende wieder hier sein. Horst ist davon überzeugt, dass es sich bei dem Brief um eine Fälschung handelt, die von jemand anderem stammt.«

»Warum sollte das jemand tun?«, fragte Kramm.

»Frag nicht so dumm, das weißt du genau! Du hast Verena in deiner Gewalt, weil sie dir auf die Schliche gekommen ist.« Plötzlich sprang Horst vor, griff in seine Tasche und hielt eine Pistole in der Hand. »Aber damit ist Schluss! Du erzählst sofort, wo du sie versteckt hältst!«

»Horst! Nein!«, rief Peer.

Kramm war aufgesprungen und stand kreidebleich vor seinem Teller. »Bitte, nein«, flüsterte er und hob die Hände.

»Horst!« Peer legte die Hand auf den Arm mit der Waffe. »Das bringt doch nichts. Es gibt keinen Beweis, dass Verena entführt worden ist. Schon gar nicht, dass Herrn Kramm mit drinhängt.«

»Warten wir's ab!«

»Bitte«, flehte Kramm noch einmal, seine Stimme hatte einen heiseren Pfeifton bekommen, »nimm die Waffe weg.«

»Horst, bitte«, sagte Peer eindringlich. »Glaubst du, Verena würde das wollen?«

Langsam ließ der Forstwirt seine Pistole sinken, behielt sie jedoch in der Hand.

Kramm atmete auf. »Ich weiß, was in dir vorgeht, Horst. Ich kann deine Verzweiflung verstehen und werde niemandem erzählen, dass du im Haus der Baronin mit einer Waffe herumgefuchtelt hast. Aber ich fürchte, der Brief ist echt. Bitte, steck die Pistole weg und komm mit, ich muss euch etwas zeigen.«

Zehn Minuten später bogen sie von der Schlossallee in die Büdnerei, jene Straße mit den Einfamilienhäusern.

Kramm wies aufs Verenas Haus. »Gestern wollte ich schauen, ob ich hier etwas Auffälliges finden könnte, vielleicht in der Post oder so.« Er atmete tief durch. »Das habe ich in der Tat.« Er wies aufs Wohnzimmerfenster.

Peer rollte behutsam ans Fenster heran, auf der weißen Decke, die sich über den Rasen gelegt hatte, waren Fußspuren zu sehen, vermutlich die von Kramm. Ein Blick in das Zimmer ließ ihn den Atem anhalten. Es war bis auf wenige Möbelstücke und etwas Gerümpel auf dem Boden leer. Auch die anderen Räume, die für ihn einsehbar waren, zeigten ein ähnliches Bild: Überall sah es aus, als hätte jemand alles Wichtige überhastet ausgeräumt und mitgenommen, als wäre jemand geflüchtet.

Er schaute zu Horst, der schweigend von Fenster zu Fenster lief und sich nach einem kurzen Blick hinein kopfschüttelnd abwandte. Wie schwer musste die Erkenntnis für ihn sein.

Die Tür des Nachbarhauses öffnete sich, ein älterer Mann steckte den Kopf heraus. »Suchen Sie Frau Czyczek? Die ist nicht da.«

»Das wissen wir«, antwortete Peer. »Wann haben Sie sie denn zuletzt gesehen?«

»Ach, das ist wohl schon eine Woche her. Sie wollte weg, nach Berlin, glaube ich.«

Peer nickte. »Ist sie mit einem Möbelwagen gefahren?«

»Nein. Der war, warten Sie mal, vorgestern Nacht hier. Oder noch eine Nacht früher? Ich weiß noch, dass meine Frau mich geweckt hat. Sie hat einen sehr leichten Schlaf und hatte Geräusche gehört. Also hab ich rausgeguckt und den Möbelwagen gesehen.«

»Und Sie haben sich nichts dabei gedacht? Mitten in der Nacht?«, fragte Kramm verwundert.

»Ein bisschen merkwürdig fand ich es schon. Aber es war eine tschechische Firma, also hab ich gedacht, es ist alles in Ordnung. Lass sie doch umziehen, wann sie will, solange sie keinen großen Lärm dabei macht. Andere Länder, andere Sitten. Meine Frau hat dann ihre Ohrenstöpsel eingesetzt und weitergeschlafen. Wir hatten auch nie viel Kontakt mit Frau Czyczek.«

»Danke sehr.« Peer wendete den Rollstuhl und blickte Horst an, der noch immer den Kopf schüttelte und aus trüben Augen in den Schnee starrte.

»Das ist noch nicht alles«, setzte Kramm hinzu. »Haben Sie die Ordner dahinten gesehen?«

Peer sah noch einmal durchs Fenster und entdeckte an der Wand neben der Küchentür einen Stapel Aktenordner, etwa die Hälfte der Rücken war sichtbar. Was darauf stand, ließ sich freilich nicht erkennen.

»Ich habe sie fotografiert und dann dicht rangezoomt.« Kramm holte sein Telefon hervor. »Ich habe nicht jedes Etikett entziffern können, bin mir aber sicher, dass sie alle aus meinem Büro stammen. Bei denen, die ich erkennen konnte, habe ich mal nachgeschaut. Was soll ich sagen: Bei mir im Regal standen nur leere Attrappen.«

Peer schluckte. Die Ordner, die Verena angeblich für ihn zusammengesucht hatte und die angeblich jemand aus ihrem Büro entwendet hatte. Die Frau war gut! Er hatte ihr die Geschichte voll und ganz geglaubt. Und sie hatte ihn an der Nase herumgeführt. Ihn, den großen Detektiv ...

20:30 Uhr

Wer rief denn ausgerechnet jetzt an? Peer hatte vor drei Wochen begonnen, regelmäßig den »Tatort« zu schauen, um sich kriminalistisch ein bisschen weiterzubilden. Gut, bei drei Folgen konnte man noch nicht von »regelmäßig«

sprechen; dennoch wurmte es ihn, ausgerechnet jetzt ans Telefon gehen zu müssen. Er rollte aus dem Wohnzimmer in die Diele und nahm das Gespräch an.

»Herr Wessedock?«

»Wesendonk. Wer ist denn da?«

»Czyczek Jiři. Bruder von Verena.«

»Was?« Es gab ihn also wirklich. »Wo ist Verena? Haben Sie was von ihr gehört? Verdammt, hier sind alle aus dem Häuschen wegen ihr.«

»Weiß nicht. Ich fragen Sie. Verena war hier in Berlin. Ist weg čtvrtek … Donnerstag … zuruck nach Vertikow.«

Peer runzelte die Stirn. Das musste der Abend gewesen sein, an dem sie ausgezogen war. Nachdem sie das Feuer gelegt hatte? »Aber hier ist sie nicht mehr. Sie hat ihre Sachen gepackt und ist verschwunden.«

»Nein, unmoglich. Sie wollte, hat gesagt, musste zuruck. Hat Wichtiges gefunden, hat sie gesagt. Das muss geklärt werden unbedingt.«

»Woher haben Sie überhaupt meine Nummer?«

»Von Verena. Hat sie notiert, damit ich anrufe. Aber ich vergesse, promiňte!«

»Sie sollten mich anrufen? Das hat sie gesagt?«

»Ja. Sie wollte zu Ihnen mit informace, sie hat gefunden. Aber wollte nicht sprechen mit ihr Telefon oder Mail, sie hat Angst vor Spionage.«

Was sollte das jetzt noch? Weitere Informationen, um von sich abzulenken? Das war nicht nötig, sie war doch ohnehin schon geflohen. Oder hatte sie wirklich etwas Neues herausgefunden – zum wahren Täter? Von Berlin aus? »Aber sie war nie bei mir. Sie ist einfach verschwunden.«

»Nein, nicht Verena. Würde nie weglaufen einfach so.«

Peer spürte, dass er nickte. So hatte er Verena auch nicht eingeschätzt. Aber wo war sie dann? »Wann haben Sie zuletzt mit ihr gesprochen?«

»An Donnerstag.«

»Und sie hat ganz klar gesagt, sie wollte nach Vertikow?«

»Ja. Direkt nach Vertikow und zu Ihne.«

»Verdammt! Dann muss etwas passiert sein. Hier hat niemand sie gesehen.«

»Bože! Bitte helfe Sie ihr!«

Der Kerl war lustig. Wo sollte Peer da anfangen? »Ich werd's versuchen.«

»Bitte, Sie mussen finden Verena. Schnell! Meine einzige Schwester.«

»Ich tue mein Bestes. Hat sie Ihnen denn helfen können?«

»Helfen?« Jiři seufzte. »Sie hat mir Leben gerettet.«

Peer starrte vor sich hin. Seine Augen waren auf den Bildschirm gerichtet, doch vom »Tatort« bekam er kaum noch etwas mit. Horst hatte ihm nicht gesagt, ob er den Brief mit der Post bekommen hatte. Wenn er echt war, musste Verena ihn von Berlin aus geschickt haben. War er aber von jemand anderem geschrieben worden – jemandem aus Vertikow, der hinter der ganzen Sache steckte –, könnte er auch bei Horst eingeworfen worden sein. Natürlich hätte dieser Jemand auch den Möbelwagen organisieren können, vielleicht sogar noch zwei, drei Helfer aus dem Schlossgetto, die für zwanzig Euro eine Nacht mit anpackten und keine Fragen stellten.

Peer spürte Saschas Hand auf seiner. Er wandte den Kopf und lächelte ihr zu, ließ den Blick für einen Moment auf dem vertrauten, liebgewonnenen Gesicht ruhen. Was würde er tun, wenn Sascha plötzlich verschwunden wäre? Würde er auch ausrasten wie Horst und andere mit einer Waffe bedrohen? Gut, er besaß keine Pistole, aber natürlich würde er um Sascha kämpfen, würde alles tun, um sie zu finden. Er griff ihre Hand und drückte sie fest.

8. Dezember 2014

10:40 Uhr

Lange hatte Peer darüber nachgedacht, wach im Bett gelegen und nach Möglichkeiten gesucht, wie er Verena aufspüren könnte. Doch so sehr er es auch drehte und wendete, er war immer wieder zum selben Schluss gekommen: *Ruf die Polizei!*

Das hatte er gleich am Morgen getan, noch ehe Ina zum Waschen gekommen war. Er hatte Zeit, sich eine Geschichte zurechtzulegen, wieso gerade er anrief, in welcher Verbindung er zu ihr stand und wieso ausgerechnet er von ihrem Bruder erfahren hatte, dass sie nicht mehr in Berlin war. Und es gelang ihm, den Fall mit dem Holzdiebstahl herauszuhalten – für den Moment. Es war klar, dass Polizeimeisterin Velten und ihre Kollegen bei ihren Ermittlungen schnell auf die Zusammenhänge stoßen würden; aber das war jetzt seine geringste Sorge.

Anfänglich hatte er sogar überlegt, die heutige Orgelprobe ausfallen zu lassen. Aber nein, Mandy brauchte die Übungszeit mit ihm. Und die Polizei brauchte ihn mit Sicherheit nicht. Für ihn war der Fall erledigt.

Dann jedoch, als er schon in der Diele stand, um sich auf den Weg zu machen, kam ihm plötzlich der Geistesblitz. Natürlich! Verdammt, wie hatte er so dumm sein können? Rasch rollte er zurück zu seinem Laptop, rief das Online-Wörterbuch auf und tippte das Wort »Landwirtschaft« ein. Nach kurzer Zeit erschien auf dem Bildschirm die tschechische Übersetzung: zemědělství.

Er loggte sich wieder ins Serversystem der RWG ein und navigierte bis zu Verenas geschütztem Ordner. Auf die Frage nach dem Passwort stockte er. Ob die tschechischen Buchstaben in einem Passwort erlaubt waren?

Und wenn ja, wie konnte er sie erzeugen? Vorsichtshalber probierte er es mit einfachen lateinischen Buchstaben: zemedelstvi.

Tatsächlich, der Ordner öffnete sich. Aufgeregt klickte Peer die erste Datei an. Volltreffer! Eine Beschreibung der einzelnen Schritte, mit denen die Ho-Ho Segrahn die RWG nach der Übernahme eingliedern wollte. Dem Dorf würde nur noch ein Bruchteil der Arbeitsplätze bleiben, die meisten Firmenzweige würden nach Gudow verlegt und der dortigen Geschäftsleitung unterstellt. Jonas Werner hatte recht gehabt. Aber wer steckte hier in Vertikow mit drin?

Gerade hatte Peer die nächste Datei öffnen wollen, da hatte sein Telefon geklingelt. Verdammt, es war zehn nach zehn gewesen, er hätte längst bei Mandy sein sollen ...

Nun saß er hier und konnte nicht verhindern, dass seine Gedanken immer wieder von Mandys Orgelspiel wegglitten, dass die Frage nach dem Verschwinden Verenas wichtiger war als die Frage der optimalen Interpretation seines Stücks.

»Herr Wesendonk, hören Sie überhaupt zu?«

Peer schreckte auf. Mandy stand auf der Empore, weit über die Brüstung gebeugt, ihr Gesicht ähnelte dem von Sascha, wenn sie den Eindruck hatte, Peer schenkte ihr nicht genug Beachtung. »Wie? Natürlich, Mandy, das war schon ganz ordentlich.«

»Sollen die Marcato-Schläge denn so gespielt werden oder soll ich das Tempo durchhalten?«

Gute Frage. Jetzt nur nichts anmerken lassen. »Das hat mir eben schon ganz gut gefallen, denke ich. Probier doch einfach beides mal aus, dann sag ich dir, was mehr meiner Absicht entspricht.«

Sie zog die Lippen kraus und verengte die Augen zu Schlitzen. »Okay.« Sie verschwand aus seinem Blickfeld. Kurz darauf ertönte der Orgelpunkt im Pedal, die banale Sechzehntel-Achtel-Gruppe in der rechten Hand setzte ein.

Da, die Marcato-Schläge, aber welche Version war das? Er müsste einfach die andere Version abwarten …

Wie konnte es sein, dass Verena so spurlos verschwunden war? Wer hatte da seine Finger im Spiel? Jonas Werner? Grenzin? Oder gar Kramm? Peer schloss die Augen.

Oder hielt Verena sie doch alle zum Narren? Hatte sie den Dateiordner nicht passwortgeschützt, weil sie brisante Fundstücke darin verwahrte, sondern weil sie nicht wollte, dass jemand ihre Pläne durchschaute? Womöglich benutzte sie sogar ihren Bruder, um den Verdacht von sich abzulenken. Sie hatte sich keine tschechische Firma ausgesucht, sondern ausgerechnet die Ho-Ho Segrahn. Peer müsste unbedingt da hin und sich umsehen.

Nur stellte er sich das sicherlich zu einfach vor: mal eben zum Chef hineinrollen und ihn mit seiner tschechischen Drahtzieherin erwischen. Oder eben doch in Heldenmanier die arme Verena aus den Klauen einer rücksichtslosen Mafiafirma befreien. Ganz abgesehen davon, dass er keine Möglichkeit hatte, nach Segrahn zu kommen. Es sei denn … Palu!

Das war's! Aufgeregt holte Peer sein Handy aus der Tasche. Wie weit war es eigentlich bis Segrahn? Er tippte den Namen bei Google Maps ein … Segrahn war ein Ortsteil der Gemeinde Gudow, das wusste er. Verdammt, wo war ihm der Name denn neulich begegnet? Er schloss die Augen, ließ die Eindrücke der letzten Tage an sich vorüberziehen. Natürlich, auf dem BMW von Arndt Kramm! Kramm stammte aus Gudow, dem Ort, in dem diese verdammten Ho-Ho stand!

Rasch wählte er Palus Nummer. »Hey, Palu, du musst nachher unbedingt so ein behindertengerechtes Auto mitbringen! … Was? Ja, genau. Ich will schon mal ein bisschen üben. Meinst du, das klappt?«

Palu versprach, einen Wagen zu organisieren. Zufrieden beendete Peer das Gespräch. Er schaute auf. Mandy stand mit zusammengekniffenen Augen vor ihm. Erst jetzt merkte er, wie still es in der Kirche war.

»Das hat heute wohl keinen Zweck, was? Ich könnte Ihnen fünf verschiedene Versionen der Marcati vorspielen, Sie kriegen ja doch nichts mit!«

»Mandy, entschuldige, ich war ein bisschen abgelenkt.«

»Ein bisschen? Sie haben kaum mitbekommen, dass ich überhaupt hier bin.«

»Doch natürlich. Und das ist ein gutes Zeichen. Letztes Mal bist du über jeden Fehler gestolpert, weißt du noch? Und diesmal hast du sie so toll überspielt, dass sie nicht mal mir aufgefallen sind.«

»Glauben Sie sich selbst diesen Quatsch? Natürlich habe ich hörbare Fehler gemacht, mehr als einen! Echt, dafür ist mir meine Zeit zu schade!« Sie wandte sich zur Tür.

»Mandy, bitte …«

»Nichts ›bitte‹! Kriegen Sie diesen blöden Fall auf die Reihe, damit Sie wieder merken, dass es mehr in Ihrem Leben gibt! Zum Beispiel so was wie Musik!« Sie rannte aus der Kirche hinaus und ließ die Tür offenstehen.

13:10 Uhr

Peer hatte wie auf Kohlen gesessen, hatte sogar noch einmal bei Palu angerufen und gefragt, ob er nicht eine Stunde früher kommen könnte. Trotzdem hatte die Zeit nicht vergehen wollen. Und jetzt, wo er endlich in diesem Wagen saß, waren sie noch immer nicht unterwegs. Palu erklärte ihm haarklein jeden einzelnen Knopf, als hätte Peer noch nie ein Auto gesteuert.

»Ich weiß, was Scheibenwischer sind, verdammt!« Er wies nach draußen, wo schon seit heute Morgen ein zäher Dauerregen den Schnee bis auf einzelne graue Häufchen weggeschmolzen hatte. »Und den Scheibenwischer schalten wir heute einmal ein und müssen dann nicht weiter darüber nachdenken. Können wir endlich losfahren?«

»Mann, du hast es ja plötzlich richtig eilig.« Palu grinste.

»Allerdings! Also steck endlich den Schlüssel rein und lass mich fahren!«

Wahrscheinlich wäre es sinnvoller gewesen, wenn Palu sie nach Gudow führe, aber das konnte Peer ihm ja schlecht vorschlagen.

»Okay, du kleiner Schumacher, aber gerast wird nicht, verstanden? Und wir bleiben nur hier auf dem Sandweg, wo sonst niemand fährt. Ehe du auf die Straße darfst, musst du richtigen Fahrunterricht nehmen.«

Peer wusste, dass es riskant war. Aber er hatte keine Zeit für lange Fahrstunden. Er musste nach Gudow, jetzt! »Alles klar«, brummte er, gab vorsichtig Gas und lenkte den Wagen auf den Lindenweg.

»Andere Richtung«, meinte Palu, »so kommst du doch auf die Straße.«

Doch Peer hörte nicht auf ihn, gab Gas und rauschte auf die Kreuzung zu.

»Halt an!« Palus Stimme bekam einen Anflug von Panik.

Der Wagen rutschte über eine Eisplatte, geriet ins Schlingern und sauste auf die Bushaltestelle zu. Endlich gelang es Palu, die Bremse zu betätigen – einen Meter vor der alten Treskow. Die beiden Männer saßen keuchend im Auto und starrten auf die Frau im schwarzen Regenmantel, die, wenn sie sich denn erschrocken hatte, sich nichts anmerken ließ.

Nachdem er sich halbwegs wieder beruhigt hatte, ließ Peer die Fensterscheibe herunter. »Entschuldigung, Frau Treskow, tut mir leid. Ich übe noch.«

»Das sehe ich. Erstaunlich, wie viel Zeit Sie mit solchen Kindereien verbringen, wo das ganze Dorf in Sorge um die Tschechin und die Firma ist. Ich weiß, es ist Ihnen zuwider, sich meiner Meinung anzuschließen, aber ich schlage vor, nach Verena zu suchen, statt die Zahl der Seniorinnen im

Dorf noch weiter zu dezimieren.« Sie fasste ihre Tasche fester, wandte sich um und schritt auf ihre Gartenpforte zu.

»Tu ich doch«, sagte Peer und sah ihr hinterher.

Ein fragendes Grunzen ertönte von Palu. Dann sah er Peer an. »Jetzt versteh ich: Das wird keine Fahrstunde, du willst direkt wo hinfahren.« Er schüttelte den Kopf. »Du denkst, du brauchst keine Einführung, keine Übung, weil du in allem so routiniert und erfahren bist. Und du hältst es nicht für nötig, vorher mit deinem Therapeuten zu reden, weil der hirnlose Muskelberg zu blöd ist, das zu begreifen.«

Kleinlaut senkte Peer den Blick.

»Hab ich recht?«, raunzte Palu, das Gesicht nur Zentimeter von Peer entfernt.

Peer nickte nur.

Pustend sank Palu zurück. »Ich dachte, wir hätten über Vertrauen gesprochen.«

Peer atmete aus. »Tut mir leid. Aber ich muss dringend nach Gudow. Ich muss!«

»Nach Gudow ganz? Und das wolltest du mal eben an deinem ersten Tag in einem völlig fremden Auto machen? Du spinnst, echt!« Palu öffnete die Tür und stieg aus.

Nein, verdammt, was tat er? Peers Magen krampfte sich zusammen. Palu musste doch … Moment, was tat er da? Er holte nicht den Rollstuhl aus dem Kofferraum, sondern öffnete die Fahrertür. Peer schaute ihn fragend an.

»Fass da an«, kommandierte Palu und wies auf den Griff über der Beifahrertür, »und da. Und dann zieh dich rüber. Ich heb die Beine hinterher.«

»Und dann?«

»Blöde Frage. Ich hab doch gesagt, du bist bescheuert, dass du die Strecke fahren willst. Das geht nicht! Ich fahr.«

»Echt?«

Palu hob die Hand. »Dir ist klar, dass das nichts mit einer sinnvollen Therapiestunde zu tun hat, oder? Aber so wie du drauf bist, muss das wirklich dringend sein.«

»Ist es«, keuchte Peer, während er sich auf den Nebensitz zog. Er grinste Palu an. »Danke.«

»Schon gut. Aber glaub nicht, dass ich jetzt dauerhaft Taxi für dich spiele.«

14:45 Uhr

»Ich hatte Sie schon viel früher erwartet.«

»Mich?«, fragte Peer erstaunt.

»Nun ja, irgendjemanden von der RWG halt.« Friedrich Freiherr von Hollenbek tippte seine Zigarre auf den Messingaschenbecher auf dem Schreibtisch. »Es ist doch zu erwarten, dass Sie sich davon überzeugen, dass auch alles richtig läuft.« Er lachte heiser und begann zu husten.

Unwillkürlich musste Peer an Grenzin denken. Ob der Hausmeister mit einer Million auf dem Konto und einem Adelstitel ein ähnliches Bild abgäbe? »Dass was richtig läuft? Wovon sprechen Sie?«

»Sie verwirren mich, mein Lieber. Ich dachte, es ginge darum, dass wir für Sie eine recht ansehnliche Menge Holz bei uns zwischenlagern.«

»Zwischenlagern?«

»Ja, so hat mein Sohn mir das erklärt. Er meinte, damit hätten wir ein As im Ärmel bei den Verhandlungen. Sollten die erfolgreich verlaufen, würde die RWG das Holz kostenlos zurückerhalten, sogar schon fertig vorbearbeitet, ganz ohne Extrakosten.«

»Und wenn nicht?«

Der Freiherr hob die Augenbrauen und schaute auf das Bücherregal, das eine Wand des Büros einnahm. »Wenn nicht? Ja, ich weiß gar nicht. Ich glaube, mein Sohn meinte, dann würden wir das Holz einfach verkaufen.«

Peer nickte. »Sie wollen damit sagen, dass Sie das Holz der RWG nicht nur lagern, sondern als Druckmittel benutzen, um die RWG zu übernehmen?«

»Druckmittel? Mein Gott, wenn Sie es so sehen ...«

»So muss ich es leider sehen. Ihnen ist klar, dass in Vertikow niemand von diesem angeblichen Deal weiß?«

»Was meinen Sie damit?«

»Die RWG hat das Holz nicht bei Ihnen eingelagert, es ist ihr gestohlen worden.«

Von Hollenbek wurde blass. »Was sagen Sie?« Ein tiefes Grollen ließ seine Brust erbeben. »Wieder eines seiner Manöver. Mein Sohn meint immer, im heutigen Wirtschaftsleben kann man keine Rücksichten nehmen. Wenn man nicht ins Hauen und Stechen einfällt, dann *wird* man erstochen. Ich sollte ihm mehr auf die Finger schauen, um zu sehen, wohin er sticht.« Er stand auf und trat an einen großen hölzernen Globus. »Darf ich Ihnen oder Ihrem Begleiter etwas zu trinken anbieten?« Er klappte die obere Hälfte des Globus auf und wies auf eine Batterie Flaschen.

»Danke, wir müssen noch fahren.« Peer sah Palu an, der nur still vor sich hin grinste.

Der Freiherr schenkte sich ein Glas Sherry ein und ging zurück an den Schreibtisch. »Es ist zwar noch nicht ganz drei, aber wir wollen mal ein Auge zudrücken.« Er nahm einen Schluck und seufzte genüsslich. Dann sah er Peer an. »Dass wir uns da verstehen: Ich wusste nicht, dass er Gusta unter Druck setzt. Ausgerechnet meine gute alte Freundin. Gusta und ich haben uns immer gut verstanden.« Lächelnd nippte er noch einmal am Sherry.

»Wieso haben Sie dann das Holz gestohlen?«

»Gestohlen? Ja, so muss man es dann wohl nennen.« Eine Weile starrte von Hollenbek vor sich hin. Nach zwei weiteren Zügen aus der Zigarre antwortete er: »Ich kümmere mich nicht mehr so viel um den Betrieb, wissen Sie. Es ist einfach nicht mehr dasselbe. Damals mit Wolfgang, das hat noch richtig Spaß gemacht, wir haben uns gefühlt wie zwei Feldherren in der Schlacht. Und als Gusta nach Wolfgangs Tod die RWG übernahm, war es wie ein Diplomatiespiel bei Hofe. Aber heute? Ihr Hartmut hat einfach keinen Stil mehr. Wenn er sich überhaupt mal um die Firma kümmert, dann nur um die Zahlen.« Er seufzte noch einmal, diesmal alles andere als genussvoll. »Ich werde mich ganz zurückziehen. Mein Sohn hat sich in vielen Dingen bewährt, er ist ein guter Junge. Wenn er diese Fusion erfolgreich abschließt, wird er Chef des Konzerns.«

»Und wenn nicht?«, fragte Peer.

Der Freiherr zuckte mit den Schultern. »Dann ist unser Betrieb vermutlich nicht überlebensfähig. Möglich, dass die RWG dann uns schluckt.« Er griff nach dem Sherryglas. »Denken Sie nur an VW und Porsche. Wir wären in guter Gesellschaft.« Mit Schwung leerte er das Glas.

»Wie gut wissen Sie denn über die Machenschaften Ihres Sohnes Bescheid?«, hakte Peer nach. »Es sind ja noch andere Dinge in Vertikow geschehen, die durchaus im Zusammenhang mit der Ho-Ho Segrahn stehen könnten.«

»Ich weiß nicht, was …«

»Vor ein paar Tagen hat es im Bürotrakt gebrannt. Die Polizei geht von Brandstiftung aus.« Dass Peer nicht noch einmal mit der Polizei gesprochen hatte, geschweige denn, irgendwelche Informationen von dort erhalten hätte, musste er ja nicht sagen.

»Brandstiftung? Nein, das glaube ich nicht.«

»Und Ende November wurde die Katze einer Angestellten umgebracht – offenbar als Drohung.«

»Nein!«, rief von Hollenbek und riss die Augen auf. »Sind Sie sicher? Bitte nicht.« Sein Kopf sank in seine Hand. »Nicht schon wieder«, ächzte er.

Peer rollte näher an den alten Mann heran. »Sie meinen den Hund von Jonas Werner?«

Von Hollenbek schluckte schwer. »Es war furchtbar: Der Junge stand heulend auf dem Hof, den geköpften Hund auf den Armen.« Er schluckte wieder. »Wir haben selbst Hunde gehabt.« Endlich verbarg der Freiherr das Gesicht komplett in den Händen. »Hätte ich es vorher gewusst, hätte ich es verhindert. Oder es zumindest versucht. Aber mein Sohn meinte nur, der ›Umweltnazi‹ würde nie Ruhe geben, wenn man ihm nicht klarmachte, was er zu erwarten hätte.«

Peer wartete einen Moment. »Herr von Hollenbek«, setzte er behutsam an, »wären Sie so freundlich, Ihren Sohn holen zu lassen, damit er persönlich zu der ganzen Geschichte aussagen kann?«

Der Freiherr sah auf. »Ist Arndt nicht in Vertikow?«

»Arndt?« Es dauerte einen Moment, bis Peer begriff. »Arndt Kramm ist Ihr Sohn?«

»Ich dachte, das wüssten Sie. Seine Mutter hatte mich nie heiraten wollen, sie lehnte Adelstitel ab und alles, was damit zusammenhing. Sie war eine echte Achtundsech…«

»Entschuldigen Sie, Herr von Hollenbek.« Peers Herz schlug bis zum Hals. »Wir müssen dringend los.« Verdammt! Wie hatte er so blind sein können? So ergab alles einen Sinn. Kramm war der kalte, berechnende Sohn, von dem der Freiherr gesprochen hatte, der Kronprinz der Ho-Ho Segrahn. Aber das reichte ihm offensichtlich nicht. Deshalb hatte er alles versucht, um die RWG zu schwächen. Und wenn Kramm das Holz geraubt, den Kater getötet und das Bürogebäude in Brand gesteckt hatte, dann war er es auch, der Verenas Haus ausgeräumt hatte – und sie jetzt in seiner Gewalt hatte.

16:10 Uhr

Sobald sie wieder im Wagen gesessen hatten, hatte Peer mit Horst telefoniert und ihm das Ganze so schonend, aber auch so verständlich wie möglich erklärt. Horst war beinahe aus der Haut gefahren, hatte immer wieder gerufen, er wolle »das Schwein umbringen«. Blieb nur zu hoffen, dass er keine unüberlegten Dinge tat.

War es dann überhaupt sinnvoll, gerade Horst mit einzuspannen? Ja, er war der Einzige, der sich in der Umgebung Vertikows so gut auskannte, dass er Kramms Unterschlupf finden könnte. Vor allem aber – das setzte Peer am meisten zu – war Horst viel früher auf die Wahrheit gekommen als er selbst. Ausgerechnet Horst!

Während sie noch auf der Autobahn fuhren, hatte Horst sich bereits wieder gemeldet. Nach seiner Einschätzung gab es nur zwei mögliche Stellen in der Umgebung, an denen Verena festgehalten werden könnte: eine Kate bei der alten Meierei Pokrent und eine Schutzhütte am Moor. Der Haken: Horst wäre mit Sicherheit eher dort als sie. Wäre er besonnen genug, falls Kramm gerade dort wäre? Mehrfach beschwor Peer ihn, nicht allein einzugreifen. Er sollte nur den Ort erkunden und dann eine SMS mit der Ortsangabe senden, damit sie zu ihm kommen könnten. Sie waren gerade an Wittenburg vorbei, als die erste SMS kam:

Meierei nein.

Gut, die Kate am Weg von Vertikow zur Meierei Pokrent war leer, blieb noch die verfallene Hütte am Moor, die man nur von Krembz aus erreichte – wenn Horst recht hatte. Und das hatte er schon verdammt oft gehabt.

»Hier links!«, rief er nach ein paar Minuten.

»Was? Nach Wo-ez?«, fragte Palu ungläubig.

»Das spricht sich Wööz. Und ist der schnellste Weg.«

Schulterzuckend bog Palu ab.

Während sie über das Kopfsteinpflaster hinter dem kleinen Dorf an der Schilde ruckelten, kam die nächste SMS:

Gefunden! Er ist bei ihr

Peers Kopf wurde heiß. So schnell er konnte, tippte er:

Mach nichts, warte auf uns!

Blieb nur zu hoffen, dass Horst sich auch daran hielt.

Palu fuhr wie ein Verrückter und wäre mehrmals fast in den Graben gerutscht, als er entgegenkommenden Fahrzeugen auswich. Trotzdem brauchten sie über zehn Minuten, bis sie Horsts Wagen am Ende des Feldwegs erreichten – noch einmal zwei kostbare Minuten, bis Peer wieder im Rollstuhl saß. Verdammt, das dauerte alles zu lange!

Wo war Horst? Er sollte sie doch am Auto erwarten. Peer schaute zur Hütte hinüber. Sie wirkte völlig ruhig und unberührt – was leider nicht für den Weg dahin galt. Die Spurrillen waren tief ausgefahren, dazwischen lag ein Wall. Ob die Fußstützen des Rollstuhls hoch genug wären, um nicht aufzusetzen? Ließe das Schnee-Matsch-Gemisch ihn überhaupt vorwärtskommen?

Palu schien ähnliche Gedanken zu haben. »Fahr hier links«, flüsterte er, »dann bist du mit allen Rädern oben.«

Peer schluckte. Ja, er wäre oben, solange er nicht vom Wall zwischen den Fahrspuren abrutschte. Sollte das passieren, läge er im eiskalten Dreck. Ach was, jetzt ging es nicht um Dreck, jetzt ging es um Verena! Langsam rollte er ein paar Meter vor, stoppte dann.

»Du musst nicht mitkommen«, flüsterte er Palu zu. »Ich will dich nicht in Gefahr bringen.«

»Genau genommen hab ich dich in Gefahr gebracht. Zumindest zur Gefahr.« Grinsend wies Palu auf den Wagen hinter ihnen. »Also komm ich auch mit.«

Für die kurze Strecke, die Peer über den ausgefahrenen Feldweg balancieren musste, brauchte er eine Ewigkeit. Als sie etwa zehn Meter vor der Hütte waren, hörten sie Stimmen: Horst und Kramm. Sie waren beide hier.

Direkt vor der Hütte lag eine ebene Fläche, sodass Peer seinen Balanceakt beenden konnte. Er rollte an die brüchige

Mauer und spähte mit Palu durch einen der Fensterläden. Verdammt, im trüben Zwielicht stand Horst mit gezückter Waffe vor Kramm, der Verena wie einen Schutzschild vor sich hielt. Die junge Frau sah mitleiderregend aus: Hände und Füße waren mit Panzertape gefesselt, auch über den Mund zogen sich drei Streifen des silbergrauen Klebebands. Die blaue Steppjacke und ihre weiße Wollhose waren verdreckt, die Haare klebten am Kopf und im Gesicht, aus dem die rot umrandeten, verquollenen Augen leuchteten.

Es sah nach einem Patt aus: Zwar wurde Kramm bedroht, doch zugleich wusste er, Horst würde nicht schießen, nicht auf Verena. Fliehen konnte er allerdings auch nicht, dazu hätte er Verena anders greifen müssen – und damit seine Deckung verloren. Horst war eben doch ein Idiot! Warum hatte der Kerl nicht auf sie warten können, wie sie es vereinbart hatten? Hätten sie gemeinsam die Hütte gestürmt, hätte Kramm keine Chance gehabt.

Und nun? Was konnte Peer tun? Er schaute Palu an, der nur mit den Schultern zuckte. Sollte er Kramm ablenken, damit er Verena losließe? Nein, falls Horst tatsächlich abdrücken und seinen Rivalen tödlich treffen würde, würde er seines Lebens nicht mehr froh.

»Scheiße!«, zischte Palu.

Peer schaute wieder hinein, ihm stockte der Atem. Horst hatte die Pistole auf Kramms Kopf gerichtet. Nein, das durfte er nicht zulassen.

»Horst!«, schrie er und hielt, so schnell es ging, auf die Eingangstür zu. Er preschte in die Hütte und stand dem verdutzten Kramm gegenüber, der Verena jetzt wie ein Schutzschild gegen Peer gerichtet hatte. Und Horst, dessen Waffe sich jetzt ebenfalls gegen Peer richtete. So war das nicht geplant gewesen …

»Horst, bitte.« Peer bemühte sich, so sanft wie möglich zu sprechen. »Das bringt doch nichts. Du willst dich doch nicht unglücklich machen!«

»Stimmt!« Horst richtete die Pistole wieder auf Kramm.

»Nein, auch das nicht! Stell dir vor, du triffst Verena!«

Entsetzt ließ Horst die Waffe sinken. Er starrte darauf, als nähme er sie zum ersten Mal wahr. »O Gott!«

Das nutzte Kramm aus. Er warf Verena zu Boden und sprang Horst an, ehe dieser reagieren konnte. Keuchend rangen die Männer um die Pistole, eine Zeit lang konnte Peer nicht ausmachen, welche der vier Hände wem gehörte. In diesem Moment löste sich ein Schuss, mit einem Schrei ließ Horst die Waffe los. Peer schrak zusammen, auch Verena schrie auf, Kramm taumelte ... war jemand getroffen worden?

Nein, es war nichts geschehen. Nichts, außer dass Kramm nun die Pistole besaß. Triumphierend lächelnd reckte er sie in die Höhe, richtete sie erst auf Horst, dann auf Peer. »Los, da rüber!«

Peer rollte zu dem Forsttechniker und wandte sich Kramm zu. Verena robbte wimmernd an Horsts Seite.

Kramm lachte. »Na, sieh mal an: die drei glorreichen Retter der RWG. Ach nein, die kleine Tschechin ist ja eine Verräterin. Sie hat nicht nur Geld aus der Firma abgezweigt und ihren Kater umgebracht, sondern auch unser Büro angezündet. Und jetzt noch diese armselige Hütte, in die sie die beiden Dumpfbacken gelockt hat. Blöd nur, dass sie selbst in den Flammen umgekommen ist, was?« Sein Blick ging zu einem Benzinkanister in der Ecke.

Aus den Augenwinkeln machte Peer eine Bewegung hinter den Fensterläden aus. Höchste Zeit, dass Palu eingriff, wozu hatte man schließlich einen Physiotherapeuten dabei? Jetzt kam es nur darauf an, den Kerl mit der Waffe abzulenken. Er holte tief Atem. »Na, dann sind Sie ja bald am Ziel, was, *Herr von Hollenbek*?«

Horst starrte ihn mit großen Augen an, während Kramm in Lachen ausbrach. »Meine Güte, haben Sie es doch herausgefunden? Nehmen Sie es mir nicht übel, aber für einen

Detektiv hat das deprimierend lange gedauert. Im Übrigen heiße ich noch Kramm. Gehört die RWG erst meinem Vater, habe ich mir Namen und Titel endlich verdient.« Er hob die Waffe. »Aber das werden Sie nicht mehr erleben.«

In diesem Moment ertönte das Splittern von Holz, dann ein dumpfer Schlag. Jäh brach Licht herein. Kramm sank zu Boden.

»Nein, werden wir wohl nicht«, murmelte Peer und atmete erleichtert auf.

Hinter dem zersplitterten Fensterladen stand Palu mit einem dicken Ast, an dem Blut klebte. »O Scheiße, das hat bestimmt wehgetan.«

»Bestimmt«, bestätigte Peer.

»Hoffentlich!«, brummte Horst, beugte sich zu Verena hinunter und nahm sie in den Arm.

24. Dezember 2014

15:20 Uhr

»Mein Gott, was für ein Jahr!« Sascha kontrollierte noch einmal den Sitz ihrer Haare.

Es fiel Peer schwer, das Grinsen zu unterdrücken, wusste er doch, dass auf die perfekt sitzenden Haare in wenigen Augenblicken eine Mütze gedrückt würde, die Sascha nicht abnehmen würde, bis sie wieder zu Hause wären.

»Ja«, stimmte er zu. »Es hat unser Leben verändert, was? Meins und deins.«

»Kann man sagen. Vor einem Jahr hast du um diese Zeit noch seelenruhig im Wohnzimmer gesessen und gemeint: ›Wozu die Hetze? Der Gottesdienst fängt nicht vor vier an. Und ohne den Organisten eh nicht.‹ Jetzt stehen wir hier und ich muss dafür sorgen, dass der Detektiv und Komponist rechtzeitig in der Kirche ist.« Sie bückte sich, zupfte an Peers Krawatte und dem Jackettkragen herum.

»Nun lass doch, Saschenka! Das Jackett sieht eh niemand unter meinem Eisberg-Kostüm.«

»Du sollst das nicht immer sagen. Du bist der Engel!«

»Das ist nicht von mir, sondern von Eilien. Und die hat den Eisberg genäht.«

Sascha schnalzte mit der Zunge. »Aber Peggy gefällt's. Und die ist die Regisseurin.« Sie streichelte ihm über die Wange. »So, fertig.«

»Und der Mantel?«, fragte er, bemüht, den vorwurfsvollen Ton zu imitieren, den seine Frau anschlug, wenn er ihrer Meinung nach nicht warm genug angezogen war.

»Oje, den hätte ich ja fast vergessen.«

»Eben. Dann hättest du gleich einen erfrorenen Detektiv und Komponisten in die Kirche schieben müssen.« Er runzelte die Stirn. »Wäre beides kein großer Verlust.«

»Aber Perlchen, fang nicht wieder an. Ich wusste, es war falsch, das Antidepressivum so früh abzusetzen.«

Er griff ihre Hand. »Nein, Saschenka, war es nicht. Es hat nichts mit Depressionen zu tun, wenn man erkennt, dass man weder ein großer Detektiv noch ein begnadeter Komponist ist.«

»Nun wart's doch mal ab. Es hat noch niemand dein Stück gehört. Dein *allererstes* Stück, wohlgemerkt. Niemand wird als Genie geboren, außer dein Bach vielleicht. Ich bin jedenfalls schon sehr gespannt und ich wette, die Leute werden begeistert sein.«

Peer nickte. Sie hatte ja recht – irgendwie. Er würde besser werden, Schritt für Schritt. Man konnte alles lernen, Komponieren, Ermitteln, ein Leben im Rollstuhl zu bewältigen, Inas Anwesenheit im Haus zu tolerieren … Er stöhnte innerlich; eine Menge anspruchsvoller Vorsätze. Und das Jahr war noch nicht einmal vorbei.

15:50 Uhr

Wie gut, dass sie so frühzeitig aufgebrochen waren. Für die zwanzig Meter von der Einfahrt zum Parkplatz bis zur Kirche hatten sie fast zehn Minuten gebraucht. Immer wieder kam jemand auf sie zu, gab ihnen die Hand, sprach mit ihnen. Freunde, Bekannte, aber auch viele Bewohner Vertikows und der umliegenden Dörfer, die Peer höchstens vom Sehen kannte: Mitarbeiter der RWG, die ihm persönlich für seinen Einsatz danken wollten.

Hinter dem Glockenstuhl sah er Horst und Verena und rollte zu ihnen. Die beiden standen eng umschlungen da wie ein altes Ehepaar, das sich schon vor Jahrzehnten gefunden hatte. Verena wirkte noch immer ein wenig mitgenommen, ihr Blick wanderte unsicher über den Platz, die Schultern waren hochgezogen, die linke Hand krampfte sich vor der Brust um die Handtasche. Sie versuchte ein Lächeln, als Peer sich näherte, doch es schien sie Überwindung zu kosten.

»Peer, hallo, frohe Weihnachten!«, rief Horst munter.

»Hallo, ihr zwei. Es freut mich, euch so zu sehen. Sieht aus, als hättet ihr euch gegenseitig das schönste Weihnachtsgeschenk gemacht.«

»O ja!« Mit einem Mal löste sich Verenas Anspannung. »Als Horst mich befreit hat, hat er gemerkt, wie mutig er in Wirklichkeit ist. Da hat er auch den Mut gefasst, mich endlich zu fragen.«

»Und sie hat ›ja‹ gesagt, weißt.«

»Sieht so aus.« Peer grinste. »Übrigens, Horst«, seine Kehle wurde rau, »danke für alles.«

»Was denn? Ich bin doch nur ab und zu ein bisschen mitgelaufen, während du den Fall gelöst hast.«

»Nein, Horst, du hast von Anfang an den richtigen Riecher gehabt und mich immer wieder auf Arndt gestoßen. Wäre ich dir gleich gefolgt, hätte Verena ein paar Tage weniger in dieser Hütte zubringen müssen.«

»Ach, lass nur, Peer, die Bleibe meines Bruders in Berlin war auch nicht viel komfortabler.« Sie lachte.

»Na, sieh mal einer an: der Held von Vertikow.«

Peer wandte sich um, als er die Stimme der alten Treskow hörte.

»Und Sie sind auch da, Herr Wesendonk.« Sie nickte ihm schmallippig zu. »Dann wollen wir doch mal hören, ob Sie wenigstens einigermaßen passabel komponieren können, wenn es schon mit dem Kombinieren nicht so richtig läuft ...« Ihr Kopf wackelte ein paar Mal triumphierend hin und her, ehe sie in die Kirche stakste.

»Vielen Dank für die ermutigenden Worte«, knurrte Peer ihr hinterher.

»Lass man, du kennst sie ja.« Horst grinste. »Ich glaube, Valentina ist nur froh, wenn niemand sie mag, weißt.«

Peer nickte. »Danke. Noch mal. Und frohe Weihnachten euch beiden.«

Er rollte zu Sascha, die sich mit Peggy unterhielt. Die Frau des Pastors trug einen weinroten Wollmantel, in den riesengroße Weihnachtsstern-Blüten gewebt waren.

»Peer-Schätzchen, da bist du ja. Bist du bereit? Ach, ich bin so aufgeregt.«

»Hi Peggy. Zum wievielten Mal machst du das Krippenspiel jetzt?«

»Keine Ahnung, zum zwanzigsten? Ach, egal, ich bin jedes Mal aufgeregt. Und dann hören wir vorher auch noch dein erstes Orgelstück!« Sie drückte ihm einen Kuss auf die Wange. »Toi toi toi!« Damit verschwand sie in der Kirche.

»Gib es zu«, raunte Sascha, »spätestens jetzt bist du auch aufgeregt.«

»Aber nicht mehr, wenn mein zwanzigstes Stück aufgeführt wird.«

»Abwarten.« Sascha nahm ein Taschentuch und wischte ihm die Wange ab. »Jetzt darf ich auch mal Spuren beseitigen.« Sie zeigte ihm das Taschentuch mit Peggys Lippenstiftabdruck. »Du spielst doch keinen Liebesengel, oder?«

»Och, wäre mal was anderes. ›Ich komme aus dem Freudenhaus und verkündige euch große Freude!‹«

»Peer!« Seine Frau knuffte ihn in die Seite. »Lass uns reingehen, ehe du noch auf dumme Gedanken kommst.«

Er rollte über die Rampe hinein. An der Treppe zur Empore stand Mandy, ihre Wangen glühten, scheu lächelte sie die Gottesdienstbesucher an. Als sie Peer erblickte, strahlte sie. »Hallo, Herr Wesendonk, schön, dass Sie da sind. Ich hab gestern noch mal den ganzen Tag geübt.«

Er legte eine Hand auf ihren Arm. »Zwei Dinge: Zum einen bin ich Peer, zum anderen habe ich vollstes Vertrauen in deine Fähigkeiten. Du wirst den Laden rocken.«

Mandy kicherte. »Wenn Sie ... wenn du meinst, Peer.« Noch immer kichernd stieg sie hinauf zur Orgel, gefolgt von Erich und Daniela Schlüter, die beide im Chor sangen. Sie winkten Peer und Sascha zu und schoben sich die Treppe hoch.

Da Peer durch den Gang seinen Auftritt haben sollte, blieb er hinten stehen. Sascha schickte er nach vorn.

»Na gut, aber dann mach ich Fotos«, sagte sie.

»Nur von der Orgel. Engel kann man auf Fotos sowieso nicht sehen.«

»Darauf lass ich es ankommen.«

Die Tür wurde geschlossen, gleich ginge es los. Inzwischen konnte Peer seinen Puls in den Ohren spüren. Seine Haut kribbelte, er konnte kaum ruhig atmen. Eilien saß neben ihm in der Kirchenbank und barg sein Kostüm auf dem Schoß. Sie drückte seine Hand und warf ihm einen aufmunternden Blick zu.

Langsam wurde es still. Erst verstummte die Glocke draußen, dann die Gespräche im Inneren. Und in die Stille ertönte der erste Ton, der Orgelpunkt im Pedal. Mandy spielte die Sechzehntel elegant und locker, brachte mit den etwas schwereren Marcati den idealen Kontrast hinein und gab dem Stück genau den etwas aufgesetzten Pomp, den Peer sich beim Komponieren vorgestellt hatte. Sie spielte wunderbar. Wenn das Stück durchfallen würde, läge es mit Sicherheit nicht an ihr.

Auch das Pedal meisterte sie tadellos. Sie war dazu übergegangen, die Schuhe auszuziehen und in Wollsocken zu spielen, was Peer zunächst skeptisch verfolgt hatte. Jetzt wünschte er sich, er könnte das auch einmal ausprobieren. Kurz nach der dritten Choralzeile rutschte Mandy mit dem Finger von der Taste und baute einen kleinen Triller ein. Perfekt! Ein Fehler, den Peer selbst kaum hören konnte – bei seinem eigenen Stück! Ein Schauer lief ihm den Rücken hinunter, als sie am Ende der letzten Choralzeile mit einer kleinen Verzögerung in die Reprise überleitete. Ja, genau so sollte es sein.

Die letzten Töne, ein leichtes Ritardando, der Schlussakkord. Peer hielt den Atem an. Jetzt würde Pastor Werner Duwe an den Altar treten und die Besucher begrüßen, alles wäre wie immer, nur für Peer war alles neu.

Doch nein, Werner trat noch nicht nach vorn. Stattdessen begann irgendwo jemand zu klatschen. Andere schlossen sich an. Und schließlich klatschte die ganze Kirche, die Menschen standen auf und wandten sich Peer zu. Das konnte doch nicht sein! Zwei Reihen vor ihm stand Raffael und reckte grinsend beide Daumen hoch, neben ihm pfiff Palu auf den Fingern. Hinten in der Loge hatte sich sogar die Baronin von ihrem Platz erhoben und nickte ihm anerkennend zu. Hermann stand neben ihr und applaudierte so frenetisch, dass ihm darüber der Stock zu Boden fiel. Wo er hinschaute: fröhliche, bewundernde Gesichter. Er schluckte, zwinkerte, schluckte wieder. Haltung bewahren, Peer!

»Also, meinetwegen kannste ruhig«, raunte Eilien ihm zu. »Ick find det jut, wenn Männer zu ihren Jefühlen stehn.« Sie legte ihm die rechte Hand auf den Arm, zwischen den Fingern klemmte ein Taschentuch. »Haste ja auch verdient. Det Stück ist echt janz nett.«

Peer sah sie an – und prustete los. Lachend nahm er den Applaus entgegen, winkte den Leuten zu und wies schließlich nach vorn, wo Werner darauf wartete, den Gottesdienst zu beginnen. Nach und nach verebbte das Klatschen.

»So, denn wolln wa mal«, flüsterte Eilien, als die Gemeinde das erste Lied gesungen hatte und das Krippenspiel begann. Sie hob den Stoffballen von ihrem Schoß und machte sich daran, die Massen an Samt zu sortieren.

Peer sah nach vorn, auf den Altar, die leuchtenden Kerzen, den prachtvollen Weihnachtsbaum, die Menschen, die gebannt Maria und Josef auf dem Weg zur Krippe folgten. Alles Menschen aus Vertikow, mit ihren Sorgen und Nöten, Ecken und Kanten, Ängsten und Freuden. Menschen, die ihn so annahmen, wie er war. Früher und heute.

»Lass mal«, sagte er leise zu Eilien.

Sie stutzte, nickte dann lächelnd und legte den Stoff auf die beiden Flügel aus Silberlamé, die leise knisterten.

Die Hirten waren in Position, nur noch wenige Sekunden bis zu Peers Stichwort. Ein letztes Mal schoss es ihm durch den Kopf, ob es gut wäre, ohne Kostüm zu spielen. Kein geflügelter Engel, sondern ein Mann im Rollstuhl. War das statthaft? Doch in dem Moment gab Eilien ihm einem Schubs, Peer drückte instinktiv den Steuerknüppel und rollte nach vorn. »Fürchtet euch nicht! Siehe, ich verkünde euch große Freude ...«

Sinfonia "Vom Himmel hoch"

Peer Wesendonk, Dezember 2014

20
25
32
37

45
47
51
57

61
65
70
poco rit.
a tempo
76

81
85
89
93
ritardando

Danksagung

Wieder gibt es etliche Menschen, denen ich sehr dankbar für ihre Unterstützung bin – allen voran Matthias. Ich habe das unermessliche Glück, mit ihm nicht nur das Leben, sondern auch die Leidenschaft fürs Schreiben zu teilen. Damit versteht er besser als jeder andere, was es heißt, mal kein warmes Essen zu bekommen, die halbe Nacht mit der Überarbeitung einer heiklen Stelle zu verbringen oder den Großteil des Urlaubs am Notebook zu sitzen.

Auch diesmal haben mich die Mitglieder unserer Autorengruppe wieder mit vielen guten Gedanken, Hinweisen und Ratschlägen unterstützt, allen voran Sophie und Nadia. Ohne euch wäre das Buch nie so gut geworden!

Ein großer Dank gilt auch meinen Testleserinnen Cathrin und Simona, die im zwangsverordneten Eiltempo als Erste das Werk lesen durften und auf Herz und Nieren prüfen konnten/mussten.

Viel mehr als ein Korrektorat hat Monika diesmal geleistet. Sie hat noch einmal den Finger auf die Stellen gelegt, die nicht funktionierten, und so dafür gesorgt, dass das Buch zwei Monate später, aber hoffentlich auch zwei Klassen besser erschien.

Die vielen lieben Freunde aus unserer NaNoWriMo-Gruppe habe ich im letzten Jahr viel zu selten gesehen. Aber allein ihr Engagement, ihr Ehrgeiz und ihre Begeisterung fürs Schreiben, das ich im Forum verfolgen konnte, vor allem aber ihr fortwährendes Interesse an »Vertikow« haben mir viel Mut, Kraft und Motivation gegeben.

Und dann sind da natürlich all die LeserInnen, BloggerInnen, BuchhändlerInnen, BibliothekarInnen und KollegInnen, die mir mit so viel Wärme, Neugier und Begeiste-

rung begegnen, dass jede Lesung, jede Messe, jedes Gespräch für mich ein Glücksmoment wird. Eure herzlichen Rückmeldungen haben mich schon oft sehr bewegt und mich durch Schaffenskrisen getragen. Zu wissen, es gibt da draußen Menschen, die den nächsten Vertikow-Band lesen wollen, gibt mir unheimlich viel Kraft.
Danke euch allen!

Hinweis zu Vertikow

Vertikow ist ein fiktiver Ort, der in eine reale Landschaft eingebettet ist. Er liegt in Nordwestmecklenburg, ein paar Kilometer südlich der ehemaligen Kreisstadt Gadebusch.

Sämtliche Personen und die Handlung habe ich natürlich frei erfunden. Auch die jeweiligen Wohnhäuser existieren so an dieser Stelle nicht.

Einzig die öffentlichen Bauten (und Peers Wohnhaus) gibt es wirklich; ich habe sie jedoch aus einem größeren Umkreis in Westmecklenburg »zusammengesammelt«:

So steht die Vertikower Kirche in Consrade (südöstlich von Schwerin), das Schloss in Lützow (ganz in der Nähe), Herrmanns Schmiede im Freilichtmuseum Schwerin-Mueß. Vorbild für die »Alte Eiche« war bisher das ehemalige Gasthaus »Vierlinden« in Zarrentin am Schaalsee, das 2017 leider abgerissen wurde. Für die folgenden Bände muss ich mir also ein anderes Gasthaus suchen ...

Mehr über Vertikow, seine Bewohner, die Krimireihe und meine Pläne gibt es auf

www.vertikow.de

Aktuelles und Wissenswertes schreibe ich auch auf

www.facebook.com/vertikow

Ich freue mich auf Rückmeldungen, Fragen und Kommentare!